二見文庫

公爵夫人のボディガード

スカーレット・スコット／芦原夕貴＝訳

Nobody's Duke
by
Scarlett Scott

Japanese translation rights arranged with
Brower Literary & Management, Inc.
through Japan UNI Agency, Inc., Tokyo

読者のみなさん、本書もみなさんに捧げます。

手紙には……わたしに会いたいと書かれていたのです
一度、友人として。とある春の日に
訪れてわたしの手に触れたいと……ささやかなことなのに
わたしは涙を流したのです！

エリザベス・バレット・ブラウニング
『ポルトガル語からのソネット集』二十八より

公爵夫人のボディガード

登　場　人　物　紹　介

アラミンタ（アラ）	バーグリー公爵夫人
クレイ・ラドロー	カーライル前公爵の庶子、 内務省の諜報員
レオ	カーライル公爵、クレイの継弟
エドワード	バーグリー公爵、アラミンタの息子
フレディ	アラミンタの夫、バーグリー前公爵
リリー・ラドロー	クレイの母、カーライル前公爵の愛人
ウィッカム伯爵	アラミンタの父
ロザムンド	アラミンタの姉、サマセット伯爵夫人

1

ロンドン、一八八二年

社交界にとって、彼女はバーグリー公爵《こうしゃく》夫人だった。フェニアン団（アイルランドを独立共和国にする目的を掲げた実在した過激な秘密結社）の刃《やいば》にかけられて殺された夫にとっては、アラミンタだった。彼が自分なりに愛した、礼儀作法をわきまえた妻。アラミンタのほうも、夫フレディを自分なりに同じくらい愛していた。優しいフレディ。天使の心を持ち、世界を変えたがっていた。けっして彼を理解することも、受け入れることもない世界を。

希望あふれる純真な者を世界がどう扱うのか、アラミンタはいやというほどわかっていた。

「アラ」

希望であふれていて純真だった時代が、アラことアラミンタにもあった。

いま、バーグリー・ハウスの客間で目の前にいる男を、よく知っていた頃に。愛していた頃に。あの頃は……。

「アラ」

またただ。空気を震わせんばかりの暗い激しさを秘めた声。あれから何年も経ったというのに、その声のせいで意に反して熱い震えがアラの体に走った。あの呼び名、かつての自分を苦い気持ちとともに思い出させる呼び名が、昔、この心を躍《おど》らせたあの声で語られた……破滅のもとだ。

アラは烈風を受けた木のようによろめいたとたんに、自分がいつのまにか立ちあがっていたことに気づいた。一瞬気が遠くなり、視界が暗くなった。シルクのスカートを握る手は汗ばみ、震えている。

彼は記憶にあるよりも背が高かった。肩幅も広く、たくましかった。昔から体は大きかったけれど、いまはさらに筋肉質になっている。この男の影響など、できるだけ受けたくはないと思っていたにもかかわらず、アラは息を奪われた。彼は感情の読めない冷めた目でアラを射貫くように見つめていた。口もとはこわばり、顔に表情は浮かんでいない。頰《ほお》には恐ろしい傷痕《きずあと》が縦に走っている。

いったいどうすればそんな傷痕ができるのだろうと、アラはふと疑問に思った。

その後、どうでもいいことだと思い直した。八年ほど前から気にかける相手ではなくなっている、と。アラが旅行鞄と愚かな心だけを携えて、彼を待っていた八年前のあの日から。結局、彼は現われなかった。

金色に輝く客間で、あの日の苦悩が何倍にもなってよみがえり、剣さながらに鋭くアラの胸を刺した。あの日、刻々と時間がすぎていき、昼が夜へと変わるなか、アラは待ちに待った。やって来た馬車は父の馬車だけで、打ちひしがれたアラを屋敷へ——家出をしてきたばかりの屋敷へ運んで帰った。

「公爵夫人、具合が悪いのですか?」

カーライル公爵の心配そうな声に意識を貫かれ、アラは話をしていた相手がいることを思い出した。それを覚えておかないと、みっともないことに、激しく動揺していることをもうひとりの男に知られてしまう。

アラは息をのみ、のどにこみあげてくる苦いものを抑えこむと、カーライル公爵のほうを向いた。「この三か月間、いろいろありましたけれど、そのわりには元気ですわ、公爵様。心配してくださってありがとうございます」

公爵はうなずいた。「ご主人のことは、心からお悔やみ申しあげます、マダム。自由党にとって希望の星だった」

「ええ」アラは同意した。声の震えを抑えられなかった。フレディの話をすると、否応なしに恐怖と悲しみがよみがえる。彼は善良な男で、アラにとってはすばらしい夫であり、エドワードにとってはすばらしい父親だった。ダブリンにある公園で自らの血に溺《おぼ》れて死ぬに値するようなことは何もしていない。「そうでしたね」

カーライル公爵はつらそうに唇を結んだ。「ぼくには測り知れないほど、お悲しみだと思います。今日、こうしてお邪魔をして申しわけない。このようなご負担をかけずにすむ方法があれば、喜んでそうしていたところです」

「悲しくてたまりません」のどに何かがつかえているような気がして、アラは囁《ささや》き声しか出せなかった。

いやでたまらないのは、いま体が麻痺《まひ》したようになり、声がかすれている理由が、フレディを想って悲しんでいるためだけではないことだ。焼き印のようなあの男の視線を感じた。彼は身じろぎもしなかった。アラの名を口にしたきり、ほかにはひとこともしゃべっていない。それなのに、彼が部屋の空気をすべて奪ったかのように感じられた。

「こちらのミスター・ラドローの到着前に申しあげたとおり――」カーライル公爵が堅苦しい口調で続けた。「こんなことを伝えなければならないのは申しわけないかぎりだが、ご主人を殺害したフェニアン団の一派が、あなたに関する脅迫をしています。このため内務省は、確実にあなたを守るために職員を任命しました」

カーライル公爵の言葉は、はるか遠くで語られているように聞こえた。

〝……あなたに関する脅迫……〟

〝……殺害したフェニアン団の一派……〟

〝……確実にあなたを守るために職員を……〟

息が浅くなっていた。スカートをきつく握っているせいで、指の関節が痛む。それでも、あの男の燃えるような視線の重みは消えなかった。アラは全身がうずき、火照り、むずむずし、混乱するのを一度に感じた。

「どんな脅迫なのか、ご説明いただけますか？」慎重に視線をカーライル公爵に据え続けた。しかし、もうひとりの男の姿を視界の隅《すみ》から追い出すことはできなかった。

彼は存在感とその大きな体で部屋を占領していた。

カーライル公爵は自堕落《じだらく》な放蕩者《ほうとうもの》だという評判だが、意外なことに、フレディの暗殺事件とその犯人の捜査について、アラに伝えることになった政府機関の連絡役だった。前回の公爵との面会も今回と同じく堅苦しい雰囲気で、お悔やみの言葉と、フレディの殺害を企てたフェニアン団に関するあらたな情報が話の中心だった。

夫が殺されたあとの暗い数日のあいだに、アラは息子のエドワードとともに、武装した護衛に連れられてダブリンを離れたが、危険はすべてアイルランドに残してきたと考えていた。

「暗殺です」カーライル公爵の口調は静かだったものの、どこまでも真剣だった。

その簡潔でそっけない言葉が、アラの心に衝撃を与えた。

エドワードが三か月ほどの短期間に、両親をともに失うということがあってはならない。息子ひとりだけがこの世に残されることを思うと、アラは胸を締めつけられたように感じた。かわいくて優しい息子。なんとしてでも守らなければ。

アラの口のなかは、からからになった。「そうですか」しばらく口を閉じ、気持ちを落ち着かせようとした。視界の隅にいるあの男がまだそこにいることに対する当惑と、不安とがないまぜになっている。「息子についてはどうなんでしょうか、公爵様。息子に関する脅迫もあったのですか？　それともわたしだけ？」

「ご子息への言及はありませんでした」カーライル公爵は言った。

「息子がいるのか？」ミスター・ラドローが言う。

アラは怒気を含んだ声を聞いてひるんだ。それでも、彼のほうを見るつもりはなかった。「公爵様の……同僚がここにいらっしゃる理由がわかりません。こうしたお話は、ぜひとも公爵様とふたりきりでしたいですわ、慎重を要する状況ですから」

アラは彼の名を口にしたくはなかった。考えたくもなかった。彼がどんな人物で何者なのかを口にしたくなかった。ろくでもない男。カーライル公爵の継兄《あに》。アラが心と純潔を失った相手。

いいえ。フレディが息子の父親だった。アラの息子の父親。エドワードの知っている唯一の父親だった。自分が墓に入るまで、それに変わりはないし、変わりがあってはならない。

カーライル公爵は、「それについても、アラらしからぬ感情的な言い方をなんとも思わなかったようだった。「それについても、どうかお許しいただきたい。今日、ミスター・ラドローは同席する必要があるのです、あなたの護衛として任命されたので」

「そんな!」悲鳴のような激しい口調になった。

しかし、アラが何よりも驚いたのは、同じ言葉が別の声によっても発せられたことだった。暗くて低くて耳に残る、ベルベットのような声に。

彼の声に。

アラはふたたび彼へ目をやり、その茶色の瞳の奥にまぎれもない怒りが宿っていることに動揺した。彼は内心、ひどく怒っている。

「どんな状況下であっても、彼女の護衛はしない、レオ。ほかの者を探してくれ」ミスター・ラドローは公爵に向かって冷ややかに言った。「ともかくおれ以外の者を」そして、踵《きびす》を返して客間を出ると、音を立ててドアを閉めた。

＊＊＊

クレイ・ラドローは、もっと早く遠くへ去れないことがもどかしかった。呪われろ、レオめ。何よりも、呪われろ、あの女め。時間と距離は問題の根本的な解決策にならなかったとはいえ、これまでずっとクレイの魂を慰めてきた。ところがいまは、自分が許せばそれさえも奪われてしまいそうだった。

奪われてたまるか。彼女のせいで一度ひどい目に遭《あ》った。二度とそうはさせない。何か、あるいは誰かを殴りたいという、これほど強い衝動を感じたことはなかった——胸のなかで燃えあがる怒りにまかせて力いっぱい何かを打ちのめしたかった。八年経ったのに、彼女は変わっていなかった。それどころか、浮世離れした美しさが増している。昔からきれいだった。白い肌と赤銅色《しゃくどういろ》の巻き毛と、色濃い長いまつ毛に囲まれたすみれ色の目。男の魂の暗い部分まで見透かせると言わんばかりの目だった。

アラ、おれのアラ。

いいや、おれのアラではない。

いまはもう。

その事実が火を見るより明らかになったのは、カーライル公爵の庶子（正妻でない女性が産んだ子）に純潔を奪われたと、アラが父親に打ち明けた日だった。頬を切り裂く短剣の刃の感触を、昨日のことのように思い出せる。一生消えない傷痕をクレイにつけた男の臭《くさ》い息のにおいも。頬の傷痕がうずき、熱を帯びた。このひどい傷痕があるかぎり、いましがた背を向けてきた女と同じ空気さえ吸いたくない理由を、今後絶対に忘れることはない。

「クレイ」

威厳のある継弟《おとうと》の声が聞こえ、クレイは立ち止まった。しかし、足を止めたのは単なる義務感からだった。好きなようにふるまってよかったのなら、とっくにロンドンの街を半分ほど横切り、かつて愛していた女からできるかぎり離れていただろう。

クレイはこぶしを握って振り向いた。レオはクレイほどたくましくはないが、背丈はほぼ同じで、黒い髪の色も似ている。ただ、嫡子《ちゃくし》として生まれるという幸運を手にしたのはレオのほうで、ふたりの父親が数年前に他界したとき、レオがその跡を継いで公爵となった。しかもレオは、クレイよりも三か月あとに生まれたにもかかわらず、内務省により創設され特別同盟《スペシャル・リーグ》という単純な名で呼ばれている秘密組織でクレイの上司という立場にある。

そのふたつの事実を、いつまで経っても腹立たしく思うだろう。

クレイはレオが近づくのを待ちながら、怒りを抑えようとした。

「いったいどこへいくつもりだ?」レオは出し抜けに強い口調で言った。いらだちが顔に表われていて、表情が普段に増して険しく見える。

落ち着け、クレイ。金ぴかの客間で待っている彼女にすべて聞こえてしまうかもしれない。あれから何年も経ったというのに、彼女の姿を目にしてどれほど動揺しているのかをわざわざ知らせるな。彼女に二度と弱みを見せてはいけない。

「悪いが別の任務をくれ」クレイは口早に言った。

レオは即座に答えた。「だめだ」

クレイは怒鳴るか継弟の顔にこぶしを打ちつけたいという衝動を抑えた。「言い方を変えよう。頼んでいるんじゃない、要請している」

レオは一瞬、唇をゆがめて微笑《ほほえ》んだ。「もう一度言う、だめだ」

「彼女を守るのは無理だ」クレイは低い声で思わず正直に言った。

認めたくはなかった。声に出して認めたくなかったし、人の弱みにつけこむのがうまい継弟に向かって認めるのは、とりわけいやだった。レオは血を分けた兄弟に対しても譲歩しない男だ。彼は非情で容赦のない母親の血を受け継ぎ、クレイは自分の母親に似た、優しい寛大な心の持ち主だった。

少なくとも、昔はそうだった。

「守れるし、守らなければならない」レオが言い張る。「彼女のご主人に何があったかは、知っているだろうが」

彼女の夫、アイルランド担当相だった前バーグリー公爵は、白昼にダブリンの公園で次官とともに刺殺された。ふたりは、致命傷を負わせるのに都合のいい外科用のメスを持った者たちに囲まれて攻撃されたのだった。加害者たちは逃走したが、証言から、フェニアン団の者たちであったことは明らかだった。

「もちろん知っている、レオ」クレイは言った。まだこぶしを握ったままで、口もこわばっている。「だが、おれが彼女の屋敷に滞在することとは、話が別だ。この屋敷にはいられないし、滞在するつもりもない。特別同盟《スペシャル・リーグ》にはほかの職員が大勢いるだろう。ほかの者を選んでくれ」

「きみが適任なんだよ、クレイ。きみにはこの任務を引き受けて彼女を守る能力があるんだから、そうしてもらう。それがきみの務めだからだ」レオは声を落としてから続けた。「彼女と過去に何かあったことはわかっている。しかし、まだ彼女への想いが残っていたとは知らなかった」

「それは違う」クレイは語気を強めて否定した。強すぎたようだった。

実際、彼女に対してなんらかの感情は抱いている。憎しみ。いらだち。激しい怒り。裏切られたという気持ち。顔の傷痕とともに彼女が残した感情だった。それらは傷痕と同じく、一生醜い痕を残すだろう。

「だったら、任務を引き受けられない理由はないな」レオは断固たる口調で言った。

あるに決まっている。あらゆる理由がある。

「彼女のそばにはいられないんだ、レオ」クレイは認めた。さっき、彼女の姿を目にしただけで動揺した。前バーグリー公爵と彼女が結婚したことを知っていたなら、わざわざバーグリー・ハウスへ行こうなどと思わなかっただろう。彼女は呼吸をするたびに痛んで肺を脅かす、折れた肋骨のようなものだ。「おれがここへ来るように巧妙に仕向けただろう」

「仕向けてなどない」レオは反論した。客間に届かないよう、あえて小声を出しているようだった。「内務省と特別同盟《スペシャル・リーグ》と彼女の最善の利益のために行動したまでだ。合理的に考えてくれ、クレイ。心で考えるのではなく」

「あの女にかかわることについては、このうえなく合理的に考えている」クレイはうなるように言った。「この心は無関係だ、断言する。だが、おれの忍耐力と怒りと平常心のために、あれ以上彼女のそばにいられない」

レオは心を動かされなかったようだった。「これ以上、フェニアン団の犠牲者を出すわけにはいかない。このイングランドの地で公爵夫人が暗殺されようものなら、我々が爆破事件を阻止したあとだけに、恐怖と大混乱を引き起こすだろう」

暗殺。

アラの暗殺。

彼女が殺される。

クレイはそう考えてはっとし、熱い怒りが凍《こご》えそうなほどの寒気へと変わった。彼女の姿を見るのも、彼女のあらゆる仕打ち——クレイを裏切り、流行遅れのドレスであるかのように進んで彼を捨てたこと——も腹立たしかったものの、アラが前バーグリー公爵と同じようにむごたらしい最期《さいご》を遂げかねないと考えると、気分が悪くなった。実際に彼女に関する脅迫があっただけではない。内容が現実のものとなる可能性があった。フェニアン団はアイルランドの自治を求めていて、人々を恐怖に陥れることも、爆発物を使うことも、邪魔だと思う者を殺すこともいとわない。

彼らは悪賢いことに、軍隊を送りこむことなくイングランドで戦争を起こそうと企んでいた。策士たちが少人数のグループを作り、すでにそこここの町や港へ侵入している。去年、サルフォードで起きた爆破事件で、幼い少年が爆発で命を落とした。リバプールでも爆破事件があり、ロンドンでは彼らのさまざまな計画が暴かれ、阻止されてきた。

いま、フェニアン団は方針を変えてこれまでとは違う攻撃を始め、前バーグリー公爵のような官僚を狙うようになった。あとに残された夫人のような人物も。アラはこのうえなく非情で大胆で危険な者たちに命を脅かされている。失うものはないと考えている者たちに。

それでも、アラを守る責任はクレイにはなかった。彼女はクレイを破滅させる道を選んだ日から、彼には一切関係のない人物となっている。手を差し伸べるものか。荷が重すぎる。

クレイは首を横に振った。「すまない、レオ。だが、少なくともその役目は特別同盟《スペシャル・リーグ》のほかの者だって十分に果たせる。感情を差しはさまずに護衛をする必要があるだろうが、そんなことはできそうにない。おれにこの役目を強いるのは賢明なことではないし、彼女にとっても危険だ。彼女にはほかの人々と同じく、安全に暮らす基本的な権利があるだろう」

「きみほどの適任者はいないんだ、クレイ」レオは黒い目でまっすぐにクレイを見つめている。「これまで何十件もの暗殺を阻止しているだろう。リーズ公爵夫人の護衛ぶりもすばらしかったし、きみがよく受けていた任務とは違って、国内の任務なんだからやりやすいんじゃないか」

リーズ公爵夫人は命を狙われていたが、クレイの護衛が成功した。その際、彼女はクレイの友人となった。ロンドンのあらゆる野良の動物の世話をするような、天使の心を持つ女性だった。だが、彼女の場合とは違う。リーズ公爵夫人はアラではなかったからだ。

クレイが愛したことのある女性ではなかったからだ。

どれだけの歳月が経過したかは関係なかった。アラとすごした時間の一瞬一瞬を覚えている。キスをしたこと、腕をまわしたこと、ふたりのまわりでからみ合っていた、彼女のつややかな赤銅色の乱れ髪。クレイが口や手を這《は》わせ、彼女の唇から引き出したやわらかな笑い声。

クレイは蔦《つた》さながらに執拗《しつよう》な記憶を振り払った。それはクレイの息を詰まらせ、体を覆《おお》いつくそうとしている。「彼女とは過去があるから無理なんだ。ストラスモアはどうだ？　その任務にうってつけじゃないか」

「あいつは別件で忙しい」レオはそっけなく言った。「反論にはうんざりだ、兄上。論拠がどれも悪く言うとつまらないし、よく言っても弱い。彼女の護衛にぼくが選んだのも、内務省が選んだのもきみだ」

「知るかよ」クレイはついに声を荒らげた。自制の細い糸が切れた。「おれはやらない」

「いい加減にしろ、クレイ」レオはうんざりしたようなしかめ面をしている。「こんなことはしたくなかったが、仕方がない。任務を引き受けないのなら、停職処分にする。内務省はきみにこの任務を果たすよう要求しているし、ほかの者は受け入れてもらえないんだ。ぼくがすでに、ほかの者に代わりを務めさせようとしたとは思わないのか？　きみの過去を知っているんだぞ」

クレイは鼓動が速まるのを感じた。胸が上下し、呼吸をするたびに息が荒くなる。レオがそうして継兄を守ろうとするだろうとは、思ったことがなかった。ふたりは同じ時期に成人したとはいえ、レオには感傷的な面が少しもない。クレイは以前からそう考えていた。

「停職」クレイは歯噛みをしながら言った。苦くてまずい言葉であるかのように。実際そうだった。この八年、クレイに目的を与えてくれたのは特別同盟《スペシャル・リーグ》での任務だ。アラのせいで、任務がすべてだった。いま、彼女のせいでそれを失いかけている。

腹立たしいほどのタイミングだ。

「すまないと思っている、兄上」レオの暗い口調は、謝罪の言葉よりも多くを伝えていた。

クレイはのどもとへこみあげてきた苦いものを飲みこんだ。「選ぶ余地はないんだな？」

レオは唇を引き結んだ。「残念ながら」

クレイは彼に背を向け、廊下を進み、最初に目に入ったものを壊そうとした。こぶしで。しかし、ダマスク柄の壁と、骨董品がところ狭しと載ったテーブル以外に殴れそうなものはなかった。それから彼女の肖像画。彼女の夫の肖像画。そのふたりと少年ひとりが描かれた肖像画。

彼らを直視できなかったから、待ち受ける運命のもとへ引き返した。これまでこの人生を自分で支配できたためしがない。この任務だって同じではないか。せねばならないことをするまでだ。ほかに道がないのだから。

「いいだろう、護衛をしよう」クレイは短くうなずいた。引き受けながらも、心が重くなった。死の宣告と同じく決定的なことのように感じる。まもなく縛り首になると告げられた男のような気分になったのは初めてだった。

「よし」レオがクレイに近づき、肩を軽く叩いた。「大変なのはわかっている、クレイ。ぼくが感謝していないとは思わないでくれ。きみの爵位創設の件については、今後も圧力をかけていくつもりだ」

前回の任務のあと、クレイが女王への貢献に対して爵位を授与されるかもしれないという話が持ち上がった。クレイはそのように滅多にないことを期待するほど愚かではなかった。

「おれが爵位なんか欲しがると思うか？」クレイは受け流すように訊き、にやりとした。「欲しいと思ったことはない。これからもそうだ」

とはいえそれが嘘であることを自分でもわかっていた。爵位があったなら、アラはいまでもクレイのものだっただろう。彼女を失うことはなかった。

「だとしても、その貢献に対する褒美《ほうび》をもらって当然だ。兄上ほど優秀な者はいないのだから」

「この任務につくのは、そうしなければならないからであって、ほかに理由はない」クレイは言い張った。「だが気に食わない、レオ。このことは忘れないからな」

レオは奇妙な笑みを浮かべた。「ぼくの魂にいくつも刻まれている黒い印が、またひとつ増えたということにしよう」

クレイは自分の魂にそれが刻まれないことを願うしかなかった。

2

八年前

何者かは知らないけれど、見たこともないほど美しい青年だった。とはいえ、今後、彼の名を知ることはないのだろうとアラは考えた。

三日前から、毎日その男をひそかに観察してきた。今日は四日目で、いつもの時間をすぎてから何時間も待ったのに、彼はまだ現われなかった。

一日目は純粋な偶然だった。アラはいつも父に衝動的だと叱られるが、その日は衝動にまかせて、いつのまにかキングスウッド・ホールからずいぶん遠くへ来ていたのだった。父のだだっ広い領地の端まで元気のいい牝馬《ひんば》に乗り、昔から好きだった森へやって来た。そして、歩きまわって自由を満喫できるように、馬を木につないだ。

父は留守にしていて、少なくとも向こう二週間は帰ってこない。母は片頭痛に悩まされていて、兄のセシルは外国へ行っている。姉のロザムンドは、サマセット伯爵夫人として暮らしている。夫か愛人のひとりと出かけていそうだ。

だからアラには自由な時間がたっぷりあって、とてもめずらしいことに、お目付け役もいなかった。それはたぶん、社交シーズンを二回すませていて、二十一歳のいま、ドーセット侯爵との縁談がまもなくまとまりそうだからだろう。お目付け役不在の理由がなんであれ、不満はなかった。

アラはドーセット侯爵が嫌いだった。父の非難がましいしかめ面と、侯爵と結婚するよう強《し》いるところもいやだった。侯爵は十も年が上で、腹立たしいことに、アラの言うことすべてに対して偉そうにものを言う。アラの話はひとことも聞いていられないかのように。

けれども、森の謎めいた紳士のことは気に入った。たくましい体つき、黒い髪、しっかりした顎《あご》、目を楽しませるはっきりした目鼻立ち、彫りの深い完璧な顔。アラが森のなかで地面にすわって大きな古木の幹にもたれ、本を読んでいたとき、小枝が折れる音と、葉が揺れる音が聞こえ、誰かが来たことがわかったのだった。

その男が最初に現われた瞬間から、アラは息を奪われた。彼はシャツと地味な暗色のズボンだけの姿でジョギングをしていて、軽やかな動きが力強い体をさらに魅力的に見せていた。彼を見つめていると、下腹部の奥がきゅっと引きしまり、口のなかが乾いた。そして、人に言えない部分がうずき出した。彼のことをもっと知りたくなった。

それでもアラは、恥ずべきことに黙ってその男を見つめ続け、自分の存在を知らせることなく、そのなめらかな身のこなしに見惚《みほ》れていた。苔《こけ》さながらに黙して動かずにいると、やがて彼は初めからいなかったかのように姿を消した。

二日目、アラは出かける口実を作って母に伝え、ふたたびあの男の姿を見られるかもしれないと期待して森へ戻った。とはいえ、乗馬に出かけて野原の空気を吸いたいだけだと、みずからに言い聞かせた。落胆して帰ろうとしたとき、生き生きとしていて魅力的で、体の大きな彼が森へ駆けこんできて、姿を現わした。自分が小さくなったような気がするほど、彼は筋骨たくましかった。アラは彼を見つめながら、あの太く長い腕をまわされたらどんな気分なのだろうと考えた。あの広い胸に引き寄せられたら。なんでも望みどおりにできる強い男に触れられたら、と。

ドーセット侯爵には、強さも生き生きとしたところもなかった。酒を好む者ならではの太鼓腹の持ち主で、頭ははげかけていた。侯爵がしゃべるとき、唇の端に唾《つば》がたまることがあり、アラはぞっとした。

三日間、アラはその見知らぬ青年が運動をするようすを、隠れた場所で黙って見守りながら、彼の前に現われて言葉を交わすことを夢見ていた。自己紹介をすることを。もっとも、なんと言っていいかはさっぱりわからなかった。

とうとう四日目に、アラが木陰から出ようと勇気を振り絞ったとき、彼は現われなかった。アラは父の領地とカーライル公爵の領地の境にあるいつもの場所へ、いつもの時間に行き、永遠とも思えるあいだ待ち続けた。それでも、彼は来なかった。

アラはため息をついた。そろそろ家へ帰る時間なのかもしれない。

背後で小枝が折れる音が聞こえ、アラは慌てて立ちあがって振り向いた。

彼だ。

至近距離だと、その男がよりよく見えた。細い鼻梁《びりょう》、ふっくらとした唇、高い頬骨、力強い顎がすてきだった。野性的で荒々しい雰囲気があり、そばに行きたいと思わせる魅力がある。触れられるほどそばに、広い肩の線と首すじをなぞれるくらいそばに近づきたかった。漆黒《しっこく》の髪は肩に届きそうな長さで、きれいに波打っていた。茶色の目は、まっすぐに彼女に向けられていて、アラはまたもや呼吸を忘れそうになった。

「おれを何日観察していた?」青年は尋ねた。

アラは恥ずかしくて頬がかっと熱くなるのを感じた。ああどうしよう。なぜ知っていたのだろう。彼はこちらのほうをちらりとも見なかったし、アラは身じろぎをしないように、そして存在を知らせる音を少しも立てないように気をつけて――細心の注意を払って――いたというのに。

アラはできるかぎり冷ややかな態度を取ろうとしたものの、燃えさかる炎さながらの彼の前では難しかった。彼は空のほかのものが見えなくなるほどまぶしい太陽のようなものだ。「なんですって?」

青年が近づいた。彼のにおいが漂ってくる。男と汗と革と麝香《じゃこう》のにおい。それほどいいにおいを嗅《か》いだのは初めてだった。あとで好きなときに思い出せるように、彼ののどもとに鼻を押しあて、香りを直接嗅ぎたかった。

彼は唇の端をあげて一瞬微笑んだ。「聞こえたはずだ。おれを何日観察していたんだ? こっちの計算では三日だが、もっと長いかもしれないな。おれは考えごとに没頭してしまいがちだから」

考えごとをしていた? それは不思議だ。いま、アラのあらゆる思考は彼に支配されていたからだ。彼のことしか考えられなかった。胸の奥底にある何かが、未知の原始的な部分が、彼は運命の男だと告げていた。彼はアラのもので、アラは彼のものになるのだと。

どうにか我に返り、自分を戒《いまし》めた。しっかりしなさい、アラミンタ！　みんなに浅はかだと思われるのも無理はないじゃないの。知りもしない男に恋をしていると考えるなんて、どうかしている。

もっとも厳密には、彼に恋をしていると考えていたわけではなかった。というよりも、ふたりきりになったこの瞬間、彼のことなら愛せると感じたのだ。いつの日か。奇妙で説明のつかない、この正しいという直感には意味があるように思えた。ばかげていて単純すぎる。自力で結婚相手を見つけられそうにないと、父につねに絶望されているのも不思議ではなかった。知らない男の物語をこうして紡《つむ》がずにはいられないのに、彼女を妻にしようと競い合う求愛者たちにはいつも興味がなく、迷惑だと思ってしまうのだから。

アラはほどなく、男に話しかけられたことを思い出した。彼が返事を待っていることを。

彼は何日観察されていたのかを知っていた。ずっと見つめられていたのをわかっていた。それなのに、アラに気づいているそぶりさえ見せなかった。そんなふうに赤の他人を凝視していたのを見つかるなんて、恥ずかしいかぎりだ。父がこの失態を知ったなら、絶対に許してくれないだろう。

「観察なんてしていなかったわ」アラは嘘をつき、否定してみなさいと言わんばかりに、挑むように顔をあげた。

彼の笑みが大きくなり、アラの胸は高鳴った。鼓動の音が彼に聞こえたに違いない。

「きみはおれを観察してきたし、ふたりともそれを承知している。言い逃れをするのはやめたらどうだい、無駄だから」

そうかもしれないと、アラは考えた。

追いつめられたように感じて息を吐いた。彼を見つめ、目から彼の考えを読み取れたらいいのにと思った。「これまで何をしていたの？」

彼は片方の眉をあげた。「ついに正直になることにしたのか？　トレーニングだ」

「トレーニング」アラは繰り返し、具体的にどういうトレーニングなのかを理解しようと眉をひそめた。

「それから、きみに目の保養になるものを与えていた」彼はそう言ったあと、厚かましいことにウインクをした。腹立たしい男。

アラは心のなかでため息をついた。

彼はとても美しい。

自分のものだ。

アラはその場で、その木陰で、この男が何者であろうと結婚しようと決意した。

3

あの人がここにいる。

ひとつ屋根の下に。

同じ場所に暮らしている。

アラは客間の窓からぼんやりと外を眺めた。外のロンドンの街は、その日の営みでにぎやかだった。陽光は霧を貫こうとしている。馬車は音を立てて通りすぎ、上流階級の人々を乗せてセント・ジェームズ・スクエアの屋敷を出たり入ったりしている。なんの変哲もない。世の誰もがひと息ひと息を、一分一分を、一時間一時間を、そして一日一日をすごしていた。

けれども、アラの屋敷にあがりこんできた者がいた。招かれざる者。二度と会いたくなかった男が。

昨日、彼は冷ややかな態度で客間を出たあと、そこへは戻ってこなかった。カーライル公爵がひとりで客間へ戻り、ミスター・ラドローはすみやかに客用の続き部屋に滞在し始めると告げた。そして、しばらくのあいだ、どこへ行くにもアラに付き添う任務につくとのことだった。そのほかに数名の兵士も護衛をするが、全員がミスター・ラドローの指揮下に置かれるという。

「どんなことについても、ミスター・ラドローを信頼してください」カーライル公爵は真剣に言った。「あなたを守るためにここに滞在するのですから」

〝どんなことについても信頼〟。そこが問題だった。アラは彼を信頼していなかった。二度と信頼できない。昔、愚かにもそうしたことはあったけれど。それによって得たものは、張り裂けた心と美しい息子だけだった。

あの散々な会話のあと一日経ったいまも、アラは思わず短い泣き声を漏らした。ミスター・ラドローが足音荒く去ったとき、アラは彼のいない静寂のなかで、大きな安堵の念に包まれて胸を撫《な》でおろした。彼がこの屋敷に滞在することはなく、かかわりを持たずにすむと確信していた。

ところがその後、カーライル公爵が希望を打ち砕き、アラの神経をとがらせた。アラはできるかぎり礼儀正しく、違う護衛をつけてもらうよう頼んだ。ほかの者なら誰でもいいと。

「あなたの護衛を託せるのはミスター・ラドローだけでしてね」カーライル公爵は言った。内務省はすでに辞令を出しています。前バーグリー公爵の殺害を企てて関与した者たちが投獄されるまで、この一時的な生活様式に慣れてもらわなければなりません」

この屋敷にあの人がいることに、どう慣れればいいというのか。ここは自分に残された唯一の避難所、安全だと思える最後の場所だというのに。彼がここにいるという意識が、空気そのものを震わせている。彼が生身の人間ではなく、アラを追いつめようとしている亡霊であるかのように感じられた。ゆうべ、アラは横たわりながらも、夜更けまで眠らずに彼のことを考えていた。森で初めて出会ってから八年後に、同じ階の四つ向こうの部屋にいる彼のことを。

あの日、あの場所にとどまって彼のことを観察せずに、走り去るべきだった。こんなことになるとわかっていたら、逃げていたのに。あそこへ戻ることもなかっただろう。ひんやりとした窓ガラスに火照った額を押しあてた。具合が悪くなりかけているのかもしれない。胸が重苦しく、全身が熱かった。

「公爵夫人？」

チョコレートを思わせる深みのある甘い声だった。チョコレートのように、アラはもっとそれが欲しくなった。舌の上で味わいたかった。だめよ、だめ、だめ。まったく、どこからこの突拍子もない考えが浮かんだのだろう。アラはそれをぐっと押さえこんだ。それがとどまるべき場所、胸の奥底へうずめた。早鐘を打つ心臓に、鼓動を吸いとろうとするかのように手をあて、声の主のほうを向いた。

ミスター・ラドローは物音を立てることなく客間へ入っていた。どういうわけか、いま、彼は少し離れた場所に立ち、あの茶色い目でアラを見つめている。昨日よりも背が高く見えた。あまり紳士らしくない威圧感を与えるたくましい体は、暗色の上着と銀色のベストと黒いズボンに包まれている。クラバットは飾り気がないものだった。「黙って入ってすまない」彼は張りつめた静けさを破った。「何度かノックをしたが、反応がなかった」

ノックをした？　頭をひどく悩ませていたせいで聞こえなかったらしい。とはいえ、アラはそれを彼に知られたくはなかった。彼に対する内面の弱さを気取られたくなかったし、彼の姿を目にしただけでその腕のなかへ身を投じたくなる、情けない昔の自分がいることを知られたくもなかった。

かつて、彼の腕が我が家のように感じられたことがあった。

アラは顎をつんとあげた。「返事はしたわ。聞こえなかったんじゃないかしら」

彼はアラを見つめたが、何も言わなかった。謎めいた視線をアラに走らせている。焼き印を押すか、彼女をのみこんでしまえると言わんばかりの視線だった。「何も聞こえなかった、マダム」しばらくののちに言った。「五感を研《と》ぎ澄《す》ませておくべきだろう」

よくも偉そうに言えるものだ。彼のそっけない言葉に、アラの胸は痛んだ。

「すでにぴりぴりしていますけれど」アラの五感は痛いほど彼を意識していた。ああ。彼の香りさえ感じられた。懐かしいけれど、どこか新しいにおい。麝香と革と、強い男のにおい。恥ずべきことに、脚のあいだが熱を帯びた。

どういうわけか、アラは彼が昔、口を使ってその部分にしたことを思い出した。舌を使って。頬が熱くなるのを感じたものの、必死で彼から視線をそらさないようにした。いったいどうしたのだろう。熱があるようだ。恐ろしい病にかかったに違いない。そのせいに決まっている。熱っぽくて不思議な気分になっているのは、たんにそのせいだ。この困惑するような状態は、彼とはなんの関係もない。

彼の名前を考えることにさえ耐えられないのに、どうすれば彼がバーグリー・ハウスにいることに耐えられるというのか。

「マダム、腕利きの殺し屋があなたを追いつめて息の根を止めようとしているときには、五感をいくら研ぎ澄ませておいても足りないものだ」彼の口調は話の内容と同じくらい殺伐《さつばつ》としていた。容赦がなかった。

アラはひるんだ。「理解できないわ、わたしを……」〝殺そうとする者〟という言葉を口にできずに、声が消えた。それが、フレディの悲惨で残酷な最期をありありと思い出させるからだ。自分が直面している危険がますます現実味を帯びた。胸がさらに苦しくなった。アラは咳払いをして言い直した。「わたしが死んだところで何を成就できるのか、理解できないわ。フレディは職務のせいで標的になったけれど、わたしはアイルランドの統治に関しては、なんの役割も果たしていないし、公的な場でそれについて語ったこともない。その人たちは、夫を亡くした女に何を求めているのかしら」

「連中が求めていることなど、知らないほうがいい」彼がさらに近づいてきた。アラは彼のにおいと体に圧倒されそうだった。それから、彼のせいでよみがえり、夜明けの空に浮かぶ星のようにとどまっている記憶に。まぶしい過去を垣間見せる記憶に。

「いま心配すべきことは、あなたに不幸をもたらそうとしている敵がいるという、まぎれもない事実だけだ。あなたはシルクとお茶と客間の世界に慣れているのだろうが、ご主人を殺した者たちはそんな退屈な世界になんの興味も持たない。爆発物をしかけ、子どもたちを殺し、公園で罪なき男たちを刺し殺す。連中はなんだってするだろう。アイルランドの独立を勝ち取ること以外は、どうでもいいと思っているんだ。目的を遂げるためなら、あなたを殺し、墓の上で笑うだろう」

　彼は恐ろしい言葉をひとしきり浴びせながら近づいてくると、すぐそばに立った。捕食者を思わせるしなやかな歩き方だ。獅子《しし》のようだった。

　アラは一歩彼から離れた。一度。二度。スカートが壁にあたり、冷たくてなめらかで硬い窓に、頭があたった。アラは息をのんだ。スカートのひだのなかで握った手は震えている。彼が人を威圧するつもりなら、成功しつつある。怖がらせるつもりなら、目的は遂げられた。だからといって、一瞬たりとも弱さを見せるつもりはなかった。

　彼をにらんだ。「それ以上近づかないでちょうだい。あなたは人の部屋に黙って入ってきたのよ。それに、わたしは使用人にすぐそばに来られるのが嫌いなの」

　これでいい。言ってやった。彼について知っていることを、過去の知識を利用して、言い返した。

　彼が鼻孔をふくらませた。「言っておくが、おれは使用人ではない」

　アラは冷ややかで見くだすような表情を保つのに苦労した。「でも、同じ身分ではないわ。知り合いに対するような口の利き方を許してはいません。だって、知り合いではないもの」

かつては知り合いだったけれど。アラの愚かな心がそう囁いた。知り合いどころではない、深い関係だった。

「状況に適した言葉遣《づか》いをするつもりだ」彼の声は冬の大地のように冷たくて生気がなかった。「おれがここで任務を果たすには、今後あなたの協力が欠かせない。わかっていないのなら伝えておくが、まさに危険が迫っている。そうでなければ、内務省はおれのほかに六名の男をこの屋敷に送り込まなかっただろう」

危険が迫っているのは、もちろんわかっている。フレディを殺した、顔も名もない者たちのことがまたもや脳裏に浮かび、アラは気分が悪くなった。それは体から熱を追い出し、ありえないほどの寒気をもたらした。アラは身ぶるいをして腕をさすった。

彼はそのことに気づいたようだった。「寒いのなら、火を熾《おこ》してもらうが」

早春ならではの、じめじめとした寒い朝だった。春の息吹への期待を抱きにくい時期だ。バーグリー・ハウスは十八世紀初頭に建てられたが、天井の高い広々とした部屋はなかなか温まらないように思えた。理由はわからないものの、アラはここが我家だと感じたことがなかった。まわりの者もつられてしまうような笑い声で空間を満たし、ユーモアのセンスを失うことのなかったフレディ亡きいまは特にそうだった。

フレディは楽観主義者だった。

周囲の人々をいつも信頼していた。

その楽観主義が、こんな結果を招いてしまったなんて。

「あなたが熾してちょうだい」アラは言った。

その言葉が唇を離れたとたんに、それを取り返せればよかったのにと考えた。そんなことを口にした理由が、我ながらまったく理解できなかった。亡くなった夫の思い出に押し流されそうになっていたのに、気づけばそんなことを言っていたなんて。この男にはここにいて欲しくないと思ってさえいる。それなのになぜ、滞在を長引かせるようなことを命じるのだろう。

〝命じられるからでしょう〟と心得たような声がまたもや脳裏に響いた。〝彼に対して力を持っていることを楽しんでいるからよ。この体の大きな男に、肩身の狭い思いをさせるのを〟

彼が身をこわばらせた。「マダム、いまなんと言った?」

命令を取り消すチャンスが訪れた。彼に部屋を出ていかせ、遠くへ行かせるチャンスが。ところが、なぜかアラはそれを実行に移せなかった。

「火よ。あなたに熾してもらいたいの」外の寒さが窓ガラス越しに入ってきた。アラは地肌にそれを感じた。気持ちを落ち着かせる、心地よい冷たさだった。そのおかげで大胆になれた。「バーグリー・ハウスに滞在するなら、役に立っていただきたいわ」

彼が本性を現わすのを待った。唇をゆがめて微笑むのを。アラに向かって怒鳴り、地獄に堕ちろと言い、客間を出て今度は二度と戻らないのを。ところが、彼はただアラを見つめた。

そのまま見つめ続け、茶色の目でアラの顔を眺めまわし、のどもとへ視線をやった。沈黙が広がり、空気が重くなる。彼の視線が下へ向かい、アラの胸もとにとどまった。まるで愛撫のようだ。アラは視線を、その熱を感じた。乳房がうずき、それを覆うコルセットの下で胸の頂《いただき》が硬くなった。

すると、彼が何かに目を留め、瞳を翳《かげ》らせ、口もとをこわばらせた。アラは下を見ずとも、彼が何に目を留めたのかがわかった。服喪用のブローチだ。金と彫刻がほどこされた黒玉《ジェット》とガラスでできていて、フレディの遺髪が入っている。

彼はアラに視線を戻した。石の彫刻であるかのように無表情だった。「呼び鈴で使用人を呼んで火を熾してもらってくれ、公爵夫人」ののしり言葉であるかのように敬称を口にした。酸っぱい味がするかのように。彼は公爵の庶子だが、アラは公爵夫人となった。何年も前に、彼はアラをふり、彼女がなんの意味もない存在であったかのように去ったかもしれない。けれども、アラは彼がけっして得ることのない地位を得た。

そう考えても、アラはなんの喜びも感じなかった。彼の言葉の端々から伝わってくるのと同じ、すさんだ気分になるだけだった。

彼が突然背を向けて部屋を出ていった。ドアが静かに閉まる。勢いよく閉められたわけではなかったものの、静まり返っているだけに、ひときわ大きく聞こえた。

結局のところ、彼を追い出してしまったようだ。

アラはふたたび窓のほうを向き、人が行き交う眼下の通りを眺めた。彼が立ち去ったのだと考えたときに感じた胸の痛みを、気にするまいとした。彼はこの屋敷に来てから丸一日も経っていないのに、アラがフレディの死後、かろうじて得た心の平和を無残にも壊した。

アラはふたたび身を震わせたが、明らかな寒さのせいではなかった。暖炉の火にあたったとしても抑えられない震えだった。

＊＊＊

クレイはアラのことが気になって仕方がなかった。ひどく。とりつかれていた。ほかの男の妻だったというのに。それを思い出すのはつらかったが、自分を戒めるためには必要だった。彼女は夫の遺髪を身につけていた。それが入ったブローチを、服喪用のドレスに誇らしそうにつけていた。

自分は彼女の夫だったことはない。恋人だったことはあった。彼女の秘密だったことが。結局は彼女の恥となったわけだが。アラがふった男。アラのせいで永遠に痕の残る傷を負った男。

クレイはバーグリー・ハウスの大廊下を進んだ。もっと豪華な屋敷を訪れたことはあったし、贅沢《ぜいたく》や富になじみがないわけではなかった。この屋敷よりも広くて瀟洒《しょうしゃ》で豪華な屋敷に住んでいたこともある。だが、それはずいぶん前のことだ。あの頃は、父の庶子以上の者として受け入れられる望みはあると信じていた。

哀れまれる息子。

後ろ指をさされる息子。

評価されることのない息子。不名誉な生まれを乗り越えられない者。社交界にとっては、レオの母親と父親が愛のない見合い結婚をしたことも、クレイの母親と父親が心から愛し合っていたことも関係なかった。上流階級の人々にとって愛は重要ではない。クレイはそのことを青春時代に学んだが、何年も経ったいまも、それは古傷さながらに――顔の傷さながらに――胸のなかでうずき続けている。

しかし、アラの見下したような態度は、これまで受けてきたあらゆる非難を合わせたよりもつらかった。

アラを憎みたかったが、彼女が身を震わせたのを見て、アラもあやまちを犯す人間にすぎないことを思い出した。実際に腹立たしかったのは、アラがぞっとしていたことだった。恐怖に影響されたことだった。彼女は冷ややかな態度を取っていたものの、目に恐怖が宿ったのがわかった。

アラにはぬくもりに包まれていてもらいたかった。

そんなことを願うべきではないとわかってはいても。アラが夫の遺髪をブローチに入れ、心臓のあたりにつけているのを見たとき――彼女の心は自分のものになるはずだった――命じられたとおりにするものかと、みずからに言い聞かせたが、彼女に寒い思いをさせたままほうっておけないとわかっていた。

クレイは、緋色《ひいろ》の上着と黒いズボンというバーグリー・ハウスの目立つお仕着せを身につけた若い従僕を見つけて呼び止めた。「客間の暖炉に火を入れてもらえるか。公爵夫人が寒い思いをなさっている」

　従僕は会釈をした。「はい、マイロード」

「ミスター・ラドローだ」クレイは訂正した。この屋敷での立場をわきまえていたからだ。自分は貴族《ロード》ではないし、今後も貴族になることはない。一介の平民であり、庶子だ。肉体労働者、戦う男、人を殺す男だ。アラが選んだ男ではない。公爵でもない。

自分は闇そのものだ。そんな公爵はいない。

　公爵にはなり得ない男だ。

「承知しました、サー」従僕は言った。不安なのか、のどぼとけが動いている。

「なぜまだここにいる？」クレイは語気荒く言った。「すぐに取りかかれ」

「はい、ミスター・ラドロー」従僕はふたたび会釈をし、逃げるように客間のほうへ去った。

　使用人たちと面談しなければならないと、クレイは考えた。アラの脅威になる者がいないかを確かめておかなければ。フェニアン団の者がバーグリー・ハウスの使用人としてまぎれこむのに成功しているか、使用人をなんらかの方法で仲間に引き入れているとしたら、大変なことになる。この屋敷は要塞となるべき場所だ。

　アラにはここで安全にすごしてもらう必要がある。

　それが自分の務めだ。

クレイは思わず従僕のあとを追った。アラはドアをノックしたその従僕を自分の客間へ入れた。クレイもそこへ入った。彼女の世界へ。アラはまたもや窓辺に立っていた。姿勢のよい背中の線はなめらかで、リボンがあしらわれたシルクの流れるようなトレーンが、ウエストの細さをきわだたせている。つややかなジェットの装飾品のせいで、優美な首すじと、きれいに結いあげられた赤銅色の巻き毛に視線が行った。

その巻き毛が彼女のウエストまでおろされクレイの胸をかすめたとき、どんなにやわらかかったかを、なぜいま思い出すのだろう。思い出したくなどないというのに。どんなに忘れたいと思っていることか。はるか昔に、ひそかに重ねた逢瀬《おうせ》の一瞬一瞬の記憶を忘れ去ることができたならどんなにいいか。しかし、それらは臓器のように体のなかに収まっていて、消えることはなかった。

「火を熾しに来てくれたのね」アラは部屋へ入った者のほうを振り向きもせず、涼しい声で言った。

まったく、さっき伝えたばかりの強い警告の言葉を聞いていなかったのか？　前バーグリー公爵を殺したように、アラを殺そうとしている連中がいるというのに、彼女はひとりきりでいた部屋に入ってきた者を見ようともしなかった。

「そうだ」クレイは歯噛みをしながらそっけなく言った。身の安全を気にかけようとしないアラへの強い怒りがわきあがった。彼女はどうかしているか、愚かなのか?それともクレイを見下し、反抗しているだけなのだろうか。

クレイの声が、外を見続けていたアラの注意を引いた。アラは彼を見て目を見開き、はっとしたあと、すぐに最初の澄ました表情に戻った。赤の他人のようになってしまったこの女は誰なのだろう。どこから見ても公爵夫人然としている。

顔かたちは変わっていなくとも、クレイが昔知っていたアラにはとても見えなかった。もちろん、昔知っていたアラは、まやかしだったことが判明している。

「ミスター・ラドロー、どうしてここへ戻ったの?」アラは冷ややかな声で訊いた。

クレイは暖炉で火種を熾しかけている使用人へ目をやり、アラへ視線を戻した。

「そばにいるのがおれの務めだからだ、マダム」

彼女のすみれ色の目に何か感情が宿ったが、すぐに消えた。「いいえ、ミスター・ラドロー、それは違うわ」

使用人の前ではアラと言い争うまい。クレイはふたりが反目し合っていることを、使用人たちに知られたくはなかった。屋敷内でのクレイの権威にかかわるし、誰かにつけ入られる隙《すき》を作るわけにはいかないからだ。「議論の余地のないことだ」

アラは青ざめた。「どうしてそんなことが言えるのかしら、サー」

クレイは返事をせずに黙りこんだ。

従僕が懸命に火をかき立てる音がするなか、ふたりのあいだの沈黙が長引き、アラの口もとがだんだんとこわばっていった。やがて、薪《まき》のはぜる音とともに暖炉で火が燃えあがり、ぬくもりが部屋に勢いよく広がった。使用人は会釈をして出ていった。

部屋にいるのはふたりだけになった。ふたたび。

クレイが本能のままにアラに腕をまわすのを止める者は誰もいなくなった。

良識以外は。

ドアが閉まる小さな音がしたとき、アラはいらだちをクレイにぶつけた。「お説教の続きをしに来たのなら、出ていってくださるかしら、ミスター・ラドロー。わたしに対してよからぬことを企てている無法者たちに関する警告は聞く必要はないし、聞きたくもないわ」

「無法者」クレイは思わず苦笑いをした。「あなたの命を狙っているのは、野蛮《やばん》な殺人鬼たちだ。あらたな現実を早く理解したほうが、毎日がすごしやすくなる」

「もう十分に理解しています」アラは言い返した。「偉そうに言わないでもらいたいわ。さもないと、内務省のどなたかに連絡をして、あなたが尊大だと苦情を言って、任務を解いてもらうわよ」

「それはおもしろい」クレイは乾いた暗い笑みを浮かべた。「おれがすでに、任務を解いてもらおうとしたとは思わないのか？　これほど望んでいない任務はない。憎んでいる女を守る任務につかずにすむように、あらゆる手を尽くすだろうとは思わなかったのか？」

そう問われたアラの身がこわばり、顔がさらに青ざめた。彼女が一瞬傷ついたような表情をしたのは、気のせいだろうか。実際に傷ついたとしたなら、なぜだろう。あんな仕打ちをしたのだから、クレイが会いたがらないことはわかっているはずだ。裏切ったうえに、この傷痕。今日というこの日まで、クレイは顔を短剣で切ったのがアラの差し金だったのか、彼女の父親の差し金だったのかを知らずにきた。しかし、アラが信用のならない女であることを思い出すきっかけが必要ならば、鏡を見さえすればよかった。

アラは裏切りの証拠である傷痕を見て、自分を恥じただろうか、ほくそ笑んだだろうか。頬の傷痕が燃えるようにうずいた。一瞬、肉を切り裂き、クレイの愚かさを象徴する傷痕を永遠に残した刃の感触がよみがえった。こんな備忘録のような傷痕などいらなかった。

「ここにいたくないのなら、どうして出ていかないの、ミスター・ラドロー」アラの質問が陰気な沈黙を破った。

「任務だからだ」クレイはすかさず答えた。「たいていの者とは違って、おれは約束をしたらそれを守る」

まったく。これほど正直に答えるつもりはなかった。ふたりの過去をにおわせるつもりはなかった。ふたりが犯した罪を。

アラが殴られたかのように息をのんだ。「申しわけないけど、ミスター・ラドロー、あなたが約束を守らなかったことを、なんだか思い出してしまったわ。もう一度訊きます。この任務も、わたしの不愉快な存在も気に入らないのなら、なぜここにいるの？　なぜいま、この客間に、わたしと一緒にいるのかしら？」

約束を守らなかったなどと、よくも言えるものだと、クレイは考えた。昔、アラにはさまざまな約束をしたが、ひとつ以外はすべて守った。〝きみをずっと愛し続けると約束する、アラ。ぼくの心は未来永劫《みらいえいごう》きみのものだ〟

しかし、当然のことながら、クレイは彼女を愛するのをやめた。自分に、ふたりにあんな仕打ちをされた以上は、そうするしかなかった。アラの手紙の一言一句は、肌に焼きつけられているかのように、いまだに思い出せる。

クレイは歯嚙みをした。「約束についておれに何か言えた柄だろうか、マダム。あなたが誠実さに欠けるのは火を見るよりも明らかだというのに」

「よくもそんなことが言えるわね」ついにアラが動いた。スカートを揺らし、頬を上気させながらやってくる。

アラが何をするつもりかは、近づかれる前からわかった。クレイは彼女の手首をたやすくとらえ、顔を叩かれるのを防いだ。アラはなんと華奢《きゃしゃ》なのだろう。握った手首のなんと細いことか。彼女はクレイの両手におさまりそうなくらい小柄に思えた。手に力を入れれば、小鳥のように握りつぶせそうだった。

アラに危害を加えることなどできそうにないが。そんなことをするつもりはない。

「おれを叩いても、いいことはないぞ」クレイは警告する口調で言った。

「出ていって！」

怒りに満ちた声が部屋に響いた。昨日、クレイがアラに会ってから、彼女が感情をここまであらわにするのは初めてのことだった。そこまで彼女に嫌われているのだろうか。あるいは、クレイと同じく、いまだに相手に対して弱い部分が自分のなかに残っていることがいやでたまらないのか。

時と自分たちに変化はあっても、アラの香りは変わっていなかった。夏の薔薇《ばら》の芳香にかすかなオレンジのにおいが混ざったみずみずしい香り。その香りに包まれたとたんに、クレイの脳裏にさまざまな思い出がどっとよみがえった。森でダンスをしたこと、アラが瞳を躍らせてクレイを見あげたこと、彼女のなめらかでやわらかい唇から初めてキスを盗んだこと。明るい星々がまたたく黒いベルベットの空の下で、彼女と馬に乗ったこと。

あの頃は、未来がなんと輝いて見えたことか。大いなる可能性を秘めているように見えた。

いまは違う。

クレイはかつて愛した少女の幻を見おろし、大きく口をあけた虚空《こくう》にのまれそうになった。アラの手首をはなし、彼女から一歩離れた。離れる必要があったからだ。いま、彼女がいるこの場所では、冷静にふるまえない恐れがあった。緊張感とつらい過去がふたりのまわりで空気を震わせている以上は。

「二度とおれを叩こうとしないでくれ、マダム」クレイは怒気を含んだ口調で言った。「それから、ドアに背を向けたままですごさないように。今後は誰のことも信用してはいけない。誰もが自分に危害を加えたがっているものだと考えることだ、おれを含めて。こんなことを言うのは非常に残念だが、ご主人の死にかかわった悪党がとらえられて投獄されるまで生き延びたいと思っているのなら、おれが必要だ。内務省が命じたことだし、ここに残るのがおれの務めだ。だからこそ、おれはここにいる。危険が去った瞬間に、あなたの人生から永遠に消えるつもりだ。その約束くらいだ、最優先で守ると誓えるのは」

クレイは返事を待たなかった。それ以上彼女の言葉を聞くことには耐えられそうになかったからだ。あざけるようなそっけない会釈をし、ふたたび彼女の前から立ち去った。前バーグリー公爵を殺したフェニアン団の者たちがとらえられることを願うことしかできなかった。

早いうちに。

4

八年前

彼の名はクレイトンだった。アラは自室でひとりになったときに、その名を口にしてみた。スケッチブックに木炭で書いてみた。好きな讃美歌の歌詞であるかのように、日記の余白にも書いた。何度も、小さな字で丁寧に、あるいは大きな字でドラマチックに、ときには飾り文字を使って、ときにはハートを添えて。たわいのない落書きだ。どうかしている。

いい年になっていて、それなりに分別もあるから、ひそかに彼と会うようになって二週間経ったからといって、すでに彼を本気で愛するようになったはずがないことはわかっていた。それなのに、熱い料理用ストーブに載っている湯沸かしの縁まで入った湯のように、わきあがる気持ちを抑えきれなかった。

まさに沸騰《ふっとう》して、吹きこぼれそうだった。彼のことしか考えられなかった。彼の名前、顔、それから手。本当に大きな手で、指はとても長くて太く、それでいてハンサムだ。指がハンサムだなんてあり得るだろうか。ええ、あり得るわ、とアラは考えた。どういうことか疑問に思った人がいるなら、クレイトンの手を見さえすればいい。彼の手は美しくて品がよくて、完璧な形をしている。まさに万能な手で、何よりも優しさを感じさせる手だった。まだその手で触れられたことはなかったけれど、アラは夜、部屋で眠れずにひとりで横たわっているとき、彼の力強い男らしい手に触れられるところを思い描いた。その手がナイトドレスをめくりあげるところ。アラの足首とふくらはぎをかすめるところ。ひめやかな場所を愛撫するところ——自分しか触れたことのない場所を。もっとも、自分でそこに触れるのが、どんなに不道徳な行為かはわかっていた。

けれども、不道徳な行為ならば、なぜこれほどすてきで純粋で気持ちがいいことだと思えるのだろう。以前から解けない謎だったから、母親に訊いたことがあった。母は顔色を変え、はしたないことを二度と口にしてはいけないと言った。

その結果、アラはひとつ賢くなり、二度と母にそんな質問をするまいと考えた。かわりに、正しいことか悪いことかを気にせずに、〝はしたない〟ことを楽しもうと考えたのだった。　実際、クレイトンほどアラに　"はしたない"　気分にさせる紳士はいなかった。

いまも、アラは約束の場所でクレイトンが現われるのを待ちながら、彼のことを考え、そんな気分になっていた。彼はとても力持ちで、唇はとても魅力的だ。笑顔も。あの唇とこの唇が触れ合ったら、どんな感触なのだろう。クレイトンはキスをしようとするだろうか。そうしたら、自分はそれを許す？　人目を盗んで会うとき、彼は毎回完璧な紳士としてふるまってきた。その言動からは、彼がアラと同じように胸を高鳴らせていることはわからなかった。

とはいえ、ふたりのあいだには暗黙の絆《きずな》があると信じたかった。

あの日、この森で彼が近づいてきたとき以来、ふたりはアラが過去に経験したことがないほど打ち解けて正直に話をするようになった。アラは二十一歳だ。女王陛下に謁見《えっけん》し、社交界デビューをすませている。彼女のみぞおちのあたりをざわめかせることも、胸をときめかせることも一切ない紳士たちから求愛されたことはあった。どんなことも、どんな人もクレイトンとは比べものにならなかった。

最近、毎晩のように自室で彼のことを考えてうっとりとしているとき、彼のことを頭のなかで〝クレイ〟と呼ぶようになった。そう、彼にぴったりの呼び名だ。クレイトンという硬くて尊大に聞こえる名前よりもずっといい。

森のなかの気持ちのいい木陰で、アラはその新しい呼び名を口にしてみた。「クレイ」彼を待ちながら、夢見心地で思わずため息をつき、約束どおり彼が現われることを願った。

見つめていたことをクレイに指摘されてから十四日経った。初めて言葉を交わしてから。何もかもが変わってから。

「レディ・アラミンタ」

アラは驚きの小さな声をあげて振り向いた。彼が、美しい彼がいた。クレイがやってくる音は聞こえなかったが、クレイが音を立てずに歩くのが得意なことは、知り合ってからのこの短いあいだにわかっていた。彼は足音を聞かせたければそうするだろうし、忍び寄りたければ誰も彼が近づいてくることに気づかないだろう。

アラは頬が熱くなるのを感じた。歩きまわりながら、初めて紳士に会った若い娘のように、ため息交じりに彼の名をつぶやいていたようすを、クレイに見られていたに違いない。

「よかったらアラと呼んで」アラは提案し、眉をひそめた。「そのほうが、ずっとわたしらしい呼び名だもの。家族にも、そう呼んでもらえたらいいのだけれど。そう呼んでもらえないことにいら立つわたしを、家族はおもしろがってからかうのよ」

いやだわ、とアラは考えた。またとりとめのない話をしている。落ち着いて優雅にふるまわずに、余計なことを言って内面の緊張をさらけ出している。クレイが近づいてきた。自然そのものを思わせるような魅力的な外見だ。荒々しくもあり、美しくもあり、野性的でもあり、無骨でもあった。力が満ちあふれていた。

「アラ」彼は近づきながら微笑み、整ったきれいな歯をのぞかせた。

アラはクレイにキスをしたくなった。彼にキスをしてほしかった。ともかく、どちらからのどんな行動がきっかけでもかまわないから、唇と唇を重ねたかった。そうすれば、自分の世界は永遠に変わるはずだと思えた。

彼の世界も変えられるといいのだけれど。

ふたりは出会うべくして出会ったのだ。太陽が毎日昇るのと同じくらい、それが確かなことだとわかっていた。心の底から、直感でそうだと考えていた。魂で感じていた。

「その呼び方、とてもいいわ」アラは囁いた。目を見開いて見つめていると、クレイはブーツでスカートをかすめるくらいそばに来て立ち止まった。

アラはそれ以上のことをしてもらいたかった。

「きみがおれの名を口にするときの呼び方も、なかなかいい」そう言ってクレイは彼女の顎に触れた。さっと撫でただけだった。

それなのに、アラの心はとろけた。「クレイ、キスをしてくれないの?」

クレイは首を横に振った。まなざしが真剣になる。「そんな身勝手な真似を、当然のようにするつもりはないし、おれはそんなことをする立場にない。きみには、おれよりもはるかに身分の高い男がふさわしい。実際、きみはあらゆるすばらしいものを手にするにふさわしい。星々、月、太陽、あらゆる花、すべてのダイヤモンドとルビー。おれの力がおよぶなら、それらすべてをきみに贈るのに」

クレイの口調の激しさに、アラは胸を打たれた。「そんなものはいらないわ、クレイ。わたしが欲しいのはあなただけ」

それからあなたの心。お願い、お願いだからわたしのものだと言って。

クレイは音を立てて息を吐いた。「きみはおれが何者かさえわかっていないんだぞ、マイレディ」

もちろん知っている、とアラは考えた。この二週間、互いのことについていろいろと語り合ってきた。クレイがもっとも好きなのは詩を読むことだ。そして、乗馬が得意だ。狩りに魅力を感じたことはない。好きな色はアラの髪の色のような赤銅色。お菓子は好きではないが、果物、特にパイナップルには目がない。兄弟がひとりいる。

「知っているわ」アラは言い返した。思いきって手を伸ばし、ひげでざらついた頰を包んだ。「それに、わたしがいいと言うなら、身勝手な真似をすることにはならないでしょう」

クレイはまたもや首を横に振り、アラの手から顔を離すと、うしろにさがった。

「きみの望みはとても叶えられない。おれはきみが思っているような男ではないんだ」

アラは眉をひそめ、クレイに近づいた。彼が突然しり込みしたことに当惑していた。

「あなたはロード・クレイトン、カーライル公爵のご子息でしょう。このあいだ話したように、父親どうしの確執《かくしつ》はまったく気にしていないわ。ふたりが昔から不仲なのは本人たちの問題だし、わたしたちには関係がないもの。そのせいで、わたしたちの友情をだいなしにするのはやめましょう」

あるいは――アラは大胆な望みを抱いていた――ふたりの交際を。

クレイの父親であるカーライル公爵は、伯爵であるアラの父の領地と隣り合わせの土地を所有していた。父は理由を教えてくれないが、ふたりは憎み合っている。クレイがときどき遠慮がちな態度を取るのは、父親どうしが反目し合っているからだと、アラは確信していた。

「おれはロード・クレイトンではないんだ」クレイはきつい口調で言い、かぶっていた帽子を取ると、それを地面に投げつけた。

アラの背すじを不安が駆けおりた。そのとき初めて、彼が素性をいつわったのかもしれないと考えた。カーライル公爵の厩番《うまやばん》か、土地差配人かもしれない。カーライル公爵家の人々に紹介されたことはないから、見分けることなどできないだろう。だから、彼にたやすく騙《だま》された可能性はある。しかも、のぼせあがった小娘のように、彼の言葉を片端から鵜呑《うの》みにしてきた。クレイとひそかに会っていたこの二週間のどこかで、彼に心を奪われていたからだ。

彼にもう一度会えるように、どんな言いわけを見つけていつ家を抜け出すかが、日々の生活の中心になっていた。彼と別れてから次に会う瞬間まで、ただただ彼が恋しかった。

アラはクレイの上着の袖に触れた。安心感を与えてくれる彼の力強さとぬくもりを感じたくてたまらなかった。「ということは、わたしに嘘をついていたの？」

そうだったとしても、かまわなかった。彼が何者でも関係なかった。彼を許すつもりでいた。彼と一緒にすごす方法を見つけるつもりだった。彼と知り合ってしまった以上、彼のいない人生は考えられなかった。ふたりは一緒にいてこそ完璧になれる。

クレイは身をこわばらせたが、今回は離れようとしなかった。その表情は硬くて険しく、アラにとってなじみのある若き紳士の表情とは大違いだった。「おれはクレイトン・ラドローだ」

アラは目をしばたたき、眉根を寄せた。「よくわからないわ、クレイ。初めて会った日、まさにあなたはそう言ったでしょう」

「おれは庶子なんだ」彼は語気荒く言った。のどから絞り出された吠え声のようだった。「つまり、公爵の庶子であって、貴族ではない。ロード・クレイトンではないんだ。一生、貴族にはなれないし、貴族の屋敷の客間や舞踏室に、心から歓迎されることはないだろう。罪から生まれた者だと、おれに軽蔑の視線を向ける者がいなくなる日はけっして訪れない」

アラはその告白を聞いて息をのんだ。とはいえ、クレイの素性や身分を知ったからではなかった。彼があきらめたように自分を卑下していたからだ。人に疎《うと》まれて当然の怪物だと考えているかのようだった。父親と母親が結婚していないからという理由で社会に適合できず、人より劣っていると考えているかのようだった。出生時の状況には、自分の力はおよばないというのに。アラの目に涙が浮かんだ。彼の気持ちを思って。彼がこれまでずっと重荷を背負ってきたこと、これからも背負い続けることを思って。

「クレイ、それは重要なことではないわ」アラは話し始めたが、クレイにさえぎられた。

「重要だとも」クレイは怒りのこもった口調で言った。長く美しい指で豊かな黒い髪をかきあげると、髪が乱れた。「おれが間違っていた。いままできみと会い続けたなんて、本当に間違ったことをした。きみに話しかけて、きみの評判を落とすようなことをすべきではなかったんだ。何を考えていたのか我ながらわからない。きみはおれと——おれたちは——これ以上、かかわり合ってはならないんだ。本当に残念だが、アラ、これで最後にしなければ。おれたちはさよならを言わなければならない」

「いやよ」アラはとっさにクレイに腕をまわした。ためらいはなかった。彼の胸に顔を寄せ、引きしまった腰を抱きしめ、甘美な香りを吸いこんだ。彼の大きな鼓動が聞こえた。

「アラ、離してくれ」クレイはうなるように言い、彼女の腕に手をかけて抱擁を解かせようとした。

「いやよ」アラは彼の上着に向かって繰り返した。顔を横に向けると、安心感をもたらす鼓動が聞こえてくる場所に耳を押しあてた。そして、腕に力をこめた。「絶対に離さない」

クレイはアラの両肘をつかみ、自分の体から離した。「こんなことをしてはいけない。おれが人目を盗んで令嬢に会っていたことを伯爵が知ったら、おれはただではすまないだろうし、きみの評判は地に落ちる。おれたちは出会ったことを忘れなければならない。おれはきみにふさわしくないし、きみはおれのような者とかかわるには、身分が高すぎる」

「そんなことを言わないで」アラは泣き声で言った。ふたたび彼を力いっぱい抱きしめた。「あなたのことを忘れるつもりはないわ。あなたがロード・クレイじゃなくてもかまわない。これまで貴族と結婚したいと思ったことはないもの。わたしは幸せになりたいだけ」

母は伯爵夫人なのに、幸せそうではなかった。姉のロザムンドも伯爵夫人だが、会うたびに目のあたりに漂う悲しみが深くなっているように見える。爵位と富と楽な暮らしが、心を満たすわけではないのだ。

クレイはアラの肘から上のほうへ手をすべらせて腕をつかんだ。しかし、きつい握り方ではなかった。彼女を遠ざけたいのか、さらに引き寄せたいのか迷っているようだ。「きみは生まれたときから敬意を払われてきたのだから、そう言うのは簡単だろ

いる者は
う。何しろ父君の正当な娘だ。伯爵令嬢だ。嫌悪感むき出しの視線できみを見る者は
いない。隠しておくべき恥ずかしい秘密であるかのように見る者は」
たしかにそうだ。生まれのせいで、取るに足らない者であるかのように扱われてき
た彼が耐えてきたはずの経験を、アラはしていないし、彼が知っているはずのつらさ
も想像できなかった。
「あなたといると、わたしは幸せなのよ」アラは囁き、最初はためらいがちに彼を撫
でた。腰のくぼみのあたりで右手をさっと動かしただけだった。その後、手を上へす
べらせ、硬い背中の曲線に触れると、盛りあがった筋肉が収縮するのを手のひらに感
じた。アラはもう片方の手も動かさずにはいられず、同じように背中を撫であげ、力
強い肩で止めた。
ひとりの男の体にこれほどの力がみなぎっているなんて。
クレイの腕と大きな引きしまった体のせいで、自分が小さくなったような気がした。
それでも、これほど安心して自分が生き生きとしているように思えたことはなかった。
「おれはきみを幸せにはできない」彼の声がアラの耳のなかで響き、安心感を与える
落ち着いた鼓動と混ざり合った。「誰のことも。おれは呪われている」
そう言いながらも、クレイも手を動かしてアラの肩を包み、もう片方の手をうなじ

に添えた。彼は手袋をしていなかった。アラは手でじかに触れられて、不道徳で心地よい震えがつま先まで走るのを感じた。それはもう一度彼女の体を駆けあがり、最後は脚のあいだにとどまった。

あの〝はしたない〟気分が戻ってきた。

「それは違うわ」アラはあえて上を向き、彼を見あげた。「あなたはわたしを幸せな気持ちにしているのよ、クレイ」

ふたりの視線がぶつかった。彼の茶色の目には怒りと、アラには読み取れないさまざまな感情が宿っていた。クレイは本当にハンサムでいとおしい。彼を見つめているだけで、アラの胸はうずいた。

彼はふっくらとした下唇を不安そうに噛んでいる。アラはそこにキスをしたくてたまらなくなった。彼が噛んでいる部分に唇を重ね、そこを癒《いや》したかった。彼の苦しみをすべて取り去りたかった。

クレイは低くうなった。「そんなふうにおれを見ないでくれ、頼む、マイレディ」

「どんなふうに？」アラは涼しい顔で尋ね、もう一度――むしろあえて――彼の口へ視線を泳がせた。それがクレイを刺激しているらしいからだ。

クレイが噛んでいた部分をなめ、息を吐いた。アラのうなじに添えていた手を上へやり、ピンで手間をかけて結いあげられた髪に指を差し入れた。「きみは無邪気だな、まったく。おれのせいできみの身は破滅しかねないのに、それをちっともわかっていない。おれはきみが知り合いになっていい男ではないんだ、レディ・アラ」

クレイが破滅のもとになるはずがない。アラはそんなことがあり得るとは思えなかったし、彼の魅力に抗《あらが》うこともできなかった。彼はクレイトン・ラドロー、アラを引きつけてやまない存在だ。きっと彼以外の男を愛することはないだろう。それが腑《ふ》に落ちて嬉しくなった。

「貴族かどうかなんて気にしないわ」アラは疑いで言葉を濁《にご》すことなく、きっぱりと言った。「あなたがクレイなら、わたしのクレイなら、ほかのことはどうでもいいの。あなたに会うと、温かい気持ちになる。あなたのことを考えると、笑顔になる。あなたのそばにいないときは、またこうしてそばにいられるときまであなたに会いたいとばかり考えてしまう」

「ああ、アラ、やめてくれ」クレイのチョコレートを思わせる目に懇願が浮かんでいる。「紳士らしくふるまって、きみの純潔も評判も無傷のまま、きみを遠ざけようとしているのに。おれはきみにふさわしい男にはなれない」

アラは純潔などいらなかった。

彼に紳士らしいふるまいをしてもらいたくもなかった。

自分の評判も気にしなかった。

いま、この腕のなかにいて、これほど完璧な女神のような女は見たことがないと言わんばかりの視線でアラを見おろしている男のこと以外は、どうでもよかった。

クレイに出会う前の人生は寂しくてむなしかった。両親と同じく、いずれ悲惨な結婚生活を送るのだろうと予想していた——愛ではなく道理によって結ばれ、双方ともみじめな思いをするのだろうと。今後の人生を自室に隠れるようにして送り、現在の自分の姿を直視できないからといって、片頭痛に悩まされているふりをしてすごすのはいやだった。ようやく違う人生が見つかった。正しい人生が。その好機を逃すつもりはなかった。

アラは彼の首に腕をまわし、ぐっと背伸びをすると、唇と唇を重ねた。クレイは欲望の低い声を漏らしてキスを返し、飢えたように貪欲《どんよく》に彼女の唇を求めた。衝撃的なキスだった。ある求愛者から受けた、ひそかな軽いキスとはまったく違う。

クレイの舌が唇のあいだから奥へ入ってきた。なんて退廃的で甘美なのだろう。アラはあの〝はしたない〟感覚が体の奥で震え、燃えあがるのを感じた。

ところが、焼き印のようなキスをされたかと思うと、クレイはすぐに唇を離してアラを押しやった。罰あたりな言葉が空気を引き裂いた。彼はアラを見おろし、荒い息で胸を上下させている。その目は翳っていて、黒曜石よりも濃い色に見えた。

「おれはきみにはふさわしくない、レディ・アラミンタ」しばらくののちにクレイは言った。「明日は、おれを探しに来ないでくれ。おれもここへは来ないから。それが最善だ。きみのためには」

そして、踵を返して歩み去り、森の奥へ完全に姿を消した。アラは指二本を唇にあてたまま、呆然《ぼうぜん》とそちらを見つめた。

5

「お母様！」アラは腕を広げて前にかがみ、駆け寄ってくるいとしい息子を迎えた。エドワードは長い腕をアラにまわし、服喪用ドレスのボディスのなめらかな絹地に顔を押しあてた。アラも息子に腕をまわし、もつれた黒い巻き毛に顔をうずめて息を吸いこんだ。エドワードの背は日に日に伸びているから、近いうちに、アラが抱擁のために前にかがむ必要はなくなりそうだった。

エドワードが父親と同じくらいの長身になるなら、すぐにアラの背丈を抜くだろう。すでにその兆候はあった。腕と脚がひょろ長く、不格好に見えるほどだ。首でさえ、体のわりには長く見える。将来大きく成長するときの準備をしているようだった。エドワードはアラにはちっとも似ていない。目だけは別だったが。アラを見おろすような体格のいい若き紳士になりそうだった。

アラの腹のなかで育ち、彼女が大切に抱いていた赤ん坊が、いつか一人前の男になるのかと思うと不思議な気分だった。成長するにつれてクレイに似てくるのだろうか。そのことを考えるのはつらかったものの、考えずにはいられなかった。

とはいえ、似ても似なくてもたいした問題ではない。その頃には、クレイトン・ラドローはふたりの人生からとっくに消え去っているのだから。気づかれっこない。

なぜそう思うと胸が痛み、その痛みが消えないのだろう。アラはそれについて深く考えたくはなかった。何も感じたくなかった。そこで、腕のなかの息子に気持ちをすべて向けた。

「エドワード」アラは息子にまわした腕に力をこめ、エドワードが母親に腕をまわしたくない年齢にまだ達していないことに感謝した。母親とは間違ったことをしないものであり、世界は公平ですばらしい場所であると感じているくらい、エドワードはまだ無邪気で幼かった。

ああ、この邪気のなさ。

「お母様、きつすぎるよ」エドワードが文句を言った。

いまだに息子が、母親とは間違ったことをしないものだと感じているというのは、アラの思い込みだったのかもしれない。それならそれでいい。間違ったことをする可能性は大いにあるのだから。実際、過去にあやまちを犯した。けれども、アラはこの八年間、そのあやまちの報いをけっして受けないよう最善を尽くしてきた。

アラは抱擁を解き、エドワードに微笑みかけた。母親としての保護欲が胸のなかでわきあがった。おくるみのなかの赤ん坊を初めて見おろした瞬間に、あれほどの愛情を感じるとは、まったく予想していなかった。赤ん坊の顔は真っ赤でしわくちゃだったし、その黒い髪を見たときはクレイを思い出してつらくなったけれど、アラの心は浮き立った。母親になることによって、過去に経験したことがないほどの喜びとストレスとが同時にもたらされた。

アラは愛情をこめてエドワードの黒い髪を軽くかき乱した。「今日のご機嫌はいかが、わたしの小さな紳士さん？」

「勉強にもう飽きてきた」エドワードは不満そうに言った。「外に行きたい。ずっと壁に囲まれているような気がするんだもの」

実際、そうだった。服喪期間は長く、わびしさは日に日に少しずつ薄れてきた。そして、普段どおりの生活に戻りかけていたとき、内務省から使者が送られてきて、アラの命を標的にする脅迫について、恐ろしい警告を伝えた。

胸でわきあがった怒りが、のどへ這いあがってきて、アラは叫びたくなった。悪党たちはよくもフレディを殺せたものだ。幼い少年の父親を奪うなんて。それだけでも十分に罪深いのに、さらに母親まで奪おうとしている。その不当さに暴言を吐きたくなった。何かを壊したくなった。

とはいえ、アラは暴力的な人間ではなかった。

母親なのだから、息子のために心を強く持って落ち着いていなければ。

アラは自分が直面している危険について、エドワードにまだ伝えていなかったし、伝えるかどうか迷っていた。伝えようとするたびに、息子の繊細な世界をふたたび壊すことができずに、苦いものとともに言葉をのみこんだ。

「春にしてはお外が寒いのよ」アラは明るい口調で言った。「だいたい、いやな霧が出ているわ。外ですごす日ではないと思うの」

エドワードは顔をしかめた。その表情が、クレイの厳《いか》めしい顔にそっくりだったので、アラは息をのんだ。「霧なんていつも出ているでしょ、お母様。ぼくは気にしない。立って歩きまわりたいんだよ」

「いまだってそうしているじゃないの」アラは心配が声ににじまないようにしたが、自然に出てしまうのではないかと不安だった。心配すべきことが、いまやふたつになった。フェニアン団の脅迫と、クレイ・ラドロー。クレイがアラの人生に突然戻ってきて初めて、アラは真の親子であるふたりが異様なほど似ていることに気づいた。

　クレイはまだエドワードに会っていない。しかし、アラはふたりが顔を合わせないようにすべきだと確信した。クレイが真実にうすうす気づいた場合、どうすればいいかわからなかった。アラがフレディと結婚していたという事実が、クレイの疑念を払《ふっ》拭《しょく》してくれることを願うしかない。とはいえ、エドワードとクレイを見比べさえすれば、血の通った者どうしであることは誰にでもわかるだろう。

「走りたいんだよ、お母様」エドワードは言った。「お庭で走りたい」

　これもクレイとの共通点だ——体を動かすのが好きなところ。フレディが他界する前、活発なエドワードが自由に動きまわりたがったとき、アラはいつでも笑顔で息子を外へ送り出していた。しかし、いまは事情が違う。外に危険が潜んでいるかもしれない。何が起きてもおかしくはないから、息子を危険にさらすつもりはなかった。アラにはエドワードしか残されていないからだ。

「あなたはもう公爵なのよ」アラは静かな口調で言った。今後しなければならないことにエドワードが慣れるよう、うながし始める頃合いなのは確かだが、こうして嘘をつくのがいやだった。「自分の立場を忘れてはいけないわ」

「公爵はお父様でしょう、ぼくじゃない」エドワードは唇を震わせた。「お父様に会いたい」

アラは目に涙を浮かべながら、もう一度エドワードに腕をまわした。さっき、きつ いと言われたにもかかわらず、息子を同じくらい強く抱きしめた。「わたしも会いた いと思っているわ。でも、ふたりとも勇気を出さなければね。お父様はきっとそう 願っておいでよ。お父様が、頑張っていたあなたをご覧になったら、とても誇りに 思ってくださるでしょうね。あなたは立派で善良なバーグリー公爵になると思うの。 わたしは心からそう信じているわ」

フレディはふたりの心の支えそのものだった。笑顔や冗談を絶やさなかった。彼ほど機知に富んでいて優しい人はほかにいなかったし、アラとエドワードに対して、とても寛容だった。フレディがエドワードを実の息子のように愛していたことに、アラは一度も疑いを抱いたことはない。フレディはアラに型破りな結婚を申し込んだとき、アラが身ごもっている赤ん坊を——男児であれ女児であれ——我が子として受け入れると約束してくれた。そして、それを実行しただけでなく、あの日の約束以上のことをしてくれた。

命を落としたその日まで。しかも、自分の死後も、アラとエドワードが守られるように手配しておいてくれた。

「お父様のように立派な人になれると思う？」エドワードは真顔で尋ねた。

小さな顔に浮かぶつらそうな表情を見て、アラは胸が張り裂けそうだったが、顔に出すまいとした。そこで、微笑んでエドワードの顔を両手で包んだ。「もちろんよ、だってもうあなたは立派にやっているもの」

「ありがとう、お母様」エドワードは小さな声で言った。「そうだといいな。お母様は誰よりも分別があるから、お母様の言うことはぜんぶ信じなさいって、お父様はいつも言っていたもの」

いとしいフレディ。彼の言いそうなことだ。本当は分別などないと、アラは自覚していた。生まれてこの方、数えきれないほどの罪を犯している。自分は高潔ではないし、息子の手本になれるような人間ではない。

そのとき、アラは胸のなかの何かがよじれるような痛みを覚えた。強い罪悪感が悲しみに重なった。エドワードは知っていた唯一の父親を失ったけれど、血のつながった父親がひとつ屋根の下にいる。アラは息子を七年間欺《あざむ》いてきたが、いま秘密を明かせたらどんなにいいかと一瞬考えた。実の父親はクレイトン・ラドローだと。

けれども、そんな軽はずみなことは絶対にできない。

エドワードが実の息子であることをクレイが知ったらどんな反応を見せるか、まったくわからなかった。クレイはすでに冷たくてよそよそしい態度を取っている。アラに話しかけるときは、そばにいるのが忌まわしいことだと思っているかのようだ。アラが何年も息子の存在を隠していたことをクレイが知ったら……。

もっとも、クレイはなんとも思わないかもしれない。結局のところ、何も言わずにアラのもとを去ったのだから。アラを見捨てて、父親と恥辱にひとりで対処させたのだから。そのせいでアラはどんな男の求婚も受け入れざるを得ない立場に立たされ、残された唯一の道を選んだ。フレディにめぐり会えたのはまさに奇跡だった。それまでに出会った誰よりも善良だったフレディには、これからもずっと感謝し続けるだろう。

あれほど紳士的な人はいなかった。

アラは涙を流すまいと目をしばたたき、渋々エドワードを離した。「ほら見て、なんだか涙が出てきたわ」

「お父様はいつも笑っていたでしょう」エドワードは年齢にそぐわない重々しい口調で言った。「ぼくとお母様にも笑顔でいてもらいたがると思うよ、お母様。お母様が泣くと、お父様はいつも困っていた」

たしかにそうだった。恥ずかしいことに、アラはエドワードの母親という幸せな立場にあり、フレディと心地よい関係を築いていたにもかかわらず、みじめな気持ちになる日々があった。過去と、手に入らなかった未来が戻ってきて、アラをのみこみそうになった日々が。フレディは、ふさぎ込んだアラをいつもどうにか慰めてくれた。ときにはチョコレートで。ときには品のない冗談で。

そんな何気ない日々を思い出し、アラは悲しみを感じながらも微笑んだ。昔は、こんなことになるとは夢にも思わなかった。実際、いまも状況を完全には理解できずにいる。

「あなたのおかげで笑顔になれるわ」アラは息子に言った。「大好きよ、エドワード」

「ぼくもお母様が大好きだよ」エドワードは照れたようにつま先のあたりを見つめ、もぞもぞと足を動かした。

目の前のこのしっかりした子どもは誰だろう。フレディの死がエドワードを成長させたのか。それとも、子どもの成長とはこういうものなのか。アラにはわからなかったが、ともかく胸が痛んだ。

「近いうちに、どこかへ遊びに行きましょうね」アラはエドワードの目から悲しみを消したくて、思わずそう言った。「行きたいところへ連れていってあげるわ。考えておいてね、いずれ出かけましょう」

エドワードは満面の笑みを浮かべた。「ありがとう、お母様」

アラは有無を言わせぬ表情でエドワードを見た。「さあ、行きなさい。図書室に戻るのよ。何時間かしたら、何を勉強したのかをすべて聞かせてちょうだい」

フレディの死後、エドワードは肩を落としがちだったが、いまは少し明るいようすで会釈をして立ち去った。アラは罪悪感と悲しみとともに、客間にひとり残された。

＊＊＊

まったく、困ったものだ。

厄介なことに、猫のシャーマンがいなくなった。クレイは滞在している続き部屋を探しまわった。ふかふかした毛織の絨毯《じゅうたん》に膝をつき、ベッドの下をのぞいた。家具の上へ目を走らせ、椅子の下も探した。猫が隠れそうな場所はくまなく見てまわった。

三十分後、何者かが――バーグリー・ハウスの部屋係のメイドかそのほかの使用人が――迂闊《うかつ》にもシャーマンを逃がしたのだろうと結論づけた。

シャーマンは自由を好む。クレイはそれも仕方がないことだと考えた。自分だって自由が好きだし、裏切った女のそばでこの任務を果たさなければならないいまは、とりわけ自由になりたいと思っている。ともあれ、猫を連れてきたことは隠していたため、シャーマンを探すには余計に苦労をしそうだった。

今日は、バーグリー・ハウスに来て三日目だった。

クレイは顔をしかめ、最後にもう一度部屋をざっと見てまわると、ほかの場所を探すことに決めた。アラと同じ屋敷ですごして三日目。彼女の部屋からほんの数部屋離れたところで眠ったのがふた晩。

ふたりの身分差と醜い過去を考えると、彼女との距離は数部屋というより別の国と同じくらい遠い。アラはこれまでにないほど遠くへ行ってしまった。少なくとも、彼女とかかわるのが二度目の今回は、自分の立場をわきまえていてよかった。

前回、アラは貴族の身分と富を手放すことになるとしまいに気づき、クレイとの交際を望まなくなった。ふたりの父親の領地の境にある森で初めて出会ったとき、アラはどこまでも無垢《むく》で善良に見えたから、庶子であることは気にしないと反論されて、クレイは愚かにもその言葉を信じた。分不相応のものを手に入れたいと切に願う男ならみな同じように感じただろうが、クレイにとって、彼女はセイレーン（船乗りを歌で誘惑して船を座礁させるという妖精）の歌そのものだった。すみれ色の目と炎の色の髪を持つ美しい伯爵令嬢、甘いキス、懇願するようなまなざし、信じるべきではなかった数々の約束。

ああそうだ、自分はその約束すべてを信じた。しかし、短剣の刃が幻影をすぐにかき消してくれた。アラは社交界の人々にドアを開けてもらえなくなること、以前のように敬意を持って接してもらえなくなること、望むような名声と富を手にできなくなることを真に理解し、クレイを裏切ったのだ。

〝おまえが流させた血をおまえにも流してもらう〟と、あのときクレイの顔を切り裂いた男は冷ややかな声で言った。〝伯爵様はこれで借りを返してもらったことになるとお考えだ。レディ・アラミンタには二度と話しかけるな。二度と会うな〟

あの日、クレイは二度と弱みをさらけ出さないと心に固く誓った。あの日、鍛《きた》え抜かれた男になることを目指し始め、結局はそうなった。

なんと皮肉な。百戦錬磨《ひゃくせんれんま》の男——腕利きの暗殺者であり、剣や銃や素手で人を殺せる男——が、行方不明の猫を探しているとは。

「シャーマン」最後にもう一度だけ呼びかけた。切りあげないと、過去にとらわれていつまでもこの部屋にいることになりそうだった。

猫は現われなかった。鳴き声もしっぽを振る音さえも聞こえない。クレイはその部屋を出て廊下を進んだ。これまでの経験から、一番に探すべき場所は外だとわかっていた。シャーマンは新鮮な空気が大好きで、開いたドアを見ると外に招かれていると考えるらしい。

クレイは息を吐き、立派な屋敷の一階へ行った。この屋敷での滞在は生産的に始めることができた。屋敷の周辺を調べたあと、六名の護衛を追加した。使用人の面談もすませてある。何よりも、アラと距離を保つことができた。

昨日、客間で口論して以来、彼女の姿は見ていなかった。クレイはあれから、食事は自室ですませていた。彼女と食事をともにしたくはなかったからだ。ロンドンの街路でクレイの耳や目になっている者たちからは、フェニアン団の動きがいまは見られないと聞いていた。前バーグリー公爵を殺した者たちをとらえようと、当局が最善を尽くしているから――当然そうすべきだが――連中が静かなのかもしれない。

クレイとしては二週間を何ごともなくすごし、この望まない任務を解いてもらえることを願うしかなかった。今後、フェニアン団が報復としてバーグリー公爵夫人を襲う気配がなく、体勢を立て直すために撤退したなら、そして、クレイがここに滞在中にもっとも憂慮すべき出来事が、猫がいなくなったことですむなら、レオも内務省もクレイをここに留めておくことはできないだろう。

ここでの滞在が長引くほど、正気を脅かされる危険があった。忍耐を試される危険が。バーグリー公爵夫人にキスをするか、彼女の首を絞めずにおく自制心を試される危険もあった。ああ、アラのことを敬称で考えるのは本当に嫌いだ。魅力的な笑顔を見せ、優しいキスをしたあの娘とかけ離れているように思えるからだ。父親の言いつけに背き、家を忍び出て、クレイに会いにきていたあの娘と……。

だが、あの娘は甘い夢にすぎなかった。

そして、のちに公爵夫人となった。

だが、クレイは公爵の庶子のままでいる。

あらゆる点で絶望的だ。

クレイは庭に面したドアに向かい、そこから外へ出た。シャーマンは手入れの行き届いた生垣の迷宮のなかにでもいるだろう。まもなく、聞き慣れた鳴き声が聞こえた。しかし、きれいに刈り込まれた生垣の角を曲がったとき、予期していなかった光景に出くわした。

石のベンチに黒髪の幼い少年がすわっていて、行方不明になっていた猫を膝に乗せ、腕をまわしていた。瘦軀《そうく》で手脚は長く、成長中の子どもならではの不格好なところがあり、どこかクレイの子ども時代を思わせた。クレイは二十歳になってようやく、体格が背の高さに釣り合うようになってきたが、筋肉をつけて鍛えるのにその後数年かかった。

クレイは足を止めた。バーグリー・ハウスを訪れた初日に見た肖像画に、この少年が描かれていた。毎日それらの肖像画の前を通らざるを得なかったが、無視するのがだんだんうまくなっている。

あの絵の少年だ。

アラの息子。

クレイは少年の姿を目にして、腹を刺されたような衝撃を受けた。アラに息子がいる。あたりまえだ。夫がいるのだから。アラにはクレイとふたりでひそかにすごした数週間よりも長い、数年におよぶ別の人生があったのだから。頭では冷静に、それが否定できない事実だとわかっていた。しかし、腹立たしい猫を抱いている少年の、色彩のはっきりとした姿を目の当たりにすると、その事実が現実味を帯びた。クレイの胸と目の奥に焼きつくほどに。

少年がクレイを見あげ、警戒するような表情をした。「サー、あなたは誰?」

人をすぐに信用しようとしないとは賢い少年だ。父親が殺害されたいまは、それがあたりまえになったのだろう。クレイはベンチに近づいて微笑み、安心感を与える笑みであることを願った。子どもになんと話しかけていいのかは、さっぱりわからなかった。顔に傷痕のある体の大きな男は、子どもたちにあまり慕われないものだ。

クレイは会釈をした。「ミスター・ラドローだ。むしろ訊きたいのは、あなたが誰で、なぜおれの猫を横取りしたのかということだが」

少年が目を見開いた。すみれ色の目というアラに似た部分がようやく見つかった。「ぼくはバーグリー公爵。猫は盗んでいないよ、サー。廊下をうろうろしてるのを見つけたんだ。ぼくも猫も寂しくて、ひなたぼっこしたかったから、お庭を散歩することにしたんだ」

アラの息子が――この顔色の悪い、悲しそうな子どもが――公爵だとは、不思議でたまらない。クレイはかがみ、シャーマンの頭をかいてやった。シャーマンは後ろ足で立ちあがり、のどを鳴らしたとも鳴いたとも受け取れる満足の音を漏らした。「公爵様、いま猫とお話だっただろうか」

少年は目をぱちくりさせ、眉根を寄せた。「もちろん違うよ。これは猫だから、しゃべれないもの」

クレイは自分の顎をかき、困惑しているふりをした。「それは妙だ、猫が寂しがっていて、ひなたぼっこしたがっていることがおわかりになるとは」

「そうだろうと察してあげたんだ」少年は得意げに言った。

「それはたいしたものだ、公爵様。一瞬、猫と話せるのかと考えてしまった」

少年は笑い、シャーマンの背中を撫でおろした。移り気な猫は、新しい友人の膝を離れようとしない。「冗談でしょ、ミスター・ラドロー」

「もちろん」クレイはこの妙な会話を実際に楽しんでいることに気づいた。少年の黒髪にふたたび目が留まった。なんとなく、アラの息子の髪は、母親に似て赤銅色なのではないかと想像していた。「公爵様がひとりで庭にいらっしゃることを、知っている者は？」

「あなたはお父様を殺した悪者から、ぼくたちを守りにきた人？」少年は質問には答えずに尋ねた。「使用人たちが話をしているのを聞いたんだ」

クレイはその質問にふいを突かれた。「そう」単純にそう答えた。「おれは護衛で、このふさふさのいたずら猫はもっとも信頼のおける相棒です。野良の動物を助けるのがうまい友人からの贈り物だった。名はシャーマン」

少年はうなずいた。「シャーマン。ぴったりの名前だね。ぼくは最初、ミスター・ぶち《パッチズ》と呼んだらどうかと思っていたけど。すごくいい子だね、サー」

「それは鋭い」クレイは大真面目に言った。「その猫の正式な洗礼名はミスター・シャーマン・パッチズなので」

アラの息子はふたたび微笑んだ。「あなたは変わった人だね、ミスター・ラドロー。だけど、ぼくはなんだか気に入っちゃった。ミスター・シャーマン・パッチズのことも。でも、ここで猫を飼っていることは、お母様には言わないで。何日か前に、仔犬が欲しいとお母様に頼んだら、動物は屋敷のなかでは飼わないって言われたから」

「本当に？」クレイはシャーマンの頭を撫で、屋敷のスケジュールを思い出した。公爵はいま、図書室で家庭教師と勉強することになっているはずだ。ということは、家庭教師が仕事をしていないということだ。「それならば、猫は我々の秘密にしておきましょう、公爵様。さて、おれの勘違いでなければ勉強のお時間では？」


少年はきまり悪そうな顔をした。「そうなんだけれど、ラテン語の本を読んでいるとき、ミス・アージェントが寝てしまうことがあって、そういうとき、ぼくはお庭に来るんだ。お母様には言わないでもらえる？」


クレイはバーグリー・ハウスのこちら側に二名の見張りを配置してあった。しかし、少年がひとりで歩きまわるのは気に入らなかった。まったく、勉強中に居眠りをするとは、家庭教師は何をしているのか。

「これからは庭へ出たくなったら、お供をするからおれのところへ来てください」クレイは提案した。

「悪者はお庭まで入ってこないよね、ミスター・ラドロー」少年の顔から血の気が失せた。

クレイはその質問を聞いて、のどにかたまりがつかえたような気がした。アラと別の男の息子であるこの少年を気に入りたくはなかったが、実際気に入った。どんな子どもでも、自分の家で身の危険を感じるべきではない。

クレイは母親の目にそっくりな少年の目を見つめた。「おれがここにいるあいだは入ってきません、公爵様。さあ。お母様に見つかる前に、シャーマンをおれの部屋に戻さなければ。それから、あなたを図書室まで送らなければ」

「わかったよ、ミスター・ラドロー。もう十分に外で新鮮な空気を吸ったからいいや」

クレイは猫を抱きあげた。

まったく、胸にぬくもりが広がったとはどういうことだ?

こんなことではだめだ。本当にだめだ。

6

八年前

彼女がいた。頭上の大枝のあいだから射し込む木漏れ日のなかで、髪が炎さながらに輝いている。サテンの長いリボンを指に引っかけて帽子をぶらさげ、手袋はしていない。乗馬用ドレスは鮮やかなブルーだ。氷と炎をまとった女神のようだった。

クレイはアラに会いにここへ戻るべきではなかったとわかっていた。彼女が会いに来ず、あらたな人生を歩み始める日が必ず来るのだから、立ち去るべきだった。いずれアラは彼女にふさわしい紳士と、夫として釣り合う紳士と出会うだろう。どこかの伯爵か公爵。爵位を継ぐ男。宝石やシルクのドレスを贈れる男。もっとも格式の高い舞踏会や夜会へエスコートできる男。

だが、クレイは身勝手だった。次の呼吸をするよりも彼女が欲しかった。だから、ふたりの父親の領地の境にある森の奥の、待ち合わせ場所へ戻ってきた。アラがいつもの時間にいつものようにいることを願って。もはや前に進むのを止められなかった。大砲から放たれた弾丸さながらに、アラのほうへ走っていった。破滅に向かってまっしぐらに。

彼女の、そして自分の破滅。

クレイはアラにふさわしい男ではなかった。それなのに、クレイの心は頑《かたく》なで、理性の声に耳を傾けなかった。だから、間違ったことだとわかっていたにもかかわらず、彼女のためにこうしてやって来た。

「クレイ」アラは彼の姿を見てつぶやくように言い、腕を広げて駆け寄ってきた。

クレイが彼女を抱きとめ、甘い香りの髪に顔をうずめると、アラは彼の首に顔をうずめた。アラはこのうえなくいい香りがした。ぬくもり、優しさ、太陽、薔薇の花、女、そしてあらゆる禁断の香りだった。これまでずっと求めていたのに、手に入ることを夢にも見なかったすべてのもの。アラにキスをされて一日しか経っていないというのに、一生待ったような気分だった。

アラが自分の分身のように感じるのに、どうすれば彼女を離せるというのか。

硬くて小さなものを腿《もも》に感じた。何かの角につつかれている。いったいなんだろう。

それはアラのドレスに入っているようだった。

「スカートに何を隠しているんだ、アラ」クレイは訊かずにはいられなかった。

「そうだわ！」アラは頰を染めてはにかむと、一歩身を引いてドレスの隠しポケットから赤い革表紙の小さな本を取り出した。「贈り物よ、クレイ」

クレイは胸がぬくもりでいっぱいになるのを感じながら、それを受け取った。知り合いの淑女から贈り物をもらったのは初めてのことだった。手のなかの本を見おろした。「詩集」

「そんじょそこらの詩集じゃないわよ」アラがにっこりと笑い、左の頰にえくぼがかすかに浮かんだ。「気に入っているコレクションの一冊なの。全二巻よ。これであなたは第一巻、わたしは第二巻を持っているというわけ。二巻で一セットのものよ」

クレイは胸が高鳴るのを感じながら、表紙を開き、アラが書き込んだ献辞を読んだ。

〝クレイへ、あなたのアラより。第二巻を読むなら、どこを探せばいいのかわかるわよね〟体のなかを何かが走り抜け、胸が熱くなった。顔をあげると、アラは一心にクレイを見つめていた。鼻のうえにかわいらしいしわを寄せ、クレイの反応を待っている。

ああ、どうすればいいのか。

「ありがとう。これほど完璧な贈り物をもらうのは初めてだ」クレイはアラを腕のなかへ引き戻し、頭のてっぺんにキスをした。「アラ。おれのかわいい、愚かなアラ。きみにはふさわしくないと言ったのに、なぜ戻ってきた？」

「あなたこそどうして？」アラは尋ね返した。

「きみがここにいたらいいのにと思ったから。きみから離れていられないからだ。きみはどうだろうと考えた」告白の言葉が思わず口からこぼれ出た。アラへの想いの深さを明かしたくはなかったが、彼女が腕のなかにいるときに黙ってはいられなかった。どうしても――なんとしてでも――彼女を離したくない。

クレイは自分の気持ちに気づいてはっとした。そして怖くなった。

「よかった」アラは囁いた。「父親どうしが昔のことで恨《うら》み合っているようだけれど、わたしはふたりの確執は気にしないわ。キングスウッド・ホールへ来て、求愛してくれる？」

クレイはその質問を聞いて、一瞬言葉を失った。父親がカーライル公爵――アラの父親が憎んでいる男――の庶子に末娘への求愛を許すだろうと、アラはどうすれば考えられるのだろう。とんでもなく大胆か、とんでもなく世間知らずかのどちらかだ。

クレイは思わず彼女の頭のてっぺんにもう一度キスをした。ようやく腕を伸ばすようにしてアラを自分の身から離すと、彼を見あげるアラの顔を見おろした。「アラ、おれは庶子なんだぞ。父君はおれがきみを訪問するのを絶対にお許しにならないだろう。求愛はもってのほかだ。まともな父親なら、そうした縁組を認めはしない。父君にとっても、きみにとっても、おれからの求愛は無礼になる」

クレイは理解してくれと目で懇願した。ふたりにとって物事をこれ以上難しく、つらいものにせず、楽なものにしてほしいと。前回のさよならで別れられなかったのだとしても、今回はきちんと別れなければならない。それがふたりのためだ。

「父はロンドンにいるの」アラは言った。「大切な用事があるからだって、母は言ってたけれど、わたしの侍女は、父がセントジョンズウッドに囲っている愛人に会うから出かけたのだって言ったわ。とてもきれいなフランス人女優なんですって、わたしとほとんど年齢が変わらないそうよ」

クレイは目を丸くして彼女を見おろした。アラの言葉にも、そんな話を知っていたことにも驚いたのだ。アラは父親の不貞を非常に落ち着いた口調で語った。天気の話でもするかのように。無垢な娘は、そのような人生の醜い暗部のことを知るべきではない。

もちろん、貴族が妾《めかけ》を持つのはよくあることで、それは承知している。クレイの母親もかつては囲い者だった。しかし、クレイの母は父を心の底から愛し、父も母を同じくらい愛した。このため、クレイはめずらしく腹違いの弟レオとともに育てられた。とはいえ、両親が愛し合っていたことも、父が与えてくれた恵まれた生活も、出自の汚点を消すことはできなかった。

「きみが知っていいことではないのに」やがてクレイは言った。「その侍女は、噂をわざわざきみに伝えるべきではなかった」

アラは頑なな表情で首を横に振った。ふたりがひそかに逢瀬を重ねた二週間のあいだに、クレイがよく目にした表情だ。「伝えてくれてよかったと思ってるわ。真実を隠されたままなんていやだもの。知るべきことがあるなら知りたいわ。何もかも」

アラはクレイに一歩近づき、またもや表情を変えた。目が翳り、濃いすみれ色になる。鮮やかな目の奥で何かがきらめいていたが、クレイにはその正体がわからなかった。公爵となった継弟とは違い、クレイは女に関しては経験が浅かった。レオにいろいろと教えてもらい、ロンドンの娼館を訪れたことがある。女とベッドをともにしたこともある。しかし、そのときは互いに何を求めているかは承知していた。

求愛をしたことはなかった。女を愛したこともなかった。

なんということだ。

彼女を愛している。

クレイはふいにそう悟った。それは予兆なしに五感に衝撃を与える頭上の雷鳴——轟音《ごうおん》を発し、怒気と脅威を感じさせ、変化を約束する雷鳴——さながらの出来事だった。自分はレディ・アラミンタ・ウィンターズを愛している。

いま、アラはクレイの胸に手を広げて置いていた。高鳴る心臓の真上に。「何もかも知りたいの、クレイ。教えてくれる？」

これはまずい。

クレイは唾をのみ、そっと彼女の手首をつかんだが、その手を押しやることができなかった。彼女に触れられていることがあまりにも心地よかったからだ。「いとしいアラ、おれには何も教えることはできない」

「お願い、クレイ」アラは照れたようにクレイを見あげた。信頼の宿ったその顔はとても美しかった。「この心はあなたのものよ」アラは片方の手でクレイの手をつかみ、胸の上に置いた。

クレイは彼女の速い鼓動を手のひらに感じた。生々しくて力強い。ふたりのあいだには絆がある。アラの心臓のあたりに手をあてていると、これまでに経験したことのないほどの一体感を覚えた。彼女と出会う前は、どうやって生きていたのだろう。この炎さながらの髪と、そばかすの散った鼻と、キスを懇願するようなふっくらとした唇を持つ、気性の激しい娘と出会う前は。クレイの素性を気にせずに求めてくれる娘と出会う前は。

「きみの願いは叶えられない」クレイは低い声で、ともかくそう言った。庶子かもしれないが紳士でもあるから、そんな願いは叶えられなかった。分別はある、だんだんそれを思い出すのが難しくなってはいるが。「きみに求愛はできないし……当然、何も教えられない。きみは無垢な娘なんだぞ、アラ、まさにそのままでいなければならない。いつの日か、心に後ろ暗い部分がない状態で、顔を堂々とあげて、夫のもとへ嫁ぐことになる。そのときには、きみが差し出したものをおれが受け取らなくてよかったと思うだろう」

アラはクレイから視線をはずそうとはしなかった。彼女が深く息を吸うと、クレイは上下する胸が自分の体の一部であるかのように感じた。「わたしが嫁ぎたい相手はあなただけよ、クレイ。あなたを愛しているの」

クレイは呼吸をするのを忘れた。

彼女の言葉はどこまでも美しくて輝かしかった。ひどく恐ろしくて間違っているようにも聞こえると同時に……正しい言葉だとも思えた。もっとも聞きたいと思っていた言葉であり、もっとも恐れていた言葉でもあった。アラはもっとも手の届かない存在だ。

帰れと言うべきだ。彼女から身を離して、あとも振り返らずにこの場から逃げ出し、戻らないようにしなければ。アラを彼女にふさわしい人生へ戻らせ、父親が決める相手と——色白で手がやわらかく、高貴な身分の甘やかされた貴族と——愛のない結婚をする人生へ戻らせなければならない。

ところがクレイは、アラにキスをした。そんなつもりはなかった。そう、クレイの良識は、彼女をここに無垢なまま置いて帰れと告げていた。しかし体はそれに抗うことにした。体ではなく、心だったのかもしれない。いずれにしろ、アラのもとを去るつもりはなかった。とても去れなかった。

アラの心臓の上にあった手をすべらせ、うなじに添えた。彼女の手首をつかんでいた手を離し、愛らしい頬の丸みを包んだ。ちっとも優しいキスではなかったが、本当はゆっくりと少しずつ求めるキスをするつもりだった。問題は、レディ・アラミンタ・ウィンターズが炎さながらで、彼女のそばにいるときはクレイも燃えあがってしまうことだった。

彼女の唇がクレイの唇の下で開いた。舌と舌が出会ったとき、アラは声を漏らした。

欲望の波がクレイの股間へ押し寄せる。キスを始め、彼女の小さな声を聞いただけで、睾丸《こうがん》が収縮し、彼のものは森の木々に負けない勢いでそそり立った。アラがためらいがちに舌を差し入れ、彼の舌に触れたとき、クレイは自制心を失いそうになった。

クレイは息を吸って唇を離すと、荒い呼吸をしながらアラを見おろした。彼女の大きな目はすみれ色の泉のようで、そこで簡単に溺れてしまいそうだった。その唇は開かれ、キスのせいで腫《は》れている。森の地面のやわらかい苔の上に彼女を横たえ、奪いたくてたまらなかった。

しかし、そんなことはできなかった。アラは自分にはもったいない。あまりにも完璧で善良で純真だ。何があろうとも、彼女を破滅に導くことなどできなかった。

「求愛しよう」クレイはどうにか言った。アラを胸に抱き寄せないように、そして、ふたたびキスをして我を忘れることがないように、こぶしを握った。「明日。おれが歓迎されると、きみが信じているなら」

アラは見たこともないほどまぶしい笑みを浮かべた。「これ以上ないほど信じているわ。ありがとう、クレイ。後悔はさせないわ、約束する！」

クレイはアラが正しいこと、のちにこの日を後悔しないことを心から願った。何よりも、自分のものになり得ない女に心を奪われたことを、後悔しないことを願った。

そして、上着の内ポケットに詩集を入れ、心臓の上にそれを収めた。

7

エドワードはまたもや猫を抱いていた。クレイが若公爵のそんな姿を目にしたのは、この二日間で二度目だったが、今回はクレイが長い一日を終え、部屋へ戻った夜のことだった。その日はアラに危害を加えようとしている暗殺者たちに忍び込まれるような隙がバーグリー・ハウスにないかを確認していた。前日と同じように、クレイはエドワードが子ども部屋や勉強部屋にいないことに気づいてさえいなかった——夜のこの時間に、クレイの部屋ですやすやと眠っていたとは。

クレイはシャーマンと一緒にベッドで眠るエドワードの前で足を止めた。どちらも気持ちよさそうに眠っている。クレイは部屋へ侵入されたにもかかわらず、そのうえ、エドワードの安否に責任のある家庭教師へのいらだちを覚えたにもかかわらず、ふたたび胸にぬくもりが広がるのを感じた。

困ったものだ。クレイはアラの息子を気に入りたくはなかったし、彼に対して優しい気持ちになりたくもなかった。つきまとわれているうちに愛着を抱いた猫の場合とは違って、かわいく思えてくるはずはない。絶対にエドワードに愛着を抱きたくはなかった。エドワードはバーグリー・ハウスよりも、アラを敬称で呼ぶことよりも、アラがクレイなしで築いた世界を象徴していたからだ。お仕着せを着た使用人たち、セント・ジェームズ・スクエア、ウォルト（有名なファッションメゾン）のドレス、そして舞踏会と夜会と饗宴の世界。公爵の息子として育てられながらも、永遠に公爵の庶子にすぎないただのクレイトン・ラドローが、アラには与えられない世界。

　クレイと結婚していたら、アラは単なるミセス・クレイトン・ラドローになっていた。同じように息子を生んだだろうか。実際に息子を生んでくれていたら、エドワードによく似た子が生まれただろうと、奇妙な考えが頭をよぎった。黒髪で、たくましくなる前のクレイと同じくほっそりとした背が高い子ども。子ども時代のクレイと同じく、はにかみ屋で物静かな子ども。善良で優しい心を持つ子ども。

　だめだ、とクレイは考えた。この子を好きになりたくはない。

　それどころか、父親ゆえに――クレイの座を奪った男ゆえに――エドワードを憎みたかった。母親については言うまでもなかった――非情にもクレイを裏切った女。

　それでも、少年のあどけない寝姿を眺めていると、クレイは優しい気持ちになるのを止められなかった。エドワードは見えない脅威から自分自身と、そばで眠る白と黒のぶち猫を守るかのように、バランスの悪い体を丸めて眠っている。悲しいことに、脅威があるのは確かだった。エドワードには計り知れないほど確実に。

子どもにも猫にも軽減しようのない脅威だ。だが、それはまたあとで心配すればいい。いまはありがたいことに、エドワードは無事で、クレイが別のことをしていたときにフェニアン団の何者かに連れ去られることもなかった。クレイはもうしばらくその場に留まり、すやすやと眠るアラの息子を見つめた。

いつのまにか部屋を横切っていた。予備のブランケットを取ってくると、エドワードにかけてやった。シャーマンはいやがるので、それがかからないように気をつけた。子どもも猫も目を覚ますことはなかった。

クレイはエドワードが快適に安全にすごしていることに満足し、エドワードの母親か家庭教師を探しにいった。最初に見つかったほうでいい。

遠くまで歩かずにすんだ。自室を出たところで、揺れる黒いスカートとぶつかったからだ。クレイはとっさに彼女のウエストをつかんで支え、彼女はクレイの胸に手をついた。

母親のほうか。

まずい。何気ない触れ合いでも、昔の苦悩がよみがえった。アラを求める気持ちがなくなったわけではなかったらしい。クレイが彼女のウエストをつかみ、彼女が手を彼の胸に置いただけで、ズボンのなかで彼のものが硬くなったのが、その事実を痛いほどよく証明している。ともかく、彼女のウエストの曲線は完璧だった。しかも、唇は本当にふっくらとしていて、キスを懇願するようだった。そのうえ、アラは胸が痛むほど美しかった。

大きくて色鮮やかな目を向けられたとき、クレイの体に衝撃が走った。「ミスター・ラドロー」彼女が堅苦しい口調で言う。「近づきすぎよ、サー」

息子を叱るクレイの母のような言い方だった。

クレイは少なくともこの十五年間は母に叱られていない。この女は――クレイを見あげるこの色香の漂う美女は――女神の外見を持つ蛇そのものだ。

熱くなっていた彼の血が冷たくなった。クレイはすぐさま腕を伸ばし、アラを遠ざけた。彼女が燃えさかる炎で、火傷を恐れているかのように。アラはまさにそれだ。破滅のもと。破滅そのもの。クレイの唯一の後悔。

クレイは落ち着きを取り戻して体の興奮を鎮《しず》めようとした。手を脇へおろし、無表情を装った。「ひょっとして、若公爵を探しているのか?」場合によっては自分にも息子がいたかもしれないと思うと、アラの息子の話をするのはつらかった。しかし、その思考を頭から追い払った。ここにいるのは任務のためだ。フェニアン団の脅威という危険が夏の日の雷雲さながらに去るまで、アラとエドワードを守ることが。危険が去れば、速《すみ》やかに次の任務に移れるかもしれないと、クレイは願うことしかできなかった。

そうすれば、蠱惑的《こわくてき》なすみれ色の目と、炎のような髪と、ピンク色のやわらかそうな唇を忘れられるかもしれない。

「エドワード」アラは神聖な言葉を口にするように囁いた。「もちろん、あの子を探しているわ。おやすみを言いにいったとき、ベッドにいなかったのよ。家庭教師はエドワードがどこにいるかさっぱりわからないって言うし。あの子が見つかったの？あの子は……無事なの？」

ふたりの過去と彼女に対する気持ちはさておき、クレイは、アラが息子によからぬことが起きたのかもしれないと一瞬でも考えなければならなかったことがいやだった。罪なき人々を殺すことによって故国の問題を解決できると考えている、顔の見えない悪党どもの行動が、自宅にいる母親にこうして影響をおよぼせるのかと思うと、心底腹が立った。

クレイは彼女の魅力的な顔を見おろし、怒りを抑えて慎重に答えた。「見つかった。おれの部屋で眠っている」

アラは深く息を吸った。彼女の鼻孔はふくらみ、大きな口は非難がましく引き結ばれた。「ミスター・ラドロー、あなたのお部屋ですって？」

クレイは彼に話しかけるときのアラの口調が気に入らなかった。使用人に対するような言い方だ。クレイが自分よりも劣っていると言わんばかりの口調だった。

クレイは唾をのんだ。「そのとおりだ、公爵夫人。いま伝えたように、若公爵はおれの部屋で眠っている。安全にすやすやと。よければおれが運び出すが」

「ミスター・ラドロー、なぜあの子はあなたの部屋へやって来たの？」アラの口調は冷ややかで棘々《とげとげ》しく、命令するようでもあった。これまでもそうだった。格下の者に話しかけ、満足のいく返事を強要しているかのような口調だ。

「それは知らない、マダム」クレイは歯嚙みをしながら言った。赤の他人どうしのようなよそよそしい会話をしなければならないのが気に入らなかった。それよりもさらに気に入らないのは、頭のなかで出した結論——昔から自分たちが赤の他人同然だったという結論だ。結局、彼女のことを真に理解してはいなかった。ふたりのあいだに起きたことはすべて、いつわりであり、まやかしだった。アラは厳格な父親に逆らっていたのだろうか。その反抗心ゆえに、公爵の庶子に体に触れるのを許すという考えに引かれていたのか。

とてもそんな質問はできないから、答えは永遠の謎だった。

「ミスター・ラドロー、あの子がなぜあなたの部屋にいるの？」アラの口調からは毒気が感じられた。「いつからそこにいたのかしら」

クレイはそう言われるだろうと思っていたので、自分も似たような口調で言い返した。「ご子息がいつからおれの部屋にいたのかは、見当もつかない。すやすやと眠っているから。ここでのおれの任務はあなたを守ることだから、残念ながら、ご子息に関する権限はおれにはない」

「あなたの権限」アラは唇をゆがめて繰り返した。権限なんて一切ないと言わんばかりだった。

「ああ。おれの権限の話だ」クレイは冷ややかに言った。「フェニアン団が公園でご主人を殺しただろう、マダム。その悪党の一味が、あなたの命を狙うと言っている。ここでのおれの務めは、あなたの安全を守ることだが、行儀の悪いご子息の居場所を把握しておくことではない。それはあなたと、子守役の務めだ」

アラは殴られたかのようにひるんだ。「あなたのここでの役割は承知しているわ、ミスター・ラドロー。だけど、理解できないのは、小さい頃から毎晩自分のベッドにいた息子が、なぜ今夜はそこにいなくて、あなたの部屋に現われたのかということよ。このお屋敷には部屋がいくつもあるのに」

クレイは口もとをこわばらせた。「おれは絶対にご子息には危害を加えない、それをほのめかしているのなら言っておくが。おれはご子息がおれの猫と一緒に丸くなって眠っているのを見つけただけだ」

優美でつややかな眉が片方つりあがった。「あなたの猫?」

クレイはまっすぐにアラを見つめた。いくら問いただされても、眉をつりあげられても、シャーマンへの愛情が減ることはない。「受け継いだ猫だ」

アラは顔をしかめた。「以前の飼い主が亡くなって、あなたがそれを飼うしかなかったということ?」

〝それ〟扱いか。

クレイはにやりとした。「いいや。以前の飼い主が、おれに贈ってくれたということだ。考えてみると、贈り主の公爵夫人には見る目があった。おれはシャーマンを贈られて初めて、猫のかわいさに気づいたから」

アラはクレイの目をまっすぐに見つめた。触れることなく、彼を視線で釘付けにしている。「公爵夫人?」

「リーズ公爵夫人」クレイはすかさず答えた。「大切な友人のひとりだ」

「あなたに大切な友人が何人いようと関係のない話だわ、ミスター・ラドロー。わたしが気にしているのは、息子がなぜあなたのお部屋へ行ったのかということよ」彼女の表情から、うんざりしていることは、はっきりと口にしなくても伝わってきた。いっそのこと言葉にすればいいのにと、クレイは考えた。「すぐにあの子を部屋から運び出してちょうだい」

クレイはアラを凝視した。昔の怒りがあらたな怒りと勢いよく混じり合う。久しぶりに分をわきまえずに言った。「その必要があるなら、自分で運び出したらどうだ、マダム。おれは使用人ではない、護衛だ」

アラは昂然《こうぜん》と顎をあげ、怒りで目をきらめかせた。「護衛なのに、わたしの息子の行方を把握していなかったじゃないの」

「把握していなかったのはそっちだろう、マダム」クレイは訂正した。本当は怒鳴りたくてたまらなかった。と同時に彼女に触れたかった。そして——ああ——キスをしたかった。「見つけたのはこのおれだ。任務を超えることをしたのだから、感謝してもらいたいものだな」

アラのすみれ色の目が翳った。「いったいなぜあの子はここへ？　やっぱりわからないわ」

「自分の子どものことをあまりよくわかっていないようだな。だが、若公爵は猫に会いにきたんだと思う」そのときクレイは、エドワードを運び出すよう提案しておきながら、意に反してアラがかわいそうになった。彼女は昔から小柄なほうだったが、いまはさらに華奢に見える。背の高いエドワードを子ども部屋まで自力で運ぶのは、きっと無理だろう。「子ども部屋までおれが運んでもかまわないか？」

しかし、アラの眉間のしわは深まった。「あの子はどうして、あなたのお部屋に猫がいることを知っていたのかしら」

「話をしたときに、おれの猫だと伝えたからだ」

アラがいぶかしそうに目を細めた。「あの子は動物が大好きなのよ。あなたはそれを察したから、わざわざ猫のことを伝えたんでしょう」

クレイは我慢の限界に近づいてきた。バーグリー・ハウスにいるのは、任務でそうするしかなかったからだ。しかし、侮辱されるいわれはない。「つまり、何が言いたいんだ？」

「何かを遠まわしに言っているわけではないわ」アラは言い返した。「質問をしているのよ。この屋敷にはこれだけのお部屋があるのに、あの子はなぜ、わざわざあなたのお部屋に隠れるのかしらって」

冷ややかな調子で訊かれた質問には一理あった。クレイも同じことを考えたからだ。しかし、責めるような彼女の口調が気に入らなかった。「ご子息を起こして、直接訊いてみたらどうだ」

昔、クレイが求めたことのある唇が、非難するかのようにきつく結ばれた。「ただ、わたしはあなたに質問をしているのよ。ミスター・ラドロー、いったいいつ、わたしの息子と話をしたの？」

クレイは口もとをこわばらせ、アラを見つめた。彼女がとても魅力的だと、いまだに感じずにすめばよかったのだが。これだけの歳月が経ったのだから――頬に傷痕が残り、彼女に裏切られ、心をずたずたにされたのだから――こうして彼女の影響を受けずにすめばよかったのだが。「ご子息の居場所を、やはりよく把握していないようだ、マダム。昨日、おれが若公爵に会ったときも、若公爵は図書室から抜け出していた。質問は自分自身に向けるべきではないのか」

アラが青ざめた。「あの子はここのところずっと動揺してたのよ。父親が殺害されたんですもの」

「だからといって、母親としての務めを果たさなくていいとでも?」クレイは言った。

「あなたは一線を越えているわ、ミスター・ラドロー」

かまうものか。アラの冷ややかな態度は、はるか昔にクレイが自分のまわりに築いた、平常心という壁を飛び越えて侵入してきた。アラに冷たくされているにもかかわらず、彼女に近づくたびに、胸のなかで炎が燃えあがるのが気に入らなかった。「任務中は越えてはいけない線はない、マダム」

「わたしが引いた線があるわ」アラは非難するように視線をクレイに走らせた。「この屋敷に滞在してもらわなくてもかまわないくらいよ。内務省がここへ送りこむ者をわたしは選べないんでしょうけれど、人の気持ちを踏みにじる《ライドオーバー》ような言動を許すつもりはありませんから」

クレイはアラに近づいた。衝動に抗えなかったし、彼女を戸惑わせたかったからだ。アラは難攻不落であるかのような態度を取っている。しかし、実際はそうではないと証明したかった。彼女に惹かれる気持ちが刺さった棘《とげ》のように残っているが、それが自分だけではないと証明したかった。

クレイは射貫くようにアラを見つめた。「あなたには別の方法で乗《ライドオーバー》りたいとしか思わない、マダム。断言しておくが、それはご子息の居場所について、辛辣な言葉を交わすこととは関係のない行為だ」

アラはぽかんと口をあけた。愛らしいピンクの唇が驚きでOの字型になったあと、彼女は落ち着きを取り戻したようだった。そして、鼻孔をふくらませた。「いったいどういうつもり？」

クレイは愚か者だったから、目をそらさなかった。ひるみもしなかった。プライドに駆り立てられたのかもしれない。消えることのなかった、痛いほど強い彼女への欲望のせいかもしれない。「忘れてしまったのか？」

アラの頬の高い部分が赤く染まった。クレイは彼女に触れたくなった。我慢しているせいで手がうずき、強くこぶしを握った。触れるものか。クリーム色ののどや、その下の甘美なくぼみ——そこが脈打つのが見えるような気がした——に指一本触れはしない。

「人生最大の後悔のことを、思い出したい理由がある？」アラの口調はクレイを鞭打つようだった。

人生最大の後悔？　ああ、アラは後悔とは何かをまったく理解していない。

彼女の言葉に傷つくべきではなかった。胸のなかで苦悩の奔流が放たれるのもおかしなことだった。しかし、それが事実だった。自分はいったい何を考えていたのだろう。アラが抱きついてきて、犯した罪を赦《ゆる》してくれと懇願するとでも思っていたのか？　彼女は変わっただろうと考えていたのか？

クレイは無表情のままでうしろにさがった。「庭にいた」

「どういうこと？」

「ご子息だ」クレイはアラの口調と同じように冷ややかに説明した。「若公爵と初めて会ったのは、昨日、庭で出くわしたときのことだ。家庭教師は、若公爵の居場所をちっとも把握していなかったようだ。おれが若公爵と出会ったとき、彼は膝の上でおれの猫を抱いていた。メイドが知らないうちにシャーマンを部屋の外へ逃がしてしまったんだろう。ともかく、若公爵がシャーマンを見つけたというわけだ。野良の動物を助けるのがうまい友人からの贈り物だと、おれは説明した」

アラは口もとをこわばらせ、クレイの顔へ視線を走らせた。「愛人に贈られた猫を、バーグリー・ハウスへ連れてくるなんて不適切だわ」

「公爵夫人だ。リーズ公爵夫人は愛人ではない」クレイは訂正した。事実とはほど遠いからだ。「友人だ」

アラは眉をひそめたままだった。「わたしがかつて、あなたの友人だったように？」

彼女は思っているほど、自分の影響を受けていないわけではないのかもしれないと、クレイは考えた。

クレイは勝ち誇った気分がふくれあがらないよう抑えた。彼女も自分と同じくらい過去を忘れられずにいるという希望を持てなかったからだ。たとえ忘れられずにいても、そのことに意味はなかった。とっくの昔に、取り返しのつかない事態になっている。「人生最大の後悔を思い出したくないんだろう、アラ」

彼女が怒ったように目をきらめかせた。「わたしを名前で呼んでいいとは言っていないわ」

「許可を取るような男ではなくてね」クレイはにやりと笑った。アラはそれを覚えておいたほうがいい。自分はもはや、彼女の美しさと魅力に惑わされ、揺れる腰と胸の丸みに夢中だった若造ではないのだから。いまは大人の男であり、大人の男の欲望がある。体も一人前の男の体だ。

気に入った女を自分のものにできる。

だったらなぜ、いまだにアラが欲しいのか。

悔しいことに、触れられるほど彼女のそばにいると、クレイは彼女に——香り、髪のつややかな赤銅色、シルクのスカートの衣擦れの音、なめらかでやわらかそうに見える肌に——気を取られ、いつのまにか下腹部が重くなるのを感じた。そこが引きつる感覚にはなじみがあった。アラの味を思い出した。彼女の体の感触、温かくて濡れていてきつくて、自分がすぐに果ててしまったことも。

またもや、ズボンのなかで彼のものが起きあがった。

これほど不都合なタイミングはない。

ふたりはにらみ合い、意志と意志を闘わせた。

「ここでは許可をとってもらうわ、ミスター・ラドロー」アラは出し抜けに言った。目が翳り、嵐を思わせる青に見える。反抗的な子どもを叱るような口調だった。

「バーグリー・ハウスはわたしの家よ」

「おれはへつらうつもりはない」クレイは歯噛みをしながら言った。アラは媚《こ》びてもらうことを期待しているのなら、永遠に待つことになる。

使用人ではないのだから。アラもクレイの上司というわけではない。本人はそう思っているのかもしれないが。最後にアラの姿を見たあとの八年間に、今の自分を作りあげてきた。アラには尊厳と、公爵の庶子で終わりたくないという願望を奪われかけたが、結局は奪われずにすんだ。

「だとしたら、ここでは苦労することになると思うわ」もっと心の弱い男なら、彼女のそっけない言い方を聞いてひどく傷ついていただろう。

アラはクレイがどんな男なのか、どんな男になったのかをわかっていない。昔知っていた青年、希望を抱いていた夢追い人――その後クレイの純真な心は無残にも踏みにじられたが――のままなのだろう。どんな男なのかをいま伝えておこうと、クレイは考えた。恐れてもらい、距離を置いてもらいたかったからだ。そうすれば、彼女の姿を目にしたり、話をしたりする必要がなくなる。かつて深くアラを愛していたことも、ふたりの体が完璧に重なり合ったことも思い出さずにすむようになる。

クレイは笑い声をあげ、意地の悪い部分を前面に押し出した。「いとしい公爵夫人、おれがフェニアン団の殺し屋からあなたを守る任務を与えられたのは、あなたのように小柄で無害な女性に怯《おび》えるような男だからだと考えたのか？　おれはその気になれば、素手で難なくあなたを半分にへし折れる。あなたは獅子の頭のまわりを飛びまわる蝶のようなものだ、マダム。おれを押さえつけようとすれば恥をかくぞ。踏みつぶされるだけだ」

「ということは、カーライル公爵がおっしゃっていたことは本当なんだわ」アラの冷ややかな表情がやわらぎ、驚きが宿った。「あなたは王室に雇われている暗殺者なのね」

クレイはその言葉を否定しなかった。否定しても意味がないからだ。ただ、自分はアラの言ったような人物ではない。厳密には違う。事実ははるかにあいまいだった。ときにはスパイであり、ときには暗殺者であり、護衛の任務につくこともある。「あなたがかかわるべき男ではない」それなのに長い時間ここにいて、彼女と言い争いをしてしまった。魅力的でお高くとまっている彼女のそばに留まっていた。「さて、公爵閣下を子ども部屋へ運ぼう」

アラは何も言わずにクレイをただ見つめている。息子を敬称で呼ばれたのが新鮮だったからだろうか。クレイがこれまで任務でしてきたことに嫌悪感を覚えているのか。今のクレイに。

そう考えていらだつべきではなかったが、実際にいらだちを覚えた。

クレイは眉根を寄せた。悩ましい彼女の前から早く立ち去らなければ。「マダム？」そう言ってうながした。「若公爵をどうすればいいだろうか」

アラはまばたきをした。「あなたの……そこから運び出してくれれば、わたしが自分で子ども部屋へ抱いていくわ」

自分のそばにいると、アラは〝部屋〟という言葉さえ口にできないようだと、クレイは考えた。そこまで彼女に嫌われているのだろうか。ふたりの情熱の営みの記憶がいやでたまらないのか？

それとも、クレイがアラを信用していないのと同じように、不信感を抱いているのか。はるか昔にふたりを支配した欲望を感じているのか。彼女の頬に触れたら、クレイが忘れられずにいる記憶を、アラも思い出すだろうか。

それは知りようがなかった。

知る必要もない。

バーグリー・ハウスでは、任務を果たさなければならないからだ。未亡人となったアラとのあいだで、かつての嵐のような関係を再燃させるのではなく。

クレイは軽く会釈をして自室へ戻った。エドワードはまだぐっすりと眠っている。しばらくその場で、安らかなあどけない寝顔を眺めた。かわいそうに、大変な思いをしてきたことだろう。父親を失っただけでなく、身の毛もよだつような失い方をした。少年を眺めていたときに、頑なな心がやわらいだように感じた。しかし不本意だったし、やわらぎ方も気に入らなかった。

感傷的な気分を振り払い、そっとアラの息子を抱きあげると、起こされたシャーマンの迷惑そうな鳴き声を聞き流した。エドワードは目を覚まさず、丸めた温かい体をクレイにゆだねきっている。自分の子を抱いたらどんな感じがするものなのだろうか。血を分けた子どもを守る立場になったら。

もう何年も——アラと一緒だったとき以来——子どもを設けることは考えていなかった。いま、妙なむなしさを感じているのは、アラがクレイの人生に戻ってきたせいかもしれない。のどに何かがつかえているような気がするのも。うなじが不思議とちくちくするのも。眠っているこの血の通った少年、年齢のわりにはひょろ長い体を持つ少年はアラの息子だ。

アラを憎んでいる、あんなことが起きたのだからと、みずからに言い聞かせていたにもかかわらず、クレイはこの少年には親近感を覚えた。胸のなかに保護欲が広がった。エドワードの背中を、あやすように手のひらで軽く叩いた。

クレイは唾をのみ、わきあがってきた名状しがたい感情を抑えこんで部屋を出た。廊下で険しい表情で待っていたアラに近づいたときも、エドワードはまだ眠っていた。アラは口もとをさらにこわばらせて腕を開き、クレイから息子を受け取ろうとした。

「おれが運ぶ」クレイはすっとアラの横を通りすぎた。

エドワードは痩せていて手脚が長いが、見かけよりも重い。アラが途中でへたりこまずに子ども部屋まで運ぶのは無理だろう。アラがプライドを守ろうとしたせいで転んだり、エドワードを落としたりする事態は避けたかった。彼女は強情だが、ともかくクレイの手を借りる必要がある。

「ミスター・ラドロー、息子を渡してちょうだい」アラは息を切らしながらクレイを追ってきた。かかとをつつく雌鶏のようだった。

「要求は聞こえた、マダム」クレイはのんびりとした口調で言った。「拒否する」

「わ、わ、わたしの子よ」アラは歩調を速め、クレイと並んで歩いた。「母親をないがしろにする権利は、あなたにはないわ」

「おれがさっき言ったことを思い出してくれ」クレイは押し殺した声で言った。「静かにしないと、この子が目を覚ますぞ」

「ひどい人ね」アラは勢いよくついてくる。

クレイは彼女を無視し、平静を装って歩き続けた。大切な跡継ぎを運ぶ資格もないと思われているのだろうか。庶子が触れると、エドワードが汚《けが》れるとでも？　それとも嫌悪感のあまり、とりあえずなんでも反対するつもりなのか。

どうだっていい。アラは時間をかけて考えるべき難題ではないのだから。自分がバーグリー・ハウスに滞在していることと、ふたりのつらい過去は無関係だ。アラにいまどう思われているのかも関係ない。それどころか、アラに軽蔑されているのなら、目的と心の平和のためにはなおさら都合がいい。彼女に気を散らされるわけにはいかないからだ。

フェニアン団の者たちはもう一度攻撃してくるだろう。腕のなかで何も疑わずに眠る少年の身に、絶対に何ごとも起きないようにしてやる。そのことに意識を集中させて、公爵夫人と若公爵を守らなければ。ほかのことは——まったく——考えなくていい。

「カーライル公爵に苦情を言いますから」クレイはアラの脅しを聞きながら、片方の腕でエドワードを抱きかかえ、別の手で子ども部屋のドアをあると、部屋のなかへ入った。

「そうしてくれ、マダム」クレイは顔をしかめて言った。レオに文句を言ったところで、アラにとって何もいいことはないとわかっていた。

レオと内務省が、バーグリー・ハウスでの護衛にクレイが適任だと決めた。だから任務を果たすまでだ。レオはクレイを対等に扱う。ふたりは同じ屋根の下で育ち、同じ家庭教師にしつけられ、真の兄弟としての絆を分かち合っていた。とはいえ、レオはつねに任務を優先させる。

そこへ、苦境に陥った家庭教師が現われた。目を見開き、動揺して手をせわしなく動かしている。「公爵様を見つけてくださったんですね！　ああ、ありがとうございます、ミスター・ラドロー。困ったお坊ちゃまだわ、どこで見つかったんですか？」

クレイはエドワードをベッドへそっとおろし、丸まった体をまっすぐにしてやったあと、家庭教師をにらんだ。「おれの部屋だ。公爵様の行方がわからなくなったのは、今回が初めてではないだろう、ミス・アージェント。公爵様が行方をくらますのがお好きなせいか、あるいはきみの職務怠慢のせいかと考えてしまうな」

ミス・アージェントはクレイを凝視した。率直な物言いに驚いたのかもしれない。クレイは気にも留めなかった。この家庭教師は一度、酒臭かったことがあったし、面倒を見ている子どもがよくいなくなるのだから、先が思いやられる。直属の部下だったら、とっくに解雇しているところだ。

「ありがとう、ミスター・ラドロー」アラはそっけなく、冷ややかに言った。

クレイは眠るエドワードからアラへと視線を移した。彼女の炎を思わせる髪と、その冷たい態度が、いまほどかけ離れているように思えたことはなかった。アラは色が白い。とても華奢だ。そして優雅だ。女王のように美しい。かつてクレイが知っていたアラにはいつも、完璧ではない美しさがあった。髪は背中の中央まで流れ落ち、スカートの裾《すそ》は破けているか泥で汚れていて、頬には土がついていた。

その後公爵の妻となったアラは努力の形跡が見あたらないほど完璧で、怖いくらいだった。髪は入念に結いあげられ、ひとすじの乱れもない。シルクのドレスは服喪用とはいえ流行の最先端のドレスで、糸くずひとつ見あたらない。体が汚れるようなことは絶対にしないように見えた。

クレイはアラが、部屋を出ていくようほのめかしていたことに気づいた。

「話し合いは明日ということで、公爵夫人」クレイはそう返事をした。「ご提案どおりに朝食時に」

アラは眉をひそめた。「そんな提案はしていな――」

「それでは明日」クレイはあざけるような深いお辞儀をした。「では、ミス・アージェント」

クレイは胸に広がる激しい感情を押し殺して部屋を出ると、役立たずの家庭教師の扱いをアラに任せた。明日、家庭教師に関する懸念をアラに伝えよう。それまでは、ベッドへ行って眠る必要があった。眠りが訪れるならば。

それは訪れないことが多かった。

8

アラはクレイが息子を――彼の息子、ふたりの息子を――腕に抱く姿を見る心の準備ができていなかった。大きなたくましい男が、彼にそっくりな子どもを気にかけるようすを見て、アラは息をのんだ。エドワードは生まれ初めて、実の父親に抱かれたのだ。しかもクレイは意外にも、自然にエドワードを運んだ。余計な負担であるかのように、ぎこちなく運ぶのではないかとアラは想像していた。

実際は違ったが、それも当然だ。

クレイはエドワードが大切なものであるかのように運んだ。

翌日、朝の身支度の最中に、アラは彼女の髪をとかす侍女の姿を鏡越しに見つめていたときも、クレイの大きな手がエドワードの背中をとんとんと叩くようすを思い出すことができた。

いとおしそうに。

いいえ。

いとおしいはずがない。クレイは知らないのだから。絶対に知らせるわけにはいかない。

〝あなたは獅子の頭のまわりを飛びまわる蝶のようなものだ、マダム〟

彼の意地の悪い言葉が脳裏によみがえった。たしかにそうなのかもしれない。アラは昨日、クレイトン・ラドローが自分とエドワードと同じ屋敷にいることが、いかに危険であるかをあらためて意識した。クレイは頭がよく察しのいい男だ。エドワードの年齢と黒髪と背の高さに共通点があることに気づくまで、どれほどかかるだろう。自分に似ている息子に、存在を知らなかった息子にいつ気づくだろう。

〝あなたのせいよ〟頭のなかで声が響いた。〝クレイが息子の存在を知らないのはあなたがいけないのよ。知る権利をあなたが奪ったから〟

いいえ。あの人には知る権利などない。クレイは自分を捨てたのだから。ひとことも言わず、警告も説明もせずに去った。取るに足らない存在だったと言わんばかりに、アラの人生から消えた。

カーライル公爵の荘園屋敷ブリクストン・マナーにいた使用人が、怪訝《けげん》そうな顔をしていたのをいまでも覚えている。〝ミスター・ラドローは外国へ行かれました。このお屋敷にはいらっしゃいません〟

アラはクレイに恥をかかされたあとも彼を訪ねていったのだった。しかし、クレイはとっくに去っていた。その後、こうして八年ぶりに現われた。アラの知らない非常に有能な男となって。近寄りがたい男、近寄ってはいけない男となって。それでもアラは彼が欲しかった。本能的なもっとも恥ずべき部分で、クレイトン・ラドローを求めてやまなかった。ほかの男には感じたことがない気持ちだった。

それはたぶん、アラの体に触れた男はクレイだけだからだろう。

彼以外の男とベッドをともにしたことはなかった。当然、ともにしてもよかったというのに。そうしておくべきだったのだろう。そうしておけば、いま脚のあいだがクレイを求めてうずくこともなかった。下腹部が熱くなることも、乳房が張りつめることもなかった。

フレディはアラが愛人を作ることに賛成していた。彼は跡継ぎにはエドワードがいたから、跡継ぎの予備はすぐには必要ないと考えた。今後、必要になることもないかもしれないと。そして、ともかく結婚前の生活を――パーシーと四六時中一緒にいる生活を――続けたがっていた。「愛人を見つけるといい」フレディはそう勧め、アラの手をきゅっと握った。アラが大好きだった彼らしい満面の笑顔で。「ぼくがきみだったら、きっとそうする」

アラはフレディが大好きだったものの、肉体的なつながりは持てないとわかっていたため、愛人について考えてみたことはあった。フレディが別の男へ意識を向けるよう勧めるのはもっともだと思い、舞踏会や夜会へ出席した。経験豊富な人妻をベッドへ連れていきたがる貴族とキスをしたこともある。しかし、誰も受け入れたことはなかった。この人だと思える男がいなかったからだ。ひとりも。だからエドワードの母であることと、フレディの友人であることに専念してきた。どちらの役割もこのうえなく充実していた。

それなのにどういうわけか、これだけの歳月が経ったあとも、あの不道徳な欲望はまだ生きていて、アラのなかで赤々と燃えていた。消えもしなければ弱まりもしていない。それどころか強く熱くなっている。クレイの姿を久しぶりに目にして以来、欲望の炎はふたたびアラを焼きつくそうとしていた。彼と顔を合わせるたびに、それは大きくなっている。

「奥様？」

アラは鏡のなかの自分に向かって目をしばたたいた。そして、侍女に声をかけられていたことに遅まきながら気づいた。侍女の声にいらだちがにじみ始めていたからだ。

「何かしら、マークス」

「髪型はどういたしましょうか」

「ギリシャ風に編んでもらえるかしら」アラは考えごとをしながら答えた。

髪型はどうでもよかった。外見は。感心させたい相手がいないからだ――昔知り合いだった、険しい表情の近寄りがたい大きな男は特に違う。夫は亡くなっている。アラは鏡のなかの自分を凝視した。悪夢のなかから抜け出せないような気分だった。フレディが――この人生でアラを失望させず裏切ることもなかった唯一の男、頼りになった忠実で優しい男が――逝《い》ってしまった。

そして、クレイが戻ってきた。

アラは手を握りしめた。爪の先がやわらかい肉に食い込む。〝クレイ〟という愛称で彼のことを考えてはいけない。自分にとって、いまの彼はミスター・ラドローだ。護衛の任務を与えられた見知らぬ男にすぎない。

フレディを失ったことと、それ以来うずいている胸のなかの空洞のせいで、妙なことに、昔の感情に影響されてしまうのだろう。フレディが他界してから三か月以上は経ったのに、いまだにあのときの恐怖は知らせを受けた日と同じくらい鮮烈に覚えている。

あれはお茶を飲んでいたときだった。

エドワードは勉強中だった。

人生が永遠に変わってしまった日のことは、けっして忘れないだろう。繊細な作りのティーカップが手からすべり落ち、お茶がスカートにこぼれ、カップはテーブルの猫脚の部分にぶつかって割れた。フレディは死ぬ間際に恐ろしい思いをしたに違いないということしか考えられなかった。彼は暗殺者に背後から襲われたという。アラはそのささやかな慈悲に、フレディがみずからの最期が訪れるところを見ずにすんだことに感謝した。

「このハンカチをお使いください、奥様」マークスの声でふたたびアラの思考は途切れた。彼女はイニシャル入りの麻のハンカチを差し出している。

アラは泣いていたことを自覚していなかった。現実に引き戻され、頬が濡れていることに気づいた。「ありがとう」ハンカチを受け取り、頬をそっと拭いた。フレディのハンカチだった。彼の形見の小物がまわりにあると嬉しいからだ。アラが心臓の上のあたりにつけている、遺髪の入った服喪用ブローチもそのひとつだった。

「本当にひどいことです、奥様。旦那様の身にあんなことが起こるなんて。よく耐えていらっしゃると思いますよ。人殺しの悪党たちが、奥様の不幸を願っているなんて」普段、あまり感情をあらわにしないマークスが、不愉快そうに舌打ちをした。鏡越しに見つめていると、やがて彼女の表情は同情でやわらいだ。「いずれ神様に裁かれますよ」

「人の裁きがそれよりも早いことを願いましょう」アラは静かに言った。いまのところ、フレディの殺害の首謀者も実行犯もつかまっていない。顔も名もなき脅威が憎かった。フレディを政治の生贄《いけにえ》として利用し、彼が優しい夫や父親として愛されていたことも考えずに彼の血を流した者たちが憎かった。フレディがどれほど悼《いた》まれ、恋しがられるかも考えずに。

マークスが髪を整え終えた。「さあ、できました。これで朝食を召しあがれますよ」

朝食。あの人が毎朝のひとりの時間をだいなしにしようとしていることを、なぜ忘れていたのだろう。アラは突然そのことを思い出した。異を唱える気を失わせる、彼のなめらかな声も。

〝話し合いは明日ということで、公爵夫人。ご提案どおりに朝食時に〟

あのとき、アラはそんな提案はしていない。生々しい感情が表に出そうになっているときに、ふたたび彼と顔を合わせるのもいやだった。エドワードと一緒にいる彼の姿を見て、絶対に受けたくなかった影響を受けてしまった。

「今朝はお部屋で朝食を取るわ」アラはわざとらしいと自分でも思えるほど明るい声で言った。「読みたい手紙があるし、返事も書きたいの。頭も痛くて。手間をかけるけど、朝食のトレーを誰かに運ばせてもらえるかしら、マークス」

「もちろんです、奥様」侍女はすばやく膝を折ってお辞儀をし、頼まれたことをするために急ぎ足で部屋を出ていった。

アラはひとりになると、ゆっくりと息を吐いた。ほっとして肩の力が抜けた。いつまでもクレイを避けられないとわかっていた。〝クレイ〟ではないわ、とアラは心のなかで訂正した。ミスター・ラドローよ。ミスター・ラドローを毎日避けるわけにはいかないけれど、今朝は言われたとおりにしたくないのは確かだ。

とはいえ、解決策はできるだけ自室にこもることだろう。フレディを殺した恐ろしい犯罪者が投獄されて、頭上に垂れこめている雷雲のような脅威が去るまで。アラは立ちあがって窓辺へ行った。カーテンは開かれ、留められていて、霧がセント・ジェームズ・スクエアを覆うどんよりとした日であることがわかった。そんな薄暗い日は通りの反対側まで見通すのはなかなか難しいが、この部屋からは、今日も見慣れたウィリアム三世の騎馬像が見えた。

世界は変わっていないのに——銅像も、眼下の通りも、馬の蹄《ひづめ》と馬具の音も、黄色がかった霧も、足もとの絨毯《じゆうたん》もすべてが同じなのに――フレディがそこにいないなんてあり得るのだろうか。必死になって忘れようとした男と、フレディの死によって再会することになるなんてあり得るのだろうか。

アラは間違っていると叫びたかった。不公平だと。窓ガラスに手のひらを押しつけ、その冷たさを感じた。もう一度深呼吸をし、バーグリー・ハウスからどうにかして彼を追い出せたらいいのにと願った。過去を書き換えて時間を戻し、フレディを救えたら、そしてクレイ・ラドローと二度と会わずにすんだらいいのに。

ドアのところで強いノックの音がした。マークスか使用人の誰かが、朝食のトレーを運んできたのだろう。「入って」アラは街を眺めたまま言った。

アラは街での生活よりも田舎暮らしのほうが好きだったが、フレディがロンドンに居を構えたので、それに合わせたのだった。いま、なぜまだここに住んでいるのだろう。広い森となだらかな丘々があるキングスウッド・ホールへ戻りたくてたまらなかった。しかし、戻るわけにはいかなかった、二度と。実家では歓迎されないし、たとえ歓迎されるとしても、アラにとってあそこには何も残っていない。フレディと結婚したとき、家族との縁はすべて切ってきた。

フレディには本当に感謝している。救世主だった。

背後でドアが開いた。アラがまだそちらを見ずにいると、足音が聞こえた。

「トレーをテーブルに置いて、さがってちょうだい」アラは言った。

ところが、足音は遠ざかるのではなく近づいてきた。しかも、マークスの軽やかな足音ではなく、男の確かで大きな足音だ。アラの体を恐怖が駆け抜けた。ああ、何者かが自分に危害を加えようとバーグリー・ハウスに侵入していたらどうしよう。

心臓が早鐘を打つのを感じながら振り向いた。悲鳴がのどへせりあがるのを感じながら、正体不明の侵入者に殴りかかった。すると、壁のような胸にぶつかった。大きな手がアラのウエストをぐっとつかむ。アラは黒っぽい上着とチャコールグレーのベストに爪を立てた。涙で目が曇り、胸のなかで渦巻《うずま》いていた恐怖がふくれあがった。

「アラ、落ち着いてくれ」

その低い声は、混乱状態のアラの頭にほとんど届かなかった。アラは相手の胸をこぶしで叩いた。ところが、広くて厚い胸には失望するほど効き目がなかった。大きな男でびくともしない。山のように微動だにしなかった。

この人は……。

「アラ、おれだ」彼はアラの手首をきつくつかんで引き寄せた。アラはつんのめって彼に倒れこんだ。ふたたび声が聞こえた。胸に響くその声が、誰の声だったかに気づくべきだった。「クレイだ、アラ。大丈夫だ」

アラは見慣れた顔を見あげた。伸びかけの黒い無精ひげで覆われた、えらの張った四角い顎、細い鼻梁《びりょう》、きらめく黒い瞳、大きな口、ふっくらとした唇。その唇にキスをするのが大好きな頃があった。

目に涙が浮かび、体が大きく震えた。嗚咽《おえつ》が漏れ、アラはそれを抑えられなかった。恐怖に襲われたときの体の反応は抑えようがない。

「アラ、しーっ」クレイは彼女の頭のうしろを手で包み、自分の胸に押しあてた。「おれは絶対に危害を加えるようなことはしない。怖がらなくていい」

それは違う、とアラは考えた。彼には危害を加える力がある。彼ほどアラを傷つけた者は、後にも先にもいなかった。とはいえ、その傷と、クレイが意味している危害とはまったく別のものだ。

アラは恥ずかしい嗚咽を止めようとしたけれど、最初はうまくいかなかった。彼の安定した鼓動を耳もとで聞いているうちに、大好きだったこの音を聞いた昔のことを思い出した。気持ちがだんだんと落ち着いてきて、少しずつ自分の状況がわかってきた。大きくて温かい彼の手に背中を繰り返しそっとさすられているのを、服喪用ドレスの生地越しに感じる。いつのまにか、アラの腕は彼の細い腰にゆったりとまわされていた。頭のてっぺんには彼の唇が押しつけられていて、吐息の熱さが伝わってくる。

「そうだ、いとしい人。落ち着くんだ」

〝いとしい人〟。

クレイの発したそのひとことが、もう失ったと思っていたアラの心のやわらかな部分を貫いた。彼にとっていとしい人だった頃がアラにはあった。彼を深く愛し、彼への愛がすべてだった頃、そして彼にも愛されていると信じていた頃が。いま、彼がなんの意味もないかのように自然に口にしたその言葉を聞くと……。

アラは勢いよくクレイから身を離した。いまさっき彼の腕のなかに戻ったとき、それが正しいことだと――呼吸さながらに自然なことだと――思えたけれど、そのことを意識しまいとした。自分をさらけ出してしまったのが恥ずかしくてたまらなかった。いままで、彼と話をするときは毎回、感情の手綱をきつく引いていたというのに。周囲のあらゆる状況にどれほど翻弄《ほんろう》されているかを見抜かれないように、とりわけ気をつけていた。フレディを失ったこと。クレイが人生にふたたび現われたこと。ともかく、ありとあらゆる状況にどれほど翻弄されているかを。

「どうしてわたしの部屋へ入ってくるの？」アラは手の甲で頬の涙をすばやくぬぐった。「知らせもせず、招待もされていないのに、この部屋へ入ってくる権利はないのよ、ミスター・ラドロー」

「アラ」彼は片方の手を差し伸べて近づいてきた。

アラはうしろへさがった。彼にもう一度触れられたら自分を見失ってしまう。「ここに滞在するあいだは、敬称で呼んでちょうだい」

彼は身をこわばらせ、見慣れた険しい表情が顔に戻った。「うっかりしていた、申しわけない、公爵夫人。怖がらせるつもりはなかった。だが、話があった。前もってはっきりと伝えてあったように」

彼が噛みつくような表情をするだけで、とがめるような言い方をするだけで、アラの肺の空気をすべて奪い去ってしまうなんてあり得るのだろうか。アラは歯噛みをしながら言った。「わたしの意図もはっきりと伝えておくわ、ミスター・ラドロー。朝食を取りながら話をしたくはありません。今日の午後も、夜も、明日も、そのあともいやよ。必要な話はすんでいるわ。あなたがここにいるのはわたしの護衛のためよ。話をする必要はないでしょう」

彼は不愉快そうに口を引き結んだ。無精ひげが伸びかけていても、彼の鼻の下のくぼみが完璧な形であることに、アラはあらためて気づいた。昔、思わずそこにキスをしたことがあった。

「おれが護衛のためにここにいるのは確かだ、マダム」クレイは同意した。その辺の見知らぬ者に話をしているかのような、冷ややかで感情のこもらない、丁寧な口調だ。「しかし、課された任務を果たすためには、話し合う必要がある。護衛ふぜいと話をしたくないと思われていてもだ。具体的には、ご子息の安全について話をしたかった。公爵様は家庭教師のそばを離れてうろつきがちだから」

アラははっとした。「脅迫の対象はわたしであってエドワードではないわ」

クレイは首を横に振った。茶色の目からは感情は読み取れない。「それは重要ではない。若公爵の身に危険がふりからないとは確信できないのだから。この屋根の下にいるかぎり、あなただけではなく公爵様の安全にも配慮するのが、おれの務めだ」

不吉な警告の口調が、鉛の重しのようにアラのみぞおちに居すわった。この数日間は、ただでさえ大変だった。アラに危害を加え、エドワードから母親を奪おうとする、正体不明の敵がいるという恐怖に対処しなければならなかったからだ。しかし愚かにも、カーライル公爵の話から、エドワードには危険がないと油断していた。エドワードの身も危険かもしれないと思うと、アラは気分が悪くなった。

アラは苦いものを飲みくだした。彼が部屋へ入ってきてから、二度も弱いところを見せたくはなかったものの、感情を制御できなかった。エドワードは息子だ。アラに残されているのは、あの無邪気で勇敢でかわいい少年だけだ。

「これまでに……」アラは乾いた唇を舌で湿らせ、どうにか言葉を探してから続けた。

「これまでにエドワードの身も危険だという根拠が何か見つかったの？」

質問をしているうちに涙声になった。さらに弱い部分を彼に見せたくはなかったというのに。とはいえ息子のこととなると、プライドは関係なかった。エドワードのためなら何でもするつもりだ。懇願し、訴え、火のなかや割れたガラスの上も歩くつもりだった。エドワードの命を救うためなら、何も考えずに自分の命を投げ打つだろう。

「見つかっていない」彼のそっけない口調からは、意外にも優しさが感じられた。

「不安にさせるつもりはないが、若公爵の家庭教師はすべきことをしていない。おれはここでの任務を果たすために、あなたと若公爵が安全にすごしていることをつねに把握しておく必要がある。その点は確かだ。隙があってはならない。敵はわずかな機会に乗じて、攻撃してくるだろうから」

不安にさせるつもりが本当にクレイにないのか、アラにはわからなかった。実際、クレイトン・ラドローがかかわることについて、確実だと思えることは何もない。部屋に押しかけてきた体格のいい男は、昔、アラの心を盗んだ青年とは似ても似つかなかった。いまの彼は顔に傷痕があり、荒々しくて厳しいうえに、尊大で冷たい。

昨夜、彼にあざけるように言われた言葉が頭に浮かんだ。

〝あなたには別の方法で乗りたいとしか思わない、マダム〟

クレイはショックを与えようとしたに違いない。品のなさを武器として使ったのだ。けれども、エドワードをとても優しく抱いていた。アラの息子を。彼の息子を。ふたりの息子を。

ふたりの息子の身に危険が迫っている可能性があるなんて。かわいい息子。アラにとってエドワードは、暗い毎日に射し込む唯一の光だった。殺人をもいとわない悪党たちが息子に危害を加えるようなことがあったら……殺すようなことがあったら……。ああ、そんな。アラは話そうとしたが、言葉が出なかった。口のなかはからからで、手は関節が痛むほどきつくシルクのスカートを握っている。それでも体は動かせなかった。過去と現在と大きな不安がぶつかり合い、さまざまな感情と痛みが醜悪な形ではじけた。

「アラ?」

クレイの心配そうな声が耳に届いた。トンネルの奥から聞こえてくるようだった。視界がまわり、額に汗が浮かんだ。強い吐き気の波に襲われ、体のなかの混沌《こんとん》としたものを吐いてしまいそうだった。息が苦しく、立っているのがつらかった。膝から力が抜けた。力強い太い腕がつかまえてくれなかったら、広がったスカートのなかにくずおれていただろう。

アラはその腕に支えられた。空気を求めてあえぐと、彼の香りがした。彼だけだった、昔から。かつて愛した男。アラを捨て、胸を張り避けさせた男。アラの息子の父親。

「アラ」クレイがふたたび言った。彼の唇がアラの耳のすぐそばにある。耳をかすめ、焼き印を押している。「アラ、ゆっくりと息を吸うんだ。慌てなくていい。ショックを受けただけだ。すぐにもとに戻る」

アラはそのなだめるような声に従いたかった。その声を聞いていたかったけれど、息をしようとするたびにコルセットがきつくなり、視界が暗くなってきた。見えない手にのどを絞められ、命を奪われていくような気分だ。

「アラ、返事をしてくれ。何か言ってくれ」クレイが軽く彼女を揺さぶった。アラを襲った何かから、取り返そうとしているようだった。

しかし、効果はなかった。アラはまだ思うように息ができなかった。言葉も口にできない。頭が重くて首で支えきれず、彼の胸に額を預けた。フレディが殺害された日も、これと同じ混乱に襲われた。闇に屈しないかぎり、その混乱は去らないだろう。

「まいったな」耳もとで彼の低い声がしたかと思うと、アラは彼の腕のなかに軽々とすくいあげられ、赤ん坊のように胸の前で抱かれていた。クレイは彼女を部屋の奥へ運んだ。

アラは懸命に呼吸をしようとしながら、居間ではなくベッドへ連れてこられたことになんとなく気づいた。クレイがアラを抱いたまま、大きな体でベッドに横たわり、アラの耳もとで囁いた。

「落ち着け、いとしい人、そのうちよくなる」ドレスの背中側に並ぶボタンがすばやくはずされていき、合わせ目が開いていった。

彼はボタンをはずし続けた。ボディスが左右に大きく分かれたが、アラは抗わなかった。抗いたくても抗えなかった。息を吸って吐き、暴れる心臓をなだめ、意に反する体の反応を止めることだけに意識を向けていたからだ。アラはクレイの首に腕をまわしてしがみつき、のどもとに顔をうずめた。鼻が彼の肌に押しつけられている。クレイはとても温かくて生気にあふれていた。彼の肌に触れ、アラは気分が落ち着くのを感じた。とても懐かしい香りがしたうえ、彼の脈が安心感を与えてくれた。

昔、ふたりを隔てるものが何もなかったときに、彼の心臓のあたりに頭をもたせかけるのが大好きだった。彼の胸に人差し指でハートを書いたことがある。彼は自分のものだという意味だったが、結局はそうではなかった。自分のものだったことは、なかったのではないか。

クレイがコルセットのひもを探りあてて結び目をほどいたとき、アラは身を震わせた。彼の勝手なふるまいに唖然《あぜん》とすべきだった。彼を押しやり、自分を襲った脱力感を振り払うべきだった。そもそも、抱きあげるのを彼に許すべきではなかった。こんなことになるなら、ここに留まるのを許すべきではなかった。

アラが夫を亡くしていることも、彼がアラの護衛という任務を課されたことも関係なかった。彼がこの寝室に留まれば、ろくなことにならない。ベッドに留まれば。あぁ、自分たちがベッドにいるなんて。アラの鼓動はようやく落ち着いてきた。さっきよりも頭が働くようになった。息もできる。ゆっくりと深く呼吸をすることができた。

「その調子だ、いとしい人。規則正しく、吸って吐いて」クレイはかすれ声で言い、アラの背中を安定したリズムでなだめるようにさすり続けた。もう片方の手はアラの髪に差し入れられ、頭を下から支えていた。たくみな長い指で、頭皮を優しくマッサージしている。

なぜこうも抱擁の仕方を心得ているのだろう。なだめ方を。アラは動きたくなかった。絶対に。彼の腕は本当に温かくて力強く、触れ方は想像を絶するほど優しかった。

「息子を守って、クレイ」アラは彼ののどに向かってつぶやいた。依頼ではなく要求だった。どういうわけか、エドワードを守れる者がいるとしたら、それはクレイトン・ラドローだと直感でわかった。アラの胸を張り裂けさせたことはあっても、彼のすべてが――たくましさ、強靭さ、まぎれもない知性が――彼以上に腕の立つ護衛はいないことを請け合っている。

「ご子息は安全だ、アラ」彼は静かな声で言った。まだアラをさすっている。「ふたりの身に何ごとも起こらないよう、全力を尽くすと約束する」

アラはクレイの言葉を信じた。自分はロンドン一の愚か者かもしれないと思ったが、その約束を信じた。別の約束も守ってくれていたらよかったのに。ずいぶん前の約束を。彼が愛し続けてくれていればよかった。

かつて本当に愛していたならの話だけれど。

「聞いているか?」クレイはアラの頭に触れている指に力をこめ、顔を上向けようとした。アラは彼の顔を見あげざるを得ず、目と目を合わせた。「おれがここにいるうちは、何も心配する必要はない」

ああ、彼は間違っている。アラはクレイの顔をまじまじと見た。体は心を裏切り、彼がそばにいることを喜んでいる。アラは彼のそばではあらゆることを心配しなければならないとわかっていた。彼に対する自分の反応。彼に抗えるかどうか。八年前と同じく、またもや彼に破滅させられるのではないか、それを許してしまうのではないかということも。

エドワードはクレイの息子だと伝えなければならない。アラはふとそう考えた。彼には知る権利がある。エドワードには、実の父親を知る権利がある。

アラはそれを告白しようと口を開きかけた。ところが、口にすることができなかった。いまは言えない。これからも言えないかもしれない。「約束してほしいの」アラは代わりにそう言った。

クレイは片方の眉をあげた。たくみな指でまだ彼女の頭を揉み、背中をさすっている。ふたりを隔てているものは、ゆるんだコルセットのひもの部分と、その下のシュミーズだけだ。「何をしてほしいんだ、アラ」

〝アラ〟。まただ。甘い声で名を呼ばれた。アラと呼ぶなと言うべきなのに、ふたりのあいだで何かが変わった。そこにあった壁がいまは低くなっていて、アラはそれを築きなおしたくなかった。彼のそばにいるのがあまりにも心地いいからだ。しっくりくるからだ。

そのうえ、クレイには約束をしてもらう必要があった。これまでにないほどその約束が必要だった。エドワードを直接標的にする脅迫がなかったとしても、危険が迫っていないとはかぎらない。「何か悪いことが起きて、エドワードを守るのかわたしを守るのか選ばなければならない事態になったら、息子を選ぶと約束してちょうだい」

クレイは顔をしかめた。「なんとしてでも、ふたりとも守るつもりだが」

アラは首を横に振った。「いいえ、まずエドワードを守ってちょうだい。つねに」

彼は口もとをこわばらせた。「いい母親だな、アラ。そうなるだろうと昔から思っていたが」

アラは褒《ほ》められて驚いた。「息子を守ってもらいたい、というのは身勝手なお願いよ。わたしはもう自分の人生を生きたもの。エドワードはまだこれからでしょう。どんな危険が待ち受けているにせよ、あの子に罪はない。あの子に何かあったら耐えられないわ」

またもや涙が浮かびそうになった。

とはいえ、彼の前で泣くわけにはいかなかった。驚いたことに、クレイはアラの頬を両手で包み、頬骨の部分を親指でなぞった。すると、アラの脚のあいだが熱を帯びた。「約束しよう、ご子息を守ることを何よりも優先する、アラ」彼は真剣な口調で言った。

〝あなたの息子よ〟アラはそう言いたかった。

しかし言わなかった。その代わり、目を閉じて顔をあげ、彼の頰に唇を押しあてた。

道理と理性に、何よりも自衛本能に反してそこにキスをした。常識と過去の知識と良心とプライドに反して……。

アラはふたたび彼の頰にキスをした。肌にそっと唇を押しあてただけのキスだった。

「ありがとう」そう小声で言った。

ふたたびキスをした。もう一度。やがて、いつのまにか唇で顎までたどっていた。懐かしさのあまり、突然、ふたりを隔てていた時間がなくなったかのように思えた。アラは愛する男の腕のなかにいた二十一歳に戻った。体が主導権を握り、自分ではどうしようもなかった。頭が働かない。まさにほろ苦い帰郷だった。

アラは彼の無精ひげのざらついた感触に胸をときめかせた。彼の香りに包まれ、その瞬間のすべてを意識した。顔を撫でる彼の指、アラの体に焼き印を押している彼の大きな体、ふたりがベッドにいること、自分が彼の腿の上にすわっていること。

アラは自分の下で、彼の興奮の証《あかし》が屹立《きつりつ》していることにも気づいた。

それに応えるように、ひめやかな場所で欲望が芽生え、恥ずかしいことに、そこがしっとりと濡れた。彼を求めてうずき、脈打ち、飢え、渇望している。さらなるキス。

アラは唇で彼ののどをたどった。キスをするのをやめられなかった。

一瞬体が浮かんだような感覚がした。やがて、アラはベッドの中央に着衣の乱れた状態で打ち捨てられた。

クレイは立ちあがっていた。表情を曇らせ、四角い顎が怒りでこわばっている。

「ご子息は守る」きつい口調だった。「誘惑なら、もっとなびきやすい男を相手にすることだ」

彼はあざけるような会釈をした。返事を待つことなく部屋をあとにし、音を立ててドアを閉めた。アラはその音を――終わりを告げるような音を――聞いてひるんだ。そのときほど、みずからを恥じたことはなかった。

何を考えていたのだろう。

なぜ彼にキスを？

頭上の凝った模様のしっくいの天井を、見るともなしに眺めた。どれほどの月日が経っても関係ない。困ったものだ。いまだに八年前と同じように、クレイトン・ラドローのことになると、愚かな行動を取ってしまう。

彼の意志をぐらつかせることができればいいのに。

9

バーグリー・ハウスの舞踏室の中央で、クレイは半裸で汗まみれになりスパーリングの次の相手と向かい合っていた。こぶしを食らった部分が痛かった。クレイが今日の午後、対戦して負かしたのはビーチャムで四人目だった。これから対戦するファーレイは、敏捷性《びんしょうせい》はともかく、少なくとも背丈や腕力がクレイと同程度だ。打ち負かしにくい相手だとは思わなかったが、少しでも気をまぎらわせられるなら喜んで挑戦するつもりだ。

ふたりは手を胸の前にあげて身構えた。

「お疲れではないのですか、サー」ファーレイがにやにやしながら訊いた。

「おれが疲れることはない」クレイは嘘をつき、こぶしに力を入れて左へフェイントをかけた。ファーレイはうまく人の気をそらせようとしたのだろうが、クレイの五感はひとつのことに集中していた。「部下の状態をつねに整えておく必要があるからな」

拳闘《けんとう》の稽古《けいこ》をしょっちゅうするのは、高揚感を得られるからであり、勘を研ぎ澄ませておけるからでもある。今日、部下と次々に対戦したのは、部下の訓練のためでも一日を有意義にすごしたかったからでもなかった。アラを探して追いつめて、彼女が今朝、差し出そうとしたものを奪わないようにするためだった。

困ったことに、熱くてやわらかい唇が、焼き印を押すかのように肌に押しつけられたときの感触がいまだに残っている。

ファーレイのこぶしが肩に命中した。クレイはうめき、体勢を立て直すと、攻撃に転じてファーレイの顎を殴った。かすめただけで、痛手を負わせてはいない。部下に実際に怪我をさせては拳闘の稽古をする意味はなかった。むしろ、部下に欲求を発散させ、彼らの勘を養い、血に飢えた状態を保たせるための運動だ。

ファーレイは歯を食いしばった。「それが実力ですか、サー」

まさか、そんなはずがない。クレイの胸には、解き放たれたくて爪を立てて暴れている激しい怒りがあった。自分の寝室で、しかも夫と共有したことのあるベッドで、クレイを誘惑せんばかりの態度を取った女に対する何年分もの怒りだ。

前バーグリー公爵がアラとベッドをともにし、彼女を求め、彼女の体のなかで果てたかと思うと、クレイは何かにこぶしを打ちつけたくなった。なんでもよかった。誰でも。対戦相手を凝視して隙を探した。足を踏み出し、ファーレイの不意を突いて腹にこぶしを見舞った。

ファーレイは息を詰まらせたが、ふらつくことなく呼吸と体勢を整え、こぶしを繰り出してきた。もう少しそれが速ければ、クレイの目にあたっていただろう。クレイは稲妻並みのすばやさでファーレイのこぶしをかわした。

「それが実力か？」クレイはあざけるように返した。

「いったい何が起きているの？」冷ややかなかすれ声が聞こえた。

クレイがよく知っている声だった。寝ても覚めても脳裏から離れない声だ。うしろへ目をやると、舞踏室の入り口にアラが立っていた。怒った女神のようだった。炎のような髪が黒の堅苦しい服喪用ドレスと対照的で、顔は青白く、眉はひそめられている。なぜこうも魅力的なのだろう。表情は険しく、亡き夫と愛し合っていたことを宣伝するかのようないでたちをしているというのに。

クレイはそう考えて唇をゆがめた。次の瞬間、ファーレイが気を散らしたクレイの隙に乗じて、驚くほど強い力で顎を殴った。

痛みが炸裂《さくれつ》し、顎から奥歯へと広がった。視界に黒い点が散っている。もう少しクレイの体が小さければ、いまのパンチで倒れていただろう。しかし、これでよかった。

我に返るきっかけを与えてもらう必要があったからだ。おかげでクレイの頭と愚かな体は今後、彼女の姿と歯が鳴るほどのパンチを結びつけて考えるだろう。アラの影響を受けずにすむようになるかもしれない。

「申しわけありません、サー、少し強かったですか？」殴られた最初の衝撃のあと、ぼんやりとした頭にファーレイの声が届いた。「顔にこぶしが届いたのは初めてです。かわすのがとてもお上手だし、まさかあなたがあの淑女に気を散らされるとは思わなかったもので」

クレイは顎をさすりながら、最も罰当たりで汚い呪いの言葉を吐いたが、痛みをやわらげる効果はなかった。顎はまだ容赦のない痛みでずきずきしている。「公爵夫人だ」ファーレイに向かって訂正した。結局のところ、彼女はクレイを破滅させて公爵と結婚したようなものだ。せいぜいその身分の高さを楽しめばいい。クレイに会ってすぐに、それをひけらかすような態度を取った。「大丈夫だ、ファーレイ、たぶん」

クレイが苦笑いをしながら、抜けそうになっている歯がないかを確認していると、アラがいらだったようすで、夜の色のシルクのスカートを揺らしながら近づいてきた。目を怒りできらめかせ、クレイの前に立った。髪は編んでからエレガントに結いあげられているが、髪がひとすじほつれ落ちていて、頬をかすめている。

アラはすみれ色の目で焼き焦がすようにクレイを見た。「この暴力沙汰はなんなの、ミスター・ラドロー」

おかしな言葉を選ぶものだと、クレイは考えた。暴力沙汰とは、クレイが愛した女の裏切りのことだ。この顔に起きた出来事のことだ。意に反して彼女の護衛をさせられているという事実そのものだ。

とはいえ、話を聞かれているため、クレイはファーレイへ視線をやった。「持ち場に戻っていい。続きは別の日にしよう」

「承知しました、サー」ファーレイは会釈をしてその場を去った。急ぎ足だったのは、上司を殴ってしまったうえ、バーグリー公爵夫人が不機嫌なせいだろう。

クレイはファーレイを責めることはできなかった。引き続き顎をさすりながら、ドアが静かに閉まったあと、アラのほうへ視線を戻した。「ご用件は?」

そっけない言い方なのは自覚していたが、かまわなかった。その日の朝以来、クレイは機嫌が悪かった。アラが彼の肌に唇を押しつけて以来だ。クレイが罪そのものであり、抗えなかったからキスをしたといわんばかりに。一度のキスだったなら、感謝のキスか、アラが陥っていた混乱状態ゆえのキスだったと解釈することができた。ところが、一度ではなかった。正確には八回だ。すべて数えていた。

アラは荒い息で胸を上下させながら、しばらくクレイを見つめていた。クレイは彼女の目のなかに――暗色の大きな瞳孔《どうこう》が開いている――朝のやりとりの記憶が見えた気がしてならなかった。しかし、アラは戦地に赴《おもむ》き出航する女のように背すじを伸ばした。「どうして舞踏室が拳闘クラブに変わったのか、説明をしてもらいたいわ。バーグリー・ハウスにお客様として滞在しているのかもしれないけれど、だからといって、部屋を丸々野蛮な行為に使っていいことにはならないのよ」

野蛮？

クレイは苦笑を漏らした。「それがおれの印象か？　野蛮？　けだもの？」

「ほかの人と殴り合っていたでしょう。それに、間違いなく品のない恰好《かっこう》だわ」アラが大声で言い返したので、広い部屋に声が響いた。

クレイは自分のむき出しの胸へ目を落とした。どういうわけか、シャツとベストを着ていないことを忘れていた。仕方がない。アラは乙女のような慎み深いふるまいを気がすむまですればいい。だが、彼女は昔、クレイのむき出しの胸以上のものを見たことがあるうえ既婚者だ。

舌戦を交わしたいという、まぎれもない激しい衝動がわきあがった。

クレイはアラへ視線を戻した。「何時間か前は、おれを品のない男だとは思っていなかったように見えたが、マダム。寝室で。覚えているか？　ベッドでおれの腿の上にすわっていたし、おれはドレスとコルセットの留め具をはずした。そのあと、あなたはおれにキスをした。ここに」クレイは痣《あざ》のできた手で最初にキスをされた場所をゆっくりとたどった。

彼女の頬が赤く染まった。「よくもそんなことを言えるわね」

ああ、言えるとも。だいたい、話はまだ終わっていない。「自分のふるまいを恥じているのか？　おれのような野蛮な男に触れたことを？」

アラは唇を強く引き結び、何も言わなかった。

彼はアラに近づいた。ブーツの先が、たっぷりしたスカートの裾にすべりこむほどそばに。そして彼女の香りに包まれた。花と麝香の香り、憧れているのにけっして手に入らないものの香りだ。アラを憎みたかった。愛さなければよかったと考えた。

「それとも、バーグリー公爵夫人になる前、おれのものだったことを恥じているのかもしれないな」

「あなたのものだったことはないわ」アラは突然、きつい口調で否定した。「愚かな乙女だった。自分を愛してくれていると勘違いをしていた男に、簡単に惑わされてしまった」

「それは自作の物語か、ダーリン」クレイは尋ね、やがてほんの指先でアラに触れた。たこのできた指を彼女の顎の下に添え、そっと上を向かせ、彼女を挑発した。自分のことも。「そうして、夜、眠りやすくなったのか？　大変だったな。すっかり犠牲者気取りだ」

アラは憤慨《ふんがい》したようすで鼻孔をふくらませた。「ひどい人ね。服を着てちょうだい。二度とバーグリー・ハウスの舞踏室を拳闘用のお部屋として使わないでもらいたいわ」

その氷のような態度を解かせたらいいのにと、クレイは考えた。アラに腕をまわし、彼女がクレイを求めてとろけることを自分たち両方に証明したかった。クレイの体はいまだにアラに反応するが、彼女の体も同じだと証明したかった。しかし、クレイにもプライドがあったから、身をこわばらせ、アラの顎に指を添えたまま、険しい表情で彼女を見おろした。「この部屋であれ、バーグリー・ハウスのほかの部屋であれ、使い方についてそんなつまらない約束をするつもりはない、マダム。おれの部下たちは、敏捷性と体力を保つ必要がある。日々の訓練は、あなたを守るための重要な要素のひとつだ」

とはいえクレイは、今日の稽古のように、度を超すつもりはなかった。あれは自分のせいだ。アラの影響を体から追い出そうとしたせいだ。

「こぶしで殴り合うのを訓練と呼ぶの？　部下を打ちのめしたり、部下に打ちのめされたりするのが、なんの役に立つのか理解できないわ」

「あなたはこの屋敷の女主人かもしれないが、おれは護衛を託された男だ」クレイは噛みつくように言った。二度とアラにいらだたせられないよう努力していたにもかかわらず、見下すような態度に腹が立った。「だから、部屋の使い方はおれが適宜決める」

しかし、クレイの尊大な態度に対して、アラは折れることもひるむこともなかった。

「ここはわたしの家よ、ミスター・ラドロー。今後は訓練とやらを始める前に、許可を取ってちょうだい。それから、訓練は品のある恰好でお願いするわ。紳士にふさわしいいでたちで。あなたはちっとも紳士的ではないけれど」

そう、自分は紳士ではないと、クレイは考えた。けっして紳士になることはないだろう。庶子ではなく公爵の跡継ぎとして生まれていたら、アラは愛してくれていただろうか。裏切ることもなく、妻になってくれていただろうか。この顔と心に、アラの思い出と切っても切れない傷痕を残すこともなく。

クレイはその余計な疑問を無視した。関係のない疑問だ。

「おれのことが不愉快か、マダム」クレイはようやく彼女の顎から指を離し、自分を焼き焦がしていたつながりを断った。そして、腕を大きく広げた。

「すべてが不愉快よ」アラはそう言いながらも、言葉とは裏腹に、彼のむき出しの胸と腕を視線でたどり、さらに下のほうへ目を落とした。

今朝、アラにキスをされたあの瞬間、クレイはふたりを隔ててきた時間などなかったかのように感じた。彼女がこの腕のなかからも、心のなかからも、去ったことがなかったかのように。あのときは正気を保つために離れるしかなかった。彼女から遠ざかるしかなかった。彼女を求める気持ちが胸のなかで潮のようにせりあがり暴れていたが、それを無視する必要があった。ただの欲望のはずだからだ――呼吸が速まっているのも、睾丸が引きしまり、彼のものが引きつっているのも、彼女とひとつになりたい、彼女の体に自分自身をうずめたいという強いうずきも――純粋で動物的な欲望のはずだ。

「嘘つきだな」クレイは静かに言った。

アラがすかさず彼の目を見た。「なんですって?」

その貴族然とした冷ややかで高慢な態度を好きなだけ取り続ければいい。クレイには引きさがるつもりはなかった。何かに駆り立てられている以上は。もっとも、何に駆り立てられているのかはわからなかった。分別のなさか。愚かさか。プライドか。欲望か。

クレイはスカートのふくらみを押しつぶしそうなほど前へ出た。うっすらと汗で覆われた胸が、彼女のボディスにあたった。アラがうしろへさがりかけたとき、その場に留まってほしくて、まろやかなカーブを描く彼女の背中に両手をまわした。胸にあたった金とガラスの服喪用ブローチが、驚くほど冷たかった。

クレイはそれを無視した。

アラが憤慨したように息を吸いこんだことも。眉をつりあげたことも、黒い服喪用ドレスも目に入れないようにした。ふたりの醜い過去も。いまここにいる自分たち以外のすべてを見ないようにした。この瞬間だけがあった。彼女が腕のなかにいて、ふたりを隔てるものは何もなかった。

「おれの目を見るんだ、公爵夫人」クレイはうながした。「おれが不愉快だと言ってみろ。おれに触れられると不愉快だと。取るに足りない男だと。大嫌いだと」

アラは目を見開き、はっとした。そしてかぶりを振った。「お願いだからやめて、ミスター・ラドロー。こんなことをしてはいけないわ」

「言ってくれ」クレイはふたたび言った。口調の激しさに我ながら驚いた。何が目的なのかも、なぜそんなことが大事なのかもわからなかった。ああ、自分が何を証明しようとしているのかさえわからない。わかっていたのは、今朝、アラにキスをされ、彼女をあのベッドに置いて去ったとき、自分の世界が崩れ落ちたことだけだった。

あのとき、歩み去りながら、これまでに起こり得たことについて考えずにはいられなかった。自分はアラの夫になっていたかもしれなかった。彼女を幸せにしていたかもしれなかった。どんなときも、何よりも彼女を愛する男になっていただろうに、と。アラにためらいがちな優しいキスをされて、腹を刺されたような衝撃を受けた。どこまでも危険なキスだった。

あれはクレイに嫌悪感を抱いている女のキスではなかった。それだけは確かだ。

「言うんだ、『アラ』」クレイはもう一度言った。今回は敬称ではなく、彼女の本当の名を口にした。階級と身分の壁を取り去り、いにしえの森の神秘的な枝々の下で、ただの男と女だった頃へ自分たちを戻そうとした。

「そう呼ぶのはやめて」アラは弱々しい声で言った。

「なぜなんだ？」クレイは彼女の表情とまなざしを目で探り、答えを見つけようとした。「いったいなぜ？　思い出すからか？」

アラの目は濡れていた。あまりに色鮮やかで、巨匠が絵に描いた目のようだった。

「いったい何を思い出させたいの？」

すべてを。ありとあらゆることを。

笑ったこと、キスをしたこと、無数の星々の下で抱擁したこと。ふたりの体を照らす暖炉の火。彼女のなかへ入ったときの感触。言葉では語りつくせないだろう。訊かなければわからないのなら、かつてクレイが知っていたアラは永遠に去ったということだ。

「何も。何も思い出させるつもりはない。あのとき、おれたちのあいだには何もなかったわけだから。いまも何かあってはならないからだ」クレイはアラから手を離し、彼女に背を向けた。土手が決壊したかのように、落胆の奔流がクレイをのみこんだ。どんなに急いでも、十分に速く彼女から離れられないような気がした。

そのとき、体の感覚が戻った。顎が痛かった。傷痕が焼けつくようだ。肌がちくちくした。まったく、なぜこの呪われた任務を引き受けるはめになったのだろう。彼女の影響を受けずにすむはずがないと、悟るべきだった。忘れることのできない苦しみが、見るものすべて、考えることすべて、触れるものすべてを汚《けが》し、バーグリー・ハウスに彼女と滞在すれば、自分がだめになると悟るべきだった。

＊＊＊

アラは遠ざかっていくクレイの広い背中を見つめた。つい見惚れてしまう波打つ筋肉とみなぎる力強さは、昔知っていた青年の印象とはずいぶん違う。紳士らしい品のいい服を着ていたとしても、その下には戦士の体が隠れている。人の注意を体格のよさからそらす服を着ていない状態だと、どういうわけか、余計に体が大きく見えた。いまはアラの視線をさえぎるものは何もなかった。

半裸の彼が、優美な動きでスパーリングをしているところを最初に目にしたとき、アラは舞踏室を拳闘士の楽園のように使われたことへのいらだちを、一瞬忘れてしまった。しかし、今朝、クレイにつまらない存在のように感じさせられたことを、どうにか思い出した。あのときは、ちっぽけで愚かで迷惑な存在であるかのように感じさせられた。

彼は何年も前、夢中にさせておきながらアラを捨てた頃と、まったく変わっていなかった。ひとつも。純粋な激しい怒りが突然わきあがった。

「背を向けないでちょうだい」アラはきつい調子で言った。ひどすぎる。この人生に戻ってきて、それをめちゃくちゃにするなんて。弱気になっているときに腕をまわして、ふたたび彼が欲しいと思わせるなんて。その後、舞踏室で半裸になって部下と拳闘の対戦をするなんて。

クレイはアラを無視し、脱ぎ捨てられたシャツとベストのところへ向かった。いまさらながら、服を着るつもりに違いない。そう思いついてすぐに、失望が体をめぐらなければよかったのにと、アラは考えた。鼓動が速まり、とろりとした熱が体に走り、足のあいだに留まった。懐かしいうずきが戻った。彼と別れて以来、感じていなかった欲望も。

ばか、落ち着きなさい。彼はあなたにはふさわしくない。昔からそうだった。

「ミスター・ラドロー」アラは怒りにしがみつきながら呼びかけた。さもないと、別の危険な感情に支配されてしまいそうだった。「話をしているのよ」

「話ではなく小言だろう、マダム」クレイも怒っているらしく、乱暴な動作でシャツに腕を通した。「前にも言ったが、もう一度言う。おれは使用人ではない。だからおれに命令はできない。暴君のようにふるまいたいのなら、執事かメイド頭か従僕を相手にすることだ」

アラのなかで何かが壊れた。

正気かもしれない。

忍耐かもしれない。

石敷きの床に投げつけられた磁器のティーカップのように、壊れやすくなっている彼女自身かもしれない。それは粉々になった。夫が殺害され、人生が混沌としている。身には危険が迫っている。昔愛していた男が、怒りを抱えた冷たい他人となって戻ってきた。

アラは駆け出した。スカートを握って裾をあげ、磨かれた寄せ木細工の床を蹴《け》って勢いよく走った。胸の奥深くの暗い部分からせりあがってきた、獣《けもの》じみた声とともに、彼の背中に飛びかかった。

腹が硬い背中にぶつかり、肺から一瞬で空気が抜けた。アラは彼の首に腕をまわしてしがみついた。クレイはうなったが、アラが全身の重みをかけても、びくともしなかった。あたりまえだ。彼の体は山のように大きい。しかし、アラは気にしなかった。

「あなたなんて、大嫌い！」大きな声で言った。腕がはずれそうになったとき、重いスカートが邪魔だったが、脚を彼の腰にまわした。「大嫌いよ、クレイトン・ラドロー。聞いてる？」

クレイは何も言わず、木の幹のように動かずに身をこわばらせている。反応といえば、彼女の腕にあたっていたのどぼとけが、唾をのんだときに動いたのと、首の脈が跳ねた程度だ。アラはそんな反応を求めていたのではなかった。彼を怒らせたかった。何か言ってほしかった。自分と同じように胸の痛みを感じてほしかった。

彼にも壊れてほしかった。

「大嫌い」アラはもう一度囁いた。彼の肩甲骨のあいだに顔をうずめ、香りを吸いこんだ。洗濯されたシャツのにおいと、男の汗のにおい、それから石鹸《せっけん》の麝香のいいにおいがした。彼のシャツが湿っている。自分の頬が濡れていて、肩も震えている。アラはそれが涙のせいであることに気づいた。

また泣いているなんて。アラは身を震わせ、彼の背中に向かってしゃくりあげた。手を放したら崖から落ちるといわんばかりに、彼の首にかじりついた。実際、落ちてしまいそうだった。さまざまな感情が入り乱れていて絶望的な気分になったのは初めてのことだった。

ストッキングに包まれた膝に、クレイの大きな手が置かれた。そっとアラの脚をはずそうとしている。次に彼はアラの腕をつかみ、自分の首からはずすと、体を折ってアラの足が床に着くようにした。

クレイはスパーリングのときに見せたのと同じすばやさでアラのほうを向いた。とても険しい表情だった。ハンサムな顔がゆがみ、茶色い目のなかで怒りの炎が燃えている。頬の中央に走る醜い傷痕は引きつっている。「殴ればいい」

　そのそっけなく短い言葉は意外だった。

　アラは涙で曇った目をしばたたき、濡れた頬をぬぐうと、クレイを凝視した。「なんですって？」

「大嫌いなんだろう」クレイは静かに言った。シャツのボタンを留めずに広い胸の一部を見せ、アラの注意を散漫にしてなどいないかのように。いましがた、アラが野良猫のように彼の背中に飛びかからなかったかのように。「怒りを発散させるといいかもしれない。ご主人が殺されたうえに、今度は人殺しの悪党どもに命を狙われ、振りまわされているのだから。おれがちょうどここにいる。あなたに触れて汚《けが》した、ろくでもないおれが。叩けばいい。殴ればいい。蹴ればいい。おれはかまわない。どうせ何も感じないだろうから」

　アラはゆっくりと首を横に振った。「いいえ。そんなことはできないわ」

「罪悪感を抱くことはない、マダム」クレイは彼女の手を取り、包みこむように握り、こぶしを作らせた。「殴り方を教えよう。自衛の仕方も習える」

　クレイの手が彼女の手を包んでいる。温かくて大きくて懐かしい手の感触に、アラの胸はうずき、どうしていいのかわからなくなりそうだった。「あなたを殴りたくはないわ、ミスター・ラドロー」

「いいや、殴りたいはずだ」クレイは唇をゆがめ、皮肉めいた笑みを浮かべた。「そうでなければ、背中に飛びかからないだろう。おれのことが大嫌い、そうだろう？」

いいえ。ちっとも嫌いではない。

嫌いになりたかった。嫌う必要があった。

それなのに本当は、彼にキスをしたかった。ああ、そんなばかな。アラは唇を開き、彼の唇へ目をやった。周囲の空気に火がついたかのように思えた。クレイのせいかもしれない。クレイに触れられていないときのほうが、彼に抗うのがはるかに簡単だった。目の前で半裸になっていないときのほうが。

アラは返事をしようとしたが、言葉が出なかった。囁き声さえ出ない。

「何か言ってくれ、マダム」

またアラと呼んでもらえたら、どんなにいいか。罪深い彼の声で名を呼ばれるだけでとろけるのに。「わたし……」

「お母様？」

小さな声が、聞き慣れたいとしい声が、アラのなかをめぐっていた禁断の情熱を冷ました。アラはクレイの手から手を引き抜いて振り向いた。エドワードが舞踏室に入ってきている。ドアが開いた音さえ聞こえなかった。エドワードはおずおずとしたようすで目立たないように入り口のあたりに立っていて、不思議そうにアラとクレイを見つめている。

エドワードは実の父親そっくりに見えた。真剣な表情、細くて長い体、黒い髪、年齢のわりには高すぎる背丈。まだ七歳なのに、まもなくアラの背を抜きそうだった。

「エドワード」アラは息子に駆け寄り、クレイから、そして彼のせいで意に反して抱いた感情から離れた。「なぜミス・アージェントと一緒にいないの？」

「今日の午後、本を読んでくれるって言ってたでしょう」エドワードは眉根を寄せてアラを見た。

そうだった。いま何時だろう。今日はいろいろなことがあって、わけがわからなくなっていた。いつもはこうして気もそぞろな状態にはならないのに。これもクレイトン・ラドローのせいだ。「そうだったわね、そうしましょう。何を読みましょうか。『不思議の国のアリス』の続き？」

ところが賢いエドワードは、簡単にはごまかされなかった。「お母様、どうしてミスター・ラドローは、お母様に叩いてほしがっているの？」

アラは目をしばたたいた。そして、エドワードが部屋に入ったのが、アラが野生動物のようにクレイの背中に飛びついたときではなかったことに感謝した。頬が熱くなった。自分はいったいどうしたのだろう。評判を保たなければならないのに。夫を亡くした身だ。子どももいる。昔、クレイと真っ逆さまに落ちた熱狂の渦にふたたびはまりこむわけにはいかない。

「お母様に身の守り方を教えたかったんです、公爵様」アラが返事をする前に、クレイの低い声が背後から聞こえた。

「お父様を殺した悪者たちがいるから？」エドワードが尋ねた。

悪者たち？　アラは心が凍りついたような気がした。エドワードには、フレディの死にまつわる詳しい事情を伝えてはいなかった。子どもにそんな話をして何の役に立つのか。そのことが忘れられなくなり、悪夢を見て、それまで以上に恐怖を覚えるだけだろう。

「いいえ」アラは慌てて否定した。

「そう」クレイはエドワードの前でしゃがみ、目の高さを合わせた。「悪者たちがいるから。あなたとお母様を守るのがおれのここでの任務だが、悪いことをしようとする者を追い払う方法を教えることも、お母様を守る任務の一部なので」

そのために、クレイはこぶしを握らせていたわけではなかったはずだと、アラは考えた。それとも、そのためなのだろうか。自分は彼の行動と言葉を深読みしすぎているのか。クレイのそばにいると、まともに頭が働かなくなるのか。

どちらでもいいことだ。エドワードにはフレディの身に起きたことについて、必要以上のことは知ってもらいたくなかった。危険な男たちや人殺しやアラの自衛策についてエドワードに伝える必要はない。クレイはなぜエドワードに話すのだろう。そんな立場にはないのに。

アラは唇をとがらせた。「ミスター・ラドロー、それ以上、エドワードの頭を悩ませるようなことは話さないでもらえるかしら。エドワード、図書室へ行きましょう、本の続きを読めるように」

「いやだ」エドワードは言った。「ミスター・ラドローに、ぼくにも教えてほしい。お母様を守れるように。お父様が亡くなったから、ぼくが代わりに頑張らないといけないもの」

子どもらしい声ににじむ真剣さを聞いて、アラの胸は痛んだ。エドワードに隠しごとをしてきたせいで、あらたな罪悪感に襲われた。エドワードは知っていた唯一の父親を失った。間違いなくフレディは愛情深いすばらしい父親だった。ところが、いま、息子の前には実の父親が立っていて、血のつながりがあることをどちらも知らずにいる。知っているのは、アラとフレディだけだ。エドワードがフレディの子どもではないと知っていたパーシーでさえ、実の父親が誰かはまったく知らなかった。

いま、すべてを告白することはできる。ここで。そうすべきなのだろう。

しかし、アラは言葉にできなかった。エドワードにとって、世界はすでにもろくなっているのに、そこにふたたび激震を走らせるわけにはいかない。エドワードにとっていま必要なものは安定と安心感だ。確かなものと愛だ。生まれてからずっと、父親として愛してくれた男と、じつは血がつながっていないと知らされることではない。

「それは勇敢だ」クレイはエドワードに言い、その華奢な肩に大きな手を置いた。

「知っていることをすべて教えましょう。どうですか？」

「本当に？」エドワードは満面の笑みを浮かべた。

クレイトン・ラドローとエドワードが長い時間を一緒にすごしても、いいことはないだろう。少しも。クレイは抜け目がなく頭の回転が速いが、幼いエドワードも負けていなかった。周囲の状況を観察し、人の話をよく聞いている。アラはときどき、息子がどれだけのことを見聞きしているかを忘れてしまう。

「いいえ、絶対にだめよ」アラは横から言った。意図したよりもきつい口調になったけれども、抑えられなかった。日ごとに自分の領域が犯されていくのが気に入らなかった。自分の心の安定のためにも、エドワードの幸せのためにも、声をあげなければ。クレイをまっすぐに見つめて続けた。「息子に殴り合いの仕方を教えないでちょうだい、サー。エドワードが心配する必要はないでしょう。あなたが護衛をしているのだから、わたしはバーグリー・ハウスで安全にすごせるわ。この子だって同じ。そうでしょう？」

クレイは振り返り、茶色い目で探るようにアラを見た。「準備をしておきたいとは思わないか？　結局のところ、あなたとご子息の安全は、軽視すべき問題ではないのだから」

「そうだよ、お母様」エドワードは続けて言った。「ぼくはお母様を守れるようにしておきたい。お父様だったら、きっとそう考えるでしょう。ミスター・ラドローは、ぼくが習うべきことをぜんぶ教えてくれるよ」

アラはクレイからエドワードへ視線を移した。なんてこと。これほど似て見えるのは初めてだ。息をのむほど似ている。アラの胸はひどく痛んだ。「そもそもどうしてお父様のことをそこまで知っていたの、エドワード」強い調子で言った。

「使用人たちが、ぼくが聞いていないと思ってしゃべるからだよ」エドワードは包み隠さずあっけらかんとして言った。「ぼくはお母様が思っている以上にわかっているよ、お母様。もうほとんど大人だもの」

「大人になるにはもう少しかかるのでは、公爵様」クレイはエドワードの髪をくしゃくしゃと撫でた。それを見て、アラの胸は張り裂けそうになった。「もっと大きくならなければ。ただ、順調に成長なさっているし、お母様にとってはとても親孝行なご子息だと思います」

クレイはとても優しくて紳士的だと、アラは考えた。エドワードの扱いが非常にうまい。エドワードは昔から内気で静かだったのに。「ええ、とても親孝行だと思うわ」アラはどうにか同意したが、のどにかたまりがつかえていたし、罪悪感と不安に押しつぶされそうだった。クレイがエドワードの顔をよく見て、自分に似ていると思うのではないかと不安だった。慎重に積みあげた虚構のすべてが、ある日、自分のまわりで砂のように崩れてしまうのではないかと。「だからといって、息子に暴力にかかわってほしいとは思わないわ、ミスター・ラドロー」

「ぼくはミスター・ラドローに教えてほしい」エドワードは言い張った。強情な性格が表われてきている。「お母様がいなくなったらいやだもの。ぼくにはもうお母様しか残っていないから」

ああ、エドワード。あなたが知ってさえすれば。

「ここへいらっしゃい、エドワード」アラはクレイの大きなたくましい体をできるだけ目に入れないようにしながら、彼の横でひざまずき、息子に向かって腕を広げた。エドワードは子どもらしい一心さで腕のなかへ飛びこんできた。アラは息子をきつく抱きしめ、もつれた黒い髪に顔をうずめた。「わたしは絶対にいなくならないわ、エドワード。わかった？　世界のどこにいようと、どれだけ時間が経とうと、わたしはいつもあなたの心のなかにいるわ」

アラはクレイの視線を感じて目をあげた。彼は真剣な目でアラを見つめている。

「ぼくは習いたい、お母様」エドワードがアラの服地に向かって言い、細い腕でアラを抱きしめた。

クレイは片方の眉をつりあげた。反対してみろと言わんばかりだ。彼の茶色の目の奥できらめく感情を読み取れたらどんなにいいだろう。「教えましょう」クレイは言った。

10

八年前

クレイは求愛しに来なかった。アラは待った。さらに待った。それからもう少し待った。

最後に会ってから、一週間が経っている。彼が約束をしてから。それなのに、クレイはキングスウッド・ホールを訪ねてこなかった。月曜日も、火曜日も。空で太陽が輝いていた水曜日も。嵐が野山を駆け抜けた木曜日も。金曜日と土曜日がすぎ、日曜日になり、アラは彼を探しにいくしかなくなった。

土砂降りになった日を除いて毎日、家を抜け出す機会を見つけては、森のいつもの待ち合わせ場所へ行ってみた。そして毎日、同じように落胆した。

今日、母が自分の姉のチャリティに会いにいったため、アラには昼から夜にかけてお目付け役がいなかった。運がよければ、母がいつものように、チャリティ伯母様の家に泊まる可能性もある。アラは最後の機会かもしれないと考え、その好機に乗じた。

そしていま、カーライル公爵の荘園屋敷である、ブリクストン・マナーの巨大な厚板のドアの前に立っていた。誰にも気づかれずに自室を抜け出し、愛馬に鞍《くら》を付け、ひとりでここまでやってきたのだ。公爵家の敷地の端にある広い森で牝馬を木につなぎ、ドレスの裾とブーツを汚す恐れのある、湿った地面の上を遠くから歩いてきた。

震える手でドアをノックした。はじめはおずおずと。クレイがこの屋敷に住んでいるのかさえ知らなかった。立場のせいで、母屋から遠いところに住まわされている可能性も高い。お目付け役なしで予告もなく、招かれてもいないのに、アラがこうして訪ねれば、人々が眉をつりあげてちょっとした騒ぎになることは確実だ。評判を取り返しがつかないほど傷つける危険があった。

それでも、クレイにはそこまでする価値があった。

それに、アラは答えが欲しかった。

さらに強くドアをノックした。

それが開き、白髪の執事らしき男が眉をひそめてアラを見おろした。「ご用件は？」

「ミスター・ラドローを訪ねてきたの」乗馬と敷地を歩いたせいで服についた汚れな

どないかのように、アラは澄まして答えた。若き淑女が、付添いなしでカーライル公爵家の正面玄関に現われ、公爵の庶子との面会を求めるのが、礼儀作法に完全にかなっているかのように。

アラは唾をのんだ。

執事の非難がましい表情がさらに険しくなった。「ミスター・ラドローはお留守です」

アラは動じなかった。「どこへいらしたの?」

執事は目をぱちくりさせた。しつこい訪問者に慣れていないのは明らかだ。「それは申しあげられません」

嘘をつかれていると、アラは考えた。あらゆる危険を冒してクレイに会いにきたのに、金をせびりにきた物乞いの女であるかのように、ドアのところで追い返されるつもりはなかった。「友人が訪ねてきたと、ミスター・ラドローにお伝えいただけるかしら。会ってくださるはずよ」

執事は訝《いぶか》しそうに目を細めた。「そのご友人のお名前を教えていただけますか、マダム」

アラは「いやです。友人が会いたがっていると伝えてちょうだい。そうすれば、ミスター・ラドローには、誰が来たかがわかるわ」

「なかでお待ちください」執事は高慢な口調で言った。自分が公爵その人で、アラに屋敷へあがるのを許したとでも言わんばかりに。

アラはとびきりの笑顔を見せ——ちっとも笑う気分ではなかったが——屋敷のなかへ入ると、待ちながら服を整えた。ああ、なんてみっともない。リボンがあしらわれた乗馬用ドレスの裾のそこここに草がくっついていて、おしゃれなブーツは濡れそぼっている。深く息を吸って神経をなだめ、二段のスカートを振ってしわを伸ばした。わきあがる不安にのまれそうだったが、それを抑えようとした。

執事が渋々ながらも、クレイを探しにいったことには期待が持てた。彼が会ってくれればの話だけれど。アラは玄関広間のそこここへ目をやった。キングスウッド・ホールが誇る玄関広間よりもはるかに立派だ。天井は二階分の吹き抜けで、頭上にはさまざまなアルコーブやアーチが見える。いくつもの大理石の彫像がうつろな目でアラを見おろしていた。分別のなさを批判しているかのようだ。歴代のカーライル公爵の像だろうか。よくわからなかった。それとも、人々が神話を信じていた時代から残っているギリシャ神と女神だろうか。

黒と白の床はよく磨かれて光っていた。遠くから足音が聞こえた。広い屋敷のなかで響いている。執事だろうか。それともクレイ？　あるいはほかの使用人か。アラはあたりを眺めまわし、侵入者のような気分になった。愚か者になったような気分に。

帰るべきだ。このまま帰ってもいいのだろうか。さっき入ってきた入り口からそっと出てもいいものか。残っている自尊心をこれ以上傷つけることなく、敷地を走って横切り、愛馬のところへ行き、軽率なふるまいをこれ以上誰かに知られる前に、できるだけ早く家へ帰るべきだろうか。

アラはドアのほうへじりじりと近づいた。また足音が聞こえた。まだ遅くはない。ほかの人に知られずに逃げられる……。

足音がだんだん速く近づいてきた。アラの呼吸と、暴れる鼓動のリズムに合っている。ばか、行くのよ！　走りなさい！　アラはスカートを思いきり手でつかみ、逃げようとした。

「マイレディ」

彼の声に止められた。低くて、温かくて、心からアラを歓迎するような声に。

振り向くと、彼がいた。いとしいクレイが。今日は、まともな紳士らしい完璧ないでたちだった。シャツの袖をまくりあげておらず、ベストを着るのを省略してもいない。隙のない装いだった。彼をまじまじと見つめた。クレイが完全に公爵の息子らしく見えることは認めざるを得ない。アラはブリクストン・マナーの立派な玄関広間で、ふたりの立場の格差を初めて感じた。彼が庶子だからではなく、彼が裕福で有力な男の息子だからだ。アラの父親も裕福ではあるけれど、この豪華なブリクストン・マナーにはどうしたって手が届かないだろう。ここに比べれば、キングスウッド・ホールは掘っ立て小屋にすぎない。

クレイの目とアラの目が合った。暗い色の目と明るい色の目が。彼の光る目の奥の感情を読み取れたらいいのに。「ミスター・ラドロー」アラはばかみたいに言い、初めて会った紳士であるかのように彼を見つめていた。

もちろん初めて会った紳士ではなく、誰よりも好きな紳士だ。

「なぜここへ来た?」クレイは次にそう言い、アラの感傷的な気分をかき消した。

アラは頬から血の気が引くのを感じた。やはり、来たのは間違いだった。クレイはふたりのやりとりを楽しんでいただけだった。退屈だったときに、アラが積極的にふるまい、恥をさらしたのだろう。クレイはアラの気持ちを傷つけないようにしたのに、アラはふたりのあいだにそれ以上の何かがあると信じこんでしまったのかもしれない。

なんてみじめな。

なんて恥ずかしい。

だけど、クレイはあのとき、とても情熱的にキスをしてくれた。アラの魂を盗んで、返したくないと言わんばかりに。あれは勘違いだったのだろうか。

「わたし……」言葉がなかなか出なかった。湿ったドレスとだいなしになったブーツという姿で、彼の前に立っているいま、思考が働かなくなったようだった。捨てられたストッキングのように役立たずになったような気がした。「キングスウッド・ホールへ来てくれるって言ってたでしょう」

「ああ」クレイはうなずいた。口もとがこわばっている。「だから行った」

アラは首を横に振り、眉根を寄せた。「いいえ、絶対に来ていないわ」

「行ったが、追い返されたんだ」

強い口調。真剣な表情。断言。そこから導かれる結論は、普通はひとつだ。真実を告げているということ。けれども、そんなことがあるだろうか。彼が訪ねてきたとは、ひとことも聞いていない。そこここの窓から外を眺めてすごし、クレイの姿が、馬が、馬車が見えないかと期待していた。彼に関係のあるものが何か見えないかと。

いいえ、やはり彼は来なかった。来ていたらわかっていたはずだ。

そうではないのだろうか。

「三日間、毎日行ったよ、レディ・アラミンタ」クレイは落ち着いた声で言った。

「おれは庶子かもしれないが、笑いものにされたときはいくらなんでもわかる。四日目は、自尊心のために行かないことにした」

三日？　アラの鼓動は愚かで大それた希望で跳ねあがり、速まった。三日続けて訪ねてきてくれたの？

その後、希望はわきあがったときと同じくらい速く消えた。クレイが毎日追い返されたということは、あることを意味していると気づいたからだ。

母が父の代わりにクレイをキングスウッド・ホールへ入れるのを拒み、彼の訪問をアラに隠したということだ。父がカーライル公爵を恨んでいるせいなのか、それともクレイが公爵の嫡子ではないからか。アラにはわからなかった。それより、驚いたのは、母がそんな干渉をしておきながら娘にひとことも言わなかったことだ……。

クレイが嘘をついているなら話は別だけれど。

やはり、嘘をついているのではないか。アラはその考えに飛びついた。「訪問者がいたとはまったく聞かなかったわ。それに、信じてちょうだい、わたしは誰か来たかどうか尋ねたのよ。尋ねたし、見張っていたし、待っていた。それなのに、あなたは約束どおり訪ねてこなかった」

クレイが妙な表情をした。ふたりのあいだの距離を詰め、アラの手を片方つかんだ。

彼はアラとは違って手袋をしていなかったので、彼の手の熱がアラの肌に伝わってきて、甘い焼き印を押されたように感じた。ふたりの指がもつれ合い、からみ合った。そうして、アラはずっと来たかった場所にやって来た。彼のそばに。彼の魅力に屈して、彼に導かれるままになった。

「おいで」クレイはそれしか言わなかった。

アラは玄関広間を出て、手を引かれるままについていった。非難がましい表情の白い大理石の完璧な彫像や胸像のそばを、さらに通りすぎた。そのすべてが、アラに遠くまでついていくなと警告している。しかし、いまさら遅かった。警告するのも後悔するのも遅すぎる。

アラはそれでかまわなかった。

クレイに手を引かれ、導かれ、指と指がからみ合っている……衝撃だった。礼儀作法に反している。まったく間違っている。ここに、カーライル公爵の屋敷にいるべきではなかった。クレイと一緒にいるべきではなかった。導かれるままに、人の目や耳がある場所から遠ざかってはいけなかった。

それでも、アラは彼についていった。クレイを信じていた。廊下をいくつも通り、驚く使用人たちとすれ違った。彼らは懸命に驚きの表情を消した。突然、ふたりはある部屋に入っていて、ドアが閉じられた。とても広い、男の部屋らしい部屋だった。クレイの香りが——麝香とどこまでも男らしいすてきな香りがした。彼らしい香りだ。

ふたりの指はまだからみ合っていた。並んで立ち、どちらも何も言わずにいた。アラはあと戻りのできない場所へ来てしまったことを悟った。ここはクレイの寝室だ。彼と手をつないでいる。クレイの父親である公爵がどこにいるのかは知らなかったが、カーライル公爵もアラの父親も、クレイとアラがしたことを認めないだろうとわかっていた。

身の破滅につながることだ。

無謀だ。

アラの居場所を誰も知らないが、ここは田舎だ。使用人たちには耳と目がある。彼らは噂を広める。クレイトン・ラドローと、彼に抗えないことが、アラの身の破滅をもたらすことになる。

「なぜわたしをここへ連れてきたの？」アラは静かに訊いた。向こう側の壁際にある、大きな黒っぽいベッドを凝視した。彼のベッド。クレイが眠る場所。彼が横になる場所。ベッドに入るとき、クレイは服を、シャツを脱ぐのだろうか。

彼の胸はとてもすてきだ。

アラはそれを意図せずして見たことがある。いまはまた彼の胸を見たいと思わずにはいられなかった。そこに触れたい、味わいたいと。恥ずかしさのあまり頬が熱くなった。自制できなかった。自分を抑えられないようだ。クレイのせいでふしだらになってしまった。もとには戻れない。

「それが、わからないんだ」クレイは空いているほうの手で顔をこすった。そうすれば、ふたりの息を詰まらせようとしている緊張感がやわらぐかのように。「きみの母君は、おれはきみにふさわしくないとおっしゃった。そのとおりだ。きみには、きみと同じような身分の男がふさわしいんだ、アラ。おれはいつまで経っても庶子だ。いつまで経っても恥辱を感じながら歩くことになる。きみはその横で黙って耐える必要はない。父はこの家で、おれを対等に扱ってくれるから、おかげでおれは世間の人々の扱いをあまり意識せずにすんでいる。だが、一瞬でもきみへの求愛を考えるのは間違ったことなんだ」

母。アラはそのひとことで何があったかを確信した。まぎれもない強い怒りが勢いよくわきあがった。「母はひどいわ、あなたにそんなことを言うなんて。そんなことを言う権利はないのに」

クレイが親指でアラの手の甲をゆっくりと何度もさすり、アラのほうを向いた。真面目くさった表情で見おろしている。暗い表情でもあった。「母君にはそう言う権利が大いにあるんだ、アラ。きみの母親だから、きみの利益を第一に考えていらっしゃるのだろう。おれは身勝手な考え方をしていたが、母君は違う。もっとも、おれはいまも身勝手だ」

「あなたが会いにきてくれたなんて知らなかったわ、クレイ」アラは彼の指を強く握り、信じてもらえるよう念じた。「少しでも気づいていたら、一瞬であなたのところへ飛んでいったわ。絶対に追い返しはしなかった。あなたを愛しているもの」

「愛してはいけない」クレイは手をほどき、アラから離れていった。大きな体が怒りでこわばっている。「わからないか？　誰もがおれに、きみへの求愛さえ許さない。腹立たしいが、正しいんだ」

出自のせいできみとの結婚などもってのほかというわけだ。連中は正しい。腹立たしいが、正しいんだ」

「違うわ」アラはクレイと同じような激しい口調で言った。彼に近づき、うしろから彼の腰に腕をまわした。肩甲骨のあいだに顔をうずめ、彼のにおいを深く吸いこんだ。クレイは生命力にあふれている。アラにはそんな彼が必要だった。彼だけが欲しかった。「みんなが間違ってるのよ。あなたほど、わたしの人生で正しいと思えることはなかったもの、クレイトン・ラドロー。聞いてる？　あなたがカーライル公爵の庶子であろうと、女王様であろうと、どうだっていい。あなたのことをあきらめはしないわ。いまも、これからも」

ドアをノックする音が、重苦しいひとときに割って入った。

「兄上、謎の村娘を部屋に連れこんだという噂を聞いたが、どうなってるんだい？　父上が卒倒するぞ」からかうようなくぐもった声が聞こえた。

アラは身を凍りつかせ、礼儀作法にひどく反することをしてしまったと、あらためて考えた。驚く使用人たちの視線を感じながらカーライル公爵の屋敷のなかを踊るように歩いた。クレイと手をつなぎ、いざなわれるままに寝室へ行った。アラの恥知らずなふるまいを見た者は大勢いる。

正体を知られたら、評判は地に落ちるだろう。

「まずいな」クレイはアラが考えていたことと似たようなことを言った。「おれはいったい何を考えていたんだ、きみをここへ連れてくるなんて。きみと一緒にいると、頭がまともに働かなくなってしまうんだ、アラ」

「まさか、その村娘とベッドにいるんじゃないだろうな」クレイの継弟がドアの向こう側で言った。「この屋敷へあばずれ娘を連れてくるべきではない。父上の目となり耳となる者がそこらじゅうにいる」

アラは〝あばずれ〟という言葉の意味を知らなかったものの、それが褒め言葉ではないことはわかった。その言葉についてそれ以上考える前に、クレイがアラの腕を振りほどき、彼女のほうを向いた。険しい表情をしている。

クレイは茶色の目で探るようにアラの目を見つめた。「きみの母君が、おれを追い返したのは正しかった。おれたちに未来があるはずがない。なんの望みもない」

アラは首を横に振りながら、熱い涙が目に浮かぶのを感じた。彼の言葉を信じたくなかった。「望みはいつだってあるわ。みんなには内緒でわたしに求愛してちょうだい、そうしなければならないのなら。一緒になる道を探しましょう」

またもや執拗なノックの音が割りこんできた。「兄上、ばかなことをする前に、兄上を助けなければならない。尻軽女と寝るのにうってつけの場所を知っている。ボズリー・インだ。女給がなんでもしてくれるぞ。ふたり同時にベッドへ連れていったことが――」

「黙れ、レオ」クレイはドアに向かって大声で言った。

アラはクレイの顔を見つめた。どれだけ彼を想っているかを知ってほしかった。クレイはもう自分の一部だ。二度と会えないと考えると、穴があいたかのように胸が痛んだ。「明日、森へ会いにきて」アラは言った。「お願い」

クレイは手の甲でアラの頬に触れた。一度だけ。幻のような愛撫だった。「アラ」

アラにはあきらめるつもりはなかった。「お願いよ、クレイ。いつもの場所にいるわ。あなたを待ってる」

いつまでも待ってる。

愛してるわ。

そう言い足したかったが、胸のなかにしまっておいた。

クレイは険しい顔でアラを見つめた。何を考えているのかはわからなかった。「帰るんだ、アラ。何者であるかを、誰かに気づかれる前に」

「明日よ」アラは念を押した。「自分のことは自分で決めさせて、クレイ。あなたを選ばせてちょうだい、あなたに勇気があるなら」

11

「さあ、このナイフを差し上げよう」クレイは愛用の折りたたみ式ナイフをエドワードに渡した。小ぶりだが、襲いかかってきた者に痛手を負わせることができるものだ。三枚の刃が、打ち出し細工のほどこされた金色の柄に収まっている。それぞれの刃は長さが異なっていて、何かにつけて役に立ってきた。

しかし、驚いたことに、それをエドワードの手に置いたとき、クレイは少しも未練を感じなかった。それを贈ることは急に思い立ったが、正しい決断だった。この少年の父親は、このうえなく残酷な殺され方をしたうえ、母親に関する脅迫があったため、見知らぬ者たちがこの屋敷に侵入してくる恐れがある。このナイフを持っていれば、少しは安心してすごせるだろう。

「ありがとう、ミスター・ラドロー。だけど、それは受けとれないわ」クレイの背後から、エドワードの母親の冷ややかな声が聞こえた。

クレイは歯噛みをした。彼女は当然、反対するだろう。

これまでクレイは、一時間近くかけてエドワードにこぶしの使い方や護身術を教えていた。もちろん、アラはエドワードとクレイのレッスンを見学すると言い張り、そのために舞踏室の向こう側の椅子にすわり、本を膝に載せていたのだった。

彼女がここにいる理由を、クレイはわかっていた。

クレイを信用していないからだ。庶子にすぎない男が、よくも貴族に何かを教えられるものだと思っているのだろう。エドワードに悪影響をおよぼすと心配している可能性がある。エドワードを汚《けが》すと。昔、アラには愛を告白され、あなたを選ぶと約束され、完全に騙されたことがあった。クレイの出自は一生ついてまわることになるが、それでもかまわず愛していると、彼女は言っていた。

「だけど、お母様」エドワードは口をとがらせ、すみれ色の目で懇願するように母を見つめた。「ミスター・ラドローはぼくにくれたんだよ。人に何かを贈られたら、ありがたく受け取ってお礼を言いなさいと、お母様はいつも言ってたでしょう。いまさらナイフは返せないよ」

「ナイフはもうあなたのものです、公爵様」クレイは厳《おごそ》かに言った。「おれが取り戻したいと思っても、取り戻せない」

「そうなの？」エドワードは目を丸くした。眉が小さな額のなかで黒髪のほうへつりあがった。「サー、それはどうして？」

「戦士がひとたび別の戦士に何かを贈ったら、それを取り戻すのは縁起が悪いからです」クレイは嘘をつき、アラへ目をやった。

アラは眉をひそめて椅子から立ちあがり、優雅にスカートを振って整えると、クレイとエドワードにすべるように近づいてきた。いつ見ても立ち居振る舞いが自然で優美だ。「そんなのばかげているわ、ミスター・ラドロー」

「ぼくはもう戦士なんだよ、お母様」エドワードは誇らしそうに言った。バーグリー・ハウスへやってきてから、これほど生き生きとしたエドワードを見るのは初めてのことだ。クレイは暗い抜け殻のようになっている心が温まるのを感じた。

「あなたは戦士ではありません」アラは強い調子でエドワードに言った。「公爵よ。公爵は武器を持ち歩かないの」

「お父様が武器を持っていたら、悪者たちに殺されなかったかもしれないでしょ」エドワードは折れずに反論し、刃がしまわれているナイフの柄を強く握った。母親にそれを奪われるのを恐れているかのように。

アラは青ざめて足を止めた。黒いスカートが彼女のまわりで揺れている。「そんなことわからないでしょう、エドワード」

「公爵様、そんなふうに考えてはいけません」クレイは横から言い、しゃがんでエドワードと目の高さを合わせた。「父君は勇敢な方だった。父君を襲った者たちは臆病者だ。父君の背後から襲ったのだから。たとえ父君がナイフをお持ちだったとしても、身構えられなかったでしょう」

「エドワード、ミスター・ラドローとお話があるの」アラの声が空気を切り裂いた。クレイのどのナイフよりも鋭い口調だった。「ミス・アージェントのところへ行って、またお勉強をしていらっしゃい。ナイフは預からせてちょうだい」

「お願い、サー、ぼくが持っていなきゃだめだって、お母様に言って」エドワードは小声で言った。

エドワードの大きな目は——アラと同じ目だ——訴えるようだった。クレイの胸のなかで何かが動き、感情が芽生えた。これは愛着だ。そう、自分はエドワードを気に入っている。気に入っているどころではない。

「公爵様がナイフを持っているべきです」クレイはきっぱりと言った。エドワードに向かって元気づけるようにウインクをしたあと、アラを見あげた。

アラは冷ややかな目でクレイを見つめた。顔は青白く、つらそうな表情が浮かんでいる。「この子はまだ幼いのよ。ナイフを持たせるわけにはいかないわ」

クレイはアラから目を離さずに立ちあがった。「おれが正しい使い方を教えよう」

「あなたはこの子に何かを教える立場にはないでしょう」アラは噛みつくように言った。エドワードに向かって手を差し出す。「ナイフよ、エドワード。渡してちょうだい」

たしかに教える立場にはないと、クレイは考えた。アラの息子に対してなんの権利もない。彼女自身に対しても。何しろ自分は、アラが昔、見下して裏切った庶子だ。彼女は自分の父親が遣《つか》わした男がクレイの顔に残した傷痕を目にするとき、少しは罪悪感を覚えるのだろうか。おそらく何も感じないのだろう。そう思うと、くすぶっていた彼女に対する怒りがあらためて燃えあがった。

「でもお母様」エドワードが言い返し、考えこんでいたクレイを現実に引き戻した。

クレイはエドワードがかわいそうになり、ふたたび介入した。「ただ、戦士の母親がナイフを預かる場合は、縁起が悪くはありません」そう話をでっちあげた。

子どもの相手はほとんどしたことがなかったが、子どもというものがどこまでも希望に満ちていて、心が純真でまっすぐであることは知っていた。やがてそうではなくなる日がやってくるが。とはいえエドワードにとって、今日がその日にはならない。

エドワードには信じられるものが必要だ。希望にすがる必要がある。それしか残されていないからだ。

アラは困ったようにクレイを見た。「ナイフをちょうだい、エドワード」

「わかったよ。だけど、ミスター・ラドロー、それは本当なんだよね？　戦士の母親が預かれば、縁起が悪くないというのは」エドワードが尋ねた。

「そのとおり」クレイは言ったが、急にかたまりがのどにつかえたような気がした。

「たしかです」

クレイが請け合っただけで十分だと言わんばかりに、エドワードは母親に従い、刃がしまわれたナイフを彼女が広げた手に載せた。「預けるけど、お母様、今度返してよ。ミスター・ラドローに使い方を教えてもらうときにいるから」

アラは指の関節が白くなるほど強くナイフを握った。「ありがとう、エドワード。さあ、ミス・アージェントのところへ行ってらっしゃい」

「うん、お母様、そうする」エドワードはクレイを横目で見た。「次のレッスンをよろしくね、ミスター・ラドロー」

クレイは会釈をした。「はい、公爵様」

エドワードは急いで会釈を返し、舞踏室を出ると、静かにドアを閉めた。重苦しい雰囲気のなか、しばらく沈黙が広がった。クレイは視線をアラへ戻した。彼女はすぐ近くに立っていた。手を思いきり伸ばさなくても届く距離だ。過去にあれほどの仕打ちをされたにもかかわらず、クレイは彼女に手を伸ばしたくなった。

クレイはドレスのボディスにいつも留められている服喪用ブローチへ目を落とした。そして初めて、ブローチのガラスのなかに入れられた遺髪の色を意識した。金色。前バーグリー公爵は小麦畑の色さながらの明るい金髪の持ち主だったに違いない。エドワードの髪がそれとは正反対の黒髪だというのは、ずいぶん妙だ。アラの赤毛も、父親の金髪も譲り受けなかったとは。

「わたしの息子に何かを贈る権利は、あなたにはないのよ」アラは語気荒く言い、クレイの注意を彼女の顔に戻した。

「贈り物がそれほど歓迎されないとは思わなかった」クレイは乾いた口調で言い、両手を背後へまわし、片方の手で反対側の手首をつかんだ。

紳士らしからぬ姿勢だったが、アラに触れるという愚かなことをしたくなければ、そうするしかなかった。あるいは彼女を腕のなかへ引き寄せたくなければ。もしくは、彼女のふっくらとしたピンク色の唇にキスをして、彼女を壁に押しつけ、自分のなかに棲《す》む乱暴者の望むままに彼女の唇を激しく奪うという、もっと愚かなことをしたくなければ。

「ナイフは危険だからよ」アラは言い返した。「あの子はまだ七歳なの、ミスター・ラドロー」

七歳。なぜこれまで、エドワードの年齢のことを考えなかったのだろう。たしかに幼いが、ナイフを持たせられない年齢ではない。クレイ自身、父親に初めて狩りに連れていってもらったのはそのくらいの年齢のときだった。七年というのは気が遠くなるほど長い時間だ。実際、前回クレイが最後にアラに会ってから、八年ほど経っている。彼女にキスをしてから。彼女に腕をまわしてから。彼女と寝てから。

クレイは身を凍りつかせた。

まさか。クレイはさまざまな事実に考えをめぐらせ、たったいま形を取り始めた醜い混沌としたものを理解しようとした。

七歳。黒髪。ほっそりと長い手脚。長身。

前バーグリー公爵の肖像画は何枚か目にしたことがあった。公爵の金髪には気づかなかったが、容貌《ようぼう》ははっきりとわかった。エドワードは前バーグリー公爵に少しも似ていない。実際、エドワードが似ているのは……ああ……似ているのは……クレイ自身だ。

七歳。

七歳だとは。

なぜもっと早くそのことに思い至らなかったのだろう。なぜわからなかったのか。まったく、あらゆるヒントがあったというのに。自分に似ていると考えたこともあった。エドワードを見て、何度子どもの頃の自分を思い出したことか。それだけではない。ふたりのあいだには絆ができた。心が通じ合った。

あの子は自分の息子だ。公爵が。あの少年が。ああ、なんと呼ぼうと関係ない。重要なことはひとつだけだ。反論の余地のない事実――アラの息子は自分の息子だ。

アラと一度だけ愛を交わしたあのとき、クレイは自制できなくなり、彼女の体のなかで果てた。あの一度だけだったから、彼女が身ごもる可能性は低いと考えた。その後、アラに裏切られたあと、赤ん坊については一切考えなかった。アラのことはできるだけ考えないようにしていた。

しかしいま……いま、長い距離を走ったかのように、心臓が胸のなかで暴れていた。いま考えみると、彼女が身ごもる可能性は、当時考えていたほど低くなかったように思えた。どうやらあの夜、自分の一部を彼女のなかに残してきたらしい。そんなことは夢にも思わなかった。

クレイは気持ちを落ち着けるのに苦労した。まだ事実を――議論に役立つ材料を――十分に把握しきれていないからだ。「公爵は七歳」特に数字をゆっくりと言った。アラの目を射貫くように見つめ、なんらかの反応がないかを探った。

アラは鼻孔をふくらませた。「ええ、ミスター・ラドロー。息子は七歳で、使い方を知らない危険なナイフを持たせるには幼いわ」

「誕生日は？」クレイは心とは裏腹に静かに訊いた。

「どうして？」アラはふっくらとした唇を引き結んだ。

まったく、ゲームに付き合っている忍耐力はない。

「いつなんだ」クレイは食いしばった歯の奥から言った。

「わたしはここに留まって、あなたの質問に答える必要はないのよ、ミスター・ラドロー」アラは彼をにらみ返した。ナイフを持っていないほうの手でスカートをつかみ、動揺したようにぐっと引くと、クレイに背を向けた。「失礼するわ、大事な用がたくさんあるの」

そうはさせない。

クレイは答えを手にするまで、アラに部屋を去らせるつもりはなかった。真実ではないかと推測していることが、本当に真実だと明らかになるまで。

行かせてたまるか。

クレイはアラを追い、両手でウエストをつかんで止めた。そして、もう一度自分のほうを向かせた。必要以上に勢いよく彼女をこちらへ向けると、アラはのけぞりそうになって息をのみ、彼の肩につかまった。クレイの胸を激しい怒りが駆け抜けた。息子に会わせないようにしていたとしたら……何年も……なんと八年ものあいだ……あえて息子の存在を隠して……別の男が父親だと、エドワードに信じさせていたとしたら……。

「何か伝えたいことはないか、マダム」クレイは尋ねた。爆発しそうな怒りが声に出るのを止められなかった。

彼の腕のあいだのアラはとても小柄で小鳥のようだった。このうえなく華奢で、簡単につぶしてしまえそうだった。クレイは大きな男であることを自覚しているにもかかわらず、彼女のせいで理性を試されていた。アラに危害を加えることは断じてなくても、アラに恐れを抱かせることができれば、いまは非常に都合がいい。

アラは目を見開いた。瞳孔が開いている。しかし、彼女は黙っていた。

何か言わせたくて――認めさせたくて――クレイの手に力がこもった。「もう一度言う、マダム、伝えたいことはないか？」

アラの冷ややかな目とクレイの目が合った。「伝えたいことはないわ、サー」

クレイは首を横に振った。「いいや、それでは納得できない。もう一度答えてくれ」

アラは背すじを伸ばし、優雅に挑むように顎をあげた。一瞬、ふたりが若くて互いに夢中だった日々のことが脳裏に浮かんだ。しかし、クレイはその記憶を追い払った。よく知っていると思っていた娘のことを思い出したくはなかった。結局、彼女は怪物のような女で、クレイは自分の愚行の代償をずいぶん前に払ったからだ。

「地獄へ堕ちるといいわ、ミスター・ラドロー」アラは冷たく言った。

クレイは我慢の限界に達した。理性が消えたその瞬間、胸には感情だけがあり、いらだちと恨みと純粋な怒りがわきあがるのを否定できなかった。クレイはアラを押して前へ出た。欲望と怒りと謎めいた感情に駆り立てられ、何も考えずに彼女のウエストをつかんだまま一緒に進んだ。やがて、彼女の背が壁についた。

自分を抑えるふりさえせず、彼女に体を押しつけた。クレイの体のあらゆる場所が——筋肉、角ばった部分、平らな部分、硬い部分のすべてが——彼女のやわらかい体の曲線にぴったりと重なった。唇と唇が不道徳なほど近くにあり、ふたりの息が混じり合っている。アラの息も彼の息も荒かった。

「この八年間は地獄だった」クレイは思わずそう言った。「あなたが良心の呵責《かしゃく》も覚えずにおれをそこへ送りこんだんだ。おれに対するあらゆる罪を赦すとしても、ひとつだけ赦せないことがある。それは、アラ、おれの息子の存在をおれに隠していたことだ」

「あの子はあなたの息子ではないわ」アラは否定した。必死なのが伝わってくる口調だった。「すぐに手を離して。手荒なことはやめてちょうだい」

彼女は嘘をついていると、クレイは考えた。アラが目を合わせようとしないことからわかった。態度から。反論の仕方すべてから。クレイのなかでまぎれもない怒りが脈打っていた。絶望感も。昔、アラに裏切られたと思っていたが、こうして息子の存在を七年間も隠し続け、別の男の子どもとして育てていたことが明らかになり、身を切られる思いだった。アラにナイフを奪われ、胸に深く突き立てられたような気分だった。

「マダム、あなたは嘘つきだ」クレイは言った。激しい怒りが血とともに体をめぐっていた。怒りのあまり、口のなかに苦みが残った。あるいは、お茶と不安の香りがするアラの息の味だったかもしれない。

「あなたはひどい人《バスタード》だわ、ミスター・ラドロー」アラは壁に押しつけられながらも、平静を保っているように見えたが、不安で心が乱れているのがクレイにはわかった。

「お互いに侮辱し合ったことだし、離してもらえるかしら。この部屋を出て、我慢のならないあなたと距離を置けるように」

クレイは右手を腰から上へボディスに沿ってすべらせた。黒い絹地に触れながら彼女の熱と生地のやわらかさと、コルセットの芯と、胸のふくらみを感じた。心臓の上で手を止めて広げた。つるりとした服喪用のブローチのとがめるような冷たさが、彼女の放つ熱とは対照的だ。鼓動は速く重々しかった。アラは影響を受けていないように見えるが、実際は違うらしい。

「ああ、おれは庶子《バスタード》だ。昔、それが問題だったんだろう？　おれを欲しいと思ったが、庶子の妻としての暮らしがどんなに大変そうかに気づいて、代わりに公爵と結婚した。哀れな前公爵は、息子が実の息子ではないことを知っていたのか？　それとも新妻が無垢なままベッドへ来たと信じていたのか？」

そうだったとしても、貴族の女が、別の男の赤ん坊を宿して夫のベッドへ行くのは、何も初めてのことではない。しかし、アラがバーグリー公爵と結婚しておきながら、エドワードが実の息子だと前公爵に信じさせたかと思うと、クレイは気分が悪くなった。アラが前公爵とベッドをともにしたのだと考えても、いやな気分になった。アラがクレイの子を身ごもっていながら初夜のベッドへ行き、別の男の子どもとして赤ん坊を育てることにしたとは。

アラが怒ったように目をきらめかせ、ついにクレイと目を合わせた。青白い顔のなかで、目が光って見える。「エドワードはフレディの息子よ」

「そのフレディは亡くなっている」クレイは吐き捨てるように言った。

アラはひるんだ。「夫が亡くなったことはわかっているわ、ミスター・ラドロー。夫が生きていたら、あなたはここにいないでしょうから」

たしかにいなかっただろう。別の任務で別の場所にいたはずだ。息子の存在を――父親が数か月前にダブリン・パークで暗殺者に殺されたと信じている息子の存在を――知らずに暮らしていただろう。

バーグリー前公爵が憎くもあり、妬ましくもあった。前公爵が七年間、エドワードの父親として暮らしたからだ。彼はエドワードの人生において、クレイの立場を不当に奪っていたことになる。アラの人生において。彼女がクレイではなく公爵を選んだせいだ。そう考えると、アラの裏切りが思っていた以上にひどいものに感じられた。

アラはクレイに事実を隠し、息子に嘘をついた。この傷痕がどうでもよくなるくらいだ。エドワードとの七年間を奪われたことに比べると、傷痕が取るに足らないことに思えてくる。この取り返しのつかない七年を、アラはクレイから奪うべきではなかった。しかし、任務のためにバーグリー・ハウスへ来ていなかったら、真実を知らずにいたわけだ。おどおどとした繊細で優しい少年に、すみれ色の目をした手脚のひょろ長い少年に出会っていなかったわけだ。クレイの貴重な一部を――心臓と同じくらいかけがえのないものを――知らずにいたわけだ。

アラのせいで。

ひとりの女のせいで。

「バーグリー前公爵が父親だったと、一生考えさせておくつもりだったんだな」クレイは静かな口調で言ったが、内心はまったく穏やかではなかった。怒りが渦巻いていた。これまでに感じてきたさまざまな気持ちが何倍にもふくれあがり、火をつけられたようなものだった。

「バーグリーがエドワードの父親だからよ」アラは嘘にしがみつき、そう言い張った。「あなたが大陸へ旅立ったあとほどなく、フレディと結婚したの。嵐のような求愛期間だったわ。互いに夢中になったから。あなたの仮定が間違っているのよ、ミスター・ラドロー」

アラに裏切られたあと、クレイは逃げ出す必要があった。傷を縫った糸が、まだ傾に残っている状態で、できるかぎり遠くへ行ったのだった。フランスへ上陸し、イタリアとプロイセンを訪れたあと、パリに落ち着き、滞在期間を延ばした。半年近く旅人として暮らし、その日その日を生きていた。悲しみにひたった日もあれば、アラのことを頭からも心からも、どうにかして追い出そうとした日もあった。

あれは罪深い時期だったことになる。振り返ってみても、記憶がおぼろげだが。あの失われた数か月間、アラのことをすべて忘れようとしていたあいだに、息子が彼女の腹のなかで育ち、彼女は別の男に嫁いでいた。クレイがイングランドへ戻り、特別同盟《スペシャル・リーグ》で目標を見つけたとき、息子は赤ん坊だった。息子の成長を目のあたりにする機会は奪われた。赤ん坊だった息子を腕に抱く機会も。

そのとき、クレイはアラにいま言われたことを考えてはっとした。「おれが大陸に行ったことを、なぜ知っていたんだ？」

「ブリクストン・マナーへ行ったからよ」アラが静かに言った。「あなたが旅立ったと知らされたわ」

アラの訪問については、誰からもひとことも伝えられていない。伝えないだろうと、クレイは考えた。父は嫌悪する男の娘と戯れたクレイに、ひどく立腹していた。

「なぜブリクストン・マナーへ？」クレイは訊いたが、訊くべきではないとわかっていた。もはや理由は大事ではないからだ。アラは息子を七年間、別の男に育てさせ、そのいつわりの生活を続けようとしていた。

「ばかだったから」アラは苦々しい口調で言った。「あなたの質問に答えるのには、もううんざり、ミスター・ラドロー。返事を書かなければならない手紙がたまっているから、失礼していいかしら」

アラは無意味な否定の言葉をクレイが一瞬でも信じたと、本気で考えているのだろうか。クレイが人生の一大事についての答えを得られずにいるのに、手紙の返事を書くというつまらないことのためにアラを行かせると思っているのか。クレイが愚かで、物事が見えていないと考えているのか。アラの声で語られなくても、真実はどこを見ても明らかだった。もっと早く気づかなかったことが、我ながら信じられなかった。任務のせいで視野が狭くなっていたからだろうか。あるいはアラのせいで気が散っていたからか。いずれにしろ、アラが認めなくても真実はわかっていた。エドワードは自分の息子だ。

それでも、彼女の口から聞きたかった。聞く資格がある。

アラは壁とクレイのあいだから抜け出そうと横に動いた。クレイは自分が知ったことを事実だと認めてもらうまで、どこへも行かせるつもりはなかった。長い脚を前へ出し、アラの行く手をふさいだ。運悪く、その動きによってふたりの体はさらに近づき、とうとう密着した。

「どこへも行かせない、マダム」クレイは警告の口調で言い、アラの心臓の上に広げた手を彼女ののどへやった。そっとのどに手をまわすと、親指がのどのくぼみにはまった。脈がスタッカートを激しく刻んでいる。「おれの質問に答えるまで、この部屋を出ることは一瞬たりとも考えないでくれ」

「もう答えたでしょう」アラは強い調子で言った。唾をのみ、クレイの親指にさざ波を走らせた。

「いいや、いとしい公爵夫人」クレイはゆっくりとかぶりを振った。「嘘をついただけだろう」

アラは口を開いた。「行かせてくれないのなら、悲鳴をあげるわよ」

クレイは噴き出しそうになったが、陽気に笑う気分ではなかった。胸が張り裂けていて、考えがうまくまとまらないいまは。「叫べばいい、マダム。おれの部下たちが集まるだけだ。その後、おれたちはなぜこうして壁のところにいるかを、彼らに説明しなければならなくなる」

「あなたが行かせてくれないからでしょう」アラは歯噛みをしながら言った。初めて反撃し、クレイの胸を手のつけねで叩いた。

小柄なわりには驚くほど強い力だった。とはいえ、体の大きなクレイには効き目はなかった。アラの巧妙な裏切りに、クレイが太刀打ちできなかったのと同じだ。「それは違う。あなたが嘘をつき続けるから、おれたちはこうして争っている。正直になる機会を最後にもう一度だけ与えよう。あの子の父親は誰だ？」

アラはクレイの背後へ目をやった。「わたしの夫よ、ミスター・ラドロー」

どこまでも強情だ。騙せると思っているのだろうか。それとも、クレイが折れて、嘘を信じることにするのを望んでいるのか。そこまでアラは傲慢《ごうまん》なのか、あるいはそこまで必死になっているのか。クレイは彼女の目を見つめ、答えを探したが、何も得られなかった。昔、愛していたこの女を、正しく理解していないことがわかった。月日が経っても、彼女は何年も前と変わらず、計算高く身勝手なままだった。

クレイは彼女ののどをゆっくりと撫で、脈打つ部分から顎へ、そこからもとの場所へと手を動かした。一度、二個、三度。何度も。彼女に触れているいま——愛撫でもあり、脅迫でもある——自分を止められなかったからだ。アラの肌は白くてやわらかく、ベルベットのように贅沢な感触だった。

「華奢だな」クレイは低い声で言った。「いまはおれのなすがままだ、アラ」

敬称で呼ぶ気分ではなかった。語られていない数多くの言葉がふたりのあいだにあって、ふたりが分かち合ったあらゆる記憶と、かつての自分たちの関係が空気を震わせているいまは。

アラはクレイにすかさず視線を戻した。鮮やかな色の目を見開いている。真剣なまなざしだった。「昔から、わたしはあなたのなすがままだったでしょう」

それは違うと、クレイは考えた。実際はその逆だったからだ。相手のなすがままだったのは、いつもクレイのほうだった。森のなかでアラの白い顔と明るい色の髪を目にした瞬間から、彼女には抗えなかった。アラは空気の精《シルフ》のように優美で活力があり、愛らしくてとても魅力的だった。クレイは彼女に心を奪われた。彼女を信じ、自分たちの愛を信じた。

しかし、愛は幻想にすぎなかった。

そして、アラはクレイではなく、快適で楽な暮らしを選んだ。

クレイの胸のなかの怒りとショックが弱まり、どうしても知りたいという気持ちに変わった。アラに告白させたかった。認めさせたかった。もう嘘はたくさんだ。真実を知りたかった――自分にはそれを知る資格がある。

エドワードにしてもそうだ。

「本当のことを言うんだ」クレイは命令口調で言った。懇願でもあった。彼女に顔を近づけると、額と額が触れ合いそうになった。

「おれがエドワードの父親だと言ってくれ」

12

「おれがエドワードの父親だと言ってくれ」クレイの声が響いた。大きな明瞭な声だったので舞踏室に反響している。その声がふたりのまわりでこだまし、いつまでもアラの耳に残った。

とりついて離れなかった。

彼の声ににじむ感情に心を動かされまいとしたのに、動かされた。

望み。傷心。裏切り。絶望感。

アラは心臓が止まったような気がした。鼓動が速まりすぎて、心臓が止まりそうになっているのかもしれない。首に彼の手がまわされている。クレイは大きな熱い手で、愛撫をしながら脅迫している。かつて知っていたクレイは――というより、知っていると思っていたクレイは――絶対に危害を加えることはない。

ともかく物理的には。

いまのクレイは、昔アラにウィットとユーモアと明るい笑顔で優しく求愛した青年とはかけ離れていた。彼が当時、望むものを手に入れるために、アラが見たいと願っていた顔を見せていたにすぎないことは、いまはもちろんわかっている。

クレイにはあらゆるもの奪われた。心、純潔、信頼。その結果、怒りを抱えた抜け殻が残った。その八年後、ふたたび姿を見せて、アラの息子の父親が自分かどうかを知りたがるなんて、どういうつもりだろう。アラが怯え、父に家から追い出され、どうすればいいのかわからずにいたとき、クレイはどこにいたのか。あのときアラは面目を失い、自分のふるまいがもたらした結果を乗り越える方法を見つけなければならなかったというのに。

もっともクレイが必要だったときに、彼は去った。

彼にまったく借りはないし、真実を告げる義務もない。エドワードの人生にかかわりたかったのなら、姿を消すべきではなかった。逃げるように大陸へ去るべきではなかった。駆け落ちして結婚すると約束していた日に、アラに待ちぼうけを食らわすべきではなかったのだ。

アラは目に涙が浮かぶのを感じながら首を横に振った。一心に見つめる彼から目をそらさずに。「いやよ」

「いやだと?」クレイはアラが拒否したのが信じられないと言わんばかりだった。

「だったら、おれがエドワードの父親ではないと言ってくれ、アラ」

アラは唾をのみ、彼の目から目をそらした。そして、クレイののどぼとけを凝視した。「あなたはエドワードの父親ではないわ」

「おれの目を見て、嘘をつけるのか」クレイはうなるように言い、アラの首から手を離すと、彼女の顎をつかんだ。アラは顔を上へ向けられ、彼の顔を見るほかなかった。

「もう一度言うんだ」

「フレディがあの子の父親よ」アラは繰り返す代わりにそう言った。それは嘘ではなかったからだ。

フレディはエドワードを我が子として育てると誓い、その誓いを守り抜いた。彼が血を分けた子と同じようにエドワードを愛していたことを、アラはわかっていた。フレディは善良な男だった。思いやりがあって寛容だった。目の前の男とは違って。

クレイはいま、アラを見おろして冷ややかな笑みを浮かべていた。「もう一度機会をやろう。本当のことを言ってくれ、さもないと、衡平法《こうへいほう》裁判所にこの件を持ち込む。エドワードがおれの正当な息子で、あなたが不当におれから息子を遠ざけていると申し立てる。おれたちの情事について証言するから、エドワードの誕生日が、おれの主張を裏付けるだろう。エドワードはあなたではなく、おれが養育できるようにする」

アラはクレイがエドワードを奪いたがるかもしれないということは考えていなかった。そうした私的なことが裁判沙汰になるかと思うと、気分が悪くなった。裁判所がクレイの意見を支持すれば、エドワードの公爵としての相続権は奪われ、アラは息子を失いかねない。裁判所はいつも、母親よりも父親の権利を優先する。アラの口のなかはからからになり、恐怖で身を切られる思いだった。

クレイはアラに譲歩させ、エドワードが彼の息子だと認めさせるためにそんな脅しの言葉を口にしているだけに違いない。

「そんな見境のないことはしないでちょうだい」アラは言い返した。「わたしの評判は地に落ちるし、エドワードの相続権は疑問視されるわ」

「おれにとっては、あなたの評判などどうだっていい、マダム。八年も隠されてきた真実を知りたい」クレイの表情はこわばっていた。大きな力強い体で、アラを壁に押しつけている。「認めるまで、この部屋から出すつもりはない」

苦悩と不安が混じり合った。「わたしから息子を奪うことはできないわ。そんなことはさせません」

「すでに七年間、おれから息子を奪ったんだぞ」クレイは反論した。「子どもを奪われるのがどんな気分かを知ってみるといい。おれを止めることはできない。息子を奪われたいのか？　おれに奪わせるつもりか？」

アラにとって不利な質問が、怒気を含んだ鋭い声で投げかけられ、ふたりのあいだで空《くう》に漂った。

フレディがエドワードの父親だと言い張って、クレイが警告どおりに裁判所へこの件を持ち込まないことを願うことはできる。あるいは、真実を告白して、クレイが寛大なふるまいをするよう願うこともできる。ナイフの使い方をエドワードに教えるのを、なぜクレイに許したのだろう。なぜ、ああなぜ、うかつにも口をすべらせてエドワードの年齢を明かしたのか。もっと分別のある行動をすべきだった。このごたごたが起きたのは、すべて自分の責任だ。

いい解決策がないように思えた。

あるひとつの選択肢以外は。

「アラ？　答えてくれ」

「あなたがあの子の父親よ」アラは囁いた。

ああ。これで告白は終わった。

八年間、秘密を抱えていたのに、ものの数秒で真実は明かされた。アラは解放されたような気分になったが、恐ろしくもあった。解放されたような気分になったのは、長いあいだ抱えていたその重い罪悪感が、とうとう消えるだろうからだ。エドワードが一生知ることのない父親がいると思うときはいつも、うしろめたい気持ちが心の片隅にあった。恐ろしかったのは、クレイが疑っていたにすぎないことを、自分が肯定してしまったからだ。彼はこれでエドワードをアラから奪おうと試みることができる。アラの評判をだいなしにできる。

クレイが突然離れたので、アラは寄木細工の床に膝からくずおれそうになった。彼はきびすを返して離れていった。アラは目をしばたたき、クレイに触れられていた顎に指を二本あてた。そこはまだうずいている。苦悩と恐怖と意に反してわきあがったかすかな渇望が混ざり合い、体が震えていた。

クレイはどうするつもりだろう。

アラが見ていると、彼は舞踏室を出て音を立ててドアを閉めた。その勢いで、ドアが振動するくらいだった。アラはひるんだあと、胸のなかを駆けまわるさまざまな感情に圧倒された。壁をすべり落ちるように床にへたりこむと、スカートが漆黒のシルクの水たまりのように広がった。アラはフレディが殺されたことを知った日と同じく、堰《せき》を切ったように激しく泣いた。

＊＊＊

クレイは体を動かさずにはいられなかった。遠くへ行く必要もあった。

とりわけ、バーグリー公爵夫人であり、クレイの息子の母親である女と距離を置く必要があった。息子の存在を隠していた女と。彼女のいる場所を離れないと――それどころか、いまいましいこの屋敷を離れないと――何をするか自分でも責任を持てなかったからだ。バーグリー・ハウスに送りこまれたのは、フェニアン団の人殺したちから彼女を守るためであって、素手で彼女を絞め殺すためではない。

だから、クレイは動き続けた。部下が配置についているかを確かめ、外出することを伝えた。たとえアラに腹を立てていても、彼女が命を落としたせいで、良心の呵責を覚えたくはないし、女王に貢献してきた実績に汚点を残したくないからだ。その後、クレイは外を歩いた。セント・ジェームズ・スクエアの街路を歩き、その辺を行ったり来たりし、あてもなく歩きまわったりした。呆然としたままバーグリー・ハウスへ戻り、馬に鞍を付けた。

そして、馬に乗って出かけた。

ただただ馬を歩かせた。

篠突《しのつ》く雨が激しさを増しても、馬を歩かせ続け、気づけばレオの書斎にいた。レオは普段、感情を表に出さず、飄々《ひょうひょう》としているが、ずぶ濡れになった険しい表情のクレイを見て心配そうに眉をひそめ、すわれと命令口調で言うと、ウイスキーを取りにいった。

クレイは特別同盟《スペシャル・リーグ》の任務以外では、継弟の命令を聞き入れることはない。だから、その命令を聞き流した。すわる代わりに、檻《おり》に閉じ込められた獅子さながらに書斎のなかを歩きまわった。まさに閉じ込められた獅子の気分だった。歯で何かを嚙みちぎりたかった。何かを壊したかった。

「いったいなぜそんなに興奮してるんだ、クレイ」レオが訊いた。グラスふたつを手にしてクレイの前に現われ、ひとつを差し出す。「さあ。まずこいつを飲んで頭をすっきりさせてから、答えてくれ」

クレイはウイスキーを受け取り、ぐっとあおった。それはのどに焼けつくような感覚を残して腹におさまった。それでもまだ、クレイは感覚が麻痺しているような気がした。「おれには息子がいる」出し抜けに言った。

自分の言葉ではないような、妙な感覚だった。

息子。

クレイはエドワードのことを考えた。すると、ようやく心にぬくもりが少し広がった。

レオはうなずき、自分のウイスキーを飲んでから答えた。「バーグリー公爵夫人のご子息だな」

なんだと？

クレイは身をこわばらせた。「知っていたのか？」

レオは片方の眉をあげた。「知らなかったのか？」

「あたりまえだ、ばか野郎」クレイは言ったが、レオは普段の彼らしく何も答えなかった。クレイは脇でこぶしを握った。「説明してくれ、今日はきみのゲームに付き合う気分ではない」

「公爵夫人を狙うという脅迫があったことを知って、初めてバーグリー・ハウスへ行ったとき、ご子息に会った」レオは説明を始めた。生まれて初めて、クレイを哀れに思ったようだ。「かわいそうに、きみにそっくりじゃないか」

クレイは無礼な言葉を聞き流し、レオの言葉の後半だけに集中した。そして前へ出た。「つまり、おれに彼女を守るという任務を課す前に、知っていたということか？」

レオはウイスキーをもうひと口飲み、クレイを見つめた。「のどがずいぶん乾いているようだな。もう一杯持ってこようか?」

「おれの質問に答えろ」クレイは歯を食いしばって言った。

「ああ知っていた」

クレイは我慢の限界に達した。自制の糸も切れ、空のグラスを壁に投げつけた。

「ひどいじゃないか、レオ。なぜ教えてくれなかった? 何か言えばよかっただろう」

レオは眉根を寄せた。「ぼくは介入する立場にない。きみの庶子の面倒を見る責任もない」

「エドワードは庶子ではない」クレイは語気を荒らげた。

それはありがたいことだった。自分の子を庶子という呪われた立場に置きたくはないからだ。クレイの父親である公爵はクレイの母親を愛していたし、腹違いの兄弟を平等に育ててくれた。しかし、だからといって、社交界にとってクレイが庶子であることに変わりはなかったし、人々のクレイに対する扱いにも見る目にも変わりはなかった。

「すまなかった」レオがのんびりとした調子で言う。口先だけで謝っているのは明らかだった。「きみが結婚もせずに淑女を身ごもらせた結果、生まれた子をなんと呼べばいいんだ？」

レオにばかにされても仕方がないのだろうと、クレイは考えた。結婚する前にアラとベッドをともにするべきではなかった。身ごもらせるべきではなかったことも確かだ。身ごもらなかったかどうかを確かめずに、旅立つべきでもなかった。しかし、当時は若くて愚かだったから、衝動とプライドを優先させてものごとを考えてしまった。アラに裏切られたあと、とてもあの場所に留まっていられなかったのだ。

「たしかにそうだな」クレイはかすれ声で言った。「おれのしたことは間違っていた。弁解のしようもない。若くて無謀だったし、子どもができるとは思わなかった。だが、レオ、なぜ警告もせずにおれをあの屋敷へ送りこむんだ？」

レオは黙ってサイドボードのところへ行き、新しいグラスに酒を注いだ。クレイのそばへ戻り、グラスを差し出す。「きみが知らずにいると、わかるはずがないだろう？」

クレイはそのグラスを、最初のグラスと同じように壁に投げつけたくなったが、その衝動を抑え、渋々受け取った。「おれが知っていたなら、この八年間、そのことについてひとことくらい話をしていたと思わなかったのか？」

レオはひるむことなくクレイの目を見返した。「別の男と結婚した女に子どもを生ませた男が、ロンドンじゅうできみが初めてだと思っているのか？　貴族の息子と娘の半分は、父親だとされている男に少しも似ていない」

それは事実であり、クレイも承知していた。それが世のなかというものだ。少なくとも社交界はそうだ。「あのとき、アラは別の男の妻ではなかった」

「そうだが、そのあと結婚しただろう」

レオは事実を述べているだけだ。短剣で心臓を刺されたような気分になるのはおかしかった。それでも、クレイはそんなふうに感じた。アラの裏切りが想像以上に身に堪《こた》えているらしい。アラのせいで残ったふたつの傷痕ほど——ひとつは頬に、ひとつは心にある——身に堪えるものはないと考えていたが、間違っていた。息子の存在をクレイに隠し、なんの断りもなしに、別の男にその子を息子と呼ぶのを許したとは……。

バーグリー・ハウスから逃げ出す必要があったのも無理はない。アラを揺さぶりたくてたまらなかった。そのあとスカートをまくりあげ、彼女のなかに身を深く沈めて、自分が最初の男だったことを二度と忘れられないようにしたかった。彼女を自分のものにしたかった。

しかし、そんなことができるはずがない。

「ああ」クレイは同意した。さまざまな考えや感情が自分のなかで入り混じっていて、ため息が漏れた。「彼女がバーグリー公爵と結婚して、おれの息子を公爵の息子として育てたとはな」

「よくあることだ」レオは穏やかに言った。「腐るほどある。今回のことだって同じだろう?」

「このおれの息子だから、同じではないんだよ」クレイは指が痛くなるほど強くグラスを握った。しかし、二杯目の酒には口をつけなかった。「知らなかったんだ、レオ。知ってしかるべきだった。知っていたなら、大陸へ去りはしなかっただろう。だいたい、去っていなければ、アラがおれの子を身ごもったことに気づいていた。おれが彼女と結婚していた」

「なぜそうしなかった?」レオはウイスキーをもうひと口飲み、いつもの射貫くような視線でクレイを見た。「つまり、なぜ結婚しなかった? 当時、きみは彼女に夢中だったじゃないか。それに、手をつけたんだろう。なぜ旅立った?」

傷痕にまつわる真実については、数年後に母親に打ち明けただけで、ほかの誰にも伝えたことはなかった。あのとき、ブリクストン・マナーに血まみれで震えながら戻ったが、あまりにも恥ずかしくて何が起きたかを誰にも言えなかったのだ。

クレイはふたたびウイスキーをあおった。今日はカタルシスの日なのかもしれない。たしかにそう思えた。クレイは酒を飲みこみ、のどが焼けるような感覚を楽しんだ。これで少しは癒されるかもしれない。

あるいは忘れられるかもしれない。

クレイは傷痕に触れた。「おれが旅立った理由はこれだ。この傷ができたのはアラのせいだ」

レオはその告白にも驚いたそぶりを見せなかった。

「結婚するつもりだった」何年も押し殺してきた記憶が、激しい感情とともに戻ってきた。「彼女がおれを裏切ったその日までは。その日を境に、すべてが変わった」

13

八年前

〝あなたを伴侶に選ばせてちょうだい、あなたに勇気があるなら〟

どれほど努力しても、アラの強い言葉を忘れられなかった。

あの日の翌日、クレイは道義心に反して、頼まれたとおりに彼女に会いにいった。良識に反して。あらゆる教えに反して、自制心を失った。彼女に一度キスをされただけで、頭がまともに働かなくなった。

一度のキスが、二度目のキスにつながった。もう一度。そしてもう一度。

やがて、ふたりは抱き合いながら、アラが森の地面に広げておいたブランケットの上に倒れ込んだ。クレイは彼女のドレスの裾をウエストまでまくりあげ、きれいな脚をキスでたどった。入念に口を使って彼女に悦びを与えると、アラは二度絶頂に達した。クレイに組み敷かれて身をよじり声をあげるようすは、美しい森の女神そのものだった。

その後、アラは触れていいかと言い、クレイはうずく彼自身をズボンから解放するのを彼女に許した。悦びの与え方と愛撫の方法を教え、彼女の手のなかで経験の浅い青年のように果てた。それほど満足したのは生まれて初めてのことだった。彼女のなかに入ってもいないというのに。

アラの純潔は奪わなかった。完全には。しかし、クレイはひどく青ざめた。彼女に対して不道徳なふるまいをしてしまった。心が弱く罪深い男だったから、アラを放っておくべきだとわかっていたのに、彼女を欲しいと思わずにはいられなかったのだ。その日、レディ・アラミンタ・ウィンターズの評判を汚《けが》すようなふるまいをしただけでも十分にまずかったのに、クレイは愚かなふるまいを続けた。ふたりは何週間も、ひそかに逢瀬を重ねた。森のなかで。クレイの父親の領地の狩猟小屋で。自分の寝室へ三度も彼女を連れてきたことさえあった。使用人用の裏階段を使い、誰にも見られずに。ふたりは密会を重ねるごとに大胆になり、彼女と体をひとつにするまいというクレイの自制心は少しずつ消えていった。やがてクレイは、何か行動を起こさなければもっとも重い罪を犯してしまうと自覚するようになった。

だから今日、クレイは彼女を伴侶に選ぶことにした。

クレイはキングスウッド・ホールの控えの間で、何世紀も前の時代を生きた紳士や淑女たちの非難がましい視線を浴びて立っていた。それらの肖像画のほかに、キリスト降誕の絵と、幼子であるキリストとヨセフとマリアの絵もかかっていたが、やはり非難されているように感じた。

初めて会ったときから、アラを妻にしたいと思っていなかったわけではなかった。アラは運命の女性だと、以前から心ではわかっていた。とはいえ、彼女の父親に会う勇気を出すのは別問題だった。クレイには、父から分与されたささやかな財産はあるが爵位はなく、庶子として生まれている。そのうえ、アラの父親とクレイの父親は昔から反目し合ってきたから、クレイにとって将来の見通しは粗悪な蠟燭《ろうそく》と同じくらい暗かった。

そのとき、尊大な態度の執事が戻ってきた。その表情からは何も読み取れない。

「伯爵様は外出中でございます」

面会を断られるだろうことは予想していた。断られて傷つくべき理由はなかったが、やはり傷ついた。しかし、顔には絶対に出すまいとした。

長身のクレイは威圧するように背すじを伸ばした。「ご帰宅を待とう。さっき言ったように、非常に大切な用件なので」

執事はいやなものを踏んだかのような表情をした。「残念ながら、伯爵様は今日中にはお戻りになりません」

そうだろうと思っていた。

「では明日お目にかかることにする」クレイは歯噛みをしながら言った。

執事はまばたきをしなかった。「それも無理でしょう。領地に関するご用事が山積みでとてもお忙しいですから」

アラの父親はクレイに会わないつもりらしい。なぜクレイが面会を申し込んでいるのか、まったくわかっていないのだろう。無理はない。クレイは伯爵の娘を愛しているが、彼女との結婚を許可してもらおうといくら努力しても、無駄になるだろうと、心のどこかでは自覚していた。それでも、彼女を自分のものにするためには、どんなことでもしたかった。

毎朝、起きたときに考えるのも、眠りに落ちる前に考えるのも、彼女のことだった。アラは頭がよく機転が利き、愛らしくて魅力的で、妻としてこのうえなく理想的だった。実際、自分にはもったいないくらいだ。とても。

クレイは腹をくくった。

唖然とする執事の横を通りすぎ、大廊下を進むと、部屋のドアを手あたりしだいあけていった。執事が追いかけてきて、しきりに文句を言った。

「サー、本当に困ります」

クレイは誰もいない大広間を見つけた。図書室も。

「すぐにお引き取りください」執事は強い口調で言った。

クレイは振り向いた。体が大きいので、執事をはるか上から見おろすことができた。

「伯爵様がどこにいらっしゃるかを教えてくれ。さもないと、部屋をひとつひとつ探す」

執事は憤慨して息を吐いた。

芝居がかったやり取りをしている時間はなかった。クレイは執事に背を向け、ふたたび部屋をひとつひとつ見てまわり始めた。やがて、あるドアをあけたところ、そこは書斎だった。髪が薄い男が、凝った作りの大机の向こう側にすわっていた。ようやく目当ての人物が見つかったらしい。

「ウィッカム伯爵」クレイは丁寧にお辞儀をした。「ミスター・クレイトン・ラドローと申します。面会をお許しいただきたい」

「伯爵様、申しわけありません」執事が横から言った。ひどくいらだっているようだ。

「この方が話を聞こうとなさらないのです」

「聞こうとしないのも当然だ」伯爵は意地の悪い口調でのんびりと言い、立ちあがった。「何しろ血筋が汚《けが》れているうえに、未婚の母親から生まれたからな。教養があるはずがなかろう？　バートン、おまえはさがってよい。ミスター・ラドローにはわたしから話をして、今回も帰ってもらう」

クレイは執事が去るのを待ってから、そっとドアを閉め、口を開いた。「伯爵様、おれにお会いになりたくなかったようですが、お話があります」

「そのとおりだ。カーライル公爵の庶子と話をしたくなどなかった」伯爵はあざけるような笑みを浮かべた。

庶子。

生まれたときから、あだ名よろしくクレイについてまわっている言葉だ。手のように自分の一部となっていて変えることができないのに、いま、アラの父親に、まずいものを味わったかのように言われると、やはり腹が立った。

しかしクレイは我慢すると決めていたので、微動だにしなかった。愛する女を勝ち取るために最大限の努力をするつもりだった。「父と喧嘩《けんか》をしていることは知っています」

「わたしは喧嘩などしない」伯爵は微笑んだが、歯をむき出しただけのように見えた。まっすぐな歯も、牙のように見える。小柄な男だったが――アラが小柄なのは遺伝なのだろう――威圧感があった。「わたしはカーライルが大嫌いでね。カーライルは草むらの蛇《へび》そのものだからだ。昔、あるものを盗まれたことがある。一生許すつもりはない」

「おれは父とは違います。しかし、父があなたから何を盗んだのかさっぱり見当がつきません」クレイは弁護するように言った。「ともかく、おれはひとりの大人として、父とは関係なくここへ来ました」

「きみは本当にわかっていないようだな」伯爵は信じられないと言わんばかりの調子で尋ねた。

どうなっているのだろう。アラの父親は頭がおかしいのか？

クレイはゆっくりとうなずいた。「わかりません、伯爵様」

「きみの母親だよ」伯爵は説明を始めた。苦々しい口調だった。「カーライルはきみの母親をわたしから盗んだ。わたしは彼女を愛していたが、カーライルが横取りしたんだ。不道徳な関係から生まれた庶出の子に、わたしが少しでも丁重に接すると考えているなら、きみは間違っている。生意気な若造め」

クレイは衝撃を受けた。母は若い頃、有名な歌手だった。しかしクレイは伯爵と父が敵対している理由が母だと考えたこともなかった。恐怖が腹にいすわり、鉛のように重かった。伯爵がクレイとアラの関係を祝福してくれる可能性は、よくてもわずかだと思っていたが、いまはまったくないように思えたからだ。

しかし、キングスウッド・ホールを訪れたのは、挑戦せずに帰るためではなかった。

「今日、あなたとお話をしたかった理由は、あなたがおれの両親に対して抱いている恨みとは関係ありません。令嬢のレディ・アラミンタのことです」

伯爵は身をこわばらせた。「きみがレディ・アラミンタについて、わたしと話をする必要があるのがなぜなのか、さっぱりわからないが、ミスター・ラドロー」

「令嬢と結婚したいのです、伯爵様」クレイは思いきって言った。状況もクレイに対する扱いも、これ以上ないほど悪い。だから、失うものはなかった。

アラを除いて。

彼女を失うつもりはなかった。失うわけにはいかなかった。

伯爵の表情が険しくなった。「貴族の令嬢である娘が庶子と結婚するのをわたしが許すと、一瞬たりとも考えてもらっては困る」

クレイは反論の準備をしておいた。この一週間、毎晩練習してきた。「キングスウッド・ホールの敷地は、ブリクストン・マナーの敷地の一部と接しています。その部分の土地を、父はおれに譲ると言っています。それに、おれはレディ・アラミンタにそれなりに楽な暮らしをしてもらえるだけの十分な年収もあります」

「きみはわたしの娘に、正式に紹介さえされていないではないか」伯爵は不愉快そうに目を細めてクレイを見た。「なぜ娘との結婚を望んでいるんだね？　娘の持参金のことを知っているに違いない。残念ながら、娘はドーセット侯爵とまもなく婚約することになっている。さすがのきみにも、侯爵と庶子が同じ立場にないことはわかるはずだ。だから、きみの提案する身分違いの結婚は許されない。たとえわたしが許す気になったとしてもだ。きみと娘との結婚など、絶対に許す気にはならないが」

ドーセット侯爵とまもなく婚約？

クレイはそれを聞いてためらった。

しかし、あとでアラに訊いてみればいいことだ。ふたりきりのときに。伯爵のはったりかもしれない。あるいは、伯爵が望んでいる縁組か。アラは自分たちの結婚の話はしていたが、ほかの男と婚約間近だという話はしていなかった。

「どうかお考え直しください、伯爵様」クレイはもう一度頼んだ。「おれは貴族ではないかもしれませんが、レディ・アラミンタを公正に、敬意を払って扱います。何よりも、思いやりを持って接します」

「ドーセットだってそうする」伯爵は噛みつくように言った。「言いたいことは言っただろう。そもそも、そこまで話をするのを許すつもりはなかった。運がよかったと思って帰りたまえ」

終わりを感じさせる口調であり、雰囲気だった。

クレイは肺から空気を奪われたような気分になった。目の前にいて敵意をむき出しにしているこの男が、アラとの結婚を許すことはないだろう。無理もないと思う気持ちもどこかにあった。クレイに娘がいたなら、生まれたときから蔑《さげす》まれてきた公爵の庶子ではなく、娘を養える裕福な貴族と結婚させたいと考えるだろうからだ。何をしても、何を言っても、伯爵の気持ちは変えられない。別の道を見つけなければ。

クレイは会釈をした。胃のなかのものが暴れていて吐きそうだった。「お邪魔しました、伯爵様」

そう言って書斎を出ると、キングスウッド・ホールをあとにした。

しかし、アラをあきらめるつもりはなかった。いまはまだ。どうにかして彼女を妻にしよう。

＊＊＊

アラは闇のなかを走り、壁のような胸にぶつかった。

力強いなじみのある腕がまわされた。

「転ぶなよ、いとしいアラ」クレイが囁いた。

アラはクレイをきつく抱きしめ、彼の上着に顔をうずめた。最後に会ってから二日経っている。そのあいだの時間が果てしなく続くかのように思えた。ようやくクレイが現われた。

「本当に会いたかったわ」アラは小声で言い、背伸びをすると、たくましい首にキスをした。無精ひげが唇を刺激する。唇を開くと、塩気と麝香の味を感じた。脈の動きも。安定した脈を刻む部分に舌を走らせた。

クレイが欲望のにじんだ低い声を漏らす。「いたずら娘め。やめないと、目的地へたどり着かないぞ」

それは困る。

アラは仕方なく彼の肌の探索をやめ、クレイに手を引かれて雑木林に入った。そこでは、いつものように彼の馬が待っていた。満月が空高く浮かび、頭上から不自然なほど明るい光を投げかけるなか、ふたりは馬のところへ行った。クレイがまず、大きな体でさっと鞍にまたがると、片方の手を伸ばしてアラを軽々と抱きあげ、自分の前、力強い腿のあいだに乗せた。八月の終わりで肌寒かったが、クレイの体は熱を放っていて、アラは彼にもたれてつかのまの触れ合いを楽しんだ。クレイは狩猟小屋へ馬を向かわせた。心安らぐ沈黙が広がり、それを破るのは一定のリズムを刻む馬の蹄の音だけだった。頭上の枝々の切れ目から、ときおり夜空が見えた。またたく星の光は美しい案内役のようだった。

こうしていつまでも彼と馬に乗っていられるのにと、アラは切なさとともに考えた。この時間が終わらなければいいのにと。彼とひそかに会っているときはいつもそう願っている。しかし、やがて乗馬の時間は終わりに近づき、クレイが馬の速度をゆるめ、速歩《はやあし》で進ませた。それから馬を止めておりた。

次にアラに手を差し伸べて馬からおろし、抱きとめた。ふたりはしばらくただ抱き合い、誰にも見られずにそばにいられる機会を楽しんだ。彼と毎日自由にすごせたらどんなにいいだろうと、アラは考えた。人生を一緒に歩み、彼のそばにずっといられたら。

アラは身を震わせた。

クレイは薄手のコートの上からアラの腕をさすった。「寒いのか？　さあ、なかへ入ろう。暖炉に火を入れるから」

アラはそこまで寒くはなかった。けれども悩みを口にして、密会の楽しさを損ないたくはなかった。そこで、小ぢんまりとしていて掃除の行き届いた狩猟小屋へいざなわれるままに入った。クレイがオイルランプに火を灯し、それが金色の光で小屋を照らす。クレイはアラを抱き寄せて甘いキスをしたあと、暖炉へ行き、しゃがんで火を熾し始めた。

クレイはなんでもできる。アラは彼のそんなところも尊敬していた。彼はアラに求愛したことのある貴族とは違って、どんなことでも進んで行う。そして、労をいとわない自分を誇りに思っている。

「わたしたち、こそこそ会わずにすめばいいのに」アラは自分に腕をまわして彼を見つめながら、思わずそう言った。

クレイはしばらく答えなかった。聞こえたのは、薪を重ねる音と、たき付けのぱちぱちという音と、火がついた音だけだった。

「二日前、きみの父君に会いにいった」クレイがようやく口を開いた。彼は背を向けたまま、火力を強めようと手を動かしている。

「そうなの？」アラの胸に、すぐさま希望が広がった。「どうして？」

「きみとの結婚を許してもらうためだ」クレイが口早に言った。

その口調には、どこか違和感があった。嬉しそうではなく、胸に広がった希望を抑えるようにと告げているかのような口調だ。「それで、父はなんて言ったの？」

「きみがドーセット侯爵と結婚することになっているとおっしゃった」クレイはまだ振り向いていなかったので、表情は見えなかったが、どんな顔をしているのかは十分に想像できた。

アラは胸がちくりと痛むのを感じ、彼の横へ行くと、炉辺に膝をついた。ドレスの絹地がしわくちゃになっても、汚れてもかまわなかった。彼以外のことはどうでもよかった。

「クレイ」アラは上着に包まれた硬くて力強い腕に触れた。「わたしを見てくれないの？」

彼は時間をかけて火のようすを見守っている。やがて、火は静寂のなかで陽気な音を立てて燃えあがり、ぬくもりが広がった。しかし、アラはほとんど温かさを感じなかった。クレイはふたたびアラのほうを向いた。「それについて、言うことはないのか、アラ。おれの腕のなかから、別の男のベッドへ行くつもりだったのか？」

「もちろん、そんなつもりはなかったわ」アラは静かに言った。「ドーセットとは結婚したくないもの。侯爵はしつこく求愛してきたけれど、わたしはあの人のことがちっとも好きではないの。わたしが夫にしたいのはひとりだけで、それはドーセットではないわ」

「父君は頑なに認めようとなさらなかった」クレイはたこのある大きな手でアラの顔を包み、茶色の目で探るように彼女を見た。「おれは身分が低い、アラ。いま、こうしてきみと一緒にいる資格がない。きみを欲しいと思っているが、そう思う資格もないんだ」

「父はどこまで頑なだったの？」アラは訊き、必死で頭を働かせようとした。父に道理に耳を傾けさせる方法はあるはずだ。厳格で強情な父だが、クレイを愛していることをわかってもらえれば、折れてくれるだろう。アラとクレイが結ばれるべき者どうしだと、父に気づいてもらえるはずだ。

互いが運命の相手なのだと。

クレイは親指の腹をアラの下唇に走らせた。つらそうな表情をしている。「どこまでも、だ。おれの父との喧嘩にまだ腹を立てていらっしゃるだけではなく、身分違いの結婚を許すわけにはいかないそうだ」

「まさか」アラはとっさにクレイに抱きついた。彼女は小柄だが、クレイはアラの勢いに不意を突かれたらしく、ふたりは炉辺の半円形の敷物の上に倒れこんだ。アラは開かれた彼の腿のあいだにおさまった。ふたりを隔てているものは、スカートとズボンだけだ。

「父君がそうおっしゃった。おれにはどうにもできない」クレイは真顔で言った。

アラは荒々しさのある美しい彼の顔へ目を落とし、一心に見つめた。運命の人は彼以外にはいないと直感でわかっていた。「わたしが父の考えを変えてみせるわ、クレイ。話をしてみる」

「なんと言うんだい、アラ」クレイは苦笑いを漏らしながらも、崇《あが》めるようにアラの髪を撫でた。「正式に紹介されたこともないのに、ひそかに会い続けて、あらゆる不道徳なことをしてきたが、きちんと結婚したいと伝えるのか?」

「わたしたちはそんな関係ではないわ」アラは顔をしかめてクレイを見おろした。たしかに不道徳なことはしたけれど、彼の腕のなかですごした時間については一瞬たりとも後悔していない。「あなたを愛していると言うわ。あなたの妻にならないかぎり、わたしは幸せにはなれないと」

「話がそこまで簡単だといいのだが、おれのアラ《アラ・マイン》」髪を撫でる彼の手の動きゆっくりになった。「父君とおれの父は、何年も前におれの母をめぐって争ったようだ。おれの父が勝ち、きみの父君はそれが許せないらしい。おれはただの庶子ではなく、きみの父君が愛していた女性が産んだ庶子なんだよ。父君はおれを憎んでいて、おれときみの結婚など絶対に許す気にはならないとおっしゃった」

「運よく、わたしは成人しているわ」アラはきっぱりと言った。心は決まっていた。父がクレイとの縁組を許してくれないのなら、しなければならないことをするまでだ。

「好きな人と結婚できる」

「ああ」クレイは入念に結いあげられたアラの髪に指を差し入れ、ピンを抜いていった。豊かな巻き毛がふたりのまわりにカーテンのように落ちた。「きみは勘当されかねない。父君に口を利いてもらえないかもしれない。そうなったらどうするつもりだい？　友人と家族をすべて奪われ、質素な生活を送る心の準備ができているとは思えない。おれはきみを汚《けが》してしまう。きみの評判をひどく落としかねない」

「あなたのせいで評判が落ちるなんてあり得ないわ」アラは囁き、クレイにキスをした。さっき、彼の胸に身を預けてからずっとしたかったことだ。最後のキスであるかのように、ふたりの唇はしっかりと重なった。アラにとっては、そのキスがすべてであり始まりだった。クレイを求めて唇を開き、彼の舌と、アラの唇を優しく所有する彼にすべてをゆだねた。

と、クレイがアラを転がすようにしてラグの上に横たえ、太い筋肉質の腿でまたがった。キスをやめ、あからさまな欲望をこめてアラを見おろし、彼女の息を奪った。「だったら結婚してくれ、アラ。駆け落ちしよう」クレイが言う。「そうしてくれるか？」

アラはためらわなかった。「愛しているわ、クレイ。あなたと一緒なら、どこへだって行く」

クレイは唇と唇を重ねると、ふたたび長く激しいキスをした。燃えるように熱くて荒々しいキス、それと同時に甘いキスだった。「これ以上待てない、アラ。特別許可証を得るのに一日必要だ。あと二日も待てないくらいだが、それでよしとしなければ。あさって、キングスウッド・ホールから北へ向かう道のそばで待ち合わせをしよう。小ぶりの旅行鞄に詰められるものを詰めるんだ。それ以外のことは、あとで考えよう」

アラが容赦なく抑えこんでいた希望がふたたびわきあがり、明るく輝かしい光でアラを満たした。「夜明けにそこで待っているわ」

「そうしてくれるか？」少年を思わせる笑みで、クレイの表情が明るくなった。

アラは彼の首に腕をまわしてふたたび引き寄せた。「ええ。あなたのそばにいるわ、あなたが望むならいつでも。さあキスをして、クレイ」

クレイは微笑んだまま、口で彼女の口を探りあてた。ふたりの唇が重なり合った。アラは欲望の熱いため息をついて唇を開いた。彼の舌が侵入してくる。クレイは砂糖のように甘かった。愛に味があるなら、こういう味がするのだろうとアラは考えた。クレイの味だと。

クレイが世界に現われるまでは、自分は眠っていたも同然だ。彼がアラの心を、体を目覚めさせた。アラの〝はしたない〟部分は彼によって解き放たれ、もう閉じこめることはできなくなった。クレイのおかげで、アラは〝はしたない〟ことに呼び名があると学んだ。

欲望。

ふたりは何度もキスをした。アラの息が切れるまでキスをした。彼女の脚のあいだが激しく脈打ち、熱くなり、彼を求める気持ちが体に変化をもたらすまで。体のなかを駆け抜けるあの燃えるような感覚がなんなのかを、いまは知っている。アラはクレイにどうしても触れてほしかった。ふたりはキスを続け、やがてクレイは体を彼女に押しつけるようにして揺らし始めた。アラはスカート越しに、彼の長く硬いものを感じた。それは彼をもっとも求めている場所のすぐそばにあった。

クレイとアラは肌と肌を合わせたことはあっても、完全に体をひとつにしたことはなかった。アラは自分の体がそれを求めているのをわかっていた。だから落ち着かない気分になって体がうずくのだと自覚していた。静かな闇のなかでベッドにひとり横たわりながら、幾夜もそのことを想像した。彼はどこにいるのだろう、彼の体に好きなように触れるのはどんな感じなのだろうと。体のなかに身を沈めてもらうのは、あらゆる意味で彼のものになるのは、どんな感じなのだろうと。

「アラ」クレイはうなるように言い、ようやく唇を離した。彼の息はアラの息と同じくらい荒かった。大きな手で彼女の顔をはさみ、瞳を翳らせてアラを見おろした。見たこともないほど感情がむき出しになっている。

激情。そして優しさ。

クレイもアラを愛しているようだった。彼がその言葉を口にしたことはないものの、アラはふたりの関係について自信があった。彼はまだ、アラへの気持ちをどう言葉にすればいいのか、わからずにいるのかもしれない。わかるまで待とう。アラがこれほど自信を持って何かを決断したのは生まれて初めてだった。

「こんな気持ちを感じたくはなかった」クレイはかぶりを振った。「きみに対しても、誰に対しても。だが、きみがおれをそんなふうに見つめて、おれに触れるとき、それからきみの香りを嗅ぐとき——たとえきみがそばにいなくても——胸がうずくんだ」

「クレイ」アラは囁いた。彼の光沢のある髪に指を差し入れ、ハートの形をそっと頭皮に描いた。彼に触れずにはいられなかった。触れるのをやめたくなかった。クレイは、この男は自分のものだ。そして自分は彼のものだ。「説明する必要はないわ。わたしも同じ気持ちだもの」

クレイは顔を寄せ、鼻で鼻にそっと触れた。思いがけない愛撫だった。それからもう一度優しく唇にキスをすると、顔を離してふたたびアラを見おろした。彼の目は、ここを目指して真夜中に馬を走らせるふたりを見守っていた星々のようにきらめいていた。「愛は雨が降り続いたあとの小川のようなものだと、母が言っていた。水かさを増して土手からあふれ、激しくて壮大なものに変わると。小川が流れの速い大河になり、その過程ですべてを変えてしまう可能性があると」

アラは彼のうなじを愛撫した。「あなたのお母様はもの知りなのね」

クレイは親指で彼女の頬をたどった。あまりにも優しくゆっくりと触れられ、アラは彼から目をそらせなかった。ふたりを引き寄せ合う不思議な力を壊したくなくて、息を殺しさえした。「おれにはわからなかった。なぜ母が、自分と結婚できない男と生きることを選んだのか。なぜ自分にふさわしいものを得られない状態を受け入れたのか。だが、いまはわかる、アラ。相手を愛していたからだ。おれには母が正しかったとわかる。おれも同じ気持ちだから。おれはきみのものになるためなら、どんなことでもするだろう。きみをずっと愛し続けると約束する、アラ。ぼくの心は未来永劫きみのものだ」

「ああ、いとしいクレイ」アラは彼の顔を引き寄せ、ふたりはふたたびキスをした。クレイが口でアラの首を探りあて、開いた唇を飢えたように這わせた。彼の吐息は湿っていて熱く、アラはあらたな欲望が脚のあいだで芽生えるのを感じた。

「ああ、アラ。今夜は紳士的にふるまいたかったのに」クレイは彼女の肌に向かって言った。

「紳士なんて欲しくないわ」アラは彼の広い肩へ手を這わせた。力がみなぎっている。筋肉が波打ち、収縮するのがわかった。ふたりを隔てる服地が邪魔だったし、彼の妻になるまであと二日も待たなければならないのなら、情熱的なキス以上のものが欲しかった。「あなたが欲しいの、クレイ。お願い」

「アラ」クレイはうめくように言った。「それはできない」

「できるわ」アラはボタンを指で探り、はずしていった。「あと二日で結婚するのよ。誰にもわかりっこないわ」

「このおれにわかる、ダーリン」クレイはつらそうに言った。「きみにもだ」

いつものように、クレイは強い道義心と闘っている。アラは本能のままに動いた。アラが背を弓なりにして彼に体を密着させると、胸のふくらみが彼の胸をかすめた。アラがもっとも求めている部分が、脚のあいだに押しつけられた。それだけでは物足りなかった。クレイが暖炉に入れた火のように、アラは燃えあがっていた。彼を求めて。

「わたしのなかであなたを感じたいの」アラは囁き、クレイの目を見つめた。

またもや低い声が彼ののどから漏れた。押し殺したようなうめき声だ。「きみは何を頼んでいるのかわかっていない」

アラはふたたび動き、身をくねらせた。彼の上着とベストのボタンは、すでにはずし終えている。それらを彼の肩から引きおろすようにして脱がせると、シャツが残った。アラは大胆になった。彼にどう触れたらいいのかはわかっていた。彼が好む方法と、どうすれば彼が我を忘れ、大きな体を震わせて絶頂に達し、彼女の手のなかに果てたのかもわかっていた。以前、ブリクストン・マナーの彼の寝室へひそかに連れていかれたとき、クレイが彼女の手に放ったクリームのようなものをなめてみたことがあった。どんな味か知りたかったし、彼のすべてを自分のものにしたかったからだ。

あのとき、彼自身がまた硬くなり、クレイはベッドにアラを組み敷くと、スカートをめくりあげた。そして、アラの脚のあいだに顔をうずめ、彼女が身をよじり、声をあげるまで、飢えた場所をなめたり吸ったりした。アラが立て続けに三度、快感の震えに襲われるまで、クレイはやめようとしなかった。彼女の手に残っていたものは、アラがスカートを抑えていたときにそこについてしまった。アラはピンクの絹地についたしみについて尋ねられないよう、念のため侍女からそのドレスを隠した。

いま、アラはズボンの前を開いたが、彼はその下に何も穿《は》いていなかった。彼自身が、硬くて太くて見事なものが飛び出した。アラはそれに触れて愛撫した。

クレイは鋭く息を漏らし、彼女に顔を寄せた。首にキスをしたあと、ふたたび顔を離す。彼の口もとはこわばっていた。「まいったな」

「わたしを奪って、クレイ」アラは硬くなめらかな彼自身に親指の腹を走らせた。その先端が濡れているのがわかった。いっそう大胆な気分になり、濡れた親指を口もとへ運び、それをなめた。

彼の味がした。甘くて野性的ですばらしい味が。さらに親指を吸った。クレイの目をじっと見つめ、求めているものを言葉にせずに伝えた。アラは彼を愛している。彼もアラを愛してくれている。ふたりはあと二日で結婚する。今夜は誰も罪を犯すことにはならない。

完全に彼のものになるまで、この小屋を出るつもりはなかった。

「わたしはあなたのものよ」アラは小声で言った。「永遠にあなたのものにして、クレイ。わたしの最初で唯一の男性になってほしいの」

「ああくそっ」

罰当たりな言葉が空気を引き裂いたが、アラはショックを受けなかった。むしろ元気づけられ、力を与えられた。汚い下品なひとことは、クレイが自分たちに求めているものを与えまいとする闘いに破れつつある証拠だ。アラはふたりの体のあいだに手を差し入れ、ベルベットの手触りの硬い彼自身を握り、以前教えられたとおりに彼に悦びを与えた。

彼がはっとして腰を動かした。そっとアラの手をはずす。彼が飾り気のないボディスへ手をかけると、ボタンがはじけるようにはずれた。クレイは乱暴な男のように、アラのドレスを引っ張って脱がせた。アラは乱暴な女のように、彼のシャツをはぎ取るようにして脱がせた。そのとき、ボタンを思うように速くはずせなかったので、中央部分が縦に裂けてしまった。

彼のむき出しの胸が金色の火明かりに照らされていて、輪郭がよく見えた——筋肉で盛りあがるさまや、幅の広さが。アラは彼の肌にいくら触れても触れ足りなかった。彼の体に手をすべらせ、その熱と力強さと、うぶ毛と、見事に割れた腹を感じ取った。クレイの全身に舌を這わせ、そこかしこを味わいたかった。彼を見あげているだけで、甘美な欲望で満たされて酔いしれそうだ。

「ああ、いとしいアラ」クレイは指の長い美しい手でアラの両手を取った。触れ方を——どこまで優しく、すばやく、荒々しく触れればいいのかを——心得ている手で。

「おれはきみのものだ」

クレイの体は熱くてつややかだった。完璧だった。大理石の戦士に命が与えられたかのように。それよりもさらにすてきだと、アラは考えた。彼が体を動かすところを見たことがあるからだ。クレイは彼女の戦士だ。まもなく夫になる。

「あなたに触れ続けていたい」アラは告白した。言葉が口から出たあと、頬が熱くなった。

しかし、クレイは恥ずかしがりはしなかった。「おれもやめてほしくない、アラ。好きなだけさわってくれ、一生」

ええ、そうするわ。

アラは彼に言われたことをふたつ返事で受け入れるつもりだった。

「どこに触れてほしい?」アラは彼のものへ手を戻した。それは大きくなる一方だった。果たして、クレイに教えてもらったように、自分の体のなかに収まるのだろうか。アラには想像がつかなかったものの、彼が欲しくてたまらなかった。期待、不安、好奇心、そして欲望がせめぎ合っている。「ここ?」アラは彼自身に指をまわして愛撫した。

「ああ、アラ」クレイは低い声を漏らした。ついに自制の糸が切れたようだった。

彼はひもとボタンと留め具を探りあて、ほどいたりはずしたりしはじめた。すばやく、たくみに手を動かしている。必死になっているようすから、クレイもアラと同じくらい相手を求めていることがわかった。アラはコルセットを身につけておらず、そのことを嬉しく思った。クレイが手早くシュミーズと下穿き《ドロワーズ》とストッキングを脱がせると、アラは一糸まとわぬ姿になった。彼はズボンを脱ぎ捨てた。

クレイはアラの両腿のあいだに膝をつき、美しい顔を近づけた。そして、彼女の下腹部に、強烈な快感を覚える場所のすぐ上にキスをした。唇をさらに下へすべらせ、腿の内側へ、その上へと、軽く誘いかけるように唇を押しつけ、やがて……。

彼女の〝真珠〟にキスをした――クレイはさまざまなことを教えてくれたけれど、

その言葉もそうだった。

クレイはそこに唇を押しつけて吸った。

アラは声をあげ、彼の髪と肩を愛撫した。手あたりしだいに撫でていると、クレイは吸い続け、ふっくらとした蕾《つぼみ》に舌をすべらせた。歯も軽く立てている。ごく軽く嚙んだあと、ふたたび円を描くように舌を動かし、アラをさらに高みへ押しあげた。割れ目に舌を走らせ、うずいている部分をさいなむように舌先を押し入れた。

「なんて甘いんだ、アラ」クレイは彼を求めてやまない部分に向かって囁いた。「おれが欲しくてたまらないんだろう、反応がいい。すごく濡れている。きみをいつまでもこのままの状態にしておける」

アラに話す気力があれば、それでもいいと答えていただろう。しかし、ふたたび甘い責め苦を与えられたため、ラグの上で頭を揺らし、背を弓なりにし、声を漏らすことしかできなかった。彼が舌を這わせ、軽く歯を立てるにつれ、アラは体のなかが引きしぼられ、ばねのように収縮するような感覚がした。

大きな荒い波にさらわれて快感がはじけた。アラは声をあげ、絶頂の威力で身を震わせ、彼の髪を握った。クレイは悦びの嵐のあいだもアラとともにいて、彼女の腿を愛撫した。彼がもたらした悦びで、体の奥深くが震えるのを感じた。

やがて、クレイはアラの体の上のほうへキスの道を残し、腿のあいだに身を置くと、太いものの先端を彼女自身に押しあて、誘いかけるように上下に動かした。今度はそこに指をすべらせ、舌で彼女の胸の蕾のまわりに円を描いた。アラは火花が体を走ったような気がした。クレイは彼女の芯を指でさいなみ、硬くなった胸の頂を吸った。

「おれのアラ」彼女の肌に向かって囁いた。その吐息も唇も、焼き印そのものだった。「本当にいいんだな。これ以上は自分を抑えられそうにない。紳士らしくふるまいたいんだ。きみにふさわしい敬意をもって、きみを大事にしたい」

クレイは善良で高潔な男だ。アラはなんの疑念も抱いていなかった。彼の体の触れられるところすべてに触れた。「あなたがいま欲しいの、クレイ。わたしのなかに。あなたは心の伴侶よ。二日も待ちたくない」

クレイはアラの首に顔をうずめ、顎までキスの雨を降らせた。迷っているかのようにゆっくりと体を揺らしている。「いいんだな、アラ」

彼の肌は熱くてなめらかだった。肩は広くて硬く、アラの上で自分の重い体を支える腕の筋肉は収縮している。力強い大きな体の持ち主がこれほど優しくふるまえるのは不可能だと思えるのに、クレイは実際にそうしている。彼のタッチからは畏敬の念が感じられ、アラは心を揺さぶられた。

「ええ」

クレイは唇と唇を重ねると同時に、すばやく腰を沈め、アラのなかへ入った。そのとき、アラは体に痛みが走るのを感じて彼の下でひるんだ。体のあいだにあった彼の手が凍りついた。

「すまない、アラ」クレイは彼女の唇に向かって言った。「やめたほうがいいか?」

「いいえ」アラはふたたびクレイにキスをし、彼の腕のなかで身じろぎをした。焼けつくような痛みがもう一度体に走ったかと思うと、悦びがそのあとをらせんのように駆け抜けた。そのあいだも、クレイは指で彼女自身をさいなみ続けた。快感と痛みが半々だなんて不思議な行為だと、アラは考えた。それでも、まだ何かが足りなかった。もっと欲しかった。ふたたび身じろぎをすると、クレイがさらに深く身を沈めた。

彼はうめき声を漏らした。「すごくいい。よすぎるくらいだ、アラ。きみはおれにはもったいない」

いいえ、とアラは言いたかった。そんなことないわと。それなのに口が利けなかった。

クレイは奥深くへ突き入り、彼女に体を開かせ、少しずつ彼自身を根元まで沈めた。アラは体が満たされ、彼に慣れていくのを感じた。クレイが指をたくみに動かしているうちに、痛みが引いていき、あの〝はしたない〟気分と、彼に動いてほしいという願望に取って替わった。もっと欲しかった。

ふたりはキスを繰り返した。クレイはゆっくりと動き始め、アラの願いに応えた。腰を押し出したり引いたりしている。最初はのんびりとしたペースだったが、やがてそれが速まった。胸が痛くなるほどクレイが優しくキスをするので、アラの目から涙がこぼれて頬を伝い落ちた。クレイは唇でそれを探りあてて ぬぐった。

「つらい思いをさせているか？」クレイは動くのをやめ、心配そうに眉をひそめて見おろした。

「いいえ、あなたはそんなことをする人じゃないでしょう」アラはどうにか言った。腰を揺らし、彼に続きをうながすと、クレイはふたたび腰を突きあげた。「幸せよ。とても」

クレイが唇で彼女の唇を見つけ、舌を差し入れる。何かを要求するような激しいキスなのに、同時にアラに何かを差し出すような、官能的なキスだった。アラはキスをやめてほしくなかったし、体を離してほしくもなかった。このまま彼をここに留めておけたらいいのにと考えた——肌が重なり合い、彼がなかに入って体がひとつになっている。口に彼の舌が差し入れられ、彼の味が広がっている。

クレイがアラの世界のすべてだった。太陽であり、月と星々であり、昼と夜であり、呼吸そのものだった。

いま、アラは忘我の境地にたどり着きそうだった。空を飛んでいる気分だ。体は夜空の花火さながらに、悦びではじけそうになっている。彼とひとつになっていると、快感はことさら強かった。アラは身をこわばらせ、我を忘れ、体を揺らして叫んでいた。クレイは腰を何度も沈め、ペースを速めると、最後にもう一度腰を突きあげた。アラはのぼりつめ、思わずつま先を丸めた。

クレイは彼女の唇から唇を離して顔をのけぞらせ、アラの名を呼びながら彼女のなかに精を放った。アラはふたたび震えに襲われ、わけがわからなくなった。頭も働かない。愛とクレイに満たされていた。

「愛してるわ」アラは囁き、クレイをきつく抱きしめた。ふたりの心臓が一緒に脈打っている。

黙ったまま、長いあいだ互いに腕をまわしていた。沈黙を破るのは、火が燃える音と、安心感を与える呼吸のリズミカルな音だけだ。帰らなければならない時間になったとき、クレイはハンカチで優しくアラの体を拭き、ふたりは手を貸し合って服を着た。

馬に乗ってキングスウッド・ホールに向かったが、あっという間に着いた。闇のなか、ふたりはゆっくりと長いキスをして別れた。アラは自分の部屋へそっと戻ったあとも眠れなかった。幸せすぎて心が震えていた。長いあいだ窓辺に立ち、クレイが眼下に立っていて、彼女を見あげているといいのにと考えた。自分と同じくらい離れがたいと思っているといいのにと。月明りが屋敷の敷地を銀色に染めていた。星々が見たこともないほど明るく輝いているように思えた。

しばらくののちに、アラは窓際から離れて書き物机の前にすわり、信頼できる唯一の相手に昂《たかぶ》る気持ちを告白した——日記に。そして、最後に飾り文字で署名した。

〝ミセス・クレイトン・ラドロー〟。

14

アラはひとりで庭にいて、きれいに刈られた生垣を見つめ、暴れる心臓をなだめようとしていた。すると、砂利を踏む音が聞こえ、誰かが来たことに気づいた。

クレイだろうと思って振り向いた。エドワードが息子であることを告白したあと、彼はどこかへ行ってしまったが、戻ってきたのだろうと。あれから数時間が経ち、雨が降ってやんだ。それなのに、クレイは姿を見せなかった。彼が次にどんな行動を取るか、知りたくてたまらなかった。彼の息子だと認めたことが、エドワードにどう影響するのか心配だったし、クレイに振りまわされるかもしれないと思うと不安だった。

ところが、見覚えのない顔と姿が目に入り、心配や不安が絶望と恐怖へ変わった。遠くにいる男は山高帽を目深にかぶっている。陰気な顔つきだった。脅威を感じる顔だ。上着とズボンには、深紅の何かが飛び散ったようなしみがあった。血だ。その男の手のなかで光る短剣の柄からも、血がしたたり落ちていた。

アラはそのときに悟った。

この男が自分を殺しにやってきたことを。

アラは悲鳴をあげ、スカートをつかんで裾をあげると、男のいる場所から逆方向へ逃げた。クレイはあちこちに部下を配置していた。あの見知らぬ男の服についていた血は、その部下の誰かのものだろう。

あの男は護衛のひとりを殺したに違いない。そしていま、自分が殺されようとしている。

いいえ。

抵抗してやる。逃げてやる。

アラはできるだけ速く脚を動かして走り、手入れの行き届いた生垣の迷路のなかへ逃げこんだ。この迷路のことはよく知っている。重い足音が追いかけてきて、アラの耳にこだました。聞こえるのは自分の荒い息と、耳の奥が脈打つ音と、追ってくる見知らぬ男の足音だけだ。足音が大きくなった。だんだん近づいている。アラの心臓は早鐘を打った。息が浅くなって、アラはあえいだ。走るスピードが遅くなり、男との距離が縮まっているようだった。

庭は広くはない。アラはすでに迷路の中央までやってきた。足音が近づいてきた。

少しずつ。しかし、アラの決意は固かった。必死だった。足音がまた大きくなった。息子のためにも生きなければ。アラは自分を奮い立たせ、走るスピードをあげたが、厚いスカートとコルセットが両方とも邪魔だった。

やがてスカートの裾を踏み、バランスを崩してつまずいた。そして、砂利を敷きつめた道で思いきり転んだ。地面に倒れこんだとき、あらたな恐怖の波に襲われた。両手を地面についたので頭を打たずにすんだ。しかし、足音がすぐそばまで迫っている。アラはなすすべもなく地面に横たわっていた。

屠《ほふ》られる子羊そのものだ。

もうおしまいだ。人生が終わる。そのとき、エドワードの顔が脳裏に浮かんだ。いいえ、息子のためにも勇気を出そう。逃げなくては。エドワードのために生き延びよう。生きなければ。アラは手と膝を地面について起きあがろうとした。

「アラ」

ブーツに包まれた大きな足が目に入った。いま、聞こえるとは思っていなかった声だ。聞き覚えのある声。暗めの低い声。何年も前にあれだけのことがあったのに、その声を聞いて安心するのはおかしかった。

アラは両手でつかまれ、引きあげられた。

彼だった。クレイ。これほど誰かを見て安堵したのは初めてのことだった。アラは彼の腕のなかに身を投じた。「お、男の人に、お、追いかけられているの」

体が震え、思うように言葉が出なかった。恐怖にまだ心をわしづかみにされている。あの男はどこにいるのだろう。すぐそばまで来ていたはずなのに。クレイはアラの背中をなだめるようにさすった。

「あいつがきみを追うことは二度とない」クレイは請け合うように言った。殺気を帯びた声だ。

ああまさか、クレイがあの男を殺したのだろうか。アラは怖くて訊けなかった。

「お、お願い、エドワードが……無事かどうか教えて」

「ああ、無事だ」クレイは彼女の背中をさすり続け、アラにきつく腕をまわしていた。大事なものを抱くかのように。とはいえ実際は彼に嫌われていることを、アラは承知していた。「あの悪党に何かされたのか?」

アラは首を横に振り、安心感をもたらす彼の香りを深く吸いこんだ。麝香と男と革の香り。クレイの香り。「逃げたわ。でも、ち、近くまで来ていた。あの人、血まみれだったのよ、クレイ。短剣を持っていた」

「ああ、おれの部下のひとりが殺されかけた。すぐに護衛の数を増やしてもらう」彼の声が、その広い胸のなかで響いている。

アラは寒気に襲われた。震えを抑えられず、歯が鳴っている。アラの命を狙うという脅迫は怖かったものの、これまでは暗殺者の顔も姿も漠然としていた。いまは、ほかの誰かを殺そうとしたすぐあとに、アラを殺そうとした男の姿を知っている。

「アラ、もう大丈夫だ。信じてくれ」クレイが険しい口調で言う。優しい手つきで髪を撫でられ、アラの胸は痛んだ。

クレイの言葉は信じられなかった。以前、彼の約束を信じたことがあったけれど、結局は嘘だった。けれども実際のところ、ほかに頼れる人がいない。クレイだけが頼みの綱だった。アラがすがれる希望だった。

だから彼にすがった。クレイが小舟の縁で、自分が沖へ流される危険があるかのように。クレイの力強い首と厚い胸にすがりついた。すると、クレイは身をかがめてアラを軽々と腕のなかへすくいあげた。アラがまったく抗わずにいると、彼はアラがさっき走ってきた迷路を戻り始めた。

アラは彼の胸に顔を押しつけていたが、迷路に男が倒れているのが目に入った。また血だ。

「見るな」クレイは淡々と言った。

しかし遅かった。動かぬ男と、その息絶えた体の横に落ちている山高帽には見覚えがあった。クレイは自分のために人を殺したのだ。音も立てず、容赦なく、ためらいもなく。アラの命を救ったが、そのためには、別の者の命を奪わなければならなかった。

アラはショックであえぎ、男の死体から目をそらした。

「仕方がなかったんだ、アラ」クレイの低い声がアラの頰を震わせた。「あの男が追いついていたら、おれには助けられなかっただろう」

アラは息をのんだ。そのとおりだとわかっていた。「ありがとう、クレイ」

「護衛をするのがおれの務めだ」クレイは堅苦しい口調で言った。「礼を言う必要はない」

クレイが急に冷ややかな態度を取ったので、アラは非難されているような気分になった。「もうおろしてくれていいわ」ひとまず危険が去ったいま、プライドがふたたび頭をもたげた。

「だめだ」クレイはぴしゃりと言った。

アラが目をあげると、彼は口もとをこわばらせていた。「歩きたいのよ。自分では何もできない人みたいに運んでもらう必要はないわ」

「議論の余地はない。おれが抱いて運ぶ、以上だ」

なんて強情で厄介な人だろう。つかみどころがない。大事なものであるかのように腕に抱いていたかと思うと、冷たい態度を取って、今度はバーグリー・ハウスへ抱いて運ぶと言い張るなんて。

アラは彼の腕のなかで動き、自由になろうとした。「わたしに何かを命令する権利はないのよ。おろしてちょうだい、ミスター・ラドロー」

クレイは足を止めようとさえしなかった。「もぞもぞ動くのはやめてもらえるだろうか。やめてもらえないのなら落とす」

当然、アラはその警告を聞き流した。そして、身をよじり、彼の胸を押し、解放してもらうためにできるかぎりのことをした。しかし、クレイはびくともしなかった。アラは以前クレイに言われたように、獅子の頭のまわりをただ飛びまわる蝶になったような気がした。

ふたりが屋敷へ入ると、クレイの部下のひとりが近づいてきた。顔をひどくしかめている。使用人の姿はどこにもなく、屋敷内は不気味なほど静まり返っていた。

「屋敷はすべて調べました、サー」その部下は言った。「ビーチャムを刺した犯人は見つかりませんでした」

「若公爵だが」クレイは歩調をゆるめずに大声で言った。「護衛はふたりついているんだな？」

「はい、サー。子ども部屋にふたりいます。窓の下の庭にもふたりいて、その辺を見張っています」

「ビーチャムの具合は？」クレイは尋ねた。

「重傷です。医師が診ているところです、サー。カーライル公爵にも伝言を送りました。三十分以内にこちらへいらっしゃると思います」

「襲撃者はおれが見つけた、ファーレイ」クレイは部下からの報告に満足したようだった。「庭にいる」

「庭に？　口を割らせましょうか、サー」

「もはや歌わぬ鳥だ、ファーレイ」クレイはそっけなく言った。「殺すしかなかった。死体を頼む。若公爵や何も知らない使用人に見せたくない。何かわかるかもしれないから、そいつの持ち物を調べてくれ」

「了解です、サー」ファーレイと呼ばれた男は歯切れよく答え、アラたちがいま来た方向へ去った。

　クレイは戦場で指揮を執る将軍のようだった。彼がどんな人物になったのかを垣間見て、アラは衝撃を受けた。そのため、解放してもらおうとしていたことをしばらく忘れていた。やがて、頭がまた働くようになり、腹を立てていたことも思い出した。

「すぐにおろして」

クレイはその言葉を無視し、アラが滅多に使わない小ぢんまりとした客間へ近づき、肘でドアをあけた。なかに入るや、ドアを蹴って閉め、突然アラを床におろした。急だったので、アラはフラシ天の絨毯に足がつくや、うしろへ、スカートのひだの山のなかへ倒れそうになった。

ドレスを撫でおろし、クレイの背中をにらんだ。というのも、クレイはすでにアラに背を向け、部屋の奥へ向かいかけていたからだ。「命を救ってくれたことには感謝しているわ、救いたくて救ったわけではなくても。だけど、わたしを抱きあげて運ぶ権利はないでしょう、サー。どういうつもり?」

クレイは振り向き、燃えるような目でアラを見おろした。その表情の険しさに、アラは驚いて息をのんだ。「おれはあなたのためにさっき人を殺した。あなたの幸福と安全をまかされている。おれには自分が適切だと思う方法であなたを守る権利がある」

「だけど、何時間か前、わたしを置いてどこかへ行ったでしょう。いつ戻るかも伝えずに」アラは言い返した。驚きが怒りへと変わる。怒るほうが簡単だった。怒り続けて、自分の気持ちを隠せばいい。怒りを盾《たて》にして。

「あの男が侵入したのはひとえにおれのせいだ、それはわかっている」クレイは髪をかきあげた。黒髪の危険な戦士にしか見えなかった。「持ち場を離れるべきではなかった。普通の状況下なら、絶対にそんなことはしなかっただろう」

彼が突然屋敷を出ていった理由が、語られないままふたりに重くのしかかっていた。自分がエドワードの父親であることを、クレイが知ったからだ。

しかしアラはいま、その告白の重大さにまで気がまわらなかった。アラを殺そうとした男の死体が庭にあるいまは。状況が少し違えば、それは自分の死体だったかもしれない。血を流し、息を引き取っていたのは自分だったかもしれない。

クレイは命を救ってくれた。横暴なふるまいをしたとはいえ、その事実を否定することはできなかった。彼がいなければ、自分はいま、この狭い部屋にいることもなく、目の前の彼にキスをしたい、あるいは抗議したいなどと思ってはいなかった。

「あなたがちょうどいいときに戻ってくれてありがたいと思っているわ」アラはどうにか静かに言った。「なぜわたしの居場所がわかったの?」

クレイは唾をのんだ。つらそうな表情をする。「悲鳴が聞こえたからだ。ここへ戻ったとき、ビーチャムが大怪我をしているのを見つけた。だから、あなたと若公爵を早急に探さなければならないとわかった。若公爵の無事を確かめたあと、悲鳴が聞こえた。だから走った……アラ、あのとき、あいつのほうがおれより先にあなたに追いつくのではないかと不安だった」

アラはクレイを凝視した。その表情に、声に、感情が表われているのがわかった。愚かな心は、クレイがまだ少しは自分のことを想ってくれていると信じたかった。いまこの瞬間、アラはショックでまだ精神的に参っていたけれども、彼のことをどこかで想い続けていたことに気づいたからだ。

心がまだクレイを求めて高鳴ることに。

クレイが同じ部屋にいると、彼のことしか目に入らなかった。

クレイがそばにいないとき、彼のことばかり考えていた。

彼がアラの人生に戻ってから、少ししか経っていないのに、やはり昔と同じく彼に対して弱かった。若かった頃の愚かなアラは、彼が運命の人だと信じていた。ふたりが別れることなどあり得ないと考えていた。年を重ねて世慣れたアラも、以前と同じく、つい浮ついたことを考えてしまうようだ。

「クレイ」アラは言いかけたが、クレイが近づいてきたので、最後まで話せなかった。

彼がアラのウエストを両手でとらえ、ドアのほうへ勢いよく連れていき、彼女をそこに押しつけた。優しさはなかった。恋人のようなたくみな触れ方でもない。ありのままで粗野なふるまいだった。生々しい欲望。飢えと切迫感、不安と生死と高揚感が噴き出したようだった。

アラも同じだった。感情がはじけそうだった。消えていた感情が一瞬で戻ったような気分だ。いまは自分たちだけがあった。過去も現在もない。未来もなかった。

この瞬間と彼の唇があった。

クレイの唇は勢いよく、強く、執拗に、何かを求めるようにアラの唇に重ねられた。アラはそれを望み、歓迎した。容赦なく求められたかった。彼の髪に指を差し入れ、背を弓なりにして彼の体に体を密着させた。乳房が彼の胸にあたった。アラはクレイを求めて唇を開き、彼の舌を受け入れた。ウイスキーと苦しみと罪の味がした。

命とあからさまな感情と甘い情熱の味も。

完全には忘れられなかった過去の味もした。

アラは彼の髪をつかんで引っ張り、唇の角度を調節しながらも、クレイを制御するのに苦労した。ふたりは痛めつけ合うようなキスをした。アラは彼の下唇を噛んだ。クレイがうなり声のような声を漏らし、彼女の唇に歯を立てる。頭にピンで留めてある三つ編みに長い指を差し入れ、彼女の顔を引き寄せ、唇を望みどおりの位置に戻した。彼のささやかな支配に――痛みと悦びが紙一重だった――アラの膝から力が抜けそうになった。

アラは声を漏らし、容赦なく奔放《ほんぽう》にキスを返した。

クレイはもう片方の手をウエストから胸へとすべらせ、ボディスとコルセット越しに乳房を包み、そこをうずかせた。かつて愛したことのある青年と同じ触れ方ではなく、有無を言わせぬ愛撫だった。彼は変わった。アラも。しかし、これは――ふたりのあいだで燃えさかる炎は――以前と同じだった。

あるいは、前よりも強くなっているかもしれない。

アラはこれほど強く彼を求めて燃えあがったことはなかった。脚のあいだは欲望でしっとりと濡れ、渇望で脈打っている。クレイにスカートをまくりあげてほしかった。ドロワーズの切れ目を見つけ、体のなかへ入ってほしかった。

それが間違っているのはわかっていた。

ふたりがそうしてはいけない理由は山ほどある。アラがそんなことをできない理由、すべきではない理由が。

クレイはアラの苦悩を察したかのように、唇を離して荒い息をした。茶色の目で焼き焦がすように見つめている。アラは目をそらせなかった。クレイは美しかった。唇はキスで腫れ、アラが歯を立てた官能的な下唇はルビーの色だ。厳《いか》つい顔には謎めいた表情が浮かんでいる。

アラは呼吸を整えようとした。飢えた唇と唇が離れるにつれて、熱情も冷めていった。最初に頭に浮かんだのは、息子のことだった。エドワードは無事だとクレイは請け合ったし、ファーレイもエドワードの護衛について説明していたけれど、アラは自分で確かめないと気がすまなかった。「わたしの息子のようすを見にいかなければいけないわ、クレイ。お願い」

クレイは身をこわばらせ、目を翳らせ、唇を引き結んだ。「おれたちの息子だ、アラ。おれの息子でもあるのだから、その事実に慣れることだ。息子については、いまはことを急ぐつもりはないが、いずれおれが父親であることを知ってもらいたいと思っている」

当然、クレイはエドワードに自分が父親だと知ってほしいだろう。そうではないかと心配していた。「あの子はまだ幼いわ、クレイ。父親だと思っていた唯一の人を亡くしたばかりよ。そんな告白をしていい時期がいつ来るのか――来るとしたらだけれど――わからないわ」

クレイの顎の筋肉が引きつった。「いつかはおれが何者かを知ってもらう」

「機が熟したときにね」アラは静かに同意した。

「おれがそうだと思ったときだ」クレイが語気を荒らげた。「もう十分、あの子の存在をおれから隠していただろう」

「ひとえにその必要があったからよ」アラは弁解した。「わたしはあの子に父親と住む家を与えたの、そうしないと、どちらも手に入らなかったでしょうから」

「あの子に自分が欲しいものを与えたんだろう。おれが絶対に与えられなかったもの――爵位を」クレイは唇をゆがめ、アラを解放した。そして、分別が戻ったいま、彼女のそばにいるのが耐えられないと言わんばかりに離れていった。

「違うわ」アラはかぶりを振った。「あなたは本当に間違っている」

クレイなら、爵位よりもはるかにすばらしいものをエドワードに与えられただろう。フレディとの結婚をアラが望んでいたと考えているなら、クレイはまったく間違っている。アラはフレディを愛していたが、それは友人としてだった。クレイトン・ラドローと出会う前やあとに出会った男のなかで、アラをあんな気持ちにさせた者はひとりもいない。自分の半分が欠けていることを知らずにいて、クレイがその半分だと悟ったというような気持ちに。

それも、クレイがさよならも言わずにアラを置いて去るまでの話だったが。

そのせいで、アラはひとりで子どもを育てる方法を見つけるしかなくなった。

クレイに言えることはほかにいくらでもあったが、アラは何も言わなかった。

愚かなことに、自分はどこまでも彼に弱いらしい。さもなければ、キスをさせなかっただろうし、キスを返しもしなかった。

「どうやら、ふたりとも本当に間違っていたようだな」クレイは陰鬱な口調で言った。「さあ、マダム、我々の息子のところへお連れしよう」

アラはクレイが差し出した腕を無視し、唇をなめた。彼の焼き印のようなキスの感触がまだ残っている。「エスコートしてもらう必要はないわ」

キスをしないでくれればよかったのに。

クレイがにやりとした。「必要があろうとなかろうと、エスコートはつく」

彼にキスをしたいと思わなければいいのに。いまだに。

〝もう、静かにしてちょうだい〟とアラはみずからの心に言い聞かせた。〝そういう問題に時間を割いていられないの。いまもそうだし、これからもそう〟

しかし、子ども部屋まであとをついてくるクレイのことを考えると、自分の心と良識の戦いには決着がつきそうもないと直感でわかった。それどころか、これから本格的な戦いになりそうだと、重い気持ちで考えた。

15

クレイはアラに手を貸して馬車からおろしながら、手袋で包まれた彼女の手に触れただけで覚えた懐かしい感覚を無視しようとした。ブーツを履《は》いた足が砂利の敷きつめられた私道につくや、アラはクレイの手を離して足早に歩いていった。彼の手で火傷をしたとでもいうように。キスのあと、クレイの体を血とともにめぐった欲望を少しでもアラが感じ取ったのなら、実際に火傷をしてもおかしくはなかった。

クレイは彼女を目で追わないようにするのに、自制心をかき集めなければならなかった。旅行用の黒いドレスを着ていても、赤銅色の巻き毛が地味な黒い帽子のなかに隠れていても、アラは胸が痛むほど美しかった。しかし、続いて馬車をおりてくるエドワードの、真面目くさった小さな顔を目にすると、クレイの胸はそれとはまったく違ううずき方をした。

「ハールトン・ホールへようこそ、公爵様」クレイはエドワードのために、努めて明るい声で言った。エドワードはすでにつらい思いをしてきたというのに、アラへの襲撃があったあと、急にロンドンを離れることになって大変だったはずだ。「質素な屋敷だが、気に入っていただけることを願っています」

「ありがとう、ミスター・ラドロー」エドワードはクレイの背後にそびえ立つ、一部の復元が終わっている屋敷を見あげた。

クレイはこの十六世紀に建てられた荘園屋敷と二百エーカーの敷地を買い、元の輝かしい姿に復元しようとしていた。敷地にある森に惹かれたのだが、その森はブリクストン・マナーの広大な森を思い出させる。しかし、アラを失ったあとは、ブリクストン・マナーにも、その敷地と隣接する父親が譲ってくれた土地にも魅力を感じなかった。脳裏を離れない思い出の場所から遠いハールトン・ホールは、あらたな出発をするきっかけとなった。西の翼はまだ荒れ果てたお粗末な状態だが、屋敷の本館と東の翼の復元は完了しているから、少なくともアラとエドワードが、今後二週間、くつろいで過ごせる部屋はあるということだ。

アラの命を狙った襲撃が起きたあと、クレイとレオは彼女とエドワードをロンドンから連れ出すのが最善だと決めたのだった。オックスフォードシャーはロンドンから十分離れてはいないものの、フェニアン団はアイシス川のほとりにある、崩れかけた荘園屋敷までバーグリー公爵夫人を探しには来ないだろう。

まだ憂慮すべき状況だった。襲撃されたビーチャムは奇跡的に生き延びたが、いまだに弱っていて、背後から彼を刺した男に関する有意な情報を提供することはできずにいる。ふたり分の足音が聞こえたと思ったとたんに刺されたが、それも定かではないとのことだった。

クレイがあの世へ送った短剣の男については、身元を示すものは死体からひとつも出てこなかった。ポケットには、どこかの住所を書いたメモも、手紙も、新聞の切り抜きもなかった。

不確かなことが多すぎるため、ふたたびアラを狙う襲撃が起きるのを待つリスクを冒すのは考えられなかった。そこで、クレイは息子と、昔愛していた女性を屋敷へ迎えることにした。まさかこのふたりが、ドリス様式（古代ギリシャ建築の建築様式のひとつ）の円柱のあいだを通って何百年も前に建てられたハールトン・ホールに入るとは、想像さえしていなかった。この屋敷はクレイにとって世間からの避難所だった。クレイの母親のリリーが快適な隠居生活を送るための場所でもある。レオが不道徳なパーティを開催するときに、リリーがカーライル・ハウスに滞在するのを好まなかったからだ。レオは特別同盟《スペシャル・リーグ》の任務についていることをごまかすために、それらのパーティを開いている。

アラもハールトン・ホールを見あげていた。その表情は帽子のつばに隠れている。クレイは彼女にふたたび近づくと、礼儀作法にのっとって、エスコートのために腕を差し出した。アラはクレイのほうを見もせずにそっと——手をかけられていないと感じるくらいそっと——彼の腕に手をかけた。そして母親らしい仕草で、空いているほうの手をエドワードのほうへ伸ばし、安心させるようにその肩を叩いた。

クレイは母子のその単純な交流を目にして、胃がよじれるような気分になった。ふたりの生活のなかで、自分がよそ者であることを思い出したからだ。これまで息子を元気づけることも慰めることもできなかった父親であること。いまも息子が、別の男が父親だと信じていることを。胸のなかで巣くっているあらゆる苦しみと、アラに対する恨みが何倍にもふくれあがり、クレイはそれを歓迎した。アラに対する情けないほどの切望を追い払えるかもしれないからだ。彼女にどんな仕打ちをされても追い払えそうになかった切望を。

「ここはどこなの、ミスター・ラドロー」三人で歩き出したとき、アラは涼しい口調で尋ねた。三人は私道を横切り、本館の両開きのドアに続く階段へ向かった。

「ふたりが安全にすごせる屋敷だ」クレイはあいまいな説明をした。ハールトン・

ホールの所有者は自分だが、自分のものだという実感を抱いたことがなかった。屋敷内では本来の自分ではいられないからだ。そのうえ、懸命に働き、不動産や事業に健全な投資をして、ここを買うのに十分な資金を蓄えたとはいえ、クレイは今後も王が滞在したことのある屋敷を購入した庶子であり続けるだろうからだ。

「このお屋敷に住む見知らぬ方々にご迷惑をおかけするのは心苦しいわ。キングスウッド・ホールへ行ってもよかったでしょうに」アラは指摘した。

あそこへは絶対に連れていくものか。アラの父親であるあの冷たい伯爵に再会するとすれば、その日は伯爵の顔にクレイと同じような傷ができる日になるだろう。

「あなたが行きそうな場所も、知り合いもすべて、フェニアン団に知られてしまう」

クレイは本音を言わずになめらかにそう答えた。怒りにまだのみこまれそうになっていて、それを抑えようとしていた。傷痕がちくちくしたが、そこに触れないようにした。「敵が真っ先に探す場所に隠れることはできない」

「ここにいても、悪者たちに見つけられてしまう？」エドワードが尋ねた。

アラがためらいがちに彼の腕にかけている手が震えたのが、クレイにはわかった。その質問を聞いて、クレイ自身の胸も痛んだ。「公爵様、おれが見つけさせはしません」

敬称を口にすると、やけに違和感があった。自分の息子に話しかけているというのに。これは間違っている。しかし、それについて考え続ける間もなくハールトン・ホールのドアが開いた。

アラとエドワードの居場所をできるかぎり隠しておくために、クレイは今回の旅について、屋敷の者たちにあらかじめ何も伝えていなかった。ありがたいことに、クレイの母リリーが——非常に有能な屋敷の女主人が——玄関広間に使用人たち全員を並ばせておいてくれた。当然ながら、母のおかげで使用人ひとりひとりへのしつけが行き届いている。

リリー・ラドローは公爵の妻ではなく愛人だったかもしれないが——カーライル前公爵が公爵夫人よりも早く他界したため、公爵と結婚したいというリリーの長年の強い願いは叶わなかった——まぎれもない淑女だ。装い方も、立ち居ふるまいも心得ている。また、母ほど寛容で広い心の持ち主を、クレイはほかに知らなかった。彼女の歌声は天使の歌声のようだが、それはまた別の才能だ。

クレイの思考に呼ばれたかのようにリリーの姿が見えた。執事のケインズの横に立っている。黄金色のデイドレスを着ていて、黒い髪には白いものが交ざっている。明らかな喜びが宿ったリリーの温かみのある茶色の目と、クレイの目が合った。

「クレイトン、おかえりなさい」リリーは言い、彼女らしく元気よく駆け寄ってくると、腕と香水のにおいでクレイを包み、頬にキスをした。「この目を疑ってしまうわ。お客様を連れてきてくれたのね。ああ、嬉しい」

リリーはクレイから身を離し、好奇心の宿った目をアラのほうへ向けた。

クレイは身を硬くし、母がいつもの観察力を発揮しないことを願った。「母上、バーグリー公爵夫人とご子息の若公爵です。公爵夫人、公爵様、母のミセス・ラドローです」

リリーは結婚したことがないものの、何年も前に〝ミセス〟という敬称を使い始めた。巻き込まれたことのあるスキャンダルとできるだけ距離を置くためだった。

リリーはアラににこやかに微笑みかけた。「お近づきになれて光栄です」それからエドワードへ視線を移した。リリーの温かい笑みが消えた。もの問いたげにクレイへ目をやり、ふたたび笑顔を作った。「ようこそ、公爵様」

まずい、似ていることを母に悟られたらしいと、クレイは考えた。リリーなら気づいてもおかしくはなかった。黒髪、細長い体軀、細い鼻梁、高い頬骨、がっしりした顎の持ち主であるエドワードはクレイによく似ている。

「公爵様と公爵様の母君は、二週間ここに滞在される」口のなかがからからになったが、クレイはどうにか言った。まったく、母の眼光の鋭さをなぜ忘れていたのか。アラと彼女の息子を――いや、我々の息子を――ハールトン・ホールへ連れていけばうまくいくと、なぜ考えたのだろうか。

しかし、リリーは疑問をひとことも口にしなかった。これも、もてなし役として完璧なリリーらしい話だ。これまでずっと、自分の立場ゆえに人々に非難されてきた――最初は歌手だったせいで、次に公爵の愛人だったせいで。そうした女は、苦労してきつい性格になるか、周囲の者に明るく接し、光を与えるかのどちらかになるようだ。母は昔から後者であろうとしてきた。

リリーはエドワードにいたずらっぽくウインクをした。「まあ、ちょうどよかったわ。料理人がレモンとチョコレートのタルトを作ったばかりなの。レモンタルトを食べながら、お話を語り聞かせるのが大好きなのよ。公爵様はレモンタルトと、騎士と竜の物語はお好きかしら?」

エドワードは到着してから初めて笑顔を見せた。「レモンタルトと物語は大好きだよ、ミセス・ラドロー」

「よかった。息子は子どもの頃、チョコレートタルトよりもレモンタルトが好きだったの。公爵様もそう?」リリーはエドワードの肩に手を置いた。「物語がお好きで本当によかった。何年も語り聞かせをしていなかったから。公爵様のお母様、お部屋に落ち着かれるあいだ、ご子息を厨房へお連れして、レモンタルトを差し上げていいでしょうか？　料理人がとてもおいしいタルトを作るんです。そのあと、公爵様をすぐにお部屋にお連れしますから」

アラはぎこちなくうなずいた。迷っているような表情をしている。「エドワードがそうしたいならけっこうですわ。旅は疲れるものだから、ご褒美にタルトをいただくのもいいのではないかしら」

「公爵様、行きましょうか？」リリーはエドワードに尋ねた。

「それはいいね」エドワードが小声で言う。見た目よりも子どもらしい口調――この年齢にはふさわしくないほどの悩み、不安、喪失感に苦しんだ子どもらしい口調だった。

クレイは考えをめぐらせながら、リリーとエドワードが玄関広間から出ていく姿を見つめた。

アラが彼のほうを向いた。涼しげなすみれ色の目で、値踏みをするようにクレイを見つめている。「馬車から荷物をおろしてもらうわね」

「いや」クレイは静かに言い、近くにいる有能な執事のほうを向いた。「ケインズに手配してもらうから、部屋へエスコートしよう。ケインズ、頼んでいいか？」

執事はお辞儀をした。「もちろんでございます。公爵夫人、ハールトン・ホールへようこそ」

そこで、クレイは急いで部下たちと配置について相談し、アラにふたたび腕を差し出した。「さあ、マダム、部屋へ案内しよう」

アラを部屋へ連れていくのは——部屋、場所、日柄、時間にかかわらず——クレイにとって非常に危険なことだった。胸のなかでいまだに燃えている彼女への怒りと恨みが、暴れる欲望を鎮めてくれたらどんなにいいか。残念ながらそれが鎮まることはなかった。ふたりが黙って歩き、礼儀作法にかなう距離を保っていたにもかかわらず、クレイは最初に見つかった人気《ひとけ》のない部屋へアラを連れ込み、わけがわからなくなるまでキスをしたくてたまらなかった。バーグリー・ハウスで情熱に駆られて始めたことの続きを終わらせたかった。

自分と、自分たちと、何よりもふたりの息子に対するアラの仕打ちに腹が立って仕方がなかった。それでもなお、心のどこかでアラは自分のものだと昔から感じていたのは確かだ。愛したことのある初めての女であり——それどころか、愛したことのある唯一の女だ——彼女が何をしてもその事実は変わらなかった。彼女を求めて高鳴ったことのあるクレイの心は、それを覚えているらしかった。

「ここはあなたの家なのね」アラはどこか非難がましい調子で言った。ふたりは本館の彫刻があしらわれた石造りの廊下を進み、大階段を昇った。

「ああ」クレイは横目でアラを見た。彼女の頬は青白く、ふっくらとした唇はきつく結ばれている。クレイには、何かをとがめているせいとしか思えなかった。身分が高いから、この家は滞在するにはふさわしくないとでも考えているのだろうか。「ハールトン・ホールはおれのものだ」

〝アラもだ〟と頭のなかで声が響いた。もっとも、クレイはこの家と広い敷地に対しては、彼女に対して感じるほどの強い所有欲を抱いていなかった。彼はその声を聞き流した。アラにキスをすべきではなかったのだろう。心の弱さがひとつの種から育ち、やがて庭を覆いつくす雑草さながらにクレイのなかに広がっていた。

「出発前に教えてくれればよかったのに」アラは低い声で言った。怒っているかのように。「ハールトン・ホールがあなたの屋敷だと知っていたら、ここへ来ることには絶対に同意していなかったわ」

いらだちが、恨みや意に反する欲望と混ざり合った。抑えきれない感情がうんざりするほど胸のなかにたまっている。そのすべての感情の原因はたったひとりの女だ。

ふたりは階段の上に着いた。クレイは歯を食いしばり、歩調を速めた。急いで歩けば、アラを早く部屋に送り届け、心を乱す彼女から離れられる。

「ロンドンで殺されかけただろう」クレイはこわばった口調で思い出させるように言った。「ハールトン・ホールが——あなたがいるだろうと誰も思わない場所が、もっとも安全だ。今回の襲撃の黒幕が何者かについて、内務省が答えを出すまで」

「どうしてあなたの家へ連れてくるってことを教えてくれなかったの？」アラは上階の廊下でクレイのほうを向いた。

なぜなら、教えるべきだと思っていなかったからだ。強引で、自分のものにはなり得ない暮らしを求めているからだ。永遠に手の届かないものを欲しがっているからだ。愚かで分別がないからだ。

心が弱いからだ。

強くあるべきときに弱すぎるからだ。

「知っていたら、ここへ来ることには絶対に同意していなかったと、さっき言っただろう」クレイは自分の弱さを告白したくなかったため、代わりにそう言った。

アラは身を守るように自分に腕をまわし、目を怒りできらめかせた。「出ていきたいわ」

「だめだ」クレイは噛みつくように言った。

ようやくアラの頬に血の気が戻った。「命令口調でものを言わないでちょうだい」頑固で厄介な女だ。だが、頑固さならアラには負けない。「出ていこうとしたらどうなるか見てみるといい」

アラが鼻孔をふくらませた。「そうするかもしれないわ」

階段のほうへ駆け戻ろうとするそぶりを見せたとき、クレイは彼女の腕をつかんだ。しっかりとつかんだが、痛い思いをさせないようにした。「アラ、やめておけ」

「その呼び方はやめて。それに、わたしにさわっていいと思わないで」アラは横に動き、彼の手を振り払おうとした。しかし、クレイはそれを許さなかった。

「おれが何を考えているかわかるか、アラ」クレイは前へ出てアラに近づいた。ふたりのあいだでスカートがつぶれ、アラがまだ脱いでいなかった帽子のつばが彼の顎をかすめそうだった。「おれの言うとおりにするしかないことを、忘れているようだな」

アラの目には怒りの炎が宿っていた。「放して」

放すものか。これまでも放さなかったし、これからも放すつもりはない。特にいまは。安全がかかっているのだから。絶対にだめだ。ふたりはいまや、切っても切れない縁で一生つながれている。息子という絆で結ばれている。

しかしそれが唯一の絆ではない。

クレイが返事をする前に、足音と物音が聞こえてきた。使用人たちが、駅から乗ってきた馬車から旅行用物入れを手際よく運び出し始めたらしい。アラとの話が終わっていなかったので、クレイは彼女の手を引いて近くの部屋へ入ると、ドアを閉めた。

そして鍵をかけた。

対決のときが、とうとう訪れたのかもしれない。

「いったいどういうつもり、ミスター・ラドロー」アラの声は不自然に上ずっていて、息は切れていた。

クレイはアラのほうを向いた。彼女はふたりきりになるのが不安なのだろうか。まさか危害を加えられるとは思っていないだろう。自分はアラを守る任務についている。クレイはアラの顔と目を探るように見つめ、ふたりのいまの関係を理解しようとした。

「この機に、数日前に――おれがエドワードの父親だとあなたが認めた日に――しておくべきだった話し合いをしようとしている」クレイは落ち着いた声を出そうとしたものの、棘々しくなってしまうのを抑えられなかった。

アラの表情に警戒感が浮かんだ。「わたしが知るかぎり、それについてこれ以上話すことはないはずよ」

「おれの意見は違う」クレイはアラに近づかずにはいられなかった。

彼女の帽子のリボンをほどきたかった。帽子を頭から取り去り、つややかな赤銅色の髪をあらわにしたかった。彼女がとがらせている唇にキスをし、スカートをまくりあげ、うずく彼自身を彼女の奥深くに沈めたかった。

クレイはアラに近づき、薔薇とさわやかな夏の日の香りに包まれた。アラと愛と禁断の甘い蠱惑《こわく》的な香り。娘時代のアラと、ふたりが互いの体を知った夜の香り。そのとき、あることに気づいた。

アラの前にこうして立っていると、自分は彼女にされた仕打ちなどどうでもいいと思っている、と。彼女が欲しいという気持ちが自然にわいてきた。これまで欲しいと思ったのはアラだけだった。あの運命の日、森のなかでクレイを見ている彼女の姿を目にした瞬間から。クレイはあのとき、アラが待っていて自分を見つめるだろうことを意識して、何度も森へ戻ったものだ。彼女のことを知りたかった。彼女に恋い焦がれていた。

アラは彼を凝視している。クレイは彼女に触れずにはいられなかった。自分を抑えられなくなり、美しい顔を手で包んだ。昔、大好きだった顔を。いまは口の両脇と目のあたりにごくかすかなしわがある。笑いじわだろうか、悲しみのしわなのだろうか。

そのしわの原因を作った者に、自分はなぜ嫉妬しているのか。彼女と離れていた歳月を、自分はなぜ憎んでいるのか。

「クレイ」アラは囁いた。

クレイの目の前で、アラの表情が崩れた。彼の目に映ったのは、バーグリー公爵夫人ではなく、怯えた孤独な女性だ。彼の心をとりこにした娘だ。ただのアラだった。怒りはまだ胸で渦巻いているが、彼女に腕をまわしたいという圧倒的な気持ちがそれに取って替わった。

クレイには知らなければならないことがひとつあった。心も、体も、頭もそれを知りたいと騒いでいた。

「おれたちのあいだにあったものは、アラ、意味はあったのか?」クレイはかすれ声で訊いた。

いいえ、と答えてほしい気持ちも心のどこかにあった。しかし、青年だった頃の自分をまだ忘れていない部分では、その逆を望んでいた。

ええと言ってくれ。

ええと言ってくれ。

頼む。

それらの言葉がどこから出てきたのか、クレイにはわからなかった。実際に口にしてしまったかどうかも。わかっていたのは、彼女に夢中になりつつあるということだった。ある意味で、これは避けられなかったことなのかもしれない。彼女は自分のものであり続け、自分は彼女のものであり続ける運命なのかもしれない。

アラの顔に衝撃を受けたような表情が浮かんだ。「わたしにとっては、すべてだったわ」

ああ、どうすればいいのか。

実のところ、クレイにとってもすべてだった。いまだにそうだ。八年間、必死になって彼女のことを忘れようとしたのに、こうしてまた出会ってしまった。クレイは単純な言葉ひとつで、いにしえの森にひっそりと立つ狩猟小屋でアラとすごしたあのときへ戻っていた。心からの幸せを感じたのは、アラが結婚を承諾してくれたあの夜が最後だった。

あの場面で、あの記憶とともに時を止めて前へ進みたくなかった。いまは。その記憶のなかでは、重苦しい雰囲気も悲しみも絶望も求められてはいない。求められていたのは、肉体の解放だけだ。何よりもすばらしいと思える解釈があった――アラとベッドをともにすれば、ついに彼女をこの人生から追い出せるかもしれない。互いに与えられるものをすべて与え終わるまで、彼女と交われば。

クレイはアラに深くて激しくて容赦のないキスをした。唇と唇が混じり合う。クレイの舌が彼女の口へ入り、ふたりの吐息も混じり合った。アラはキスを返し、のどの奥からやわらかな声を漏らした。指をクレイの髪に差し入れ、彼の頭を押さえると、舌を大胆に彼の舌にからめた。クレイと同じくらい強く相手を求めているようだった。ふたりはつねにこうなのだろう。以前もそうだった――荒々しく、直情的に、激しく求め合っている。

クレイは我を忘れた。

頭が働かなくなっていた。体はうずき、飢えていた。八年分のアラへの渇望がふたたび目覚めた。彼女だけが欲しかった。股間で熱い欲望が脈打ち、ズボンのなかで彼自身が硬くなっている。アラにキスをするだけで、自制の最後の糸が切れた。

口にするつもりだったあらゆる言葉は崩壊した、嵐の最中に危険な入り江の岩に激突した船のように。アラと体をひとつにせずにはいられなかった。クレイは猛スピードで飛ばす機関車そのものだった。歳月、苦しみ、傷痕、うずき、心配、不安、疑念、嘘、裏切りがすべて消えた。

ふたりは男と女だった。

渇望と欲望。

飢えと触れ合い。

かつてのクレイとアラ――傷心を抱える前の、裏切りによって引き裂かれる前のふたりのようだった。

クレイはこれほど何かを求めたことも、うずきに苦しんだこともなかった。それはアラにしか癒せないものだ。クレイは彼女の舌を吸い、ふっくらとした下唇を軽く噛んだ。アラが彼の口に向かってあえいだ。クレイはそれを吸いとり味わった。それを自分の奥深くへ、魂へと届けた。

ふたりは一緒になって動いた。

運よく、クレイが入ったのは寝室だった。しかもそれは、まったく意図したことではなかったが、ハールトン・ホールに滞在するときのクレイの部屋だった。奥の壁際にある大きなベッドが招いている。そこで眠ったことはなかった。今回の滞在ではそこで眠るしかなさそうだ。まだ伝えていないが、アラには隣接する部屋を使ってもらうつもりだった。そうすれば、クレイは夜、安心して眠れるだろう。

キスは続いた。クレイは彼女が身につけているものを取り去っていった――帽子、薄手のコート、手袋。ふたりはキスをし、互いをついばみ、舌を這わせ合いながら部屋の奥へ移動した。ようやくベッドにたどり着いたとき、クレイは彼女のウエストをつかみ、背を向けさせた。かつて愛した女の顔を見ていたくなかったからだ。アラには背を向けさせ、うしろから奪う必要があった。

これが何であるかには疑問の余地はなかった。純粋な欲望の発散だ。ふたりのあいだでは求め合う気持ちが、否定できない渇望がいまだにくすぶっている。ただ、それだけの話だ。それ以上であってはならない。

今回だけだと、クレイはみずからに誓った。今回で最後だ。

アラが欲しかった。彼女を求める気持ちがなくなったことはなかった。けれども、八年前とは違う。クレイは愚かではなかった。少なくとも当時ほどの大馬鹿者ではない。ウエストをつかんだ手に力をこめた。口で彼女の耳を探りあて、縁に舌を這わせ、耳全体に歯を立てた。「何が欲しいのか教えてくれ」

アラは何も言わなかったが、手をスカートのひだのなかへ入れ、裾をあげるそぶりを見せた。見間違いではない。スカートがクレイのズボンに触れ、アラの膝の上へ、腿へとたくしあげられた。「あなたよ」

彼自身が引きつり、クレイの口のなかはからからになった。けれども、クレイはその単純な言葉以上の確認が必要だった。彼女に腰を押しあてたいという衝動と闘った。

「もっと具体的に、アラ」

「入れてほしいの」アラが小声で言う。「入れてちょうだい、クレイ」

ようやく、ミスター・ラドローと、見下すような冷ややかで高慢な口調で呼ばれなくなった。しかしクレイは堕落した罪深い心のどこかで、アラの従順なふるまいを長引かせたいと考えた。彼女に懇願させ、自分をさらに昂らせたかった。

気持ちをさらけ出してもらう必要があった。さらに。もっと求めてほしかった。同じくらい求め合っているという証拠が欲しかった。「何を入れてほしいんだ？」

クレイは左手をアラの腰に添え続け、右手でドレスの裾を探りあてた。魅力的な尻にかかっている。クレイはリボンの縁飾りがあしらわれた裾をさらにまくりあげ、ドロワーズのやわらかい生地越しに彼女の体の丸みに触れた。息を詰め、その温かさを感じた。アラは並はずれた美貌、女らしさ、知性、それから男が求めるものすべてを備えている。

誠実さ以外を。

しかし、彼自身をアラのなかに沈めようとしているいまは、それは問題ではなかった。「アラ？」

「あなたが欲しいの、クレイ」引き出せた答えはそれだけだった。

いまのところは。

クレイの決意は固かった。彼女を完全に服従させたかった。今日は胸壁に攻撃をしかけたようなものだ。欲しくてたまらないものと自分のあいだにある障壁をすべて破壊した。

アラが欲しかった。彼女の降伏、服従、甘い絶頂。捨て身の彼女。クレイに恋をさせたことも、彼に背を向けたことも、クレイの息子を別の男と育てたことも後悔させたかった。この顔に傷痕を残し、心をそれ以上にずたずたに引き裂いたこと。クレイを探し出そうとしなかったこと。再会したときでさえ、秘密を抱え続けたこと。ありとあらゆることを後悔させたかった。

彼女の耳のうしろの甘いくぼみに舌を這わせた。手は相変わらずウエストに添えている。「どうすればいいんだ？」

アラがのどの奥から低い静かな声を漏らした。のどを鳴らしているような、うめいているような声だ。「わかっているくせに」

「いいや」クレイは彼女ののどにキスをし、そこを吸った。明日、ここに痣が残り、真珠のパウダーかハイネックのドレスで隠さなければならないだろう。アラはその痣を見て、クレイのキスと、彼にどんなに奪ってほしかったかを思い出す。「わからないな。教えてくれ、アラ。舌を入れてほしいのか？」

アラはショックを受けたように息を鋭く吸った。とはいえ、彼女がそんな営みを知らないわけではないと、クレイはわかっていた。自分の下でアラが背を弓なりにし、身をよじり、彼の髪をつかんださまをいまでも思い出せる。彼女の芯がすべりやすくなってふっくらとしたこと、アラが彼の舌で絶頂に導かれて身を震わせたようすも。

返事がないので、クレイはにやりとし、彼女の首をついばんだ。「それとも指か？」

「お願い」アラは囁き、頭をのけぞらせて彼の肩に預けた。クレイは彼女ののどにキスをしやすくなり、そこをむさぼった。

腰に添えていた両手を、スカートの裾を握ったままの彼女の手に重ねた。「もっと上へ」命令口調で言った。

アラはためらわずに裾を引きあげた。旅行用ドレスのスカートは、他のドレスのスカートよりひだが少なく、かさばらない。彼女がウエストまでスカートを引きあげているいま、クレイはそのことをありがたく思った。アラから唇を離してうしろへさがり、彼女の姿を眺めた。つややかな赤銅色の髪は、ギリシャ風に編まれて頭の上で巻いてあり、完璧に結われている。腰から上はいつものように堅苦しかった。姿勢がよく、ボックスプリーツの黒い服喪用ドレスをまとっている。ボディスと袖にはレースの縁飾りがある。

しかし、腰から下は夢そのものだった。クレイは彼のためにスカートを引きあげたアラの姿をむさぼるように見つめた。黒いブーツ、細い足首、赤いストッキングに包まれたふくらはぎ、レースがあしらわれた白いドロワーズ。アラは小柄だが、尻は丸くふっくらとしている。

クレイはあらたな欲望に駆り立てられた。彼女の尻を愛撫し、曲線に手をすべらせ、体の形をふたたび知った。下着の薄い生地越しに、アラのぬくもりが伝わってくる。クレイの息は荒くなり、体のなかでは欲望が炎のように燃えさかっていた。クレイは彼女に近づき、むき出しのうなじにキスをした。

「クレイ」アラが彼の名をふたたび呼んだ。懇願し、祈るように。

「おれの質問に答えていない、アラ」クレイは彼女のやわ肌に歯を立てた。それから手で尻を包み、アラの答えをもらう代わりに指を思うままに動かした。ドロワーズの切れ目を見つけ、手を入れ、熱くすべりやすくなっている脚のあいだを指でかすめた。

ああ。すっかり濡れている。

アラがあえいだ。

すばらしい。屹立した彼のものがさらに大きくなり、睾丸が脈打った。クレイは久しく女とベッドをともにしていなかった。アラと寝てから、なんと八年も経っているいま、彼女を激しく求める気持ちを抑えることができなかった。

指を一本沈めた。温かくて心地よい。彼の指は締めつけられた。

「いつもこんなに濡れるのか？　それともおれのためだけにか？」クレイは低い声で訊き、耳までキスでたどった。

知りたかったのは——知りたくないことでもあったが——アラがほかの男の腕のなかで同じように燃えあがったかどうかだった。クレイはアラとの営みと同じような経験はしたことがなかった。あそこまで身を焦がすような激しい情熱は感じたことがない。アラを自分のものだと主張するためなら、軍隊とも戦うだろう。アラと出会う前にもあとにも、そんなふうに感じたことはなかった。

「あなたのためだけよ」そのときアラが認めた。欲望で声がかすれている。

クレイは彼女の耳を噛んだ。二本目の指を入れて奥へと沈めた。出し入れを繰り返すと、彼女自身が濡れそぼっているせいで出る官能的な音と、ふたりの荒い息遣いが混じり合った。

「きみはおれのものだ、アラ」そんなことを言うつもりはなかったが、口からこぼれ出てしまった以上、撤回のしようがなかった。自制が利かなくなっていた。欲望と恨みと怒り。指を彼女自身にうずめて欲望のしずくが手を伝い落ちているいま、あらゆる積年の感情がひとつになった。アラがこれまで自分だけのものであり続けたならよかったのにと、クレイは考えた。父親にクレイとの関係を打ち明けず、約束どおりに駆け落ちをしてくれたのならよかった。

「ええ」アラが弱々しい声で言い、前かがみになり、ベッドに両手をついた。彼女も体をコントロールできなくなっているようだった。スカートはふたりのあいだにはさまれていて、アラが握っていなくても落ちなかった。

しかし、アラがおとなしく従うだけでは満足できなかった。彼女が身につけている服喪用ドレスもブローチもいやでたまらなかった。アラが別の男と結婚したことも、バーグリー公爵夫人となったことも。別の男の妻だったことも気に入らなかった――たとえ夫が数か月前から墓のなかで朽ちているとしても。

クレイはバーグリー前公爵がアラとすごした一日一日に嫉妬していた――アラが前公爵に向けた笑顔のすべてに、ため息のすべてに、公爵がアラのそばですごすために起きた朝のすべてに嫉妬していた。そこまでの所有欲を彼女に対して抱くのはおかしいとわかっていた。いまの自分にそんな権利はない。それどころか、これまでその権利があったことなどなかったのだ。自分にとって、アラは毒薬のような害をもたらす女だ。

「そう言ってくれ」クレイは強い調子で言い、指を曲げるとリズミカルな脈のように動かした。やわらかくて温かい彼女の体の奥にこうして触れているが、あれ以来、触れ方を忘れてはいなかった。彼女の力を奪い、抗えなくさせる触れ方を。

「わたしはあなたのものよ」クレイがどこよりも敏感な場所を探りあて、彼女と自分に甘い責め苦を与えたとき、アラは息をのんだ。

「もう一度」クレイは指を強く速く突き入れた。

「わたしは……ああ……」

アラはのぼりつめそうだったが、クレイはそれをお預けにして悦びを長引かせずにはいられなかった。「言え」クレイは彼女の耳もとで命じた。

「わたしはあなたのものよ」アラの呼吸は荒く、クレイが彼女ののどをキスでたどると、唇に激しい脈の動きを感じた。

「そうだ」クレイは思わずそう言った。勝ち誇ったような囁き声だった。アラは自分のものだ。最初に自分のものだった。これからも永久にそうだと、クレイはどういうわけか強く確信していた。「きみはおれのものだ、アラ。これからもずっと。それを絶対に忘れるな」

アラはよくも自分たちの仲を引き裂けたものだ。裏切り、クレイに血を流させたとは。息子を奪い、別の男と結婚したとは。すべてがひどい仕打ちだった。人を夢中にさせておきながら、心を打ち砕いた。彼女の裏切りによって、クレイは打ちひしがれた。いま、クレイは体を使い、知っている唯一の方法で彼女に同じ思いをさせようとしている。ふたりが求め、必要としているものを与えて。

とっくにそうしておくべきだった。

何年も前に。

必要なことだ。

「あなたが欲しいの、クレイ」アラは囁いた。

「確かだな？」クレイは食いしばった歯の奥から言った。アラがこれを自分と同じくらい求めていることを確認する必要があった。

八年経っても、ふたりのあいだに双方向の激しい情熱が残っていることを。

「ええ、クレイ」アラの声は泣き声のようだった。飢えと渇望と手に負えない欲望で満ちている。「入れてほしいの、お願い」

クレイは彼女の懇願が気に入った。しかし、まだ足りなかった。すべてが欲しかった。アラにひざまずいて懇願されたかった。

腰と尻の曲線を撫でおろし、クレイが心から求めている場所へ向かって手を伸ばした。腿をかすめてその内側へ手をやった。彼女の脚が開いた。ドロワーズの前側の切れ目を探りあて、目当てのものを見つけた。あとは奪うだけだ。

クレイは脚のあいだを手で包み、真珠を見つけた。欲望で腫れている。濡れてふっくらとしている。クレイは彼女自身に舌を這わせ、蕾を吸い、アラを絶頂へ押しあげたかった。最高級のデザートのような、しっとりとした愛液をなめ取りたかった。唇と舌だけでアラに甲高い悦びの声をあげさせたかった。

けれども欲望がクレイの血を滾《たぎ》らせていた。これ以上待てば、彼女の体に彼自身をうずめることなく青年のようにズボンのなかで達してしまいそうだった。彼のものはアラの体に入りたくてたまらず、うずいているというのに。

この飢えを満たせるのはアラだけだった。

アラに対する怒りは別の問題だった。

それは鎮めようがないものだ。何をしても、誰が試みても、完全に鎮めることはできないだろうが、いまはとりあえず抑えておけそうだった。この瞬間だけは。アラともう一度ひとつになるためには。

アラのなかで達するためには。

彼女は濡れていた。濡れそぼっていた。

クレイはクリトリスを責め、人差し指をくねらせてリズミカルに彼女を刺激した。アラがのぼりつめそうになったとき、指に力をいれた。アラが達して身を揺らす。クレイは彼女の体が震えるのを感じた。彼女を愛撫し続けていると、手まで濡れた。アラはもっと欲しいと言わんばかりに、彼の手に向かって腰をまわした。絶頂に到達しながら、さらに求めている。アラは声をあげてベッドに倒れこみ、甘い悦びに包まれて全身をこわばらせた。

アラの欲望がクレイを包んだ。まずい。彼女のせいだ。クレイは歯を食いしばり、自分の欲望を抑えようとした。彼女のなかへ入りたかった。そうしたくてたまらず、頭がほとんど働かなかった。

「やめておくなら、いまが最後のチャンスだ」クレイはどうにかそう言った。

「ああ」アラはまだ身を揺らして悦びの余韻に浸っている。

クレイは彼女を撫で、絶頂の波に襲われるままにさせながら、指を奥へ沈めた。彼女のなかはきつくて指に震えが伝わってくる。指がさらに奥へ吸いこまれた。クレイはもう片方の手でズボンの留め具をはずし、大きさを増した彼自身を解放した。

アラは彼女自身を探る彼の手に合わせて腰の角度を変えた。クレイは久しぶりに触れたその場所から、指をなかなか離すことができずにいた。「あなたが欲しくてたまらないわ。客間であなたの姿を見た瞬間からいままで、ずっとあなたが欲しかった。もう一度お互いに思うままにふるまえたら、どんなふうだろうとずっと考えていたの。前のふたりみたいになれたらって」

クレイも同じだった。しかし、答えのわからない問題だ。いまはどちらでもよかった。ふたりのあいだで脈打つ欲望以外は取るに足らないことだ。否定できない渇望以外は。アラとは八年間会っていなかったのに、クレイの体はふたりで分かち合ったことを覚えていた。心もそうだった。

「こうなっていたのかもしれない」クレイは指を引き抜き、屹立したものを彼女の蜜で濡らした。そして、すばやいひと突きで押し入った。熱くてなめらかな部分が彼自身を締めつけ、もう少しで押し出されそうになった。クレイは息を奪われた。あまりにも気持ちがよかった。完璧だった。

懐かしい場所へ帰ったような気分だった。

クレイは彼女の奥深くにみずからをうずめたまま、しばらく身動きせずにいた。動けば果ててしまうのではないかと心配だったせいもある。じつはこれが夢で、動けば寂しさと彼女への欲望を感じながら、ひとり寝のベッドで目覚めるのではないかとも考えた。しかし、アラが息を吐き、ひとことこう言った。

「もっと」

よし。ああよかった。

クレイは彼女の真珠を愛撫しながら、体が離れる寸前まで腰を引くと、ふたたび彼女のなかへすべりこんだ。そして、思わずうなった。アラも声を漏らした。クレイの自制心は吹き飛んだ。ほとばしり出た記憶と欲望の奔流に包まれて我を忘れた。愛を交わすという優美な雰囲気はなかった。クレイはふたりの渇望以外のことは少しも気にかけずに、アラのなかへ何度も入った。

クレイは荒々しくふるまった。獣と化し、腰を何度も突き出した。リズミカルな生々しい交わりの音が部屋に広がり、アラがあえぐ音とクレイの荒い息の音と混じり合った。クレイは一糸まとわぬ姿のアラを組み敷いていたかったと思いながら、彼女の耳を噛んだ。アラが自分のものだったらよかったのにと。

けれども、彼女は自分のものではない。これまで一度もそうだったことはなかった。しかも、他人どうしのふたりのあいだにあるのはこの狂おしいほどの欲望と求め合う気持ちだけだ。もっとも、アラは他人とは言えないのではないか。真夜中の星々の下でクレイに寄り添った温かい体。笑いとキスの雨。陽光と薔薇。アラはクレイの初恋の相手であり、唯一の恋人だった。

息子の母親でもある。

クレイはペースを速めた。激しく彼女を奪っていると、ベッドがきしんだ。アラは背をそらし、突きに突きで応えている。彼女がのどの奥から出す小さな声を聞いていると、クレイは何も考えられなくなった。強く速く腰を動かした。長く深く。

突然、彼自身が締めつけられた。アラはあらたな絶頂に襲われ、声をあげ、身を震わせた。しっとりとしたものが彼自身を伝い落ちる。彼女は力なく前に倒れこみ、顔を寝具に押しつけた。そのおかげで、アラが激しく達したときの叫び声がくぐもった。

クレイはアラのあえぎ声を聞きたかった。彼女の体からすべり出て、ふたたび護衛という立場に戻るときのために、彼女の声を記憶に刻みつけておきたかった。

最後にもう一度、触れずにはいられない輝かしい彼女の髪に指を差し入れた。シルクさながらに、とてもやわらかい。そっと彼女に顔をあげさせ、なおも激しく腰を動かした。アラのはっきりした声が部屋に響いた。

クレイは彼女のかすれたあえぎ声を聞き、彼自身を締めつけているアラの最後の悦びの震えを感じるのでせいいっぱいだった。睾丸が引き締まる感覚がして、それ以上耐えられなくなった。最後に思いきり腰を押し出してから引き、彼自身をつかむと、レースがあしらわれた白いドロワーズに精を放った。

16

「ハールトン・ホールには落ち着かれましたか?」

アラが手をつけずにいた夕食の皿から目をあげると、リリー・ラドローの温かい笑顔が見えた。どうにかまともに頭を働かせるのにしばらくかかった。一瞬、この女性の息子とベッドをともにしたのだという考えが脳裏に浮かんだ。何時間か前、彼と体をひとつにしていたことや、彼がドロワーズに精を放ち、部屋を出ていき、どこかへ行ったことも思い出した。

あれからクレイを見かけていなかった。赤の他人である女ふたりが――片方はクレイの母親で、片方は彼と体の関係を持った女が――食事をともにしているとは、なんと気まずいのだろう。もっとも、リリーは幸せなことに、数時間前に起きたことを知らずにいるはずだった。エドワードは旅の疲れで早めにベッドへ行った。もてなし役であるクレイは激しい営みのあと姿を現わしていない。

そのとき、またもやおかしな考えが突風のように突然脳裏に浮かんだ。この女性は、エドワードの祖母にあたるわけだ。クレイはそのことをリリーに伝えただろうか。これから伝えるつもりだろうか。

アラは唾をのんだ。リリーはどこまで知っているのだろう。「おかげさまで落ち着きました、ミセス・ラドロー」

「ここへ滞在しなければならなくなった事情をうかがいましたよ。本当にお気の毒です」続いてリリーはそう言った。アラがひどく気まずい思いをしていることに気づいてはいないようだ。

彼女は大胆な色を好むらしく、控えめな色はどこにも見あたらなかった。イブニングドレスは深みのある鮮やかな赤だ。美しくてエレガントな明るい女性で、耳に心地よい声の持ち主だった。クレイと似ていて、漆黒に近い色の髪には白いものが少し交ざっている。目は茶色で、クレイと同じく鼻梁は細いうえ、意志の強さを感じる口もともよく似ている。

エドワードの口とも似ている。

アラはワイングラスへ手を伸ばし、口へ運ぶと、作法に反して長々と飲んだ。「本当に大変でした」

「そうでしょうね」リリーの顔には同情が浮かんでいる。「ご主人のこと、お悔やみ申しあげます。バーグリー前公爵はとても有能な政治家でいらっしゃいましたね」

たしかにそうだった。

フレディは信念に基づいて目標を達成しようと果敢に挑んだ。アラはうなずいた。

「ありがとうございます、ミセス・ラドロー」

「リリーと呼んでください」彼女はアラを探るように見つめて言った。

アラはワイングラスをテーブルへ置いた。「ありがとうございます、リリー」

「あなたはウィッカム伯爵のお嬢様ですよね？」リリーは気軽な調子で話を続け、食事へ視線を戻した。子牛肉をひと口分切った。

アラはふたたびワイングラスを口もとへ運び、ぐっと飲んだ。頭がぼんやりとし始め、目の端で食堂が回っているような気がした。少し何か食べるべきなのかもしれないが、気分が落ち着かなかった。まず、殺人鬼に追われた。次に田舎へ連れてこられ、クレイとの火傷をしそうなほど熱い営みがあった。その後、彼はどこかへ姿を消した。よくまわるワインだった。もっと飲みたかった。気をまぎらわす必要があった。気付けのために。なんでもよかった。

アラはもうひと口飲んだ。

さらにもうひと口。

「ええ」アラはどうにか言った。「ウィッカム伯爵の末娘です」

リリーがかつて父の愛人だったことを——少なくとも、父が愛人にしたがっていたことを——知っていると伝えるのは、あまりにも無作法だろう。詳細は知らなかったし、訊こうとしたこともなかった。そんな勇気はない。

「昔、お父様のことを存じ上げていました」リリーは静かに言った。

アラは目をあげた。リリーの正直な告白に驚いたのだ。「そうなんですか？」失礼にならないように、あいまいな訊き方をした。リリーはいったい自分に、どんな話を聞かせたいのだろう。

何も聞かせたくはないはずだ。

「ええ」リリーが話を続けたので、アラはまたもや驚いた。「残念ながら、最後は仲たがいをしてしまって」

エキゾチックな容貌を持ち、大胆で美しく、率直で自然体のリリー・ラドローのような女性に、冷静な父が夢中になるところはまったく想像がつかなかった。アラの母はリリーとは似ても似つかなかった——母は淡い金髪の持ち主で、どんなことをしてでも礼儀作法を守ろうとする。

「それは残念です」やがてアラは、切った子牛肉をフォークの先でつつきながら言った。

「別れを決めたのは、お父様のほうだったんです」リリーはアラをじっと見つめた。

「これからも許してもらえることはなさそうだわ」

アラはなんと言っていいのかわからなかったので、黙っていた。しまいに子牛肉を切り、口もとへ運んだ。それほど味気ないものを食べたことはなかった。

「許しているはずだと思いますけれど」しばらくののちに、アラはどうにか微笑んで言った。

「いいえ」リリーはゆっくりと首を横に振った。アラをまっすぐに見つめたままだ。「お許しになっていません。わたしの息子への態度からわかります」

クレイ。

アラは身をこわばらせた。この話はどこへ向かっているのだろう。「どういう態度ですか？」

リリーは寂しそうに微笑んだ。「お父様はわたしの息子を取るに足らない者であるかのように扱われたんです」

そのつらさはアラも知っていた。父はアラがクレイの子を身ごもっていることを知ったあと、アラを同じように扱ったからだ。怒りでゆがんだ父の表情はいまだに思い出せる。頰を叩かれたときの痛みも。父が浴びせたきつい言葉も。

〝庶子の娼婦になるような娘はわたしの娘ではない。外国へ行って罪を始末するか、結婚してこい。だが、いずれにしろ、これだけは覚えておけ。庶子の庶子を連れてきても、キングスウッド・ホールへは入れないからな〟。

アラはふたたびワイングラスの柄に手をかけてそれを握った。父のことは許していない。手ひどい裏切りを許せるかどうか、わからなかった。エドワードはアラの家族に会ったことはないが、アラはそのままで幸せだった。母は自分が楽しく生きることしか考えていないし、父はプライドのことしか考えていない。兄は父の味方をし、姉は六年ほど前に出産で命を落とした。

アラははっとして現実へ意識を戻した。リリーはまだアラを見つめている。見抜かれたくないことまで見抜かれていそうだった。「ミセス・ラドロー、わたしは過去を振り返りたくないんです」

過去を顧みるのはあまりにもつらかった。傷口をふたたび開かれるようなものだ。クレイが外国へ行ったことが判明した日、アラは自分が身ごもっていることをまだ知らなかった。しかしその後の数週間に吐き気を覚え、月のものが来なくなると、侍女が行動を起こした。そして母を呼んできた。父の耳にも入った。アラは姉のロザムンドの家へ送りこまれ、彼女の紹介でフレディと出会ったのだった。

「どうかリリーと呼んでくださいな」リリーはふたりのあいだに広がった沈黙を破り、ふたたびそううながした。「いやな話題を持ち出してごめんなさいね。つらい思いをさせるつもりはなかったんです」

アラはワイングラスをふたたび持ちあげて、元気を出そうとひと口飲んだ。「父とは、何年も話をしていません」どういうわけかそう言った。これまで、家族との不仲についてはフレディにしか伝えたことはなかった。なぜいまになって、リリーに打ち明けたのだろう。

「家族の分断は悲しいことですね」リリーは同情のこめられた温かい表情をアラに向けた。

アラは厄介な感情を抑えるために、ゆっくりと息を吸った。エドワードが生まれてから七年が経った。両親が孫に会いたがっていないことはわかっているが、そのことがいつまでもわだかまりとなって残りそうだった。「苦しみは時間とともに受け入れざるを得ないけれども、けっして忘れることはできないと学びました」

アラはその言葉が口を離れた瞬間に、それを撤回したくなった。取り戻して胸にしまいこめたらいいのにと考えた。リリーは鋭いまなざしでアラを見つめている。アラが口にしなかったことをすべて理解している、何もかもお見通しだと言わんばかりの視線だった。

アラは家族のことだけについて話していたのではなかった。クレイのことも念頭にあった。昔、彼が去ったことは受け入れた。受け入れるしかなかった。ひとりになり、おなかには子どもがいて、誰にも頼れなかった。クレイがアラの生活に戻ってきたいまでさえ、体をひとつにするのを許したあとでさえ、あのとき自分のもとを去った彼を許せるかどうかはわからなかった。アラに背を向けたことを、はるか昔のあの日、待ちぼうけを食らわせ、話をする機会も与えずに去ったことを許せるかどうかはわからなかった。

「あなたの想像以上に、そういう気持ちは理解していますわ」リリーが静かに言う。「息子の顔の傷痕がなぜできたかはご存じですか?」

急に話題が変わったので——クレイの話になったので——アラは落ち着かない気分になった。首を横に振って言った。「そんなことを彼に訊いていいとは思わなくて。わたしは訊く立場にありませんから。彼も自分からそれについて話したことはありません」

リリーの表情が変わった。目に新しい光が宿ったように見えたが、それがなんの感情かはわからなかった。クレイと同じく、リリーは何を考えているかわからないときがある。「短剣で切られたんですよ。背後から襲われて、こん棒で頭を殴られて失神したあと、目覚めたら頬にナイフを押しあてられていたそうです」

アラはクレイが姿の見えない賊に倒されたことを思って身を震わせた。いいえ、〝アラの彼ほど体の大きな男が何者かに倒されるなんて、想像がつかなかった。いいえ、〝アラの〟彼ではない。ただの彼だ。愚かな激しい営みの影響を受けてはいけないし、それに惑わされている場合ではない。さまざまなことが危機に瀕している。あらゆることが。

この愚かな心。愚かで分別のない心。

ああ、それにしても、なぜクレイはそんな危険な道を選んだのだろう。脳裏から追い出せない疑問だった。自分がふたりのあいだにある欲望に屈したことと同じくらい気になっていることだ。「内務省の任務は本当に危険なんですね。そんなことをした悪者が、とっくに投獄されていますように」

すると、リリーが奇妙なまなざしでアラを見た。「いいえ、加害者は投獄されていませんよ。それどころか、処罰を受けずに暮らしています」

「ひどいですね」アラはクレイとのあいだでさまざまなことがあったにもかかわらず、

クレイの気持ちを考えて、思わず激しい怒りを覚えた。クレイを襲って美しい顔を短剣で切り裂いておきながら、平気で暮らし続けているなんて本当にひどい。「何か打つ手はないんですか?」

リリーはふいに視線を食事へ戻した。「あるかもしれませんわ」ないよりはいいのだろうとアラは考えたが、今回あらたな事実を知って心が乱れた。「ということは、彼は加害者が誰かを知っているのでしょうか」

またもやリリーが奇妙なまなざしで探るようにアラを見た。「ええ、知っていますわ」

「いつ起きたのですか?」アラはいけないと思いながらも、好奇心から尋ねた。

クレイと別れてからの数年間に起きたことをすべて知りたかった。彼がアラのものだった頃よりあとの数年間。そんなことを知りたがるのは、ばかげている。滑稽《こっけい》でさえある。それでも知りたくてたまらなかった。欠けているクレイの情報を得たかった。彼はどこへ行って、何をしていたのか。なぜアラのもとを去ったのか。

リリーがかすかに眉をひそめ、口角がさがった。茶色の目の奥で悲しみが渦巻いている。「クレイトンに尋ねたらどうかしら。わたしはそれを話す立場にありませんから」

アラはうなずいた。無理に数口食べ物を口へ運んで考えた。クレイに何があったのだろう。なぜ、これほどそれが気になるのだろうか。

＊＊＊

割り当てられた部屋は、屋敷の女主人用の部屋だった。

アラは部屋を歩きまわった。もう遅い時間だ。窓の外には夜の闇が広がっている。オックスフォードシャーとクレイの屋敷への旅のあと、眠って体を休ませる時間だった。クレイのことを考えている場合ではない。彼は何をしているのだろうか、ここへ来てくれるだろうか、こちらから行くべきかなどと考える時間でもない。クレイを求めている場合でもない。

この部屋を割り当てられて困惑していた。気になって仕方がなかったし、つつかれ、愚弄され、挑発されているような気分だった。

この贅沢な部屋に入った瞬間から、ハールトン・ホールのなかでも特にいい部屋だとわかった。しかし初めは、ここが女主人用の部屋であることには気づかなかった。隣の部屋と行き来できるドアがあり、その部屋は屋敷の主人のものである可能性が高いということにも。

クレイの部屋。

アラは眠れなくても横になった。何度か寝返りを打った。本を読もうとしたがあきらめた。昔、若い頃に時々していたように〝はしたない〟気持ちをなだめようとしてみた。けれども体はクレイが近くにいることをわかっていて、これまで以上に彼を求めていた。

足が自然に動き、クレイとの距離を縮めた。五感がひどく敏感になっている。素足の下のフラシ天の絨毯のざらざらした感触、頰とのどにキスをするひんやりとした夜気、暖炉の火のにおい、高鳴る鼓動の音。手がドアのとってに触れた。

鍵がかかっていない。

ドアが動き、かすかにきしんで大きく開いた。

アラは息をのんだ。クレイがいた。むき出しの胸が金色の火明かりに照らされている。彼が身につけているのはズボンだけだった。大きくて男らしい足も裸足だ。服をまともに着ていないクレイの姿を見たのは、彼がアラの屋敷の舞踏室で部下と殴り合いをしていた日以来だった。今回はそのときとは違った。より親密な雰囲気だ。部屋にいるのはふたりだけで、昼間に、人気《ひとけ》のない舞踏室にいるわけではなかった。ここは静かな寝室であって、邪魔が入ることはない。

アラは彼の姿を心ゆくまで見た。昼間に愛を交わしたとはいえ、あのときはクレイが背後にいて、彼の姿を見ることはできなかったからだ。アラは彼のむき出しの肌へ、彫刻のような筋肉へと飢えたように視線を走らせた。ああ、彼は美しい。否定できない輝かしさがある。どこもかしこも戦士然としていた——広い肩、引きしまった胸、岩に縄を埋めこんだかのように見える筋肉質の腹、たくましい腕。

「アラ」彼の暗めの低い声でゆっくりと名を呼ばれ、アラは平然としていられなくなった。

時間が消えた。歳月は存在しなくなった。昔、クレイが去ったことによって人生にぽっかりとあいた虚しい穴がふたたび埋まった。アラは以前何度もしていたように、彼に駆け寄った。ふたりが若くて無邪気だった頃のように。あの頃は、禁断の関係だったけれど、それは取るに足らないことだった。ふたりとも向こう見ずだったし、手も口も貪欲で、互いだけを求め合っていたからだ。

あのときふたりは困難を顧みず、森の美しい木陰でただの男と女として愛を見つけ、相手に夢中になった。

アラはクレイに勢いよく飛びつき、腰に脚をまわした。クレイがアラを抱きとめ、腕を帯のようにまわす。アラは彼の首につかまった。

「ああ、アラ」

アラは彼の唇に唇を押しつけた。それが唯一の答えだった。そうするしかなかったし、それだけを求めていた。まさに必要なことだった。クレイは舌を差し入れ、アラの尻を揉んだ。人目を盗んだ営みから数時間しか経っていなかったが、ふたりとも貪欲だった。

アラは声を漏らし、クレイはうなった。アラは彼の髪に指を差し入れた。クレイは彼女を抱いたまま難なく部屋を横切った。重みをまったく感じていないかのように。次の瞬間、アラはベッドの上に落とされ、あおむけに横たわっていた。欲望がわきあがるのを感じながら、クレイがズボンと下着を脱ぎ、生まれたままの姿でベッドの横に立つのを見つめた。

彼のものは大きくて太くて硬そうだった。引きしまった腹から突き出ている。アラは息を奪われた。彼のどこを見ても力強かった。とても。生命力がみなぎっていて、魅力的だった。アラはナイトドレスをつかみ、頭の上へ引きあげ、脱ぎ投げ捨てた。それは床に小さな山となって落ちた。

アラも生まれたままの姿になった。

クレイのベッドで。

間違ったことだとわかっていた。これほど彼を求め、ふたたび関係を持つのは大きな間違いだ。それでも、やめられなかった。クレイはここにいて、アラと同じくらい強く営みを求めている——その輝かしい証拠が、目の前にあった。

クレイはベッドに乗り、アラの足もとへ行き、大きな温かい手を彼女の足首にかけた。燃える炭を思わせる目で、彼女の体を焦がすように見つめている。その視線は脚をたどり、腿のつけねにしばらく留まり、乳房へ、唇へと移ったあと、アラの目で止まった。「おれたちはどうかしている」

そのとおりでもあるし、そうではないとも言えた。アラは彼と、彼にかき立てられる感情に長いあいだ抗おうとしてきた。彼を強く求める気持ちに。けれども、ふたりは昔から炎のようなもので、アラはクレイのためならふたたび火傷をしてもいいと思っていた。彼と一緒になら。

結局のところ、自分には彼しかいないのだと、アラは気づいた。クレイトン・ラドローが運命の人なのだ。ひそかに交わしたいくつものキス、人目を忍んで重ねた逢瀬。彼がアラの体を初めて目覚めさせた、ただひとりの男だ。唯一の恋人。アラのあらゆる罪。忘れることがなかった男。二度と会えないと絶望した相手でもある。

「この人だと思えたのは、あなただけだったわ」アラは思わずそう言った。唇と舌がひとりでに動いて声が出た。しかし、本当は口に出すつもりはなかった。

「まいったな、アラ」クレイは彼女のふくらはぎを撫であげ、脚に唇を押しつけた。くるぶしに、すねに、ふくらはぎの敏感な部分に、そして膝の裏にキスの雨を降らせている。「今夜、ここへ来るべきではなかった」

たしかにそうだ。寝室と寝室を隔てるドアをあけたのが間違いだった。昼間に、彼に肌を許したのも間違いだった。こうして彼が欲しくてたまらないことも――やはり間違いだ。

もっとも大きなあやまちはなんだろう。言葉だ。いまのような告白をすべきではなかった。クレイに。アラのもとを去ったことがある男に。アラの心を持って逃げた男に。彼はなぜ、あのとき姿を消したのだろう。どこへ行ったのだろうか。アラは尋ねたかったが、ゆっくりと彼女に悦びを与えつつある彼の姿を見ながら、それを感じていると、息をするのもままならなかった。

彼は腰の片側をキスでたどり、もう片側へ移り、甘噛みをした。のどの奥から聞こえる満足そうなうなり声が、彼の体を震わせ、開かれた唇からアラの肌に伝わってきた。クレイが彼女の腰骨に這わせている舌からも。熱くて湿った彼の吐息が、うずいた。

ている脚のあいだのすぐそばに、彼をもっとも求めている場所のすぐそばにかかった。けれども、まだ遠かった。

「あなたがドアの鍵をかけておかなかったんでしょう」アラは息を切らしながら、思い出させるように言った。自分ひとりのせいにはさせない。アラが部屋と部屋の境目に立っていたときに、クレイの顔にあからさまな欲望が浮かんでいたからこうなったのだ。

「おれに用があるときのためにあけておいた」

たしかに用があったけれど、クレイが想定していたような用ではなかったかもしれない。アラが唇を噛み、黙っていると、クレイは口を上へ這わせ、エドワードを身ごもっていたときに腹にできたかすかな白い線にキスをした。彼の唇がそこにとどまり、腹を手でかすめたとき、アラは身をこわばらせた。最初、その線は紫色で目立っていたけれど、七年のうちに色が落ち着いて薄くなった。

誰にも見せたことはなかった。アラは少し恥ずかしくなり、欲望が消えた。

「何があった?」クレイは長い指でその線をたどり、アラの顔を見あげた。「できたばかりだな」

「できたばかりではないわ」アラは頬が熱くなるのを感じた。「エドワードを身ごもっていたときにできたのよ。大きな赤ちゃんだったから。それも当然だけれど」

クレイは目を翳らせ、唇を寄せると、あがめるように線のひとつひとつにキスをした。何も言わず、彼女の腰の両脇に手をつき、へそのくぼみへ唇を這わせている。そこに舌を差し入れられ、快感の大きな波がアラの体を駆け抜けた。

アラは息を吐き出し、ため息のようなうめき声のような音がした。「クレイ、お願い」

彼の唇は下へ移った。「どうしてほしいんだ、アラ」クレイは彼女の肌に向かってつぶやいた。「どうしてほしいか言ってくれ。なぜおれの寝室へ来て、腕のなかへ飛びこんできたのかを教えてくれ。なぜおれから離れていられないのか」

それは彼を愛しているから。

愛するのをやめたことがなかったから。

アラはぐっと唾をのみ、その突拍子もない考えを追い払った。それは違う。違うはずだ。クレイをいまだに愛しているはずがない。あんな仕打ちをされたのだから。これだけの歳月が経っているのだから。彼をただ欲しいだけだ。この体が、クレイに与えられる罪深くすばらしいあらゆる責め苦を覚えているからだ。

それが理由だ。

それだけが。

「あなたが欲しいの」アラは代わりに言った。それさえも本当は認めたくなかった。

クレイは脚を開くよううながした。脚はベッドカバーの上をすべるように動いて開き、彼女自身があらわになった。アラは欲望のあまり体が震えそうになるのを感じた。脚のあいだのひだが充血してなめらかになり、その奥が彼の舌を求めてうずくところを想像した。クレイはあらゆる場所にキスをしてアラを焦らした——腿の内側、脚のつけね、割れ目のすぐ上のふっくらとした部分に。

「おれの何が欲しいんだ」クレイは腿の外側を指でかくように愛撫し、敏感な肌に軽く爪を立てた。

「口よ」アラは囁いた。またもや頬が熱くなった。「舌も」

言葉が勝手にこぼれ出た。黙っていられなかった。クレイは唇と舌を使い、それだけでアラを絶頂へ導いたことがある。そうして悦びを与えられてから、もう何年も……永遠とも思えるほどの時間が経っていた。厳密には八年だ。なぜクレイのせいでふしだらな女になるのか、なぜこうも彼に弱いのか、なぜ肉体が目覚め、欲望が手に負えなくなるのかがわからなかった。しかし、自分ではどうしようもなかった。

明白な事実だとわかっていることがいくつかある。

太陽が東から昇ること。

ロンドンがいつも霧深いこと。

アラが生きているかぎり、クレイトン・ラドローがこの体を打ち震えさせること。

「なめてほしいのか、アラ」クレイがかすれた低い声で物憂げに言ったので、うなり声のように聞こえた。彼はいとおしそうに彼女の真珠のまわりにキスをしたが、中心部分は避けた。「ふっくらとした甘い蕾を口のなかに引き入れて、のぼりつめるまで吸ってほしいのか？」

ああ、すてき。

小さな震えが体に広がり、その気持ちのよさにアラはじっとしていられなくなった。思わず腰を浮かせ、体の芯がしっとりと濡れるのを感じた。クレイの言葉はとても官能的だった。焦らされて耐えられなかった。彼が舌で愛撫してくれなかったら、それを差し入れてくれなければ――さっき言ったように、のぼりつめるまで吸ってくれなければ――死んでしまいそうだった。

「ええ」アラは言った。「お願いよ、クレイ」

「懇願の仕方が気に入った、公爵夫人」

きつい言葉だった。ひどい言い方だった。これが八年前とは違うこと、自分たちが昔のふたりとは違うことを、はっきりと思い出させる言葉だ。あの若き愚か者たちが天空の彼方へ消え、苦労を重ねて辛辣になった大人へ変わったことを。時がすべてを変えかねないこと、思い出すべきではないものもあるのだと。現実と道理が、運命を凌《しの》ぐこともあるのだと。クレイがようやく顔を寄せ、割れ目に沿って舌を走らせていなければ、アラは身を引いていたところだった。熱い濡れた舌を一度這わされただけで十分だった。

頭がまたもや働かなくなった。アラは声をあげ、背を弓なりにし、手で彼を探った。片方の手は艶やかな黒髪に触れ、もう片方の手は彼女の腹に置かれた彼の手に触れた。ふたりの指がからみ合った。クレイはもう一度舌をゆっくりと長々と走らせた。

声が響いた。アラにはそれが自分の声なのか、クレイの声なのかがわからなかった。腰を揺らして彼女自身を彼の顔に押しあてた。〝はしたない〟気分がアラのなかに広がり、満足を求めている。それはクレイ・ラドローに何度も高みへ導いてほしいと求めていた。

ついにクレイが求めていたものを与えてくれた。脈打つ真珠を口に含み、長く強く吸ったのだ。今度は誰のものか疑いようのない声が部屋に響いた。自分の声だ。ああ……もうとても……。

耐えられない。まだ足りないと同時に、十分だとも思えた。アラは世界が崩壊するような感覚を覚えた。何もかもが消えた。周囲の環境さえも。残ったのはクレイと、アラを絶頂へ導く彼のすばらしい口だけだった。

クレイは蕾の下側に歯を軽く立てた。甘嚙みし、すばやくリズミカルに舌を這わせる。アラの手を握っていないほうの手を腰から脚のあいだへ動かした。割れ目をなぞり、分け入って指一本を奥へ沈めた。

アラが彼の指を締めつけ、腰を浮かせると、指がさらに奥へはいった。二本目の指が加わる。クレイはふっくらとした蕾を吸ったりなめたりしながら、指を出し入れした。彼のたくみな指は、アラが存在を知らなかった部分に触れている。彼が指を何度も突き入れ、曲げると、彼女自身がさらに濡れ、やがてクレイが彼女に悦びを与える音が部屋に広がった。

アラの欲望に駆られた小さなあえぎ声。彼が濡れた彼女自身に指を入れ、舌を這わせたり吸ったりする音。悦びを与え、受け取る音。ふたりのあいだの情熱に屈する音。それはクレイがアラの人生にふたたび現われてからの、ふたりのやり取りの表面下でつねにくすぶっていた。

体の奥で、何かが結び目のように引き絞られた。アラは悦びの淵へいまにも落ちそうだった。脚のあいだが脈打ち重くなった。胸の頂が硬くなり、乳房は張ってうずいている。肌にまで火がついたようだった。

「すごくおいしい」クレイは囁き、ふたたび舌を動かした。

アラは突然、激しい快感に貫かれた。彼の甘い奉仕に合わせて腰を揺らしていると、次の瞬間、すべてがはじけたように感じた。自分も。熱い悦びが体のなかを駆けめぐり、アラをのみこんだ。あまりにも強烈だったため、肩がベッドから浮いた。体が彼の指を強く締めつけ、それを吸いこもうとした。彼女自身がさらにうるおい、クレイの指と口を濡らした。

すると、彼は戦士を思わせる大声をあげ、アラから身を離した。膝立ちになり、彼のものを——大きくて血管が浮き出ている——つかむと彼女の脚のあいだにあてがった。アラはまだ絶頂の余韻が体に広がっていたが、もっと欲しかった。何もかもが。彼のすべてが、彼に与えてもらえるもの全部が欲しかった。

アラは身じろぎをして彼自身の先を自分のなかへ入れた。

ふたりは同時に息を吐いた。

クレイは大きな体でアラに覆いかぶさり、顔と顔を近づけた。茶色い目でアラを焦がすように見つめている。「これを求めているのか、アラ」

アラはまともに喋《しゃべ》れそうになかったため、承認の低い声をのどから漏らし、腰をくねらせて彼自身を奥へ引き入れた。

「返事をくれ」クレイは命令口調で言った。まなざしと同じくらい真剣な表情だ。

「はっきりと聞きたい」

「ええ」アラはどうにか言った。自然に、ごく自然に脚を彼の腰にまわした。時間が経過していないかのように。昔のアラとクレイへ、狩猟小屋へ、自由だった頃へ戻ったかのように。若くて互いを求めてやまなかった頃へ、なんでもできるように思えた頃へ。「あなたが欲しいの。あなただけが」

昔から、クレイだけだった。

これからもずっと。

ああ、なぜクレイトン・ラドローにこうも惹かれるのか。

クレイが腰を突きあげ、ゆっくりと深くアラのなかへ入った。自制の効いた動きだった。「おれだけか？」

「いつだってそうよ」アラは深く考える前にそう断言した。彼にしっかりと腕をまわし、大きな力強い体を強く自分のほうへ引き寄せた。彼はたくましく、アラはとても華奢だ。この体格差が嬉しかった。「あなたは運命の人よ、クレイ。わたしはあなたのもの」

正しいことであろうと、間違ったことであろうと、それが事実だった。こうなる運命だったのだ。歳月と裏切りに隔てられても、離れていられなかった。いまだに以前と同じくらい互いを求め合っている。

「よし」クレイはかすれ声で言った。深く腰を沈めて引き、もう一度彼女のなかへすべりこんだ。

唇と唇が重なった。相変わらず激しい、飢えたような荒々しいキスだった。クレイの舌に自分自身の味が残っているのがわかる。アラは彼の力強い背中に爪を立て、しるしをつけ、彼を挑発した。突きに突きで応えた。

やがて、ふたりは一緒に高みへと飛んでいた。自然に。与え、奪い、腰を動かし、舌をからませ、手をあらゆる場所へ這わせ合った。体をぶつけ合い、ひとつになって動いた。より強く、速く。彼の動きは緻密《ちみつ》になっていった。

アラはふたたび体がはじけてばらばらになるような感覚に襲われた。彼自身を包んで締めつけ、のぼりつめ、星々と光に体を貫かれた。彼の唇に向かって声をあげると、クレイはそれをのみこみ、受け止め、彼女の体とともに自分のものにした。

アラは忘我の境地にいた。なすすべもなかった。これはただの悦びでも絶頂でもない。すべてを包みこまれるような体験だった。彼の体とアラの体がぴったりと重なり、硬い彼自身が体のなかにあるいま、ここで、自分を見つけたような気がした。

アラの体に快感の震えが広がっていたとき、クレイは身をこわばらせて自身を引き抜き、アラの上で果てた。そして彼女の腹に、みぞおちに、乳房にまで精を放った。うなり声をあげ、横に転がってあおむけになった。彼の呼吸は荒かった。

アラは鼓動が暴れるのを感じながら、彼のそばに横たわっていた。動く気力も、肌についた営みのあとをぬぐう気力もなかった。

「今夜、ここへ来るべきではなかった」クレイは静寂のなか、ふたたび言った。

アラは天井を凝視し、犯したばかりの罪のあとを指で肌にすりこむようになぞった。

「そうね」そう同意した。「来るべきではなかったわ」

けれども、すでにすんだことだった。

後戻りはできないだろう。

17

八年前

満月の下で帰っていくアラを見送ってから二日後、クレイはふたたび彼女を待っていた。この二日間は永遠とも思えるほど長かった。誰かに見つかる危険を冒したくなかったため、アラを求める気持ちを抑えなければならなかったが、それは彼女がそばにいない一時間一時間ごとに募るばかりのように思えた。

肺が苦しくなるまで走り、体を痛めつけようとした。レオと拳闘の稽古をし、手の甲から血を流し、顎に痣を作った。筋肉が震えて汗まみれになるまで、知るかぎりの方法で体を動かした。心臓が胸から飛び出すのではないかと思えるまで。体を使って緊張感と闘おうとしたが、失敗した。

緊張をほぐそうとする合間に、結婚するための特別許可証を得る手続きをして取得した。また、時間をかけて紙にペンであれこれ計画を書いた。自由にできる資金はあった。潤沢ではないが、少なくとも数か月は十分にやっていけそうだった。

結婚したあとは、内務省に雇ってもらうつもりだった。父は限嗣相続《げんしそうぞく》（売却等による財産の分割を防ぐために相続方法を限定する制度）の対象ではないマーチモントの屋敷をクレイに譲ろうとした。クレイは自尊心から、それを辞退せざるを得なかったが、アラのために受け入れようと考えている。ブリクストン・マナーやキングスウッド・ホールほど豪華な屋敷ではないが、住むには十分だし、アラのためにはなんでもするつもりだった。

自分はこれから夫になる。今日。アラの夫に。クレイは彼女を待ちながら、闇に向かって微笑んだ。待ち合わせ時間まであと一時間だ。次の人生が待っているかと思うと、一分たりともブリクストン・マナーにいられなかった。アラは自分の心そのものだ。いまも、これからも永遠に。

運命そのものだ。

ふいに背後から静かな足音が聞こえ、誰かがやってきたことがわかった。

クレイが反応する間もなく、重く硬いものがぶつかる気味の悪い音とともに、頭に激しい痛みが走った。目の前にいくつもの小さな星が渦巻いた。

これはまずい。追いはぎか？　いったい何ごとだ？　誰だ？

痛みと混乱で頭がふらつくのを感じながらも、手を伸ばした。目が見えず、力が出ない。賊をつかもうとしたが、無駄だった。またもや武器が空を切る音が聞こえ、痛む頭にあたった。クレイは振りおろされ続ける武器から身を守ろうと腕をあげたが、最近、きついスケジュールで体を動かしていたせいで、動作は緩慢で、体もふらつき弱っていた。しかも、頭を殴打されたことによるショックと驚きもあった。

またもや殴られた。

クレイは地面に膝をついた。

次の一撃を受けた。

世界が真っ暗になった。虚空《こくう》に向かって倒れこみ、最後にアラのことが脳裏に浮かんだ。彼女を守らなければ。彼女の身に何ごとも起きないようにしなければ。しかし、クレイは闇に招かれ、苦痛の波にのまれた。

＊＊＊

とうとうこの日がやってきた。あらたな人生の第一日。最良の日。いいえ、違う。最良の日々の初日だ。

自分は妻になる。

クレイの妻に。

ミセス・クレイ・ラドローに。

アラは手を震わせながら、ベッドの下に隠してあった小ぶりの旅行鞄を取り出した。自力で運べるくらい小さく、大事な私物を入れられる余裕がある。日記帳、飾り気のないドレス、下着、ストッキング二足、エリザベス・バレット・ブラウニングの詩集の第二巻。クレイにあげた第一巻の続きだ。

　時間が早すぎることはわかっていた。夜明けに待ち合わせだとクレイには言われているけれど、夜明けまであと一時間ある。とはいえ、キングスウッド・ホールの闇と静寂のなか、これから大きな変化が起きるいまは眠ってはいられなかった。

　芽吹いて花開こうとする春の花のように、力がみなぎっていた。クレイと別れてから、心のなかで暴れる混じりけのない純粋な喜びをおくびにも出さないよう、細心の注意を払った。両親と朝食を取ったとき、ふたりは娘の変化に気づいただろうかと考えた。

　笑顔が明るすぎないか、笑みが大きすぎないか、ふるまいが元気すぎないか、のんきすぎないか、生き生きとしすぎていないかなどと気になった。アラのなかで彼への愛が燃えあがり、広がり、彼女を圧倒していることに、両親が感づかないかと不安だった。折り目正しく素行のよい従順な娘であるアラミンタからアラへと、娘が変わりつつあることに気づかないかと。

アラは雑草のあいだに咲いた野薔薇のような愛を見つけ、それを摘み取り、自分のものにした女だ。勇敢で大胆な女。夜、キングスウッド・ホールを抜け出して、恋人の腕のなかへ行った女。挑戦する女だ。

しかも愛されている。母や姉がたどり着いた人生よりも幸せな人生を送るつもりだ。自分で選び、自分で作る人生を。貴族としての敬称も富もいらない。欲しいのはクレイと、その大きな安心感をもたらす体と、たくみな手と、紳士的な強さと優しさだけだ。彼の誘惑も。

キスも。

愛も。

クレイの唇のなんとすてきなことか。彼の指。黒髪、無精ひげ、ブーツの傷まですてきだ。その彼が自分のものになる。触れ、愛でる相手になる。とはいえ、旅行鞄に詰めたものをもう一度ざっと確認しながら、それがまだあり得ないおとぎ話であるように思えた。

ただ、現実の話だ。

自分は妻になる。

クレイの妻に。

ミセス・クレイ・ラドロー。

何度そう考えても、実際にそうなったときのことが想像できなかった。愛する人と自由にすごせる幸せも。森と狩猟小屋でこそこそと会わずにすむことも。アラが何をしているか、どこへ行くのかを誰かに見つからずにすむ夜と闇の時間を楽しみに暮らさずにすむことも。

アラはベッドの端、旅行鞄の脇にすわって待った。

＊＊＊

クレイは目を覚まし、両手が縛られていることに気づいた。冷たい金属の刃が頬に押しあてられている。胸や腰が何かに締めつけられている。汗臭いにおいと、ジンと履き古したブーツのにおいがする。

警告の言葉が聞こえた。

「レディ・アラミンタにかまうな」

つっけんどんな口調だった。鼻声で、聞き慣れない声だった。

痛みが走り、吐き気を覚え、ゆっくりと体の感覚が戻った。目をしばたたいてあけた。あたりはぼんやりとしていて暗かった。陰になってよく見えない顔が目の前に迫っている。頰に濡れた冷たいものがあたった。

唾？

ここはどこだ？　何があったのか。

「アラ」最初に出た言葉は彼女の名前だった。闇のなかに向かって大声で言った。

「彼女はどこだ？」

「ここにはいない」見知らぬ男は口早に言い、短剣の刃をクレイの肌にぐっと押しあてた。

痛い。頭の痛みと頰に走った痛みが合わさった。あらたな吐き気が襲ってくる。クレイは苦いものを抑えこみ、のみくだした。しっかりしなければ。アラのために。すべて彼女のためだ。どんなときでも。

しかし、短剣の刃がさらに強く押しあてられた。削《そ》ぐように切られている。切り傷が口をあけた。生温かいものが頰を流れ、ぽたぽたと落ち、首が濡れた。傷が深くなった。

「これでいい、さほど男前ではなくなっただろう？」声が尋ねた。

クレイはまばたきをし、賊の顔を見ようとした。すべてがぼやけている。頭も混乱していた。考えられるのはアラのことだけだった。アラとここで待ち合わせをしている。結婚することになっている。彼女はどうなったのだろう。いまどこに？　ここへ来たのだろうか。

「彼女に危害を加えたのなら、おまえの腕をもいでやる」クレイはどうにかそう言ったが、口調は弱々しかった。頭を殴打されたせいで、世界がゆがんでみえる。何もかもが苦痛だった。痛かった。

顔。頭。背中。いったいなぜ動けないのか。クレイはもがき、腕を自由にして身を守ろうとした。闇のなかで、あることに気づいた。体を縛られている。身動きがとれなかった。訓練して得た力も、何があっても耐えられるよう鍛えあげた体も、いまは役に立たなかった。頭を数回殴打されただけで倒れてしまった。

短剣の刃がさらに沈んだ。じりじりと奥へ沈んでいく。痛みは強く、熱くてべたべたした血が、のどを伝い落ち、上着へしみ込んだ。

「今後は淑女たちをそれほど簡単には魅了できまい、公爵の庶子め。傷痕が永遠に残るだろうからな」

クレイはふたたびどうにか口を開いた。「か、彼女はどこだ」

「いるべき場所にいる、娼婦の息子め」賊は言った。「無事にキングスウッド・ホールのベッドのなかにいる。おまえの名を告げた日を後悔しながら。今後は令嬢に近づくな」

「まさか」短剣で頰を切られているにもかかわらず、クレイは否定した。アラがそんな仕打ちを自分に、自分たちにしたと信じるつもりはなかった――とても信じられなかった。アラとは愛し合っている。一緒になる運命だ。

「令嬢からの手紙だ」男は手紙をクレイの上着の内側に乱暴に押しこんだ。「じっくりと読むがいい、公爵様」

クレイは頰をゆっくりと切られ続けながらも、男の口調に混ざった軽蔑を聞き逃さなかった。

「そんなはずはない」クレイはつぶやいた。顔の半分に火がついているかのようだった。視力と感覚を奪うような、焼けつくような痛みだった。

「血には血を。令嬢に流させた血の代償だ」男は短剣を握っている手を止めた。「伯爵はこれで、借りを返されたとお考えだ。二度とレディ・アラミンタに話しかけるな。

彼女のほうを見さえするんじゃないぞ」

「おれは……そんな」それしか口にできなかった。血を失い、めまいがひどくなっていた。痛みが牙をむき、強い吐き気がした。実際に吐きそうだった。胃のなかのものを何もかも。

「本当だ。令嬢は父君にすべてを打ち明けた。間違ったことをしたと気づいて、おまえとはもうかかわりたくないそうだ。手紙を読め。令嬢はおまえとの待ち合わせには来ない、公爵の庶子め。今日も、今後も来ない」

違う。

アラは違う。

彼女がそんな裏切り行為を働くはずがない。

アラは自分の妻になる。今日。特別許可証がポケットにある。

短剣の刃は顎まで達していた。傷は深かった。ひどく。痛くてたまらなかった。二度と以前の自分には戻れないと、クレイはこれ以上ないほど確信していた。顔が変わってしまうだろう。永遠に。

だが、アラが伝えなかったのなら、待ち合わせを知る者がほかにいただろうか。クレイをここで見つけられる方法がほかにあっただろうか。伯爵が知る方法はあっただろうか。わけがわからなかった。つじつまが合う答えがあるとするなら、それはクレイの頬を切る短剣よりも恐ろしく、クレイを大声で叫ばせるようなことだった。血を流させるようなことだった。

ふたたび世界が暗くなった。クレイはどんなに抗っても、自分が淵に沈んでいくのを防げなかった。

＊＊＊

アラは約束の時間の十五分前に、指示された待ち合わせ場所に着いた。早朝の空気は痛いほど冷たかったが、寒いとはあまり思わなかった。体は期待で震えている。旅行鞄をしっかりと持ち、息を吐いた。見つからなくてよかった。計画に邪魔は入らなかったから、もうどんなことも、誰も、ふたりを止めることはできないだろう。目的地へ着いたいま、心地よい安らぎに包まれていた。正しいことをしているという気持ちが骨の髄までしみ込み、体の一部になっている。生まれてからずっと、この瞬間を——彼を——待っていたような気分だった。

あと数時間でふたりは自由を手にする。あと数時間で結婚し、死ぬまで互いを知り、愛し合っていくことになる。一緒に成長し、自分たちの幸福を追求できる。アラは胸を高鳴らせて待ち、いとしい彼の長い人影が霧のなかから現われないかと目を走らせた。

「ミセス・クレイトン・ラドロー」ひとりごちて満足の微笑みを浮かべた。

＊＊＊

次に気がついたとき、クレイはあおむけになっていた。機関車に轢《ひ》かれたような気分だった。頭、顔、腕、脚——どこもかしこもずきずきと痛んだ。ああ、歯まで痛い。血の味がする。何か言うのも苦痛だった。頬から顎にかけて走った、焼けつくような痛みが体に広がり、胃のなかのものをぶちまけそうになった。

「なんということだ、兄上か？」

クレイは目をしばたたいた。視界がまわる。空が明るかった。明るすぎる。何もかもが痛い。ここはどこだ？　どうやって、しかもなぜここに？　レオが三人、頭上に見えた。全員が心配そうな顔をしている。レオは普段どこまでも冷静で超然としているため、めずらしいことだった。

「レ……」クレイは継弟の名を口にしようとしたが、失敗した。口が思いどおりに動かなかった。顔も。頭も働かない。

ぼんやりしていた。

「おい、喋ろうとしなくていい」レオは言い、地面に膝をついた。「クレイ、目を閉じるなよ。聞こえるか?」

疲れた。ひどく疲れた。クレイは目をあけていたくなかった。まぶたが重い。千個の石を載せられているような重さだ。体も痛い。どこもかしこも。アラを失ってしまった。上着に手紙が入っている。彼女からの。別れの手紙。

耐えられない。

「どうやってここへ来たんだ?」レオが尋ねた。

「どこへ?」クレイはしゃがれた声でどうにか言った。

「ブリクストン・マナー」レオが口早に言った。

クレイがしばらく目をあけていると、揺れるレオの顔が見えた。心配そうな顔だ。レオが人を心配することはない。レオはあくまでもレオだ。冷ややかで傲慢で皮肉屋で墓泥棒のように超然としている。何かがおかしい。何もかもがおかしい。

「ああ、クレイ、顔が……」レオが言葉につかえた。クレイの頬にそっと触れる。

「何者かにざっくりやられたな、兄上」

痛みのあまり、体を制御できなかった。置き去りにされた場所で――ブリクストン・マナーの敷地のはずれのどこかだが、どうやってここまで連れてこられたのかはわからなかった――クレイは胃のなかのものを吐いた。

「いったいどうしたんだ？」レオは訊いた。

吐き気がやわらいだとき、クレイは土の上に唾を吐いた。地面に赤黒いものが落ちた。「追いはぎだ。物を盗られた」

大事なものを盗まれた。

真の意味で。暗いトンネルに入ったかのように、視界が狭くなった。あるいは地獄の一室に。

クレイはふたたび気を失った。

＊＊＊

数時間。

この世のものとは思えない曙光《しょこう》のなか、アラがここへやってきてから経ったはずの時間だ。時計を持っていなかったが、太陽の位置と足の痛みと、つぶれそうな重い心から、少なくとも真昼にはなっていることがわかった。

心をむしばむ暗い不安にのまれそうだった。それは胸で渦巻き、ざわめき、アラをあざけった。しかも激しく。

〝クレイは来ないわ〟

〝心変わりをしたから〟

〝わたしを愛していないのよ〟

日が昇ってもまだクレイが姿を見せなかったとき、アラは彼が遅れていることについて、ありとあらゆる理由を考えて自分をなだめた。寝すごしたのかもしれない。忘れているのかもしれない。馬が歩けなくなったのかもしれない。しかし、時間はのろのろとすぎ、太陽は曇り気味の空を昇っていった。

アラの無邪気な心は、しばらくさまざまな希望を与え続けた。自分が日を間違えたのだろうか。二日後ではなくて、三日後と言われたのかもしれない。一日早く来てしまった可能性はあるだろうか。彼が追いはぎに襲われたのだとしたら？　落馬したのだとしたら？　馬から落ちて岩に頭をぶつけ、血を流していてアラの助けを必要としていたら？

なおも時間が経ち、困惑が心配へと変わった。アラは旅行鞄を持ったまま、生い茂った下生えのなか、鞄と旅行用ドレスのスカートのせいで苦労しながらもできるだけ遠くへ歩き、クレイが倒れていないかを見てまわった。結局、彼の気配さえなかったので、待ち合わせ場所に自分がいないときにクレイが到着してはいけないと考え、重い気持ちで戻った。

そして待った。

さらに待った。

足が痛み始めた。左のブーツがこすれ、かかとにまめができるまで、その辺を行ったり来たりした。立っていると背中も足も痛いので、旅行鞄にすわった。さらに時間が経った。顎を手に乗せ、このみじめな姿勢で少なくとももう一時間待った。

そのあいだじゅう、心のなかでは嵐が吹き荒れていた。彼が来ない理由と心配と不安は消えた。その代わりに、あることに気がついた。はっとし、呆然としてしまうようなことだった。

クレイに捨てられた。

彼は結婚したくないのだ。

それどころか、そもそも結婚する気がなかったのかもしれない。あるいはこの二日間、アラが彼の妻になることを夢見ていたとき、クレイが心変わりをしたか。それか、最後に会ったときのアラの不道徳なふるまいに嫌気がさしたのかもしれない。愛を交わしたことを後悔したのだろうか。

アラは理由を推測することしかできなかった。訊こうにも、クレイがここにいないからだ。

彼は来ない。

もう数時間経ったあと、アラはついにそう認めた。のどが渇いていて空腹で疲労困憊《ひろうこんぱい》していた。最初は麻痺したような感覚がふくれあがっていたが、気づいたことが否定しようのない事実へと変わると、ひどい胸の痛みに襲われた。

〝クレイは来ないわ〟

〝心変わりをしたから〟

〝わたしを愛していないのよ〟

今日、自分がクレイトン・ラドローと結婚することはない。荷造りをして心を夢でいっぱいにしたのに、旅行鞄も心も持っていく場所はなくなった。今朝、ひそかに微笑み、ささやかな幸せを感じながら一日を始めた。けれども、夜、クレイの妻になりたくてたまらないあまり、眠れなくて起き出したアラは、日が暮れていく午後に旅行鞄を持ってひとりたたずむアラとは別人だった。

我慢しようとしたが、泣くしかなかった。道端でどれほど長いあいだ旅行鞄にすわり、スカートを涙で濡らしていたかわからなかった。見慣れた馬車が視界に入ってきて、その側面にあしらわれた父の紋章が見えたとき、アラは駆け寄らなかった。流れる涙を止めもしなかった。

近くで馬車が止まった。アラは母に馬車に乗せられたとき、抗いもしなかった。音を立ててキングスウッド・ホールへ向かう馬車のなかで、目をきつく閉じて口を利くのを拒んだ。

〝彼は絶対に迎えに来ないわ〟まわる車輪がアラを挑発した。

〝あなたと結婚したくないから〟車輪はきしみながらそう囁いた。

〝彼は愛していなかったのよ〟アラの張り裂けた胸が言った。

自分は愚か者だ。愛の詩はすべて間違っていた。

18

〝かつての嘆きの激情をこめてあなたを愛します。子どもの頃の信念をこめて〟

アラとの激しくて愚かで情熱的な営みの余韻のなかで、クレイはどういうわけかエリザベス・バレット・ブラウニングの詩を思い出した。何年も前にアラに贈られた詩集は読み終わっている。当然だ。アラの唯一の名残《なごり》は取ってあった。彼女が心からクレイに差し出したものは、それだけだったのかもしれない。

その詩集はクレイとともに大陸を旅した。そして、幾晩も彼の枕の下にあった。背表紙はひび割れ、そこここにペンで下線が引かれ、気に入った詩のページの隅はきれいに折られている。気に食わない詩もあれば、よく読み返した詩もあった。自分では認めたくないほど頻繁に、丁寧に書かれたアラの献辞を指でなぞったものだ。

〝クレイへ、あなたのアラより。第二巻を読むなら、どこを探せばいいのかわかるわよね〟

だが、アラが自分のものだったことなどなかったのではないかと、クレイは考えた。第二巻がどこにあるのかはわかっていたものの、探そうとしたことはなかった。ばかげているが、アラがクレイのベッドから出ようとしているいま、彼女は第二巻をどこかにしまってあるのだろうか、それを見て第一巻を持っている自分のことを思い出してくれたことはあるのだろうかと考えた。

少しでも自分を思い出してくれたことはあるのだろうかと。

しかし、いったいなぜそんなことを気にしなければならないのか。それがどうだというのか。アラは裏切った。クレイを傷つけてひどい目に遭わせた。そのうえ息子の存在を隠した。アラにはなんの借りもない。ふたりのあいだの欲望は昔からあったものので、変わっていない。

それどころか、いまの状況が性的な緊張感を妙に高めている。いま、頭がぼんやりしているのも、きっとそのせいだ。だからソネットや詩や昔のふたりのことを思い出したのだろう。昔のふたりは物語そのものだった。アラはクレイをあやつり、利用し、信頼を裏切り、その過程で彼を永遠に変えてしまった。

自分はすでに、アラにふさわしくない優しさと寛大さを示している。

にもかかわらず、クレイの胸は短剣で刺されたかのように罪悪感で痛んだ。

なぜ自分が下劣な男であるように感じるのか。

アラが肩を抱くようにみずからに腕をまわし、身を守るように丸くなったこと。すみれ色の目に涙が浮かんだように見えたあと、クレイに背を向けたこと。ベッドから逃げるように勢いよく去ったこと。そんなことがなぜ気になるのか。どこまでも無邪気で分別がなかった頃と同じように、アラの前では無力になり、彼女を強く求めてしまうのか。

彼女の白い背中と細い手脚、背骨のあたりに並んだくぼみ、流れ落ちている赤銅色の巻き毛、急いでナイトドレスを拾いにいくようす――ああ、彼女は小鳥のように小柄で、優美だ――を目にすると、クレイは腹と胸を同時に殴られたような衝撃を覚えた。アラはとても孤独に見えた。無力に見えた。

クレイは自分が言葉で彼女を傷つけたようだという考えを振り払うことができなかった。アラを傷つけたくないというのに。彼女が傷つくことは考えたくもなかった。クレイの本能はアラを守れと告げている。彼女をすぐそばにおいておけ、ベッドのなかに。抱きしめて二度と離すなと。

この八年間、何も学んでいないらしい。

いまだに愚か者だ。それなのにどうにもできずにいる。アラは昔から自分をだめにする。彼女は誘惑そのものであり、弱点だ。

「アラ」クレイはいつのまにかそう声をかけていた。「行くな」

彼女は耳を貸さず、ナイトドレスを頭からかぶると、袖に腕を通した。

「アラ」クレイはふたたび言い、ベッドから出て裸のまま彼女に近づいた。

彼女は何も言わずに踵を返して離れていった。小さな足で絨毯の上を静かに歩き、自室のほうへ向かう。クレイの脚のほうが長いため、簡単に追いついた。

ところが、アラは急に立ち止まった。まだクレイに背を向けている。身を凍りつかせ、表紙の傷んだ本へ目をやった。クレイが何も考えずにサイドテーブルに置いたものだ。それが何の本かにアラが気づいた瞬間が、クレイにはわかった。恥ずかしさが、胸のなかのさまざまな感情に取って替わった。

「わたしが贈った本ね」どこか不思議そうな口調だった。クレイが何年ものあいだそれを取っておいたのが信じられないと言わんばかりだ。

そう思うのも無理はなかった。クレイ自身、信じられないからだ。しかし、その本を――第一巻を――手放しがたく、どこへでも持っていった。それはかつての自分を思い出させるものだった。愛と二度目のチャンスと善良な心を信じていた男を。華奢な娘――炎の色の髪をした小柄な女神の心を信じていた男を。彼女はクレイに、愛されるにふさわしい男だと信じさせた。

しかし、やがて彼女はクレイから信念と希望を奪った。

クレイの愛を受け取り、優美な足でそれを踏みにじった。

「そうだ」クレイは渋々と言った。

アラは振り返りクレイを見たが、彼が服を着ずに裸身のまま堂々と立っていることに気づいて目をそらした。彼女の頬が、髪の色と合う真っ赤な色に染まった。「とっておいたの?」

彼のものが目覚め始めた。炭入りのバケツをぶらさげられるくらい硬くなったものを人目にさらしながら、アラをまともに見つめ、この厄介な会話するのは難しかった。

「最近……出てきた。きみが返してもらいたいのではないかと考えた。結局のところ、きみのものだ。一緒にしておくものだから」

なぜ、詩集ではなく自分たちのことを話しているような気がするのだろう。それになぜ、詩集を返そうとしているのか。自分の本なのに。何度も読み返し、一言一句暗唱できる。アラから贈られたものだ。

「けっこうぼろぼろになったわね」アラはおずおずと微笑んだ。「どうしてとっておいたの?」

まぬけだからだと、クレイは心のなかで答えた。

愚か者だからだ。

かつて彼女のものだったからだ。

最初はその詩集がいやになった。壁に投げつけ、水たまりに投げ入れたこともあった——その後、水気を拭いて、平らにしようとしたにもかかわらず、八十三ページから九十一ページまでは、いまだにページの角が波打っている。ホテルに置いていったが、二時間後、手放すことができずに取りに戻ったこともあった。クレイはその詩集とともに海と国境を越え、口絵から裏表紙まで繰り返し目を通した。パリでシャンパンをしこたま飲んでいたとき、それをついに燃やそうとしたこともあった。

そのため詩集を暖炉に投げ入れたが、思い直し、酔った状態で火のなかから拾いあげたのだった。詩集はクレイの手よりもはるかにましな状態だ。手には薄い火傷の跡がいくつか残っていた。詩集は赤い革表紙の一部が焦げている。ちょうどいい——詩集はこの心と同じくらいぼろぼろだということだ。

「クレイ」アラはうながした。ふたりの過去の遺物である詩集を手にし、それを撫でている。ふたりの過去はどうしてもついてまわるらしい。「なぜとっておいたの?」

「おれは……」言いわけとして伝えたい言葉が、ひとことも頭に浮かばなかった。

「返すから受け取ってくれ。もうおれには必要ない」

彼女のことも。

詩集を取り戻して、寝室と寝室のあいだのドアの向こうへ姿を消せばいいと、クレイは考えた。歓迎する彼女の体で飢えを満たしただけであって、アラにほかの用はないと。

昔は彼女のことを愛していた。

ああ、どんなに深く愛していたことか。

それは彼女に裏切られるまでの話だ、とクレイはみずからに言い聞かせ、ついでに心の弱い部分に〝失せろ〟と言い足した。

「返してもらわなくて大丈夫よ」アラは言った。「あなたが持っていてちょうだい、クレイ。わたしのものではなくて、いまは完全にあなたのものだから」

この心も、完全に自分のものだったらよかったのだが。

アラを愛するのをやめていたらよかった。

それは違う。アラのことなど愛してはいない。いまはもう。クレイは感傷的な気持ちを抑えこんだ。そんな気持ちは余計なうえ、男を弱くする。

「おれには必要ない」クレイは言った。詩集も、アラに対するこの気持ちも。長いあいだ埋もれていたのに、彼女のせいで解き放たれた苦悩も。思い出も。アラも。

アラは悲しそうに微笑んだ。「戦士がひとたび別の戦士に何かを贈ったら、それを取り戻すのは縁起が悪い、というようなことを言っていた人がいたわね。だからあなたがずっと持っていなければいけないわ」

クレイの胸は痛んだ。「これは短剣ではない。本だ」

アラは戦士ではないと言うこともできたが、それは間違っていた。アラは戦士だ。この数か月間の混沌とした暮らし――バーグリー前公爵の殺人事件、脅迫と危険な状況、暗殺者に殺されかけたこと――に耐えてきたが、それらを通して、アラが打たれ強いことがはっきりした。クレイは彼女の強さに感服していた。彼女が過去にしたことを許せないとしても。

「言葉には武器と同じくらいの力があって、危険なものよ」アラは静かな声で言った。後悔のにじんだ声だ。

クレイはアラの手紙に書いてあった言葉を思い出した。あの手紙は破り、暖炉に投げ入れた。けれども、内容は忘れてはいなかった。

「そうかもしれない」

ふたりは見つめ合った。部屋に広がる静寂のなか、緊張感で空気が張りつめていた。

背後にある乱れたベッドは、ふたりの愚行を見せつけている。クレイがアラに抗えないことを示している。

「部屋に戻らなければいけないわ」アラは視線を本へ走らせてから、ふたたびクレイを見た。大きな明るい色の目。好奇心と疑問が宿った目。しかし、謎めいた翳りもあった。

悲しみか。切望か。クレイの心を握っている目に見えない手に力がこめられた。

「戻るな」クレイは思わずそう言った。懇願のようだった。そんなことを言うつもりはなかったし、言うべきことでもない。とどまって欲しがるべきでもなかった。

「戻らなければだめよ」アラはふっくらとした下唇を噛み、ためらった。その目で涙が光っているのを見て、クレイは心のなかで毒づいた。胸がつかえて言葉が出ない。ただアラにそっと腕をまわし、抱きしめることしかできなかった。

「だめだ」クレイはそれだけ言った。

彼女の豊かな巻き毛に顔をうずめ、香りを吸いこんだ。花開いた薔薇。アラ。若き恋。無謀さ。葉の生い茂った枝々の下で盗んだいくつものキス。あの始まりから、なぜこうも遠くへ来てしまったのか。

「放してちょうだい、クレイ」アラは彼の胸に向かって言った。吐息が温かかった。

「ここへ来るべきではなかったって、自分で言っていたでしょう。そのとおりだったわ。間違いだった。わたしたちは間違いだった」

もちろんそのとおりだと、クレイは考えた。彼女のあとを追い、抱擁し、なおも彼女を欲しいと思うなんて、夏の吹雪と同じくらい間違ったことだ。自分たちは結ばれる運命にはない。抱擁を解いて、アラを行かせるべきだ――今夜にかぎらず、永遠に。

それでも、クレイは彼女をきつく抱きしめたままでいた。愚かな口が開いた。「おれたちがいつも間違っていたわけではない」

アラがおずおずと彼の腰に腕をまわす。そうすべきかどうか、心のなかで葛藤していたかのように。抗えなかったかのように。「そうね」アラが小声でそう同意し、クレイは驚いた。「昔のわたしたちは間違ってはいなかったわ」

ああ。

急に渇望がふくれあがり、クレイの体を駆けめぐった。血まみれで傷だらけになったような気分だった。体のなかに鋭利な破片だけが詰まっているかのように。これほど小柄な女に胸を引き裂かれるなんて、あり得るのだろうか。

「一緒にいてくれ」彼女の髪に向かって囁いた。今度はクレイが懇願する番だ。なぜそんな気になったのかはさっぱりわからなかった。けれども、アラをあのドアの向こうへ行かせてはならないという心の声が聞こえた。長きにわたって埋もれていた気持ちが顔を出す。彼女が去り、ドアを閉め、ふたりのあいだの激情にふさわしい終わりをもたらすのに耐えられなかった。

「どうして?」アラは静かに尋ねた。クレイの背中をさすっている。それを真似るかのようにクレイは彼女の背中を上下に撫でた。「ひどいわ、クレイ。行けと言っておきながら、なぜここにいてもらいたがるの?」

「行けとは一度も言っていない」クレイは彼女の髪にキスをし、無精ひげの生えた頬をシルクのような髪にこすりつけた。「ここへ来るべきではなかったと言った。それは正しかった」

アラは彼の腕のなかで身をこわばらせた。

「なぜなら、アラ、きみのそばにいると、きみをまた欲しいと思わずにはいられないからだ」クレイは続けた。「きみの前ではおれは無力になる」

「あなたが無力になるなんて、あり得ないでしょう」アラは華奢な手で彼のむき出しの背中を探り、筋肉をたどっている。「とても力強いもの」

アラのこととなると、それは違う。

「力強さにも、無力さにも、いろいろな種類があるんだ」クレイは彼女の背すじを撫であげ、豊かなやわらかい巻き毛に手を入れた。うなじを探りあて、優しく揉んだ。彼女の首すじは硬く、張りつめている。「体が大きくてもきみにはかなわない。きみは復讐心に燃えた軍隊よりもたやすく、おれをひざまずかせることができる」

小さな声が聞こえた。息を吐いたのでも、ため息をついたのでもない……クレイは耳を傾けた。訊き間違えではなかった。アラは笑っている。

クレイはふたりが無邪気だった若い頃以来、アラの笑い声を聞いていなかったことに気づいた。それどころか、アラはエドワード以外の者に笑顔を向けることさえめったにない。バーグリー前公爵が殺されたことを、そこまで悲しんでいるのか。いま、この気まずい休戦中に、亡くなった前公爵のことを考えたくはなかった。腕のなかに温かくてやわらかいアラがいて、好きなだけ抱擁し、触れ、キスをし、慰められるときには。

アラの甘い軽やかな笑い声が、ふたりについてまわる重い雰囲気を壊そうとしているときには。クレイは笑っているアラをどうすればいいのかわからなかった。アラは混乱しているのだろうか。自分に対して笑っているのか？　夕食時にワインを飲みすぎたのだろうか。

たとえアラに笑われているのだとしても、ちっともかまわなかった。彼女の笑い声が耳に心地よかった。昔からそうだ。彼のものがそれに応えるように引きつって目覚めた。結局のところ、クレイはまだ裸だったし、アラは薄いナイトガウンを着ているだけだ。

クレイは彼女を見おろし、顔が見えるよう、顎をそっと上に向けた。アラの明らかに輝かしい笑顔をよく眺められるように。相変わらずかすかなえくぼが左の頰にあって、なめらかでクリームのような肌がかわいらしくくぼんでいる。クレイはそこにキスをしたくなった。

しかし、片方の眉をつりあげた。「なにがおかしいんだ、マダム」

「わたしがあなたをひざまずかせるところを想像したせいよ」アラは言った。笑顔はそれが生まれたときと同じくらいすばやく消えた。目がふたたび翳り、輝きが失せた。

「あなたは大きくて強いけれど、わたしは力がなくて小柄だわ。だいたい、あなたはわたしのことを好きでさえない」

好きだというのに。こんなにも。昔からそうだった。これからもそうだ。時間、距離、裏切り――何ごとも、彼女を求める熱い気持ちを抑えることはできなかった。彼女を我がものにしたい、そばにいさせたいという気持ちを。

クレイは上向いた彼女の顔を見つめた。「きみは自分で思っているよりも強い、アラ。それにおれは……おれはきみを嫌ってはいない」

アラは優美な眉をひそめた。「心温まる告白ですこと、ミスター・ラドロー」

「告白のつもりはなかった」クレイがあえて明かせるのはそこまでだった。自分に対して認められるのも、そこまでだった。この胸のなかの闇を蠟燭の光で照らした場合に、何が見えるか不安だったからだ。アラへの愛がいまだに消えておらず、悲しみと傷心の下に埋もれていただけだと判明するのが怖かったからだ。

「あなたの家へ連れてきてくれてありがとう」アラがふいに言った。「バーグリー・ハウスでは安心してすごせなかったの。あんなことが起きたあと……」彼女は身を震わせ、息をのんだ。

ビーチャムを襲ったあと、短剣を手に庭でアラを追った男に対する激しい怒りが、いまだにクレイの胸のなかで燃えていた。あの男をもう一度殺せるものなら殺したかった。あのとき、アラの悲鳴を聞いて尋常ではない力がみなぎり、絶対に彼女を見つけて守ろうと、猛スピードで小道を走った。あの日のことは忘れられずにいる。自分のせいでアラを怖い目に遭わせたとわかっていたからだ。

「すまなかった、アラ」クレイは彼女のなめらかな頰を撫でた。一度、二度。「あの日、おれが外出しなければ、あんなことにならなかったのだが」

アラは唇を震わせ、ふたたびかすかに微笑んだ。しかし今回は悲しそうな笑みだった。「あなたがどこにいても、あの事件は起きていたわ。あなたのせいじゃない。悪いのはわたしの夫を殺した人たちよ。あなたが言っていたように、あの人たちはなんだってするわ。自分たちの主張を通すために罪を犯すのよ」

〝わたしの夫〟

クレイはアラの声でその言葉を聞きたくなかった。口にしてほしくなかった。別の男が、自分と同じくらい親密にアラを知っていることがいやでたまらなかった。アラが亡き夫を愛していたという事実が。死んだ男に強く嫉妬しているとは、なんとばかげているのだろう。ばかばかしいにもほどがある。しかし、胸を刺されたような痛みを感じたのは事実だった。

「愛していたのか?」クレイは尋ねたが、その理由は自分でもわからなかった。そんな質問をしても意味はないというのに。答えを聞いて、何かが変わるわけではない。それを知るべき権利も理由もなかった。いま、嫉妬心がクレイをのみこもうとしていること以外は。

アラの表情が変わり、感情が消えた。「もちろん、フレディを愛していたわ」

まったく。なぜそんなことを尋ねた? なぜ知りたがったのだろう。

彼女の言葉が短剣の刃のように深く脳裏に刺さり、頭皮で感じられるくらいだった。当然、彼女はフレディを愛していたはずだ。朝も昼も夜も、彼の遺髪を身につけているのだから。ナイトドレスにあのブローチを留めていなくて助かったというものだ。公爵だったフレディ。嫡子として生まれたフレディ。フェニアン団の暗殺者に刺殺されたその日まで、おそらく苦労などひとつもしたことのなかったフレディ。

だがアラは、服喪用ドレスを着てあのブローチをつけ、夫を愛していたにもかかわらず、クレイに身をまかせた。二度も。なぜなのか。

クレイののどに苦いものがこみあげた。「おれがきみのなかに入っていたとき、彼のことを考えていたのか、アラ」

知りたくはない一方で、知らずにはいられなかった。それが、アラにつかまれた心をついに解放するための答えであり、方法なのかもしれない。それを知ることによって、彼女を行かせることができるのかもしれない――アラを永遠にそばに留めておきたくても。

アラがピンク色の唇を開いた。答えに窮しているかのようだ。いまキスをすることもできた。激しく唇を奪い、舌を差しいれて彼女を罰することもできた。あるいは、彼女が何を言うのか待つこともできる。胸のなかで心臓が暴れていた。

「いいえ」アラは一瞬目を閉じた。内心の葛藤を隠すのに苦労しているかのように。長いまつ毛をあげ、揺るぎない視線でまっすぐクレイを見つめて彼の息を奪った。「あなたのことを考えていた。昔からずっとそうだったわ、クレイ。あなただけだった」

なんだって？

「アラ」クレイはかすれ声で言った。彼女にキスをすべきなのか、揺さぶるべきなのかわからなかった。どちらもすべきなのかもしれない。「きみは結婚していたんだぞ、まったく。ご主人を愛していたんだろうが」

「そうよ」アラは突然彼の胸を押した。クレイは抱擁を解き、彼女が腕のなかから出ていくのを見つめた。「フレディと結婚したわ。彼を愛してもいたし、フレディはわたしを愛していた。何より大事なことは、フレディがエドワードを愛してくれたということ。彼はあなたがとっくに去っていた頃、わたしたちを救ってくれたのよ。フレディがいなければ、わたしは外国へ行って、エドワードを養子に出すしかなかったでしょうね」

最後の部分で、アラの声が震えた。

クレイはそれに気づいた。

しかし、彼女の話のほかの部分を理解しようとしていた。怒りがよみがえった。「知っていたら、おれがきみを救っていた。きみが父君に言いつけていなかったら、旅に出はしなかっただろう。教えてくれ、少しはおれに同情してくれたのか？　きみが温かいベッドで眠っていた頃、父君の遣わした男がおれの顔を切り、放置して死なせようとしたことに、一瞬でも罪悪感を覚えたか？」

アラの唇が開いた。しばらく黙りこみ、目を見開いたままクレイを見つめた。頰の傷痕へ目をやり、彼の目へ視線を戻した。「なんですって？」

「これは」クレイは傷痕を軽く叩いた。「きみからの最後の贈り物だった。傷痕と詩集。知ってのとおり、どちらもまだおれのもとにある」

アラはゆっくりとかぶりを振った。「意味がわからないわ、クレイ」

彼女が知らなかったということはあり得るのだろうか。心変わりをして、父親のもとへ行き、駆け落ちの計画をすべて打ち明けたとき、父親がクレイに報復はしないだろうと考えたのか？　父親がクレイの父を強く憎んでいたこと、その憎しみをクレイに向けたことに気づいていなかったのだろうか。

クレイは頰に手をすべらせた。傷痕が急に燃えあがったような気がしたからだ。「おれたちの計画を父君に打ち明けたとき、父君が何か行動を起こすかもしれないと思わなかったのか？　娘を奪おうとしたおれに、報いを受けさせずにすませると本当に考えたのか？」

19

アラは夢のなかに足を踏み入れたような気分だった。

悪夢のなかに。

自分は眠っていて、意味をなさない思考のなかで身動きが取れずにいるに違いない。そうでもなければ、いま起きていることに、クレイの話に説明がつかない。

〝父君の遣わした男がおれの顔を切り、放置して死なせようとした〟

〝これはきみからの最後の贈り物だった〟

クレイがアラを見つめながら、苦々しく非難がましい暗い口調で語った言葉が、頭のなかでこだましている。ともかく、そんなことがあり得るのだろうか、父が……何をしたですって？　誰かを遣わしてクレイを襲わせた？

「そんな」アラは囁いた。とっさに手で口をふさぎ、急にこみあげた大きな泣き声を漏らすまいとした。

食事の時、リリーが言っていた言葉もよみがえった。

〝息子の顔の傷痕がなぜできたかはご存じですか？〟

〝背後から襲われて、こん棒で頭を殴られて失神したあと、目を覚ましたら頬にナイフを押しあてられていたそうです〟

〝加害者は投獄されていませんよ〟

ということは……ああ、ということは……。

「そんな」アラはふたたび言った。今度はさっきよりも大きく。「そんなはずがないわ」

「そんなはずがないだって？」クレイはすぐ前で顔をしかめていた。口もとをこわばらせ、燃えるような目でアラを見つめている。しかし、アラの顔を手でごく優しくはさんだ。「知らなかったと言ってくれ。父君が誰かにおれを襲わせたことを、知らなかったと言ってくれ」

「わたし……」アラは話し始めたが、口ごもった。手をあげ、彼の痛々しい傷痕をゆっくりと撫でた。自分のせいでできた傷痕。だけど、クレイの説明はすじが通らない。「父には何も言わなかったのよ、クレイ。わたしたちの計画については、誰にも言わなかった。あなたが迎えに来なくて、母が馬車でわたしを見つけたときでさえ。

あのとき母はチャリティ伯母様のところへ行く途中だった。わたしがあなたと駆け落ちをするつもりだったことを、知っていたから来たわけではなかったわ」

クレイは身をこわばらせた。「ご両親は知っていたはずだ、アラ。きみがすべてを打ち明けたせいで。きみの手紙にそう書いてあっただろう。何年も前のことだから、何を書いたのかを忘れたようだな。だが、おれは断じて忘れていない」

冷たい恐怖がアラの体を駆け抜けた。すじが通らない。とはいえ、なんとなくわかってきた。「クレイ、あなたに手紙なんて書いていないわ。どうやって受け取ったの？」

クレイは唇をゆがませた。「おれがきみを待っていたとき、背後からおれを襲った男が、ご丁寧に上着に入れてくれた」

ああなんてこと。

アラは打ち明けられたさまざまな話の深刻さを理解するのに苦労した。「だけど、わたしが待ち合わせ場所に行ったとき、あなたはいなかったわ、クレイ。何時間も待ったのよ」

アラはクレイがあそこにいたと信じたかった。計画どおり、結婚するつもりで待ち合わせ場所に来たと。けれども、それが事実だったなら、アラが到着する前に、残忍な攻撃を受けて連れ去られたことになる。もっと悪いのは、アラのせいですべてが起きたということ、アラの父親が元凶だということだ。胸のなかの恐怖がふくれあがり、広がり、心のまわりを駆けまわった。

「きみは待ち合わせに来たのか？」クレイはかすれた低い声で言った。感情のこもった口調だったが、なんの感情かはわからなかった。

アラは当然、正直に答えた。「あなたをずっと待っていたわ」

「アラ」クレイは一瞬目を閉じ、苦痛に耐えているかのように顔をしかめた。「なんということだ、アラ、おれはこれまでずっと……何年間も、あの手紙を――きみが罪悪感を覚え、恥じ入っていて、両親や家族に恥をかかせたくないと書いてあった手紙を呪ってきた。二度とおれに会いたくない、同じ身分の男と結婚するつもりだ、自分の判断が間違っていたと書いてあった。おれがきみよりも身分が低いと」

彼の話の内容が、だんだんひどくなった。彼の言葉は、暗殺者の短剣さながらに鋭くアラの胸を刺した。ああ、久しぶりに会ったとき、クレイが嫌悪感をむき出しにしていたのも無理はない。アラが彼のことを恥じて捨てたのだと、何年も考えていたのだから。クレイを襲わせるという父親の計画に、アラが加担したと思っていたのだから。

アラは彼の傷痕のある頬をゆっくりと優しく撫でた。「わたしはそんなことは絶対に言わないわ。実際に言ってない。その手紙は、わたしからのものではないわ。何があったか教えて、クレイ。お願い。どうしても知りたいわ」

クレイがふたたび目を閉じた。心の準備をしているかのように長々と息を吐く。目をあけたとき、あからさまな苦痛が宿っていたので、アラは目をそらしそうになった。

「おれはきみを待っていた。時間が早かったから、あたりは暗かった。背後から足音が聞こえたかと思うと、頭に激痛が走ったんだ。気がついたときには、両手を縛られていた。それから、男に顔を切られた」

「やめて」アラは悲痛な声でそう言うのがせいいっぱいだった。彼の話ではなく、彼の身に、ふたりの身に起きたことに対する言葉だった。

ハンサムで高潔で優しかった青年時代のクレイを思い出し、視界が涙で曇った。心と体を捧げてくれたクレイ。約束どおりに待っていてくれた、いとしいクレイが打ちのめされ、美しい顔を切られ、一生残る傷痕をつけられたとは。さぞ裏切られたと感じ、孤独だったことだろう。

クレイがアラに腕をまわし、彼女の頭に顎を乗せる。アラは温かいむき出しの胸にきつく抱き寄せられた。彼の安定した鼓動が伝わってきて、安心感をもたらす。アラは彼を包みこむように腰に腕をまわした。そして泣いた。かつての自分たちを思って、ふたりが信じた嘘の数々を思って、ふたりが失った時間を思って泣いた。

クレイは力強い腕でいとおしそうにアラを抱きしめ、慰めるように彼女の背中をさすった。あの出来事に耐えたのが、自分ではなくアラだったかのように。

「泣くな、おれのアラ」クレイは囁き、彼女の頭のてっぺんにキスをした。昔と同じように〝おれのアラ〟と呼ばれ、アラの胸は張り裂けた。「傷を癒す時間が八年あった」

八年。

それほど長いあいだ、ふたりが離れ離れだったなんて。

八年間は長すぎる。

アラはフレディと知り合ったことを後悔することはできなかった――彼はアラがわびしい闇に包まれていたときの一条の光だった。けれども、クレイのいない人生を歩んだ一分一分を、一時間一時間を、一週間一週間を、ひと月ひと月を、一年一年を後悔した。

「信じてちょうだい。知っていたら――少しでも気づいたなら――できるかぎりのことをして、あなたを守ろうとしていたわ」アラが父親に加担していたと、クレイがなぜ信じていたのかがわかった。ふたりは、それは慎重に秘密の逢瀬を重ねていた。アラの父にとって、クレイがいつどこに現われるかを娘から聞くほかに、知る方法があるだろうか。当然、クレイはアラが告げたからだと信じただろう。そして、手紙を渡され、アラが書いたと考えた。「わたしは日記にすべてを書いていたの。母か父に、知らないうちに読まれていたに違いないわ。あの日のことは、両親に伝えたことはなかった。そんなことをするつもりはまったくなかった。わたしが欲しかったのはあなただけ、必要だったのはあなただけだったもの」

いまでもそうだ。

しかしアラは、その言葉を胸にしまっておいた。ふたりのあいだで再燃したものがなんであれ、今後どうなるかがさっぱりわからないからだ。人目を盗んで会うこの貴重なひととき以上のものになるかはわからなかった。あれから何年も経っているのに、クレイがいまだに自分を好きでいてくれるとはとても思えなかった。自分も彼も変わった。

離れているあいだに、さまざまなことが起きた。気持ちのつながりは薄れていなくても、いまのふたりは、いろいろな意味で赤の他人どうしのようなものだ。

「きみを信じる、アラ」クレイは慰めるようにアラの背中を上下にさすり続け、気持ちを落ち着かせた。気にかけていると、クレイにしかできない方法で感じさせた。

「信じる」

アラは彼にまわした腕に力をこめ、硬い胸に顔をうずめた。知ったばかりのあらゆることにまだショックを受けているうえ、顔の見えない者たちに命を狙われているにもかかわらず、これほど安心して守られている気分になったのは初めてだった。これほど気が楽になったこともなかった。

＊＊＊

クレイが目を覚ますと、そこは夢の世界だった。

何年ものあいだ、数えきれないほど見た夢そのものだった。どこまでも贅沢な寝具で覆われたベッドにあおむけに横たわり、やわらかいマットレスに体が沈んでいる。前回、これほど深く眠ったのがいつだったのかを思い出せないくらいだった。

何よりもすばらしいのは、体に愛らしい女の半身が重なっていることだった。彼女の脚が片方、クレイの脚にかけられている。乳房は彼の体の横に押しつけられ、彼女の頭が彼の胸に乗っている。赤銅色の巻き毛が炎さながらにクレイを覆っている。

クレイは親指と人差し指でひとすじの巻き毛をつまみ、そっと指をこすり合わせた。引っぱってまっすぐにしてみたあと、自分の胸に落とした。花開いた夏の薔薇の香りが漂っているが、それは彼女の香りだった。薔薇以外の香りもする。陽光だろうか。まぶしい太陽の香りか。アラの甘い香りか。

そのすべてだ。

クレイはアラの髪を撫でて寝顔を見つめた。そして、硬くなっている彼自身を無視しようとした。これが夢ではない証拠だ。目は覚めている。クレイは感謝していた。心から。

怒りも感じていた。強い怒りも。

アラがあのような裏切りを働けると信じた自分に対して。あの場に留まって答えを要求すべきだったのに、旅立った自分に対して。殴打され、バイヨンヌ産のハムよろしく短剣で切られたことは言いわけにはならない。もっと分別があってしかるべきだった。彼女と結婚すべきだった。

どれほど多くのものを失ったことか。

自分たちの息子を身ごもったアラの腹が大きくなっていくようすを見守る機会。彼女を愛する機会。幾千ものキスと、自分のベッドで彼女とすごす夜。幼い息子を腕に抱くこと。初めて歩いた息子を目にすること。息子に〝お父様〟と呼ばれること。

ああ、エドワードに自分が父親だと知ってもらいたい。

クレイはアラとエドワードの人生に永遠にかかわりたかった。ふたりを守る男としてだけではなく、夫と父親として。アラにもうひとり赤ん坊を授かってもらいたかった。彼女と同じ、この世のものとは思えない美しい目と赤銅色の髪を持つ娘を。アラのように華奢な美しい娘をかわいがりたかった。その後、アラには少なくとも半ダースの赤ん坊を授かってもらいたかった。

アラとエドワードに、家族になってほしかった——そうなるべき運命だったのだから。

クレイはのどにつかえたかたまりを飲みくだした。まだアラの髪をいじり、リズミカルな寝息を聞いている。早朝の光のなかアラに腕をまわしながら、自分の感情の激しさに驚いた。昨夜遅くに判明した事実に動揺しているのだろう。

とはいえ、動揺しているのは自分だけではない。アラもそうだ。彼女は母親と父親の裏切りの全容を知ってショックを受けた。クレイが欲しいものを——純潔を——アラから奪って大陸へ逃げ、そのせいで自分は腹のなかの子と、彼女を追い出そうとする両親に対処しなければならなくなったうえ、頼れる者がほとんどいなくなったのだと、八年間信じていたのだから。

ゆうべはふたりとも疲れ果て、腕をまわし合ったままベッドへ倒れこんだ。当然、慰め合いがそれ以上のものへと進展した。ふたりは唇と唇を重ね、手をさまよわせ始めた。クレイはアラをそっと組み敷いて彼女のなかへすべりこみ、アラは彼の下で身もだえた。

いま、アラが彼の胸の上で動き、寝ぼけた子猫のようなかわいらしい声をのどの奥から漏らした。クレイは思わず微笑んだ。彼女の髪に指を差し入れ、うなじを探りあてた。彼女に対してこんなにも深い感情をふたたび抱くのは、早すぎるとわかっていた。それでもアラのこととなると、自分ではどうしようもなかった。

相変わらず彼女はクレイの弱点で、そこは何も変わっていない。

アラが身じろぎをし、はっとして目をあけた。「クレイ！」

クレイは微笑むのをやめられなかった。アラは眠気を覚まそうと目をしばたたいた。頬は上気し、ふっくらとした唇はピンク色で、クレイはひどくそそられた。「アラ」

アラは眉をつりあげた。「わたし、あなたのベッドにいるわ」

クレイはつい大きな笑みを浮かべた。「そうだ」

「戻らなければ……続き部屋に」アラは口ごもりながら言い、頬を紅潮させた。「つまりその、あなたが割り当てた部屋に。向こうの」

「この部屋にいてもいいだろう」クレイはからかうように言った。片方の手でアラの腰のくびれを探りあて、もう片方の手を彼女の腿にかけた。そして、自分の体に上にアラをまたがらせた。「こうして、ここに」

クレイはそう言いながら腰を揺らした。彼女のなめらかな熱い部分が股間にあたるのを感じて、うめき声を嚙み殺した。アラは息をのみ、クレイの肩をつかんでバランスを取った。「クレイ、何をしているの？」

アラが結婚していた女にしては純真なのは確かだ。

クレイは自分が彼女を堕落させることになってもかまわなかった。それどころか、喜んでそうするだろう。いま、ふたりは苦痛も危険も障害もなしに、心から欲しいものを手に入れることができる——互いを。何年ものあいだ、手にはいらなかったものを。

「できるだけ長く、きみをここにとどめておこうとしている」クレイは認め、ふたりのあいだで手を動かした。

指で彼女自身を開き、反応のいい甘美な部分を愛撫した。アラはのけぞり、小さな声を漏らした。そう、これはたしかに夢そのものだ。目覚めたときにアラが同じベッドにいて、しかも、ふたたびクレイのものになる可能性がある。

しかし、クレイは先を急ぐわけにはいかないとわかっていた。ふたりに関する事実だけに意識を集中させた。彼女が欲しいという事実。アラも求めてくれているという事実。裏切られたと誤解し合っていたにもかかわらず、求め合う気持ちは薄れなかった。それはつねにふたりのあいだにあって、どんなやり取りをするときも表面下でくすぶっていた。そしていま、その気持ちを解き放つことができるようになった。

「ああ」アラはクレイの上で身を揺らし、脚のあいだを硬い彼自身の上ですべらせた。まさに〝ああ〟だった。

この責め苦を続けられたら、クレイはアラの体じゅうに精を放ってしまいそうだった。「きみのなかに入りたい、アラ」

裸で自分にまたがっているアラの姿ほど、美しく魅力的な光景を見たことがなかった。鮮やかな色の巻き毛が背中を流れ落ちていて、頂がピンク色の乳房が、熟れたものを差し出すように突き出ている。クレイは薔薇色の頂を口に含まずにはいられなかった。完璧だ。

「クレイ」アラは息を切らしながら言い、ふたたび腰を揺らした。クレイが彼女の真珠を愛撫し、乳房に軽く歯を立てると、アラは身を震わせて絶頂に達した。

クレイはその悦びの波が引くのを待ってから、彼自身をつかんで入口にあてがった。

「これが欲しいか?」

アラはすみれ色の目で彼をまっすぐに見つめている。瞳孔は翳り、開いていて、欲望でうるんでいる。「ええ」

クレイは彼女がためらわなかったことを神に感謝した。腰を突きあげると同時に、アラを引き寄せた。そして、ひと息で彼女の奥深くへ入った。これまで以上に熱くて濡れている。アラが彼自身を締めつけた。あまりにも気持ちがよかった。

あまりにも……。

ああ、頭が働かない。クレイにとって、世界はふたりの体のつながりだけとなった。体のなかで快感が勢いよく広がった。夜空の黒いカンバスの上で、一瞬で色鮮やかに開いた花火のようだ。ふたりはリズムを見つけ、クレイは彼女の腰に手を添えてペースを保った。アラに動き方を、彼の乗りこなし方を教えた。

クレイはアラの官能的な動きに合わせて体を揺らしながら、さまざまなことを思い出していた。木立のなかから見つめていたアラの姿を最初に目にしたときのこと。初めてのキス。暖炉ではぜる火の前で、初めて愛を交わしたときのこと。あのときは、二日後に自分が彼女の夫となり、未来がふたりのものであると信じて疑わなかった。

月明りの下で交わしたさよならのキス、アラを愛したことによって、太陽が自分だけを照らしているような気分になったこと。雲になったかのように気分が高揚したこと。

クレイは過去を振り払い、我に返った。うるおった彼女自身に締めつけられ、その気持ちよさに息をのんだ。過去なんてどうだっていい。欲しいのはアラの未来だ。彼女の朝も昼も夜も欲しい。アラのいるベッドを、彼女のそばを離れたくない。

アラを愛するのをやめたことがなかったからだ。

クレイはそう気づいてはっとした。自分はアラとエドワードと一生をともにしたいと思っているだけではなかった。アラを愛している。いまも変わらず。これからも愛し続けるだろう。アラミンタ・バーグリーは自分のものだ、どこへも行かせはしない。絶対に。近い将来、彼女はアラミンタ・ラドローになる。そうなる運命だったように。

そう考えたとたんに股間が引きしまり、その場で達しそうになった。クレイが腰を押しあげると、アラはふたたび彼を締めつけた。彼女はのぼりつめて身を震わせ、クレイの胸に倒れこんだ。クレイは唇と唇を重ね、ふたり一緒に横に転がり、自分が上になった。そして、達する直前に彼自身を引き抜いて寝具に精を放った。

短い情熱の余韻のなか、ふたりは汗ばんだ体をからませ合って横たわっていた。視線と視線がぶつかった。アラがふっくらとした唇の両端を照れたようにあげた。

「おはよう、クレイ」

クレイは彼女の鼻にキスをし、優美な鼻梁に散ったかわいらしいそばかすを眺めた。

「おはよう、おれのアラ」

アラは唇を開き、悲しそうに目を翳らせた。「もう二度と、そう呼ばれることはないと思っていたわ」

クレイはふたりが奪われたものを思い出して歯嚙みをした。「きみはずっとおれのものだった、アラ。木陰で初めて出会った瞬間から、いまのいままで。それは変わっていない」

その一方ですべてが変わった。

事実はときに、どこまでも奇妙なものだ。解放感と同時に混乱ももたらす。

アラの鮮やかな色の目に涙が浮かび、色濃く長いまつ毛を濡らした。「本当に残念だわ、クレイ」

大粒の涙がアラの両頰をゆっくりと伝い落ちた。

クレイは両頰の涙をキスでぬぐい取り、自分の唇をなめ、彼女の苦しみを味わった。

「泣くな、ダーリン。後悔しなくていい。おれはしていない。むしろ嬉しいくらいだ」

「嬉しい？」アラは眉をあげた。

「きみがここにいて嬉しい。いまは。過去の出来事は変えられないが、それによって強くなることはできる」クレイはおくれ毛を彼女の顔から払い、腕のなかに戻ってきた森の女神を称賛の念とともに見つめた。「前へ進めばいい、そうしなければならないから」

クレイは早朝の光のなかのアラをくまなく眺められるよう、少し身を引いた。顔は昔と変わっていない。相変わらず人目を引く美しさだ。いまは、八年前にはなかったかすかなしわがアクセントになっている。胸は以前よりも大きくて丸く、女らしかった。

ウエストは細く、呼吸をするときにあばら骨が浮き出て見えた。食事をもっと取り、体をいたわる必要がある。この数か月間のストレスのせいに違いない。

現実が戻ってきて、一見のどかに思えた雰囲気に割りこんできた。

それはクレイのみぞおちに冷たく暗い重しとなって留まった。アラに対する脅迫という問題はまだ残っていた。以前と同じく現実味のある恐ろしい問題だった。アラに血を流させようとしている者たちがいる。顔も名もなき敵が――バーグリー前公爵を暗殺したときと同じく、冷酷にアラを殺そうとしている。

結局のところ、これは夢ではなかった。

指でそっと触れた。「なぜ顔をしかめているの？」アラは静かに尋ね、しわの寄ったクレイの額にそっと指で触れた。クレイはふたりを囲むいとわしい状況の話をしたくはなかった。少なくともいまは、食い止めておけるうちはいやだった。だから、クレイは彼女の指をとらえ、口もとに運んでキスをした。「きみをうわさやゴシップの的にしたくない。使用人たちがまもなくやってくるだろう」

アラはしばらく黙りこんだ。「ええ、そうね。あなたの言うとおりだわ。行かなければ。実際、長居しすぎたもの」

アラは転がってすばやくクレイから離れ、ベッドから起きあがった。クレイは彼女をむさぼるように見つめた——尻にかかる赤銅色の巻き毛、細い脚、引きしまった足首。誘いかけるようなクリームさながらの肌。タルトがいい。アラにはケーキとタルトが必要だ。彼女を甘やかすものが。

アラはいま、身をこわばらせただろうか。何かを探して歩きまわっている。ナイトドレスだろう。それはクレイの枕の下に押しこまれ、しわくちゃだった。クレイはナイトドレスを引っぱり出して自分もベッドから起き出した。アラに近づき、優しく手で止めた。

「アラ」

彼女が足を止めて振り向いた。ふっくらとした蠱惑的な下唇を噛んでいる。「あなたの言ったとおり、部屋へ行かなければならないのよ。なぜ引き止めるの？」

相変わらず強情なところがある。「アラ、おれを見てくれ」クレイは優しく、しかしきっぱりと言った。

ようやくアラはクレイを見た。その表情には警戒感が宿っている。

「おれが気にかけているのはきみのことだけだ」クレイは説明した。「きみの評判。安全。幸せ。きみだ、アラ。きみのことをずっと気にしていた、何年も」

アラはふたたび唇を噛んでから答えた。声がとても小さく、クレイは聞き取るのに苦労した。「わたしもあなたのことを気にかけていたわ、クレイ」

アラはナイトドレスを頭からかぶった。なかに入った豊かな巻き毛を引っぱり出しもせず、踵を返すと、逃げるように隣室のドアへ向かった。クレイはただ彼女が行くのを見つめることしかできなかった。アラに心を奪い去られたと知りながら。

20

何を期待していたのだろう。

求婚？

愛の告白？

クレイは永遠の献身を誓う、愛情のこもった言葉を口にしなかった。何も申し出なかった。望み薄だ。気にかけているとは言ってくれた。ずっと気にしていたと。けれども人は、ガーデン・パーティに出かける火曜日に、雨になるかどうかを気にする。ブーツのせいでまめができるかどうかを気にする。料理に胡椒《こしょう》がかかりすぎていて、塩味が足りないことを気にする。

〝本当にばかなアラ〟と頭のなかで声が聞こえた。〝年を経て賢くなっているはずでしょう。あなたはもう、クレイと恋に落ちた世間知らずな娘ではないのよ。彼のベッドへ行って、何を得られると考えたの？　たとえクレイが気にかけてくれているとしても、あなたは喪に服しているでしょう。彼と結婚したくても結婚できないじゃないの〟と。

アラは朝食が敵であるかのようにフォークでつついた。食欲がない。ひと口も胃に収められそうになかった。

アラの世界は崩れ落ちているところだった。

今朝、クレイのベッドで目覚め、これまでの人生は——いまの破壊された人生は——父親と母親に操作されてきたのだと強く実感した。両親に簡単に操らせてしまったのだと知って腹が立ってしかたがなかった。

父が殺し屋か誰かを雇ってクレイの顔を切らせたという事実が、脳裏から離れなかった。母か父が巧妙な裏切りを働き、娘の日記を盗み読み、その知識を利用して娘とクレイと引き離したこと。ふたりを傷つけたこと。アラはいま、クレイが語ったあの日の出来事とひどい暴力の話を思い出し、思わず詰まったような声を漏らした。

「公爵夫人？」

つついていた卵から目をあげると、リリーが微笑みを浮かべて見つめていた。何か尋ねたばかりのような表情をしている。

「大丈夫ですか？」リリーの耳に心地よい声の奥に気遣いが感じられた。

「ごめんなさい」アラは慌てて言った。「ええ……大丈夫です……。ロンドンでのあの一件以来、いつものようにふるまえなくて。さっきは卵にむせてしまったようです」

リリーは黒い眉を片方あげた。何を考えているかわからない表情は、クレイの表情とよく似ている。「あら、そうでしたか。ひと口も召しあがっていないように見えましたけれど」

アラは頬が熱くなるのを感じた。リリーは静かな朝食時にさまざまなことを見抜きすぎている。嘘をついた罪悪感が顔に出てしまっているだろうかと、アラは考えた。ゆうべ、何があったかに感づいているだろうか。

今朝も。

アラの頬はまだ熱かった。

「食欲があまりないんです。ここ数週間いろいろあったので、無理もありませんけれど」アラはどうにか言い、礼儀正しく微笑んだ。

リリーは真剣な顔でアラを見つめた。「かわいいご子息のためにも、お体に気をつけなければいけませんよ」

アラはエドワードのことを考えて心が温まるのを感じた。朝食へおりてくる前にようすを見たとき、エドワードは熟睡していて、かたわらにはクレイの猫が丸くなっていた。そんな息子と猫を見て、いとおしさで目に感傷の涙がこみあげたのだった。猫はもはやクレイの猫ではないような気がした。

「何か月か前から、エドワードに残されているのはわたしだけですものね」アラはそう認めたが、それ以上のことは言わないよう気をつけた。すでに話しすぎているし、リリーにすべてを告白する心の準備はできていないからだ。彼女が真実をどう受け止めるかわからないうえ、これ以上、揉めごとや騒動に対処できそうになかった。

いまはまだ。

これだけのことが起きたあとでは。

アラはまだ、あらゆることにどこかでショックを受けていた。悲しみ、危険、告白、変化。鏡に映る自分は誰かわからないくらいに変わった。どういうわけか、痩せたことにこれまで気づかなかったけれど、いまはそれを実感している。ドレスが細い体に合っていないし、コルセットをひもで締めると、隙間ができないからだ。

「でも、あなた方はもうここにいるわ」リリーがあの歌うような魅力的な声で言った。「おふたりとも、味方がいますよ」

どこまでも優しい口調だ。

いまだけは、とアラは言いたかった。クレイはなんの約束もしていない。アラは明るいエメラルド色のドレスをまとった華やかなリリーを眺めた。ドレスが黒髪と茶色の目を引き立てている。美しい女性だから、カーライル公爵が恋に落ちたのもうなずけた。リリーはアラたちをただ歓迎し、寛大で親切だった。いま着ている鮮やかな色のドレスと同じく、リリーは明るさと温かさで人を引きつける。

リリーはエドワードがクレイの息子ではないかと疑っていないだろうか。アラはクレイと母親がどれほど仲がいいのかをまったく知らなかった。しかし、朝食のテーブルの向こうから同情のこもった笑顔を向けているリリーが、アラに与える印象以上に、さまざまなことを知っているのではないかと思えてならなかった。母親の直感というものかもしれない。

アラは唾をのんだ。リリーに同情され、突然のどにかたまりがつかえたような気がした。「温かく迎えてくださって感謝しています、リリー。バーグリー・ハウスではもう安心してすごせなかったので……あの事件のあとは。ハールトン・ホールですごせるのは、慌ただしい都会での暮らしからのいい気分転換になります」

アラはそう言いながら、心からそう感じていることに気づいた。クレイのことと、過去にまつわる告白が今後のふたりにとってどんな意味があるのかを考えて、心は乱れていたものの、ここでは比較的穏やかにすごしている。肩のこわばりもましだった。

息も詰まらない。ハールトン・ホールはくつろげる屋敷だった。リリーの温かさと持ち前のセンスのよさが強く感じられる場所だ。各部屋は過度にならずに贅を凝らした飾りつけがほどこされている。敷地は緑豊かで明るく、活力にあふれている。

アラはここが自分の属する場所であるかのように感じた。

我が家であるかのように。

けれども、そんなことを考えるのはばかげている。そうではないだろうか。石と木の梁《はり》の寄せ集めを一日経っただけで気に入るなんて。クレイと自分の関係がわからずにいるいまは特にそうだ。

「ここはわたしの家ではないんですよ」リリーの微笑みが愁《うれ》いを帯びた。「息子の家です。もちろん、クレイはここを自宅として住むとはまだ決めてませんけれど、時間はたくさんありますからね。いつの日か、穏やかで優しい女性と結婚して、わたしに娘もできるといいと、ずっと願っているんですよ。クレイ似の孫ができたら、同じくらいありがたいわ」

なんてこと。

リリーは知っている。間違いない。驚くべきことではなかった。クレイとエドワードが似ていることは否定できないと、アラ自身も気づいたからだ。エドワードはクレイの小型版だ。けれどもアラはどういうわけか、目の前にいる寛大ですばらしい女性が、アラの罪について知っていることに驚いた。

なんと答えていいかわからなかった。心の準備ができておらず、焦りがこみあげた。暗殺者に襲われそうになったせいで、ひどく動揺したため、頭も体もこれ以上精神的なショックを受け入れられそうになかった。

運よく、リリーのおかげで、どう答えるかを決めずにすんだ。

彼女はふたたびアラに心からの笑顔を向けた。「もちろん、もうひとりの息子のレオにそっくりな孫も、同じくらい歓迎しますよ。でも、レオは明らかにクレイとは違うんです。結婚すればどんなにわたしが喜ぶとしても、妻をめとって落ち着くことはないって断言するんですよ」

とまどうべきではないとわかっていたものの、アラはリリーがカーライル公爵を息子と言ったときにとまどった。めずらしいことだし、注意が必要な話題だ。

「そうでしょうね」アラはあたりさわりなく言い、とまどいを隠すために、フォークで卵を口へ押しこんで食べた。とっくに冷めている。卵のココットは好きだったためしがなかった。皿の上で長いこと手つかずだったのだから、余計にそうだった。眉をひそめそうになるのをこらえ、冷たい卵を仕方なくふたたび口へ運んだ。

「うちの家族が普通の家族ではないことはわかっています」リリーは言った。またもやアラの考えを読んだようだった。悲しそうに微笑んで続けた。「気まずい思いをさせたらごめんなさいね。でも、本当にレジーをあなたに会わせたかったですわ。あなたのご子息にも」

レジーとはクレイの父親の前カーライル公爵のことなのだろうと、アラは考えた。エドワードの祖父だ。「わたしも息子も、お目にかかりたかったです」アラは静かに言った。一瞬、すべてをリリーに告白してしまおうかと考えた。

しかし思い直し、冷めた卵料理をふたたび口へ押しこんだ。

＊＊＊

ハールトン・ホールの外、まぶしい朝の光のなかで、クレイは左へフェイントをかけ、ファーレイの顎にこぶしを命中させた。

ファーレイはのけぞったが、すぐに正しく体勢を立て直した。クレイは顎を打ち返され、強い痛みを感じた。まずい、ファーレイがスパーリングの腕をあげているか、自分の腕が落ちているかだ。

「今日は気が散っているようですね」ファーレイはクレイの考えを読んだかのように挑発した。

気が散っている。

ふん、そのとおりだ。気が散っている。

「気を散らす者は命を落とす」クレイはなめらかに言い、ファーレイの次の一撃を横に動いてかわし、自分のこぶしをまたもや命中させた。

ファーレイがうめいた。「まさにそのとおりですね、サー」

クレイはもう一度こぶしを繰り出したが、ファーレイはうまくブロックした。脳裏からアラのことを追い出そうとしても無駄だった。彼女はこの傷痕のように、クレイの一部になっていた。心や肺や血のように。これまで、アラを自分と切り離して考えられたことがあったとしても、今後はもうそれはできまい。

無理だ。クレイはそう思いながら右足を軸にして体をひねり、ファーレイのパンチをふたたびよけた。

これまで、アラを頭や心から追い出せたことはなかった。クレイの人生にアラがいなかった八年間も、やはりそうだった。夢中になれる女が見つからなかったのは、アラのせいだった。クレイが放浪したのも、任務を次々に引き受けて命を危険にさらし、自分が生きようが死のうが気にかけなかったのも、彼女のせいだった。ほかの女を愛したことがなかったのも、妻と子どもが欲しいと思わなかったのもそうだ。なぜなら、妻になる女を選んだとしても、それはアラではなかったからだ。子どもをもうけても、アラの子どもではなかったからだ。

アラがずっと自分の半身だったからだ。いまもそうだし、これからも永遠にそうだ。アラはそばにいなかったのに、自分を駆り立てていた。あらゆる判断の裏側にいた。

激しい痛みが走った。ファーレイのこぶしが眼窩《がんか》にあたった。

「ちくしょう」思わず汚い言葉が出た。アラのことで注意散漫になって防御できずに、ファーレイに顔をまともに殴られたのはこれで二度目だ。

「すみません、サー」ファーレイは純粋に申しわけないと思っているようだった。「よけると考えたんです」

まったく。部下に負け続けるわけにはいかないというのに。士気も損ねるうえ、すでに傷ついているクレイのプライドにも大きなダメージをもたらす。情けないことに、アラのことばかり考え、ファーレイに顔面を殴られるとは。

目がずきずきと痛んだ。明日には目のまわりが黒ずむだろう。アラに求愛しようとしているときに、まさに必要なものだ。少なくとも、クレイは彼女に求愛するつもりでいた。今朝、アラはしきりに部屋を去りたがっていた。彼女が腰を揺らして隣室へ戻り、部屋のあいだのドアを閉めたときから、クレイはさまざまな疑問にとりつかれていた。

「サー？」ファーレイがふたたび声をかけ、クレイの注意を引き戻した。それはどうしてもアラのもとに留まりたいようだった。

いつまでも。

「なんだって？」クレイは目のあたりをさすり、ファーレイに向かって苦笑いをした。

「あなたがまともにこぶしを受けるとは思いませんでした」

それはお互いさまだ。

ファーレイの強力だが未熟さが残るパンチには、たいした影響は受けないと思っていた。ただ、バーグリー公爵夫人についても、同じように考えていた。クレイの息子の母親。これまでに愛したことのある唯一の女。

アラ。

アラをどう呼ぼうと、何者だと考えようと関係はなかった。ともかく彼女のせいで気もそぞろになっている。彼女が原因だ……。彼女のことが欲しくてたまらないし、彼女なしではやっていけない。

「サー？」

　まただ。痛む目をさすりながら、アラのことばかり考えていた。ともかく、これではだめだ。

「クレイトン？」

　そのとき、母の声が聞こえた。穏やかないつもの声だが不自然に優しい。

　まずい、いやな予感がする。

「気にしなくていい、ファーレイ」クレイは急いで言った。「おれが教えたことが、ようやく習得できたのかもしれないな」

　ファーレイは満面の笑みを浮かべた。「あるいは、さっき申しあげたとおり、あなたの気が散っているかですね」

「歯を折ってほしいのか？」クレイは歯噛みをしながら、うわべだけの愛想のよい口調で言った。ファーレイは信頼のおける侮れない男だが、まったく癪《しゃく》にさわる。

「クレイトン・ラドロー」リリーが明るい緑色のスカートを揺らしながらそばにやってきた。

　母が鮮やかな色を好むのは確かだ。もっとも立ち入られたくないときに立ち入ってくるのも。勘が鋭すぎるのは言わずもがなだ。クレイがハールトン・ホールへ到着して以来、リリーは息子とふたりきりで話そうとしているが、クレイは必死でそれを避けようとしてきた。母は知りすぎている。眼光も鋭すぎる。だから今日は根掘り葉掘り質問をされたくなかった。

ほかの日であってもそうだが。

「持ち場に戻っていいぞ、ファーレイ」部下の前で母親に完全に恥をかかされる前に、クレイはそう命じた。

ファーレイは賢明にも、会釈をしてスパーリングをやめた。早春の芝生の上を歩いて立ち去り、クレイとリリーをふたりきりにした。クレイは母を愛しているが、答える心の準備があまりできていない質問をされるような気がしてならなかった。自分自身、向き合う準備ができていない質問を。アラとの関係がわからなかったからだ。

リリーはファーレイが声の届かないところまで行くのを待った。

「わたしに孫がいることを、いつ教えてくれるつもりだったの？」リリーは尋ねた。

クレイは歯を食いしばった。レオから聞いたのだろうか。それとも、自分がエドワードの父親であることが、エドワードを見た者たちにとっては一目瞭然なのか。

「レオが手紙をよこしたんですか？」

リリーはかぶりを振り、ゆっくりと優しく微笑んだ。「レオから一週間は手紙をもらっていないわね。次の機会にせかしておくわ」

クレイはそれを聞いて驚いた。「ということは、よく手紙をよこすんですね？」

「ええそうよ」リリーの笑顔がどこか変わり、声からはまぎれもない愛情が感じられた。「それに、来られるときは会いにきてくれるわ。もうひとりの息子と違って」

クレイは耳が熱くなるのを感じた。まったく、冷酷なカーライル公爵はいつからリリーに手紙を送り、訪問するようになったんだ？　クレイはレオと大人になるまで一緒に育ったが、天使の心と寛大さを持つリリーが、レオを自分の息子であるかのように扱っていたことはよくわかっていた。実際、我が子だと思っているのだろう。公爵夫人だったレオの母親は冷たくて愛情に欠け、子どもを自分の分身として慈しみかわいがるのではなく、邪魔な存在だと考えるような女だった。レオを産んだのは、妻としての義務を果たすためだったようだ。

それでも、レオとリリーがよく連絡を取り合っていることには気づいていなかった。

「レオがおれに任務を与え続けるのをやめれば、おれだって訪問しますよ」クレイは冷めた口調で文句を言い、傷痕のある頬をさすった。

「いまの任務ほど、いい任務はないでしょう」リリーは穏やかに言い、クレイのシャツの袖に触れた。上着とベストは脱いであった。

クレイは身をこわばらせた。アラへの感情についてじっくり考える気にはなれなかったし、彼女への脅威が去っていないことをあまり思い出したくもなかった。ちょうどその日の朝、ロンドンから知らせが届き、フェニアン団がロンドン市長公舎を爆弾で攻撃しようとしたが未遂に終わったと告げられた。地獄はまだ終わっていない。それが完全に終わるときがくるのならばの話だが。

「これがおれの果たす最後の任務になるといいのですが」クレイはかすれ声で言った。顔をこすり、頭をはっきりさせようとした。答えや母を安心させる言葉が見つかることを願ったが、ひとつも見つからなかった。

「まだあの方を愛しているんでしょう、違う？」

彼女への気持ちは、バーグリー・ハウスの客間で再会した瞬間から再燃し、昨夜、大きくふくれあがった。

おれのアラ。

炎の色の髪とすみれ色の目を持つ勝気な空気の精。そのふっくらとしたピンク色の唇にはいくらキスをしても足りなかった。アラはクレイと出会い、彼をひとりの男として見た初めての女だ。クレイの心をとりこにした唯一の女だ。それは昔から彼女のものだったし、これからも永遠にそのままだろう。

嘘と裏切りはふたりの仲を引き裂いた。

しかし、奪われたものを取り返すときがやってきた。

クレイは唾をのみ、すべてを見通している母の目を見つめた。昔から感情が顔に出やすい質だった。「いとしいクレイ」リリーがつらそうな顔をした。「ええ」年を重ねても、夫を亡くしてもそれは変わっていない。「過去の傷心を乗り越えなければいけないのではないかしら。あの方もあなたを愛しているわよ。表情を見れば、火を見るよりも明らかだもの。何よりも、あの方はお父様が取った行動に関係がないと思うわ。昨日の食事のときに聞いたんだけれど、お父様とは何年も話をしていないそうよ。あなたの身に何が起きたかを、まったくわかっていないようすだったわ」

クレイは大きなため息をついた。三十一年の人生の一年一年の重みを感じた。「そうなんです。昨日……彼女と話をして、ひどい事実が判明しました。ご両親が彼女の意志を無視して、おれと結婚させないようにしたんです。あの日、彼女は計画どおりに待ち合わせ場所へ来たのに、おれはもういなかった。何時間も待ったそうです」

無性に腹が立った。アラがひとりで何時間も待ち、捨てられたと考えていたかと思うと――クレイが彼女をないがしろにして現われさえしなかったと考えていたかと思うと――クレイはいまだにアラの父親の手脚をもぎ取りたくなった。あの男のせいで、自分とアラは八年も犠牲にしたのだから。

「ああ、クレイトン」リリーは手で口を覆った。「あの方をひと目見た瞬間から、あんなにひどいことはできない人だってわかりましたよ。優しい女性だし、あなたの息子にとってすばらしい母親だわ」

〝あなたの息子〟

その言葉を聞くと、心がやはり乱れた。耳に心地よかった。

それでも正しい言葉だと思えた。春の寒さと霧とじめじめとした天気が続いたあと、めずらしく日が出ていて、太陽のぬくもりで体が温かくなった。あるいはたんに、アラのことを考えたせいかもしれない。

「そうですね」クレイは同意し、次の言葉を探そうとした。普段は感情にのまれるような男ではないが、これについては別だ。アラと息子のことに、欲しいと思ってきたあらゆることに関係がある。クレイは心の奥底から揺さぶられていた。「あぁくそっ、まいったな。母上、彼女に関しては、どうすればいいのかわからないんです」

リリーは唇を引き結び、片方の眉をつりあげた。反抗的だった子どもの頃のクレイに見せた、険しい表情だった。「第一に、汚い言葉を使うのをやめなさい。恥を知るべきだわ、クレイトン。第二に、彼女と結婚しなさい」

そう言われてもクレイは驚かなかった。むしろその言葉は心に染み入り、希望が大きくふくれあがった。しかし、自分がどうするつもりかをすべて母に知らせたくはなかった。いまはまだ。「母上、彼女はご主人を亡くしたばかりですよ」

「何か月か経っているでしょう?」

リリーは汚い言葉を毛嫌いしているが、そのほかのことについては、以前から慣習にとらわれなかった。

バーグリー前公爵が殺されてから四か月近くは経っている。クレイが日数を数えたのは一度ではなかったが、ちっとも増えないように思えた。

「十分に経ってはいません。それに、お互いのことをまだ十分に知らない。若公爵はおれが父親だということをまだ知らないんです」

「自分の気持ちをあの方に伝えたの?」リリーは次にそう尋ねた。息子のことをよくわかっている。

「いいえ」クレイは言った。自分でも気持ちがよくわからなかったからだ。だいたい、そうしたことを考えずにすむように、今朝のほとんどをスパーリングに費やした。

「伝えるべきだと思わないの、クレイトン」リリーはからかうような目でクレイを見つめた。自分はつねに子どもよりも分別があると考えている母親ならではの視線だった。クレイにとってなじみのある視線だった。

「いいえ」クレイは否定した。我ながら強情だと思いながら、腕組みをする。「思いませんね。それよりも、母上はレオの生活に少し口を出すべきだと思いますね。レオにはおれよりも、はるかに母親の導きが必要だ」

「心配することはないわ」リリーはウインクをした。「時機を見て、できるかぎりの助言はするつもりよ。それまでは孫をよく知ることと、口説かれる必要がある未来の義理の娘に意識を向けておきたいわね。キスはいいと思うの。だけど、それ以上はだめですよ、クレイトン。礼儀作法をきちんと守りなさい。わたしが目を光らせていますからね――本当よ。馬車で遠乗りに連れていったらどうかしら。お花を贈るとか。歌を歌うのもいいわね。あなたは低くていい声の持ち主だから、きっと喜ばれるわ。あなたたちはもう時間をたくさん失っているんだから、正しくことを進めないと」

クレイは息を吐いた。母には昔から、ことをドラマチックにする才能がある。やれやれ。「これは愛の詩ではないんですよ、母上。おれは彼女を口説いていい立場にはありません。彼女がハールトン・ホールにいるのは、ただたんに危険が迫っているからです。おれが彼女に好意を抱いているとしても、彼女もそうだとはかぎりませんからね」

アラがクレイを求めていることに疑いはない。ふたりの体は昔のリズムをたやすく見つけ、小さな火を大きく燃えあがらせた。ふたりのあいだに本能的な欲望があり、互いに気にかけていると言い合ったことはあっても、アラがクレイの今後の求愛を歓迎するそぶりを見せたことはなかった。

それに自分は……。

まいった。

クレイは体も大きいうえ、特別同盟《スペシャル・リーグ》で集中的な訓練を受けたおかげで、誰か、あるいは何かに対して恐怖を抱いたことは何年もなかった。ところがいま、怖くてたまらなかった。傷ついてぼろぼろになった心と、傷痕のある顔と、ミスターしかつかない苗字と、人生と同じく再建中の崩れかけた屋敷をアラに差し出すのが怖かった。愛を返してもらえないのではないか、アラが残っていた昔の感情にのまれただけなのではないかと。

ノーと言われるのではないかと。

リリーは探るようにクレイを見つめた。「求愛されてもいないのに、あの方にノーと言えるはずがないでしょう。イエスと言いようもないけれど」

母はなぜ息子の考えを読めるのだろうか。クレイはうなった。親不孝者だと自覚しながらも、精神的な負担が大きく、それ以上会話を続ける気にはなれなかった。

「バーグリー公爵夫人に求愛しろというお説教が終わったのなら、これで失礼します。部下のようすを見なければなりませんから」

クレイは返事を待たずに踵を返して逃げ出した。まったく、大の大人だというのに、母親から逃げるとは。なんという一日だ。

「クレイトン」リリーはどこまでも威厳のある口調で言った。

クレイトンと呼ぶのは母だけだ。クレイは振り向き、ふたたび母親を見たい。「はい、マダム」

リリーは微笑んだ。「幸せになってちょうだい。あなたにはその資格があるわ。三人は家族なのだし、一緒にいるべきよ。ぐずぐずしないでね。人生はあまりにも短いし、はかないものよ。ぐずぐずしていたらもったいないわ」

その言葉はクレイを襲い、鎧《よろい》を貫き、もっとも弱い部分へ届いた。リリーが正しいからだ。まったくそのとおりだ。それでもクレイは、次に何をすればいいのかも、幸福感なしで何年も生きてきたあと、どうすれば幸せになれるのかもわからなかった。

アラを妻にしたいことだけはわかっていた。ふたりがこれまでともに歩めなかった人生を一緒に歩みたかった。

クレイはぎこちなくうなずき、軽く会釈をすることしかできなかった。「そうですね、母上。人生はあっというまに進む。自分がしなければならないことを、すべきときにするとしか約束できません。今後、息子の人生にはかかわるつもりです。そのときが来たら、自分が父親であることを伝えます。息子の母親については、どうなるかはまだわかりません。それでは失礼します、母上、本当に部下のところへ行かなければ」

「わかったわ、クレイ。もうひとつだけ。勇気を出してね」

21

アラはクレイを見つけようと心に決め、ハールトン・ホールを歩きまわっていた。作りかけの図書室――書物は多くはないが、初めの一歩としてはすばらしい――は確認した。書斎ものぞいたが、クレイが一度も入ったことがないかのように見えた。控えの間と主要な客間のほか、彼がいそうなあらゆる場所を探した。

そして、ある結論にたどり着くしかなかった。

クレイに避けられているかもしれない――それどころか、その可能性が高い――と。午後はエドワードとクレイの猫のシャーマンと一緒にすごした。ロンドンから来るエドワードの新しい家庭教師のミス・パリサーが、まだ到着していないからだ。バーグリー・ハウスを急遽《きゅうきょ》あとにしたときの騒ぎの最中に、ミス・アージェントがジンのボトルを自室に保管していたこと、エドワードが勉強部屋から脱け出したときは毎回、彼女が前夜の飲みすぎのせいで居眠りをしていたことが判明した。アラはミス・アージェントを即座に解雇したが、オックスフォードシャーへの旅までに新しい家庭教師を見つける時間はなかった。

午後、エドワードとふたりですごしたことは、いつものような生活を送れる、いつか普通の生活に戻れるのだと考える、とてもいいきっかけとなった。アラはまた、エドワードにはすぐにでも真実を伝えるべきだとも考えた。

エドワードはクレイが父親だと知る必要がある。

クレイを探してハールトン・ホールのあらゆる場所を確認したあと、アラはいつのまにか外に出ていた。ひとりきりで。太陽は輝き、空高く昇っている。あたりは静まり返っていて、緑が芽吹く香りが漂っている。なじみのあるロンドンの喧騒やよどんだ空気とは、何もかもが大違いだった。外にいると、生き返った気分になった。アラは両手を広げて顔をあげ、太陽のほうを向いて光を浴びた。

そのとき、自分がひとりではないことに気づいた。

クレイの部下ふたりが近くに立ってアラを見守っている。

つかのまの自由な時間は事実上終わった。とはいえ、これでようやくクレイが見つかるかもしれない。アラは公爵夫人らしく見えるよう背すじを伸ばし、両腕をおろしながら気持ちを落ち着けた。

「そこの方々」アラは声をかけた。「ミスター・ラドローはどちらにいらっしゃるかしら。急いで相談しなければならないことがあるの」

二組の目がすかさずアラに向けられた。クレイと体格が似ている――とはいえ、彼ほど大きくはない――黒っぽい髪の男が、最初に口を開いた。「屋敷の東側にある雑木林のなかです、奥様」

なるほど、クレイは木立のなかにいる。

彼にぴったりの場所だ。

すてき。

結局のところ、ふたりが出会ったのは木立のなかだった。はるか昔、葉が生い茂る枝々の下だった。

アラは咳払いをした。「それではそこを探してくるわ。おふたりとも、ありがとう」

「申しわけありませんが、それはお控えください、奥様」ひとりがおずおずと言った。

アラは片方の眉をつりあげた。冷ややかな表情で、自由を奪えるなら奪ってみなさいと言わんばかりに男をにらんだ。「どういうことかしら?」

男は唾をのんだ。「その、我々に見えるところにいてくださるなら、お探しになってもかまいません」

「そうするわ」アラは同意し、スカートを揺らしながら正面の階段をおりた。「ミスター・ラドローのところにいたら安全だもの。心配してもらう必要はありません」

少なくとも、それが事実ならいいのだけれど。

ともあれ、アラの足はすでに動いていて、クレイのところへ向かっていた。彼の足元にむき出しの心を置くことになるのだと思うと、鼓動が速まった。どうかクレイにその心を踏みにじられませんように。ハールトン・ホールの階段をおり、砂利の私道と手入れの行き届いた芝生を横切るのに、永遠に歩かなければならないように感じた。やがて森に入り、クレイのすらりとしたいとしい姿が目に入ると、今度は彼のそばにあっという間に着いたような気がした。

クレイは昔と同じようにすぐにアラの姿を認めた。五感が研ぎ澄まされているのだろう。彼は帽子をかぶっておらず、上着もベストも着ていなかった。流行より長い髪の先が肩をかすめている。森のなかの涼しい木陰で、広い肩を包む白いシャツが、かがり火のように目立っている。クレイは感情を抑えきれないような険しい表情をしていた。

彼は背後の木々さながらに、アラにとって自然でなくてはならないものだった。

「アラ」

クレイが腕を広げた。アラは両手でスカートをつかみ、クレイのもとへ駆け寄ると、彼の胸に飛びこんだ。クレイはすかさず腕をまわし、アラをきつく抱きしめたままでいた。そして、彼女の頭のてっぺんにキスをした。アラも帽子をかぶっていなかったからだ。彼の熱い唇が、アラにあらたな切望を注ぎこんだ。クレイのところへ来てよかった。彼の部下にこの抱擁を見られてもかまわなかった。彼の腕のなかにいられれば、それでよかった。

クレイといると、気持ちが落ち着いた。アラは彼の香りに満たされた——革、麝香、石鹸、それから男らしい香り。彼の引きしまった腰に腕をまわしてしばらく彼を抱擁し、好きなように彼に触れる自由を楽しんだ。クレイを味わった。人生と、未来の可能性も。

可能性があると、大胆にも考えていいのなら。

アラはともかく大胆になる必要があった。

「ここで何をしているの、クレイ」アラは尋ねた。「あちこち探しまわったのよ」

「気分転換だ。散歩をしながら考えごとをしていた。きみのほうこそ、ここで何をしているんだ、アラ」クレイは訊いた。その甘く低い声を聞いて、アラの体に震えが走った。「エスコートなしで歩きまわってはいけない」彼がさらに腕に力をこめた。

「きみがひとりでハールトン・ホールの外に出るのを許したとは、ファーレイを懲《こ》らしめなければ」

「そんなことはしないで」アラは彼のシャツのにおいをもう一度そっと嗅ぎ、ため息をついた。「あなたの部下をにらんで、屋敷を離れるのを許してもらったのよ。ふたりとも、わたしがあなたを探しに来たことは承知よ」

「あいつらをにらんだ？」クレイは小さく笑った。ベルベットのような笑い声を聞いて、純粋な欲望がアラのなかを駆け抜けた。「ダーリン、きみは小鳥よりも小さいが、おれの部下たちは鍛えられていて武装している。きみににらまれてひるむのはおかしい。妥協しないはずなんだが」

「だけど、わたしはここにいるでしょう」アラは自分自身にとても満足していた。クレイが〝ダーリン〟と呼んでくれたことを、これ以上ないほど気に入った。クレイの腕に包まれ、彼の熱に焦がされ、彼の香りに満たされ、静かな森のなかにいると、時間があと戻りしたように感じた。こうしていると、つかのまであっても人生の醜悪な部分をすべて忘れることができた。「あの人たちを、不安でおののかせてやったわ」

「さすがだな」クレイはふたたび彼女の頭のてっぺんにキスをした。彼の熱い吐息が祝福するかのように広がった。「きみのせいでおれも不安でおののいている」

アラは息をのみ、ますます大きな笑みを浮かべた。心の奥底で希望がまたたいた。

「わたしも同じだと言ったらどうする?」

クレイは息を吸いこんだ。アラの頬の下で彼の胸がふくらんだ。「きみも悩んでいるのなら、おあいこだと言うだろうな」

アラは目を閉じ、静かなひとときに、かぎりない優しさに浸った。やはりクレイはずっと自分を避けていたのかもしれない。ふたりのあらたな状況と明らかになった事実に、アラと同じくらい動揺していたのかもしれない。ともあれ、アラにとって今回のことはすべて、次の呼吸と同じくらい正しいことだと思えた。

「自分たちがどこにいるのかがわからないの」アラは静かに告白した。

「おれたちはいま、ここにいる。木の下で一緒に立っているだろう」クレイの声から微笑んでいるのがわかった。

彼に優しくからかわれ、アラの気が楽になった。「ええ、すてきな地所ね、クレイ」

「この森があるから、ここを買ったんだ」クレイの低い声はかすれていた。耳を澄まさなければ、聞こえないくらいの声だった。「だが、買ったあと、森があるからここへ来ることができなかった。森はきみだったんだ、アラ。いまだにそうだ。だが、いまはここにきみがいる。おれの腕のなかに、きみがいるべき場所にいる。ハールトン・ホールに」

ええ。まさに自分がいるべき場所だ。アラはそう言いたかった。クレイに質問をしたかった。けれども、たとえこの瞬間に、体も心もクレイに寄り添っていると感じていても自信がなかった。何もかもがアラにとっては真新しかった。クレイも。昔から知っている大事な人だけれど、新しく知り合った違う人でもある。クレイトン・ラドローはアラが以前知っていた頃から、この八年で変わった。彼は別の人生を生き、戦い、旅をしてきた。誰かと恋に落ちたかもしれない。これほどの時間を失ったことが不思議だった。自分もクレイにとっては謎の多い存在に違いない。

「あなたの家にわたしを歓迎してくれてありがとう」アラは話題を変える前に、あえてそう言った。そもそもここへ彼を探しに来たのは、ある話をするためだった。

「あなたのお母様と、ゆうべお食事をご一緒して、今朝も朝食をご一緒したのよ」

「そうらしいな」

彼がほかに何も言わなかったので、アラは続けた。朝食のとき以来気になっていた質問をした。答えが必要な質問を。「クレイ、あなたのお母様はご存じなの?」

クレイはしばらく黙っていた。聞こえてくるのは、クレイの眠っているかのような規則正しい息遣いの音だけだ。「何を知っているのかって?」しばらくののちに彼は言った。

アラは息を吐き、彼にまわした腕に力をこめた。永遠にこうしていられたら、彼と触れ合っていられたらいいのに。二度と引き離されずにすめばいいのに。「わたしたちのこと……昔のこと」

クレイは今回もなかなか答えなかった。アラは返事を待ち、木漏れ日に照らされた森を眺め、安らぎをもたらす彼の鼓動の音だけを聞いていた。「昔、おれがきみに求愛したがっていたことは知っている。おれが父君にきみへの求愛を断られたことも。あの日、どんなことがなぜ起きたのかも知っている」

「エドワードのことはどうなの、クレイ」アラは尋ねた。リリーはさまざまなことを知りすぎているように見えたが、自分の罪悪感ゆえにそう見えたのか、リリー・ラドローが本当にすべてを知っているのかが、わからなかったのだ。

「母は事実を推察した」気だるそうな低い甘美な声だった。「否定できなかったよ。エドワードはおれにそっくりだから、母もレオも気づいた。だが、心配する必要はない。おれが父親であることを、エドワードが知らないと、母はわかっている。おれたちが伝えるべき時機がくるのを待っていることも」

アラにしてみれば、よい時機など訪れそうになかった。息子が生まれてからいままで隠しごとをしていたと明かすのだから。フレディは血を分けた父親ではなく、父親になることを選び、約束してくれた人だったのだと。

息子にすべてを打ちあけることを思うと、やはりアラの胸は不安で押しつぶされそうになった。とはいえ、真実を伝えるべきだという思いは固く、揺らいではいない。家族が自分とクレイとエドワードに対して行った不正を正し始めるのだという決意も。すべてを正すという決意だ。

アラは深呼吸をして気持ちを落ち着かせた。「時機といっても……けっして……。いま、エドワードに伝えるべきだわ、クレイ。あなたが父親だって、あの子に知ってほしいの。あなたとあなたのお母様は……エドワードの家族よ。あの子にとって、いま以上に家族が必要なときはないわ。ふたりが必要なのよ」

「心は決まったのか、アラ」クレイの口調からは迷いが感じられた。「おれも伝えるに越したことはないと思っているが、エドワードを驚かせたくないし、動揺させたくもない」

アラの心は完全には決まっていなかった。本当の父親の存在をこれまでひた隠しにしてきたのだから、エドワードは怒るだろう。混乱し、動揺する。けれども、真実を伝えるときが来た。フレディと結婚したときは若く、別の男の子どもを身ごもっていて、ほかに選択肢はなかったけれど、あれから状況は大きく変わった。

アラはゆっくりとうなずいた。涙が浮かぶのを感じ、まばたきをしてそれを流すまいとした。エドワードに告げることが、とても正しいことのように感じた。恐ろしいけれど、正しいと。「ええ。エドワードには真実を知る権利があるわ」

「そうだな」クレイはくぐもった声で言い、唾をのんだ。彼の鼓動が大きくなり、どくん、どくん、どくん、とアラの耳もとで聞こえた。

「ただ、あの子に伝える前に、約束してもらいたいことがあるの」アラは言った。最善を尽くして息子を守らなければならないとわかっていた。クレイは昔、自分のもとを去っている。八年間、アラの人生から姿を消していた。その理由はよくわかった。殴られ、顔を切られ、アラが裏切って捨てたと信じさせられていた。とはいえクレイは当時の彼と同じ男ではない。八年間離れていたあと、アラがいまのクレイと知り合ってからまだ日は浅かった。彼に関しては謎めいた部分が多く残っていて、知らないことがたくさんある。

自分はなんと言っても母親だから、息子のことを第一に考えなければならない。エドワードは母親に頼り、母親を必要としている。そのうえ、すでにさまざまなものを奪われてきた。

このためアラは、危険な任務についているクレイが、何があっても自分とエドワードの人生にかかわり続けてくれるかどうかを確認せずにはいられなかった。「あの子の人生から姿を消さないって約束してちょうだい。ずっとあの子の人生にかかわり続けると。エドワードはあなたにそうしてもらう必要があるのよ。あなたを失ったら耐えられないと思うわ」

自分も耐えられないけれど、とアラは考えた。しかし、その言葉は胸にしまっておいた。黙っていたほうがいい。ときには黙っていることも必要だ。余計なことを言わずにすむ。心の暗がりをさらけ出して恥をかかずにすむ。

「頼まれるまでもない。喜んで約束する。エドワードの人生にかかわれることほど、嬉しいことはない。おれの息子なのだから」クレイはプライドのにじむ口調で言った。「いい子に育ったな、アラ。誇りに思っていい。おれはエドワードを誇りに思っている」

アラはふたたび微笑んだ。「ええ、とてもいい子よ。あの子に伝えにいきましょう、クレイ。一緒に」

クレイの体に緊張が走るのがわかった。「迷いはないな、アラ」

「迷いはないわ」アラは言った。

クレイが身を離したかと思うと、唇と唇がぴったりと重なった。すばやくて激しい、美しいキスだった。アラは息を奪われた。何かを求め約束するキスだった。癒しを与えるキスだった。

ふたりの唇が離れた。アラは鼻と鼻をつけたまま、彼の目を見つめた。つま先立ちになっていて、手を彼の硬い背中でさまよわせている。生まれてこの方、これほど何かを強く確信したことはなかった。エドワードがどう反応するかはわからなかったものの、機は熟した。ついに真実を知らせるべきときがやってきた。

「ありがとう」クレイは彼女の唇に向かって言った。「おれのアラ」

アラは彼の唇の端にキスをした。「もっと前に知らせるべきことだったもの」

クレイとアラは手をつなぎ、指をからませ合いながら、ふたりを守っていた森の陰からまぶしい陽光のもとへ出た。

＊＊＊

クレイは図書室でアラのとなりに立ち、息子と向かい合っていた。

クレイの息子。

ふたりの息子。

エドワードが自分の息子であり、ついに真実を知ることになるかと思うと、夢のようだった。真実を知るまであと数秒。あと数分かもしれない。汗がにじみ出た。傷痕がちくちくした。これほど不安になったことは過去にはなかった。

と、アラがクレイの手のなかへふたたび手をすべりこませた。おずおずと彼の手を軽く握る。クレイは唾をのみ、ありがたく思って手を握り返した。自分がそばにいなかったときに、子どもを産んでくれたアラの強さに感謝した。彼女のそばにいなかったのが自分のせいではなかったことは、もはやどうでもよかった。起きたことは変えられないが、未婚で身ごもっていたときに奮闘し、エドワードのために最大限の努力をしてくれたアラに感謝することはできる。

エドワードはふたりがつないでいる手を、眉をひそめて見つめた。観察力のある子どもだと、クレイは考えた。エドワードを見ていると、自分の子どもの頃を思い出す。

「お母様、どうしてミスター・ラドローと手をつないでいるの？」

「それは……」アラはクレイのほうを向き、探るように見つめた。

困った。クレイもなんと言っていいかわからなかった。どうすればいいのかも。

クレイは思いついたことを言った。

「お互いのことが好きだからだ」クレイは彼を惑わすこの女に、これまでにないほど夢中だった。「それから、伝えたいことがあるからだ」

「結婚するんでしょう」エドワードは真顔でそう推測した。

アラははっとして息子を見ると、唇をなめた。「そういうわけではないのよ、エドワード」

「そのとおり」クレイは気おくれもせず、アラとは逆のことを言った。「結婚する」

アラは驚きの声を漏らし、ふたたびクレイを見た。「そうなの?」

その決断は、クレイが考えることも迷うこともなく訪れた。いまの言葉は口からこぼれ出たものだ。後悔もしていない。アラとは昔から結婚する運命にあった。アラは自分の半身そのものであり、クレイは太陽が毎朝昇るという知識と同じくらい自然に、それを確信していた。アラほど自分を満たしてくれる者はいないだろう。

「きみがおれを夫にしてくれるならばだが」クレイは静かに言った。

アラの目が感情できらめいている。「ああ、クレイ。もちろんそうするわ」

クレイは彼女を引き寄せて抱きしめ、シルクのような髪に顔をうずめた。感謝の念でいっぱいだった。アラに対して感謝し、アラと再会したことに、息子に会えたことに感謝していた。これほど大きな喜びを知るのは初めてだったから、恐怖と高揚感とを同時に感じた。アラの頬にキスをして言った。「ありがとう、おれのアラ」

クレイは自分たちを見つめる目があることと、図書室にいるそもそもの理由――突然の求婚ではなく、息子に真実を伝えるため――を思い出し、一歩うしろへさがると、アラとのあいだに礼儀作法にかなう距離を置いた。エドワードの目の前であっても、アラを腕のなかへもう一度抱き寄せ、わけがわからなくなるまでキスをしたいという気持ちも半分あった。

アラが妻になりたいと思ってくれている。

八年前、クレイに傷痕ができる前にそう思ってくれていたように。

クレイはエドワードの前でしゃがみ、息子の目をじっと見つめた。「また状況が変わることになる。この数か月、よく頑張ったと思うし、お母様もおれも、きみを悩ませたくないのだが、伝えておかなければならないことがあるんだ」

エドワードが真剣な表情でクレイを見つめる。「もう猫を返してほしいの？」

クレイは思わず笑った。「いいや、きみとシャーマンには絆があるし、シャーマンがおれよりきみを気に入っているのは明らかだ」

エドワードは照れたように微笑んだ。「ありがとう、サー。お母様と結婚したら、お父様になってくれるの？」

クレイの胸はいっぱいになり、のどに何かがつかえたような気がした。アラへ目をやって助けを求めた。慎重に考えてきた言葉が、頭のなかからすべて消えた。

アラはクレイの肩に慰めるように手を置き、助け舟を出した。「ええ、ミスター・ラドローはお父様になってくださるわ、エドワード。でもそれは、わたしが彼と結婚するからではないのよ。ミスター・ラドローはそもそもあなたのお父様なの」

エドワードはアラの言葉を理解しようとしているのか、顔をしかめた。「わからないよ、お母様。お父様がぼくのお父様だったでしょう、お亡くなりになったけど」

クレイはようやく声がふたたび出るようになった。「お母様が前公爵と結婚する前、おれたちは恋人どうしだった。結婚するつもりだったが……事情によりそれが許されなくなった。前公爵はご親切にも、お母様に手を差し伸べてくださった。おれにそれができなかったときに。前公爵はこれからもずっときみのお父様であり続ける。前公爵がきみを愛してくださった事実も、きみの心にある前公爵への愛も、変わることはない。だが、おれがきみの実の父親なんだ」

「お母様？」エドワードはアラのほうを向いた。小さな白い顔に驚きの表情が浮かんでいる。「どうしてこれまで教えてくれなかったの？」

アラは図書室の分厚い絨毯に膝をついた。漆黒のスカートが彼女のまわりを囲む。

「伝えられなかったのよ。本当にごめんなさい、エドワード。あなたを養って守るために、母親としてできるかぎりのことをしたの。しなければならないことをしたわけだけれど、あなたが本当のことを知るべきときが来たのよ」

「だったら、ぼくはバーグリー公爵じゃないね」エドワードはゆっくりと言った。

「エドワード・ラドローだ」

「その両方よ」アラはエドワードの華奢な肩をつかんだ。「バーグリー公爵家の男の跡継ぎで、生きているのはあなただけだもの。フレディはあなたに次のバーグリー公爵になってほしいと思っていた。家系を存続させてほしいと。そのために、あらゆる準備をしていたわ。フレディの遺志を尊重してあげてちょうだい。もう真実は知ったわけだけれど」

クレイはエドワードがラドローの姓を名乗ることはないのだと考え、歯噛みをした。しかし、事実を隠しとおすことは、アラとエドワードが破滅とスキャンダルを避けるために必要だとわかっていた。前バーグリー公爵にはほかに跡継ぎがいなかったのだから、害を被る者はいない。クレイのプライドにとってつらいだけだ。けれども、公爵の庶子の息子が公爵になるのだと考えると、愉快な皮肉であるように感じた。エドワードはいずれ、クレイが昔送りたがっていた暮らしを送るようになるだろう。

クレイはそのことに感謝した。自分は人々に軽蔑され、昔から悩んできたが、息子が同じ目に遭うことはないのがありがたかった。クレイが父親の役割を果たせなかったときに、バーグリー前公爵が優しくて愛情深い父親でいてくれたことに恐縮した。胸の内でくすぶっていた怒りと嫉妬は消え、幸福感と愛と揺るぎない安らぎがそれに取って替わった。

過去はすぎ去った。

前へ進むときがやって来た。クレイは心を開き、未来へ足を踏み入れた。

「すまなかった、エドワード」クレイは言った。思った以上にふくれあがった感情で、のどが詰まった。「ショックだっただろう」

「ぼくが息子なのがいやだったの?」エドワードは訊いた。傷心と混乱が声ににじんでいる。

「息子ほど欲しいと思ったものはない」クレイは請け合うように言った。「きみが息子で誇りに思う。きみのことを知らなかったんだ。知っていたなら、きみとお母様のところへ何があっても戻っていただろう」

「昔何があったのかは、長くて難しい話なのよ」アラは言い足した。眉をひそめ、額にしわを寄せながらもう一度クレイと目を合わせた。真実の醜い部分をすべてエドワードに話す必要はないと、ふたりで決めてあった。いつか、エドワードが理解できるくらい大きくなったら打ち明けるかもしれない。いまは必要な情報だけを伝えるつもりだった。「大事なことは、あなたが本当のことを知ったということと、それを人に言わないということ。胸にしまっておいてちょうだいね」

エドワードはゆっくりとうなずいた。彼はふたたびクレイへ目をやった。「つまり、ぼくはナイフを返してもらえるってこと？」

クレイは思わず笑った。「いいや、エドワード。まだお母様の言うことを聞かなければならない」

エドワードはまたしばらく黙っていた。「ミセス・リリーはぼくのおばあ様なの？騎士と竜のお話を聞かせてくれて、お菓子をくれるんだ。ぼくはミセス・リリーが好きだよ」

「そうか」クレイはにっこりと笑った。母の存在を神に感謝しなければ。母は天使だ。エドワードにとってこの状況の変化が受け止めやすくなるよう、母は手を貸してくれるだろう。

エドワードは首をかしげ、恥ずかしそうにクレイに向かって微笑んだ。「あなたのことも好きだよ、サー。お父様が戦士だなんて、お父様が公爵なのと同じくらいすごいことだもの」

クレイは胸が熱くなるのを感じた。目がちくちくして視界が曇った。

思わずまばたきをした。

涙。

幸せの涙だ。自分の髪にそっくりな、エドワードの黒い髪をくしゃくしゃにした。

「ありがとう、息子よ」

22

アラはクレイの部屋との境にあるドアがノックされるのを、永遠とも思えるあいだ待っていた。彼とこれからするだろう会話に対して、心の準備はできている。その日の午後の早い時間に、木立のなかにいたクレイを見つけて以来、ふたりきりになっていなかった。それ以降の時間は、慌ただしくあっという間にすぎた。新しい家庭教師のミス・パリサーが到着し、屋敷内で数少ない使用人たちがばたばたと動きまわり、彼女が落ち着くのに手を貸した。ミス・パリサーは、明日からこの新しい仕事を始めることになっているため、アラはすでに彼女と顔を合わせ、ミス・アージェントのような家庭教師をふたたび雇わなかったかどうかを、最善を尽くして確かめた。

ミス・パリサーは黒っぽい髪の持ち主で美しかった。穏やかな口調で話す、感じのよい女性だ。エドワードの家庭教師になるのを心から楽しみにしているように見えた。時間が経たないとわからないが、少なくとも期待できそうな第一歩だった。アラはミス・パリサーに、荷ほどきと旅の汚れを落とすために部屋へ行かせたあと、クレイとリリーとエドワードとともに、形式張らない食事を取った。リリーはイングランドと同じくらい広い心を持つ、すばらしい女性だ。リリーがエドワードをかわいがっていること、エドワードが彼女を慕っていることは明らかだった。失われた時間がふたりを隔ててなどいなかったかのようだ。

今夜の夕食の席に着いたときは、ぬくもりに包まれた。家族の一員になったように感じたのは、ずいぶん久しぶりだった。自分の家族。フレディが愛してくれていなかったわけでも、アラが彼を愛していなかったわけでもないけれど、ふたりの愛はプラトニックなものだったし、フレディは心から愛していたサー・パーシーと家庭を持っていた。クレイと一緒にすごし、彼が息子と話をするようす、リリーが祖母としての嬉し涙を目に浮かべるようすを見ると、アラはありがたいという気持ちになった。満たされた気分でもあった。

ともあれ、突然の求婚についてはクレイとあらためて話をした。あれを求婚と言えるのならばだけれど。あれは質問というよりは宣言だった。とはいえ、気にはしていない。あのとき、アラの心は――昔からクレイのもので、いまも、これからもそうだ――跳ねあがり、イエスと言いたくてうずうずしていた。ところがいま、静かな自室にいて、立てかけてある長い姿見の前で巻き毛をとかしていると、だんだん不安になってきた。

どうかクレイが心変わりしていませんように。

〝結局、あなたと結婚したくなくなったらどうするの？〟意に反して心の声が尋ねた。すると、頭のなかが混乱し始め、疑いやさらなる疑問が浮かんできた。クレイがあの瞬間の感情にまかせて求婚したのだとしたら？　感情にのまれただけだったとしたら？

どうすればいいのだろう、もしクレイが――。

トン、トン、トン。

クレイだ。木の扉一枚と数歩隔てたところにいる。彼が来るかもしれないと思っていたにもかかわらず、やはりアラの体を期待が駆け抜けた。一瞬、夜陰に乗じてキングスウッド・ホールから抜け出し、彼のもとへ走っていった八年前の自分になったような気がした。とはいえ、今夜はあのときとは違う。年を重ねている。賢くなっているといいのだけれど。以前にも増してクレイを愛している。彼を愛するのをやめたことはなかった。彼はつねにアラの一部だった。これまでずっと、彼は心のなかにいた。

アラは立ちあがった。ガウンを振ってしわを伸ばし、長い髪を背中へ払い、必要以上に長く姿見に映る自分を確かめた。虚栄心が強い女ではなかった。実際、しばらく自分の姿をまともに見てさえいなかった。けれども今夜はできるだけ美しく見えたかった。

クレイのために。

トン、トン。

今度のノックはさっきよりも大きかった。クレイが少し焦れているようだ。アラはウエストのサッシュをきつく締めた。最後にもう一度鏡へ目をやると――白い顔、大きな目、昔から嫌いだった鮮やかな赤い髪、真珠のパウダーでうまく隠せたことのない鼻の上のそばかす――息を吐き、落ち着きなさいと心に向かって念じた。

「どうぞ」アラはさりげないようすを装おうとした。

ああ、鏡をまじまじと見ていたことに気づかれたらどうしよう。恥ずかしいし、ばかげている。二十九歳になっていて、恐ろしい暗殺者に命を狙われ、自分の世界が混乱状態なのに、ガウンがウエストの細さを際立たせているかを心配して、前から嫌いだったほくろを数えているなんて。ばかね、アラ。本当にばかだわ。

ところが、ドアがあいてクレイが入ってきたとたんに、アラは考えるのを忘れた。呼吸の仕方も忘れた。すべてを忘れてクレイの姿を見つめた。彼もガウンをはおっていた。紺色の絹のガウンで、力のみなぎる体をぴったりと包んでいる。アラの口のなかはからからになった。

彼の胸は美しかった。クレイ自身が美しかった。欠点ひとつない。アラが昔恋に落ちた青年ではないけれど、いまの彼ははるかにすばらしかった。頬の傷痕は彼の美しさを単純に際立たせている。彼がどんな人物なのかを物語っているからだ。彼の回復力と決意。彼の強さと不屈の精神。クレイがそんな傷をつけられたことは残念でたまらなかったし、父が犯した大きな罪を許すつもりはないが、いまのクレイを、最初に恋に落ちたときのクレイと取り替えたいとは思わなかった。

昔のクレイといまの彼は、同じ人物であっても中身は違う。大きく。アラはどちらのクレイも愛していた。どちらの彼も自分のものだ。

クレイはためらいもせず、時間を無駄にもしなかった。長い脚でふたりの距離を詰め、アラの前に立った。触れられるほど近くにきたので、石鹼の贅沢な香りが漂ってきた。

「おれのアラ」クレイは腕を広げた。

アラのあらゆる部分が、〝すてき〟と囁いた。

心が。

体が。

頭が。

アラは彼の腕のなかへ、彼へ身を預けて腕をまわした。クレイの力強い腕もアラにまわされ、しっかりと彼女を支えた。正しい相手なのだと思えた。クレイはすばらしくて、力強くて、温かくて、安心感を与えてくれる男だ。アラの耳はふたたび彼の胸に押しつけられた。

どくん、どくん、どくん。

彼の心臓。それが送り出す血。クレイがここにいるという事実、生きていてアラを抱きしめているという事実。すべてがありがたかった。彼は自分のものだ。言葉がわき出てきた。告白の言葉が。アラはそれ以上、黙っていられなかった。

「愛しているわ、クレイ」

クレイはまわした腕に力をこめた。「愛している、おれのアラ」

アラは目を閉じ、ふたたび聞けるとは想像さえできなかったその言葉を味わった。

「ずっと愛していたわ。裏切られたのだと思ったときでさえ、あなたを求めて心がうずいた。あなたが欲しかった。あなたが去ったことにとても傷ついて怒っていたから、あなたのことを忘れようとしなければならなかったの。考えないようにしなければならなかった。そうして代わりにエドワードに意識を向けた。あの子の母親としての務めを果たすことだけが、わたしの生きがいだった」

クレイはかすかに身を硬くした。「バーグリーはどうなんだ？　愛していたんだろう？　服喪用のブローチを盾のように身につけているじゃないか」

「ええ、フレディを愛していたわ」アラは言葉を切り、フレディの秘密を明かすのをためらった。しかし、クレイには正直でいなければならないとわかっていた。

「死んだ男に嫉妬するのは間違っている」クレイは低い声で言い、アラの背すじをゆっくりと上下に愛撫した。アラは慰められたと同時に、気が変になりそうだった。

「きみとエドワードが必要としていた夫と父親でいてくれたバーグリーには感謝している。おれが失った時間ゆえに、バーグリーをいとわしく思う気持ちもある。きみが彼に与えた愛ゆえに。それは情けないことだし、間違っているとわかっているが、この八年間、きみを抱いて愛したのがバーグリーではなくおれだったらよかったのにと思う」

「フレディとわたしの愛は、違う愛なのよ、クレイ」アラは優しく言った。「あなたとわたしの愛とは違ったの」

「どう違ったんだ？」クレイは静かに尋ねた。

クレイには命さえ預けるだろう。実際、すでにそうしたし、彼はアラを救ってくれた。アラはクレイほどすばらしい高潔な男をほかに知らなかった。

アラは彼にさらに身を寄せ、上を向くと、彼の茶色い目と目を合わせた。「フレディはわたしに魅力を感じていなかったの。わたしと出会ったとき、すでに別の人と愛し合っていたわ。わたしは……あなたがわたしのもとを去って大陸に旅立って、わたしが身ごもっていることを両親に知られてしまったあと、父は急いで結婚するか、旅立ってひそかに赤ちゃんを産んで、養子に出さなければならないと言った。わたしは夫を見つけるほうを選んだのよ」昔のつらい感情がふたたびわきあがり、アラはためらった。「ドーセットとはとても結婚できなかったから、姉の屋敷へ行ったわ。ドーセットと結婚するしかなければ、そうしていたでしょうけれど、もっと大らかな人を見つけたいと思っていたの。それでフレディと出会った。フレディは姉の友人のひとりで、政治上の野心を支えてくれる妻を探していた。親切で優しい人だったから、彼が求婚してくれたとき、わたしはすべてを打ち明けたの」

クレイはのどの奥から低い声を漏らした。「ああ、アラ、きみがそんなことに耐えなければならなかったのかと思うと、つらくてたまらない。おれは去るべきではなかった。もっと分別があってしかるべきだった。きみにあんな裏切りを働けるはずがないと考えるべきだった」

「あなたは襲われたのよ。傷ついて混乱していたんだわ」アラは彼の頬に手をやり、手のひらにあたる無精ひげの感触を楽しんだ。「あなたがああいう反応をしたことは、責められないわ。批判させるためではなくて、説明のために話すけれど、クレイ、フレディとわたしは本当の夫婦ではなくて友人どうしだったの。彼はサー・パーシー・ドーウッドと恋仲だと打ち明けてくれた。フレディは政治家で、名が売れはじめていたところだった。サー・パーシーとの友情の本当の意味を人に知られるわけにはいかなかったの。知られたら、社会でも政治の世界でも身の破滅だったし、それ以上にはるかに悪いことも起こる可能性があった。だから、わたしがあの人を必要としていたのと同じくらい、あの人にはわたしが必要だったというわけ」

「きみの結婚生活は――きみとバーグリーとのあいだのことだ」クレイはかすれ声で言った。口もとがこわばっている。「おれにひとつも説明する必要はない、アラ。おれがいけなかったんだ。きみに必要とされていたのに、おれはきみがひどいことをしたと思いこんだ」

「あなたのせいではないわ、クレイ」アラは堂々とした高い頬骨を親指でたどり、彼と目を合わせた。「あの状況で、わたしたちはふたりとも犠牲者だったのよ。誤解させられて、傷心と痛手を負った。こんな話をするのは、わたしたちのあいだに秘密を残したくないからなの。わたしはフレディを友人として愛していた。彼はいつもわたしを尊重してくれて、気にかけてくれて、思いやりをもって接してくれた。わたしとエドワードにできるかぎりのことをしてくれたの。でも、フレディはあなたではなかった。わたしにとって、男性として愛した人はひとりしかいないわ。昔から。クレイトン・ラドローというのよ、いま目の前に立っているけれど、いまだに夢を見ているのではないか、現実の彼ではないのかもしれないと感じているわ」

クレイはアラの手のひらにうやうやしくキスをした。「そいつは現実だ。間違ったことをしがちな男で、この八年間のことを深く後悔している」

アラはクレイを見つめ続けた。「この八年があるから、いまのわたしたちがあるのよ。そのおかげで、あなたがわたしと一緒にいるなら、わたしは何も後悔しない。あなたを一生愛してすごせるなら。いま、こうしてあなたに腕をまわせるなら、離れてすごした一瞬一瞬に、もう一度耐えてみせる」

「ああアラ、おれはこれ以上、きみを妻にせずにすごすのには耐えられない」クレイはしばらく黙りこんだ。「もちろん、きみのためなら耐えるが、好きなようにしていいのなら、今日、きみと結婚する。いまここで。だが、スキャンダルを起こしたくはない。あと二か月ほどあれば、服喪期間としては十分だろう。それでも短めではあるが、どう――」

「いいわ！」アラは笑いながらクレイに身を預け、彼の首に腕をまわした。

「きみは何に同意したのかをわかっていないだろう、公爵夫人」

アラにとって、その敬称に違和感を覚えたのは初めてだった。「その呼び方はやめてちょうだい。わたしにふさわしい呼び名ではないわ。わたしはアラよ、あなたのアラ。これまでずっとそうだったように。あなたの妻になることほど、名誉なことはないわ。もちろん、あなたが尋ねようとしたのがそのことならばだけれど。明日にでもあなたと結婚する。いまから二日後はどうかしら。特別許可証を取れたらすぐに。わたしはあなたのものよ、クレイ。どうしても待たなければいけないわけではなければ、これ以上待ちたくないわ。フレディが生きていたらわかってくれていたはずだし、あなたとわたしたちの息子以外の人には、なんの義理もないもの」

「ああ、おれのアラ」クレイは一瞬目を閉じた。頭をさげ、額と額をくっつけた。

「おれがともかく昔から求めていたのは、きみにベッドで横にいてほしいということだった。きみに触れ、キスをすること。腕をまわしてきみを守り、あらゆる意味できみのものになることだった。もちろん、さっきおれが厚かましくぶしつけに尋ねようとしたのはそのことだ。おれが公爵になることはない。貴族《ノーブル》になることもない。そういう男ではないが、きみを愛している。きみのためなら死んでもいいと思っている」

アラは傷痕のある頬を撫でた。彼への愛が真に大きく美しく花開き、自分が変わっていくのを感じた。「あなたほど高潔《ノーブル》な人は知らないわ。喜んであなたの妻になります。ミセス・クレイトン・ラドローに。わたしの一番の願いよ」

クレイが唇で彼女の唇を探りあてた。ゆっくりと優しくキスをされ、アラはもどかしくなった。欲望に駆られた声が漏れた。五感はクレイに圧倒され、胸は愛で満たされていた。クレイは言葉を使うことなく、アラへの愛の深さを伝えた。どんなにアラを必要としているかを。

アラは唇を開いた。ふたりの舌が互いの口へ侵入し、キスが深まった。相手を求めるキスへと変わった。アラは彼の髪に指を差し入れ、彫刻のような広い肩に手をさまよわせ、触れられるところに触れた。切迫感が、のんびりとした探索に少しずつ取って替わった。そして、キスだけでは物足りなくなった。

アラの脚のあいだが熱を帯び、彼を求めて脈打った。彼のすべては自分のものだ。アラは彼のすべてを、いますぐに欲しかった。傷痕。口。美しい体。黒い髪。まっすぐな鼻すじ。ざらざらする無精ひげ。舌。

長くて硬い彼自身がアラの腹にあたった。アラはキスをしながらそれを愛撫せずにはいられず、ガウン越しに太いものをつかんだ。彼女自身の奥が反応してうずいている。クレイはアラの口に向かってうめいた。アラは手に力を入れ、ガウンのやわらかいシルクを利用しながら、彼が好きだったように愛撫した。その方法を忘れてはいなかった。

ところが、激しいキスに欲望をかき立てられたのと同じく、彼のなめらかな熱い肌に直接触れることなく生地越しに愛撫しているうちに、アラはもっと欲しくなった。彼にしてもらったようにクレイをあがめ、我を忘れるほどの悦びを与えたかった。彼をどれほど深く愛しているのかを、身をもって示したかった。

思いきったことをしたくなり、彼自身から手を離すと、彼のガウンのひもの結び目に手をかけた。顔をあおむけてクレイを見あげた。彼の目は翳り、瞳孔は黒曜石そのものだった。クレイはこれまで見たことがないほどくつろいだ表情をしている。呼吸は荒かった。

いいわ。

「来て」アラはただそう言い、一歩うしろへ、ベッドのほうへさがった。いまの言葉は質問でも招待でもなく、命令に近かった。クレイの手を引くと、彼はついてきた。

アラは自分の持つ力を楽しんだ。たくましい屈強な戦士を、山のように体の大きな男を好きなように動かせるなんて。アラが行ってほしい場所へ彼を導くあいだも、クレイは彼女の目を見つめたままでいた。

「ベッドに乗ってちょうだい」アラは静かに言った。彼を意のままにすることが、新鮮な強い喜びをもたらし、体のなかで脈打っていたささやかな欲望が激しく燃えあがった。

「アラ」クレイは抗うような口調で言った。自分が命令することに慣れているからなのか、アラの意図をいぶかしく思ったせいなのかはわからなかった。

アラは考え直した。「やっぱりまずガウンを脱いでちょうだい。あなたの姿を見たいの」

そしてそのとおりになった。彼の体は輝かしく、筋骨隆々としている。何度も目にしたことはあるのに、そのたびに見惚れた。クレイは美しく、アラは自分が大胆になったような気がした。これほど力を得て、相手に望まれ、生き生きとした気分になったのは初めてのことだった。

アラはもっと欲しかった。

クレイに裸のままベッドに横たわってもらいたかった。彼の体のそこここにキスをし、舌を這わせ、味わいたかった。クレイにしてもらったことがあるように、口で彼に悦びを与えたかった。あらゆることをして彼に我を忘れさせたかった。

「アラ」クレイがまたもや主導権を握ろうとした。

けれども、アラは自分の力を楽しみすぎていた。彼女自身は濡れていて、彼を強く求めている。彼に真珠を一度愛撫されただけで、のぼりつめてしまいそうだった。この緊張感と欲望を長引かせたかった。

「脱いでちょうだい」アラは彼のガウンのひもの端を引いた。「さあ、クレイ」

クレイは視線で焦がすようにアラを見つめながら言われたとおりに結び目を解き、広い肩をすくめるようにしてガウンを脱いだ。それはほとんど音を立てずに絨毯の上に落ちた。アラは彼の姿を、あらゆる部分をむさぼるように見つめた。筋肉で覆われた肩、広い胸、力強い腕。彫刻のような腹までが完璧だった。太くて長い彼自身が起きあがっている。あの〝はしたない〟気持ちが何倍にもなって戻ってきた。

ああ、すてき。

「ベッドに乗って」アラは命令口調で言った。

クレイが手を伸ばしてきたが、それをよけた。この状況を楽しみすぎていることはわかっていた。「ベッドよ、クレイ」

「きみに触れたいんだ」

アラはあえていたずらっぽい笑みを浮かべた。「どうぞ。でもその前に、お願いしたとおりにして」

クレイはけぶるような目でアラを見つめ続けたまま、ベッドの中央に横たわった。アラは深く息を吸い、自分のガウンのひもの結び目もほどいた。それが衣擦れの音とともに落ちていく。それからアラもベッドへあがり、彼の脚のあいだに落ち着いた。そして、彼自身へ目を落とした。顔を寄せ、太い先端へ一度キスをした。二度。彼を味わいたくてたまらず、くぼみに舌を走らせた。彼の味がしたかと思うと、クレイがうめいた。

「アラ、そんなことをする必要は……そこまでしなくても……」

アラがさらに大胆になると、彼の言葉が小さくなって消えた。アラは彼がしてくれたように彼自身を吸った。クレイにも効果があるのかを試すために一度だけ。クレイは腰を浮かせ、彼自身をアラの口の奥へ押しこんだ。

アラは顔を離し、彼のすばらしい体を見つめた――すべて自分のものだ。「どうしたら気持ちがいいかを教えて。あなたに悦びを与えたいの」

「頼むよアラ、これ以上気持ちがよくなれば、青二才よろしくきみの口のなかで果ててしまう」クレイの声はかすれていた。

まあ。

というこどは、正しいことをしているのだろう。アラはふたたび彼のものを口に含み、吸ったり舌を這わせたりした。彼の体が出す合図に気をつけた――クレイが腰を浮かせるか、荒い息をするか、悦びの声をあげると、うまくいっていることがわかった。

「アラ」クレイはうめくように言った。

アラは彼のものを口に含んでいて喋れなかった。舌に濡れたものがあたり、それが唾ではなく、彼から出たものだということがわかった。クレイは達しかけていて、我を忘れそうになっている。アラは満足の声をあげ、彼自身のうしろの重みのあるふくろに触れ、優しく重さを確かめた。

「アラ、やめないと、きみの口のなかで果ててしまう」

アラはやめなかった。クレイに精を放ってほしかった。それを味わい、のみこみたかった。最後の一滴まで欲しかった。まだ彼に触れられてもいないのに、アラの脚のあいだがふっくらとして彼を求めていた。アラは声を漏らしながら、自然に彼自身をさらに深く、のどのほうまで含んだ。クレイがアラの髪に指を差し入れて髪をつかんだ。

「ああ、アラ」クレイは歯を食いしばりながら言い、抗うのをやめた。

彼はアラを導き、自分が求めるリズムを教えた。アラは彼を味わい、この体の大きな男に身をゆだねさせる力を楽しんだ。さっき、彼は要求に応じてガウンを脱ぎ、ベッドに横たわってくれた。好きなようにさせてくれた。

アラはそれをとても気に入った。刺激的な味がする硬くて太い彼自身を口に含むことも。彼が漏らす声や、せわしなく腰を動かすようすも。髪を引っぱられたのも、彼が完全に身をゆだねたことも。

「ああ」クレイは腰を激しく動かした。彼のものが奥へ押し入れられ、アラののどがそれを締めつけた。「これ以上……」

クレイの警告の言葉が途切れたかと思うと、アラの口のなかで熱いものがほとばしった。鼻につんと抜ける、土のような酔いしれそうな香りがする。アラはそれをのみこみ、彼が与えてくれたものすべてを自分のものにした。やがてクレイは最後に大きく身を震わせ、アラの二の腕を優しくしっかりとつかみ、彼女を自分の上に引き倒した。

クレイの息は荒かった。彼の上に身を横たえているアラの乳房に、クレイの暴れる鼓動が伝わってくる。アラは肌と肌が、体と体がぴったりと重なっているのを楽しんだ。自分はこのために、彼を愛するために生まれてきた。

「あんなことをしてくれなくてもよかったのに」クレイは静かに言った。

アラは傷痕のある頬を手で包んだ。「そうしたかったの。愛しているわ、クレイ・ラドロー、胸がうずくくらいに」

「愛している、おれのアラ」クレイの目がきらりと光った。「どこがうずいているって？」

クレイは彼女自身に手を伸ばし、ひだを開いて真珠をさいなんだ。アラは息をのんだ。クレイが突然、彼女を抱いたまま転がった。アラはあおむけになり、彼が上になった。彼が指にさりげなく力をこめる。「ここはうずいているか、アラ」

「ええとても」アラは囁いた。

「おれがそれをやわらげられるかもしれない」クレイはつぶやくように言い、アラののどにキスをすると、乳房へ口を寄せた。まず片方の胸の敏感な頂のまわりに舌を這わせ、そこを吸い、もう片方で同じことを繰り返した。さらに下へ、腹の丸みのさらに下、アラがもっとも彼を求めている場所へと唇を動かした。

アラは彼が欲しくてたまらなかったので、しっとりとした部分にクレイが唇をつけたとき、小さな震えが全身をめぐった。崖っぷちにいて、いまにもまわりながら淵へ落ちていきそうな気分だった。指が一本、彼女のなかにたやすくすべり込んだ。アラは腰を浮かせて彼の指を奥へと導いた。クレイは彼女自身を吸いながら、二本目の指を足し、なめらかに出し入れして彼女をあがめた。アラは一瞬でのぼりつめた。強烈な快感が彼女を襲い、体のなかで暴れまわり、目の前で無数の小さな光がはじけた。クレイは満足そうな低い声を出し、罪深い責め苦を続け、彼女の体から最後の悦びの波を引き出した。

クレイはアラの横に倒れこみ、彼女を抱き寄せた。ふたりは満ち足りた幸せな気分で一緒に横たわっていた。アラは彼に腕をまわし、二度と離さないと心のなかで誓った。何ごとにも、何者にも、ふたたびふたりを引き裂かせはしない。

「アラ」クレイは優しい口調で言った。「おれのアラ。昔からおれのものだったし、そうなる運命だった」

アラは彼の胸にキスをした。「ようやく一緒になれるわね」

23

ついにその日が来た。二週間後――もともとの予定から八年遅れて――クレイはアラの夫となった。

実感がほとんどわかなかった。となりにすわっている女神がいまや自分の妻だとは、信じがたい夢のようだった。実現するとは望めなかったことだ。しかし、アラは満面の笑顔をクレイに向けた。幸福感と解き放たれたクレイへの愛で輝いているように見えた。クレイは感謝の念に包まれ、胸がいっぱいになった。これは本当に特別なことだ。

「結婚おめでとう、未来のスタンウィック子爵とレディ・スタンウィック」レオが彼にできるかぎりの温かい口調で言った。

テーブルのまわりから次々に心からの祝辞の声が聞こえた。

レオは親しい者だけが集う結婚の祝宴に出席するためにハールトン・ホールへ到着

したとき、驚くべき知らせを携えてきた。女王がクレイの功績を認め、子爵位を叙爵してくださったと言うのだ。クレイはスタンウィック子爵になり、その結果、アラはただのミセス・クレイトン・ラドローではなく、子爵夫人になることになった。まさに夢のようだった。

爵位については夢のようだとまでは思わなかったが、当然、ありがたく受け入れるつもりだった。

しかし、アラが——愛したことのある唯一の女が——本当に自分のものになったとは。

クレイは自分の結婚の祝宴で家族とわずかな友人——リーズ公爵夫妻のみだ——に囲まれ、強い畏怖の念に包まれていた。アラとエドワードの身の安全への不安は、胸に刺さったナイフのようだった。ただ、レオとリーズ公爵夫妻が祝宴に出席しているうえ、武装した部下たちがハールトン・ホールの敷地のそこここにいるため、きわめて心強かった。

フェニアン団の脅威という現実には、明日あらためて向き合おう。今日の自分は恋する男であり、となりに花嫁がいる。これほど正しいことをしているという気分になったことはなかった。今日は残忍な悪党どもに、アラと分かち合っているものをだいなしにさせるものか。

「顔をしかめているわよ」アラはクレイだけに聞こえるよう、声をひそめた。「幸せじゃないの？」

「その逆だ」クレイは請け合うように言い、テーブルの下で手を伸ばすと、指と指をからませ、彼女の手を軽く握った。「これほど幸せな気分になったことはない、いとしいアラ」

心配ごとは、アラと息子の安全だけだ。

「フェニアン団のことを心配しているのね」アラは言い当てた。

あたりまえだ。妻と息子の身に危険が迫っているのだから。このおかしな状況が落ち着き、護衛ではなく、アラの夫とエドワードの父親として暮らせるまで、クレイは休むつもりはなかった。

「そんなに険しい顔をすることはないだろう」そのときレオが言い、グラスを掲げた。

「少し前、ダブリンで逮捕者が出たという知らせが入った」

クレイがレオの言葉を理解するかしないかのうちに、グラスがひっくり返る音が響いた。音のするほうへ目をやると、青白い顔の新しい家庭教師が、ワイングラスを落としたところだった。白いテーブルクロスに深紅のしみが広がっている。

「申しわけありません」家庭教師は小さな声で言った。慌てたようすで、こぼれたワインをナプキンで吸いとろうとしている。「普段はこんな無作法なことはしないんですけれど」

家庭教師が結婚の祝宴に出席するのはめずらしいため、こうした状況に慣れておらず、緊張のあまり動作がぎこちなくなったのだろう。クレイは彼女を責められなかった。自分も貴族のなかにいると居心地の悪さを感じるからだ。彼女のまわりには、公爵ふたりと公爵夫人ふたり――ひとりは公爵未亡人だが――とこれから子爵になる男がいる。

「そんなこと、気にしなくていいのよ、ミス・パリサー」アラは恥じ入った家庭教師をすばやく安心させようとした。「今日はおめでたい日ですもの、グラスが千脚倒れたって、どうってことないわ」

クレイはレオへ目をやり、さっきの話の説明を求めようとした。すると、レオはミス・パリサーをじっと見つめていた。一瞬、険しい彼の顔を何かの表情が――興味か何かが――たしかによぎったが、それはすぐに消え、レオは彼女から視線をそらした。

「バーグリー前公爵を襲った男たちが逮捕された」レオは淡々と詳細を語った。「昨日のことだ。貴重な情報も得た。ダブリンのある情報すじによれば、さらに逮捕者が出るらしい。悪夢はまもなく終わる。結婚式のあとまで、いい知らせを取っておいたというわけだ」

なんということだ。

クレイはレオのほうを向いていたが、彼の姿は目に入っていなかった。心と体がばらばらになったような気がした。体は言葉を聞き、理解し、のみこむことができた。心のほうはどこかへ去った。クレイは動けず、口を利くことができなかった。

麻痺していた。

やがて、強い安堵の気持ちが汽車のように勢いよく体のなかを駆けめぐり、クレイは思わず身を震わせた。テーブルクロスの下でまだアラの手を握っていたが、どちらがより強く握っているのかわからなかった。

彼はアラを見た。

彼女は空いているほうの手で口を覆い、泣き声を嚙み殺した――半分は嬉しさから、半分は疲れからだろう。「ああクレイ。つまり、わたしたちはようやく自由になれるということ？」

「心からそう願っている」招待客がいるにもかかわらず、クレイは思わずアラを引き寄せ、額に優しくキスをした。本当は好きなだけ唇を奪い、彼女を抱きあげ、寝室へ連れていきたかった。アラを誰も見ていないところでひとり占めしたかった。

「本当にすばらしい知らせね」リリーが言う。「これ以上嬉しいことはないわ。ただ、お父様がここにいらしたらいいのにと思うの。息子ふたりをさぞ誇りに思ったことでしょう。アラとエドワードを喜んで家族に迎えていたはずよ」

「天国にいる人はみんな、心のなかで一緒にいてくれるって、お母様が言ってた」エドワードが大真面目に言った。「いつも心のなかにいて、誰もその人たちと、その人たちの愛情を追い出せないんだって」

「お母様の言うとおりだな」クレイはエドワードに言い、アラの手をもう一度そっと握った。「どれだけの距離や時間が愛する人と自分を隔てていても、その人はいつも心のなかにいる」

「愛しているわ」アラはクレイに囁いた。

「まったくそのとおりだわ」リーズ公爵夫人が言い、見るからに愛情で顔を輝かせて夫を見た。「そう思わない、旦那様？」

リーズ公爵が返した表情から、妻に夢中であることがよくわかった。「心から同意する」

クレイは思わず笑みを浮かべた。便宜結婚で結ばれたリーズ公爵夫妻は、結局のところ幸せになったらしい。クレイは一時期リーズ公爵を嫌っていたが、その後リーズが信頼に足る、友人思いの男であることがわかった。クレイは彼を友人として歓迎している。優しい心の持ち主であるリーズ公爵夫人は、初めから公爵を魅了し、彼と思いも寄らない友情を育んだ。

「すまないが」レオがゆっくりと言った。彼にしかできない、冷ややかで傲慢そうな口調だ。「しんみりとした話は苦手な質《たち》でね。食欲を失う前に、祝宴を続けていいだろうか？」

「食欲がないようには見えないよ、公爵様」エドワードが口を挟んだ。たしかにそのとおりだった。しんみりとした話になっていたにもかかわらず、レオの料理の皿は空になっているからだ。

「レオ叔父さんと呼んでもいいぞ、少年」レオは感情のこもっていない口調でエドワードに言った。普段の険しい表情は、わずかにやわらいでいるように見えた。「それから、自分の前にある皿に意識を集中させるように。ぼくの皿を眺めていたら、料理を平らげられないだろう？」

エドワードはひるむことなく微笑んだ。「うん、レオ叔父さん」

「よし」レオはエドワードに言い、ミス・パリサーへ視線を戻した。クレイはレオの表情に間違いなく興味が宿ったのを見てとった。「家庭教師がまだ礼儀作法を教えていないようだから、教えてもらうといい」

いくらレオが傲慢でも、いまのは思いのほか無作法だ。クレイはレオに向かって顔をしかめた。

「ミス・パリサーは到着したばかりなのよ」クレイが何か言う前にアラが言い、ミス・パリサーに向かって安心させるような笑顔を向けた。

「だったら、たっぷり時間はあるな」レオは穏やかに言った。まだミス・パリサーを眺めている。彼女は見つめられて顔を赤らめた。「たっぷり」

クレイはコースの次の料理を運ぶよう、そっと使用人に合図をした。「腹が減っているのなら、レオ、そう言えばいいじゃないか。空腹時のきみが無作法になることは、おれが誰よりもよくわかっている。こんなめでたい日に、それでは困る」

レオはクレイに視線を戻してにやりとした。「今日はぼくが主役ではないからな、兄上。主役はきみと美しい花嫁だ。お幸せに、今日もこれからもずっと」

「ありがとう、公爵様」アラは言った。

クレイとアラはさらにきつく手を握り合った。

「そうだな」クレイは同意した。「ありがとう、レオ」クレイも幸せになることをまさに願っていた。

＊＊＊

八年前、アラは切望と希望で胸をいっぱいにして、飾り文字でミセス・クレイトン・ラドローと日記に書いた。

今日、それが現実になった。

今日、アラはミセス・クレイトン・ラドローになった。まもなくスタンウィック子爵夫人となるが、敬称はどうでもよかった。どんな敬称で呼ばれるかは、中身とは無関係だ。昔からそうだった。自分はアラ、クレイを心から愛するアラだ。まわりの状況が何もかも変わったように思えるけれど、その事実に変わりはなかった。自分はクレイのものだ。昔と同じく。

アラはクレイが彼女の人生に戻ったあとの数週間で、あらたな事実を知った。月日が経ち、愛し合うふたりの心が引き裂かれても、運命の愛の炎を打ち負かせるものはないということだ。時間も。距離も。誤解も。嘘や裏切りも。

一切ない。

「アラ」

胸に手を置いて振り向くと、彼がいた。アラにとって彼の存在は、その大きな体よりも大きかった。ああ、クレイをどんなに愛していることか。何か意味のあることを、この機にふさわしいことを言いたかった。何年経っても――ふたりの髪が白くなり、孫を甘やかしているときに――クレイが思い出すような言葉を。しかし、アラは彼を目にして息を奪われ、言葉を奪われた。ようやくクレイがやってきた。

「アラ」

クレイは腕を広げた。アラは二十一歳の娘に戻ったかのように、彼に駆け寄った。互いを失ったことなどなかったかのように。昔からずっとこうだったかのように。アラが彼に飛びつくと、クレイはたやすく彼女を抱き止めて腕をまわした。

クレイへの愛を抑えられなかった。大雨のあと、小川が流れの速い大河になり、その過程ですべてを変えてしまうのと似ている。昔、クレイが教えてくれたとおりだ。

おのずとそうなるものだ。

唇と唇が重なった。ふたりは舌と歯と唇を使ってキスをした。飢えを満たし、味わうためのキス、必死に求め合うキスだった。離れ離れだった一秒一秒を積み重ねるキスだった。いくら長く激しいキスをしても足りなかった。アラは彼の髪に指を差し入れた。クレイは彼女のウエストに腕をまわして支えている。アラは彼の体に脚をまわした。

彼の腕のなかにいると、自分がとても小さくなったような気がした。と同時に、強くなり、あがめられているようにも感じた。愛され、必要とされ、求められているのだと思えた。もっと欲しいと体じゅうが叫んでいる。アラはクレイの唇から唇を離し、彼の顔にキスの雨を降らせた——眉、頬、しっかりとした顎、顎の下に。のどへ唇をすべらせ、速い脈のあたりをなめ、優しく噛んだ。

クレイはうなり声で応えた。「蜜月の旅に出かけられたらいいのだが。ここに滞在しなければならないのではなく」

「んん」アラは彼の首に舌を這わせ、突き出たのどぼとけにたどり着いた。「わたしはここにいるだけで満足よ。いま、あなたと一緒にいるだけで」

本当のことだった。大陸へ旅をしたいとは思わなかった。ようやくクレイと結婚できただけで十分に恵まれている。

「ああ、アラ」クレイは彼女のウエストから下へ手をすべらせ、尻を包んで揉んだ。甘美な感覚がアラの体をめぐった。

彼が欲しい。

欲しくてたまらない。

どうしても。

ともかくクレイを求めていた。彼の味、タッチ、香り、広い胸、筋肉質の腕、長い脚、力強い腿、引きしまったウエスト、体にみなぎる力。彼だけが欲しかった。いまも、これからもずっと。

「あなたはわたしのものよ」アラは言い、その言葉に酔いしれた。その言葉の正しさに。「わたしのものよ、クレイトン・ラドロー」

「おれはいつだってきみのものだった、ダーリン」クレイはアラを抱えたままベッドへ向かった。「いつだって」

彼はアラがセーブルの磁器であるかのように、そっとベッドに横たえた。アラはすかさず自分のガウンのひもをほどいて前を開いた。クレイもガウンを脱いだ。アラが彼の美しい体に見惚れていると、彼もベッドへ横たわった。

彼はアラのそこかしこに唇を這わせた。むき出しの脚に、腹に、胸に、のどに熱いキスをし、やがて唇と唇を重ねた。アラは彼の唇に向かってため息をついた。クレイは結婚の祝宴で飲んだようなワインを思わせる甘い味がした。ふたりの舌がからみ合った。

クレイはさっきキスをした場所を手で愛撫した。胸の頂を探りあて、親指と人差し指ではさんだ。熱い手で彼女の腹をかすめ、たくみな指を脚のあいだへもぐりこませた。

「おれを求めてすごく濡れている、アラ」彼はアラの唇に向かって囁いた。「完璧だ」

アラは彼が欲しくてたまらず、彼を求めて腰を揺らした。唇が届くところすべてにキスをした――彼の顎、首、肩、唇に。それでもまだ足りなかった。もどかしさがつのってきた。彼に触れてもらいたかった。クレイにしかできない方法で満たしてほしかった。

「あなたが欲しくてたまらないわ、クレイ」アラはふたりの体のあいだに手を差し入れ、太くて熱いものをつかんだ。

「おれをなかへ入れるんだ」クレイは低い声で命じた。

それを聞いて、アラはしっとりとした脚のあいだが脈打つのを感じた。ためらうことなく、彼自身を入口へ導いた。クレイが腰を突き出すのに合わせて、アラは背を弓なりにした。彼自身が彼女のなかにおさまった。奥深くに。気持ちがよかった。体のなかが満たされ、引き伸ばされたような感覚を覚えた。

クレイは低い声を漏らし、ふたたび唇と唇を重ねた。最初はゆっくりと動き、悦びが高まるにつれてペースをあげた。ふたりは激しく愛を交わした。口と舌と手をさまざまなところへ這わせた。アラはのぼりつめ、体で彼自身を締めつけた。純粋な快感が体を駆け抜ける。次の瞬間、クレイも忘我の境地に達し、低いうめき声をあげてアラのなかで果てた。

彼はアラの上に倒れこみ、荒い息をした。どちらの肌も汗ですべりやすくなっている。ふたりはもう一度ゆっくりと気だるいキスをした。クレイの心臓がアラの胸のそばで脈打っている。アラは彼を抱き寄せた。言葉はいらなかった。

帰るべき場所へ帰ってきた。

24

クレイは思い出せないくらい久しぶりに、幸せな満ち足りた気分で目覚めた。赤くてやわらかい巻き毛が胸をくすぐっている。女の温かい体が自分の体に重なっている。裸のアラが、妻のアラがそばにいる。

アラ、一糸まとわぬ姿の妻。幸せな組み合わせだ。アラを一生愛し続けられるだろう。頭がよくて機転が利く女性で、優しい心とすばらしい体の持ち主でもあるのだから。結婚の祝宴のあと、ふたりは一日じゅうそれぞれの寝室で愛を交わしたり、抱擁し合ったり、話をしたりしてすごした。食事のために寝室を出ることさえせず、トレーに載せられた食事を部屋で食べた。

いま、早朝の光のなかで横たわり、楽園のような前日を思い出していたとき、クレイは心に不安が忍び込むのを感じた。あの家庭教師のことを考えた。こぼれたワインのことを。ワインをこぼしたタイミングがずいぶん奇妙だった。ちょうど、レオが前バーグリー公爵を殺したフェニアン団の者たちの話をしたあとだった。あの家庭教師の顔は青ざめていた。

考え出すと、それ以上眠れなかった。気持ちも休まらない。血を滾らせている妻への欲望に身をまかせることもできなかった。本当は、キスで妻を起こし、彼女が欲望で身を震わせるまでさいなみ、彼女のなかに身を沈めたくてたまらなかった。

しかし、数々の疑問や懸念が脳裏で渦巻いていて、いつまでも消えなかった。不安が情熱を負かし、何かがおかしいという声が執拗に頭のなかで響いていた。あの家庭教師はどこかおかしいと。クレイがそのことを考えれば考えるほど、直感が正しいと思えてならなかった。

眠っている愛らしい妻の唇にキスをし、彼女の腕のなかから抜け出すと、ベッドを出た。寝具を彼女にかけ、手早く服を着た。寝室を出て子ども部屋へ向かうときも、不安はいや増した。クレイは自分が間違っていることを願い続けた。

エドワードを起こさないよう、静かにドアをあけた。すると、大きな声で鳴くシャーマンに迎えられた。シャーマンは何かにとりつかれたかのように、ドアから廊下へ走り出た。エドワードの部屋のなかで、クレイの不安は現実のものとなった。ベッドが空だったのだ。

「エドワード」クレイは大きな不安を覚えながら呼んだ。

慌てて家庭教師の部屋へ急ぎ、ドアを強くノックした。「ミス・パリサー？」

シャーマンがついてきて、クレイの足首に身をこすりつけ、ふたたび鳴いた。部屋のなかから返事はない。クレイはもう一度ドアをノックした。静まり返ったままだったので、部屋に入った。無作法きわまりなかったが、不安が強く、女の使用人を探して部屋へ入らせる時間はないと考えた。

部屋へ無断で入ったことは、結果として問題にはならなかっただろう。ミス・パリサーの姿がどこにもなかったからだ。それどころか、部屋は一度も使われていないかのように見えた。クレイは罰当たりな言葉を吐き、部屋を出て廊下を走った。そのあいだも、落ち着けとみずからに言い聞かせていた。

この不安には根拠がないかもしれない。ミス・パリサーとエドワードは、いま朝食を取っている最中かもしれず、朝食の間へ駆け込めば、エドワードが満面の笑顔を向けてくれるかもしれないと。前バーグリー公爵を殺したフェニアン団の者は逮捕された。このおかしな状況に終わりが来るはずだ。自分が大袈裟に反応しているだけだ。

ところが、朝食の間には誰もいなかった。ケインズが現われた。有能なこの執事が、困惑し心配そうな表情をしている。「何かお手伝いできることはありますか？」

「若公爵」クレイは言った。「今朝、姿を見たか？」

ケインズはぐっと眉根を寄せた。「いいえ、お見かけしておりません、サー」

クレイの胸のなかの不安が恐怖へと変わった。

「まずい」髪をかきあげた。使用人たちを起こさなければ。ミス・パリサーとエドワードはいったいどこにいるのか。

そのとき、レオが朝食の間に入ってきた。「クレイ、話がある。ケインズ、ふたりきりにしてもらえるか？」

クレイはレオの姿を見て、このうえなくほっとした。ケインズは会釈をして去った。

「会えてよかった」クレイはかすれ声で言った。エドワードと勝手な家庭教師を探すのを手伝ってもらうつもりだった。あるいは、クレイの頭がおかしいだけであって、エドワードは無事だと安心させてもらいたかった。

「いつもと違う歓迎ぶりだが、まあよしとする」レオはクレイが話を続ける前に、乾いた口調で言った。「こっちの知らせは、いい知らせではないんだ、兄上。レプラカーンから情報が入った」

それを聞いて、クレイは悪寒が走るのを感じた。

レオはふたりの共通の友人であるパドレッグ・マグアイアを、特別同盟《スペシャル・リーグ》が命名した名で呼んでいる。マグアイアはニューヨーク市にある、フェニアン団のもっとも過激な派閥に潜入することに成功した。機密を要する危険な任務であるため、命を落としかけたことが一度ならずあった。彼が特別同盟《スペシャル・リーグ》に伝える情報は非常に有益だ。

不安のあまり、クレイの口のなかはからからになった。見えない手で心臓をわしづかみにされたような気分だ。パドレッグから情報が届いたということは、あることを意味する。フェニアン団がまた陰謀をたくらんでいるということだ。もしそうならば、アラとエドワードに大きな危険が迫っていることになる。

ということは、エドワードと新しい家庭教師が行方不明になったことの裏には、クレイが切に願っているほど何もないわけではなさそうだった。

「女を送り込んだらしい」レオはクレイをがんじがらめにしている不安に気づかず、話を続けた。「きみがバーグリー・ハウスで殺した男と組んでいた女だ。陰謀者のグループの最後のひとりで、すでにきみの屋敷にもぐりこんでいるとか。使用人という使用人と面談する必要がある。どの使用人についても身辺調査をする。その女が取り返しのつかないことをする前に、誰なのかを突き止めなければ。使用人ひとりひとりの面談から始めたい。女だけだ。最初は新しい家庭教師にしよう……おい、クレイ、なぜそんなに顔色が悪いんだ?」

クレイがもっとも恐れていたことが、レオによって現実のものとなったからだ。ミス・パリサー——彼女の本名がなんであれ——は家庭教師ではなかったのだ。エドワードと彼女が姿を消したことについて、無邪気な説明はできそうになかった。彼女がフェニアン団の女だ。自分があっさりこの屋敷に潜入させてしまった。夜な夜な酒を飲んでいた無能なミス・アージェントの代わりが見つかって安心していたせいで、鳥小屋へキツネを入れてしまったことに気づかなかったのか？

「あの女……なんということだ」クレイはしばらく目を閉じ、懸命に深呼吸をした。不安、恐怖、焦り、懸念など、過去に覚えたことのあるいやな感情がいっせいにクレイの胸を襲った。一瞬、声が出なかった。頭も働かなかった。黒い海になすすべもなく漂っているかのようだった。

「クレイ」レオは言った。強い感情がむき出しの声だった。

レオがこれほど人に影響されたところは、見たことも聞いたこともない。「家庭教師だ、レオ。エドワードをさらわれた。息子を」

レオの顔も青ざめた。「くそっ」

「ああ」これまで人が考えついたあらゆる悪態をつくのに、これほど適した状況はなかった。「ふたりを見つけなければ、レオ。なんとしてでも……エドワードの身に何かあっては困る。すべておれのせいだ、何かあったらおれは自分を許せない……もし……」

「言うな」レオはクレイの言葉をさえぎった。その表情は口調と同じくらい暗かった。

「考えるのもよせ。エドワードを見つけよう、クレイ。見つけて家へ、エドワードがいるべき場所へ連れて帰ろう」

クレイはぐっと唾をのんだ。思わずレオに腕をまわした。ふたりが抱擁したことは過去に一度もなかった。レオは愛情を表に出すのを嫌う。しかし、クレイはかまわなかった。

驚いたことに、レオは抱擁を返してクレイの背中を叩いた。

「絶対に大丈夫だ、クレイ。ふたりでエドワードを見つけよう。エドワードは、腹黒いレオ叔父さんともっと仲良くならなければいけないだろう？」

「そうだな」クレイは目を閉じた。「そのとおりだ」

「だったら、時間を無駄にしている場合ではない。男たちを集めよう」

＊＊＊

「アラ」

アラは夢を見ずに深く眠ったあと、クレイの声に起こされた。何かがおかしいと気づき、すぐに目をあけた。クレイは服を着ていて、険しい表情でベッドのそばに立っていた。

アラは不安に襲われた。「どうしたの、クレイ。何があったの?」

「家庭教師がエドワードをさらったようだ」

アラは胃袋が崖から落ちたような気がして吐き気を覚えた。大声で叫びたかった。ぞっとして息苦しくなり、バーグリー・ハウスで命を狙われて以来――いいえ、フレディが残忍な殺され方をして以来だ――抑えこんでいた恐怖が、何倍にもなってよみがえった。

なぜそんなことが?

「どうして?」アラはショックで唇も舌も乾いていたが、どうにかそう言った。

クレイがアラと目を合わせた。アラは彼の暗い色の目に浮かぶ感情を読み取り、ひどく動揺した。「レオが情報を入手した」「フェニアン団の者がここにもぐりこんでいるらしい。ミス・パリサーだと思う」

なんてこと。「そんなはずはないわ」アラはかぶりを振って否定した。「女性だし、礼儀正しいもの。実際、美人だし。話し方も優しいわ。親切な人のよう……」

アラは手で口をふさぎ、言葉を止めた。どうでもいい話をしている。意味のない話を。いま言ったことはどれも、ミス・パリサーの本性とは関係のないことだ。

彼女がフェニアン団の思想の支持者で、危害を加える目的でエドワードをさらったのだとしたら？　愛想のいい笑顔と落ち着いた態度の裏に、邪悪な心が潜んでいることもあり得る。それが見せかけの優しさと謙虚さ、賛辞と礼儀正しさの裏に隠れている可能性だってある。女も、男と同じように悪人であってもおかしくはないはずだ。問題はそこだった。悪には顔がなく、それを示すしるしもなく、警告するものもなく、外から見てもわからないものだ。気づいた頃には、手遅れで止めようがなくなっている。

線路を突進する機関車のように。

すべてを破壊していく。

クレイはアラを抱き寄せた。アラは彼の腕にすがりながら、懸命に息をしようとした。弱い女だと思ったことはなかったが、ここ数か月間の出来事を思うと、自分が小さくて取るに足りないつまらない女であるような気がした。いかに無力かを思い知らされた。

だけど、息子だけはやめて。

フェニアン団が罪のない少年をさらったなんて、とても許せなかった。なぜエドワードに危害を加えようと考えるのか。よくもそんなことができるものだ。しかも女が？ ミス・パリサーが？ 新しい家庭教師はなぜ、エドワードによからぬことをしようとするのだろう。意味がわからなかった。恐ろしくてひどいことだ。理解できなかった。

「何か言って、クレイ」アラはかすれ声で懇願し、慰めを求めていとしい彼の顔を探るように見つめた。安心できることならなんでもよかった。

「おれが見つける、アラ」クレイの口もとはこわばっていた。「見つけると請け合う。無事にきみのもとへ連れて帰ってくる。いまからレオと馬で出かけるから」

「わたしも行くわ」アラは言った。「着替えさせてちょうだい、それから――」

「だめだ、アラ」クレイは優しく言った。「時間を無駄にできないんだ。いま行かねばならない」

アラの視界が涙で曇った。クレイの言うとおりだ。足手まといになりたくはない。

「行って、クレイ。わたしたちの息子を連れて帰ってね」

クレイはすばやく激しいキスをすると、部屋を出て行った。アラは昨日、愛と喜びで満ちていたベッドにただひとり残された。息子がひとりでどこかにいる。アラは身震いをして立ちあがり、急いで服を着始めた。ひとつだけ確信していることがあった。あとに残って待っているのは耐えられない。

＊＊＊

クレイはふたりがそこまで遠くへ行っているはずがないとみずからに言い聞かせ、道でレオと並んで馬を疾走させていた。リーズ公爵とほかの男たちは、ハールトン・ホール周辺の土地をくまなく探すことにし、何手かに分かれていた。一方、クレイとレオは、鉄道の駅へ向かうのが最善だと判断した。ミス・パリサーが本当にフェニアン団の支持者で、身代金の要求かもっとひどいことをするつもりでエドワードを誘拐しようと屋敷へもぐりこんだのだとしたら、オックスフォードシャーに留まることはないだろう。別の街へ、しかも急いで向かうはずだ。

ともかくまず、ふたりを探さなければならなかった。ミス・パリサーは、汽車でエドワードを連れ去れば、はるかに行方をくらましやすくなる。しかしクレイは、そのことをいま考えるつもりはなかった。猛スピードで馬を飛ばし、胸のなかで絶望と恐怖が渦巻いているときには。

厩番の長は、朝早くにミス・パリサーとエドワードを一頭立て二輪馬車に乗せたと報告した。ミス・パリサーが手綱を取ると申し出たとのことだった。彼女は授業の一環で遠足に行くと言っていたらしい。エドワードは元気そうでにこにこし、授業を楽しみにしていたという。人を信じやすい、気のいい子どもだ。エドワードが信頼した者に連れ去られ危険な目に遭わせられるかと思うと、クレイは怒り心頭に発した。エドワードには、そんな扱いをされるいわれはない。

エドワードは幼いのにすでに十分につらい目に遭ってきたうえ、クレイと知り合ったばかりだ。息子をいま失うことにはとても耐えられなかった。息子の無事のために最善を尽くし、できることはなんでもするつもりだった。

ふたりがゆるやかに曲がる道を抜けたとき、クレイは心臓がのどまでせりあがったような気がした。田舎道の道端に、二輪馬車が停められていたからだ。誰も乗っておらず、馬車につながれた馬は草を食んでいる。ミス・パリサーは追手が来ることを予測し、道の両側に広がる鬱蒼《うっそう》とした森の下生えのなかへ逃げこむことにしたようだ。

クレイは馬を進めながら周囲の土地へ目を走らせ、家庭教師かエドワードの存在を示すものはないかと探した。そのとき、遠くで何かが動いたことに気づいた。そこに視線を据えたまま、レオに声をかけ、その方角を手で示した。

ふたりは馬を止めて地面へおり、近くの木に馬をつないだ。「何かが動くのが見えた」クレイはかすれ声で言った。「あのふたりだったかもしれない」

レオは緊張のにじむ険しい表情でうなずき、上着から小型銃を取り出した。「きみは道のほうから森へ入るといい。ぼくはもう少し先からまわりこめないか試してみる。もしそれがエドワードたちだったのなら、向こう側からふたりに近づいて、家庭教師を撃てるかもしれない」

レオの言葉を聞いて、クレイは吐き気を覚えたが、それを抑えてうなずいた。しっかりしなければ。頭を使え。エドワードのために戦わなければならない。この騒ぎを完全に終わらせる必要がある。

クレイは黙って自分の銃を抜き、生い茂る下生えのなかへ駆けこみ、紫がかったグレーのドレスらしきものが見えた方向へ全速力で走った。脈が暴れ、肺が焼けつくようになるまで走った。いばらが肌を引っかき、上着やズボンを裂き、肉にも食いこんだ。クレイはそれをものともせず、ひたすら走った。

誰かが通ったらしき小道を見つけ、それをたどりながら、獣道ではないことを願った。曲がりくねる小道をたどっていくと、ふいに開けた場所へ出た。その中央付近にミス・パリサーがいて、クレイのほうを向いていた。エドワードの華奢な肩に腕をまわし、小型銃の銃口をエドワードのこめかみに押しあてている。

「それ以上、近づかないで」ミス・パリサーが警告口調で言う。「その場に留まれば、若公爵に危害は加えないわ」

クレイは息をのんだ。銃を手にしていたものの、気の動転している女が銃の引き金を引いてエドワードを殺すかもしれないと思うと、自分の銃を構えることはできなかった。

「お父様」エドワードがしゃくりあげながら言った。目が――アラの目にそっくりな目が――恐怖で見開かれている。

エドワードがお父様と呼んでくれたのは初めてのことだ。本来なら喜ばしい出来事のはずだった。めでたい出来事のはずだった。しかし、クレイはぞっとしていた。息子が頭のおかしな女にとらえられて怯え、何もできずにいるのを見て、狼狽《ろうばい》しそうになった。

麻痺したような唇をどうにか動かして言った。敵が優位に立っているとき、身を守る最良の方法は、相手に気を散らせることだと訓練中に教わった。気を散らし、弱点を見つけ、好機に乗じる。

「いま降伏したほうがいい、ミス・パリサー」クレイは落ち着いた口調で言ったが、実際はそれとはほど遠い状態で、不安と恐怖が胸で暴れていた。「知ってのとおり、きみの同胞はダブリンで逮捕されている。ロンドンで公爵夫人に危害を加えるために送りこまれた男は、おれがこの手で殺した。残っているのはきみだけだ。ほかの仲間が全員失敗したのに、きみに何ができると思う？」

「わたしがそんなに簡単にだまされると思っているの？」ミス・パリサーの顔にはなんの表情も浮かんでいない。「降伏するつもりはないわ。わたしの指示どおりにすれば、この子には危害を加えないと約束する」

「おれに何をしてほしいんだ？」クレイは相手に調子を合わせて尋ねながらも、彼女の気を十分に散らして、エドワードを救うさまざまな方法や選択肢について考えた。ミス・パリサーを撃つか、彼女に近づくこともできるが、エドワードを危険にさらすことになる。ミス・パリサーが引き金にかけている指に少し力を入れただけで、エドワードは……だめだ、考えるものか。

ほかにも方法はある。レオは機転が利く。ミス・パリサーの背後から、まもなくやってくるはずだ。

「目の前の地面に武器を置きなさい」ミス・パリサーは冷ややかな声で命じた。

クレイはいまになって、彼女にかすかなアイルランド訛《なま》りがあることに気づいた。それまではまったく気づかなかった。ずいぶん芝居がうまい女だ。危険なことこのうえない。

クレイは言われたとおりに銃をゆっくりと地面に置くと、姿勢を戻し、手のひらを前へ向けて両手をあげた。銃をもう一丁と、ナイフを三本隠し持っているが、ミス・パリサーにそれを知らせる必要はない。

「どうだ、ミス・パリサー」クレイは言った。「望みどおりにした。息子を返せ」

「いやよ」彼女はかぶりを振った。「返せないわ、残念ながら。わたしと一緒にいてもらう必要があるの。けれども、用がすんで、この子が必要ではなくなったら、無傷であなたのもとへ帰すつもりよ」

「おれのそばから連れ去らせるものか」クレイは歯噛みをしながら言い、威嚇《いかく》するように一歩前へ出た。

せっかく見つけたエドワードを連れて逃げるのをクレイが許すと思っているのなら、ミス・パリサーはどうかしているし、愚かだ。

彼女はエドワードを引きずるようにして、二歩うしろへさがった。「その場から動いたら、この子をただでは置かないわよ」ミス・パリサーはきつい口調で警告した。

彼女の背後、開けた場所の反対側で、葉の茂った枝が揺れるのが目に入った。レオだ。命を賭けてもいい。ああよかった。このままミス・パリサーの注意をそらし続けよう。

「何が目的なんだ」クレイは訊いた。「罪なき子どもに危害を加えて、自分の国の自治が実現すると思っているのか？」

「目標達成を望んでいるのと、確信しているのはまったく別の話よ、サー」彼女は言い、エドワードを連れてふたたびゆっくりとうしろへさがった。

「お父様」エドワードが懇願するように言った。「この人と行きたくない。この人は、冒険に連れていく、そのあと家に帰れるって言ったんだよ。でも、冒険には行きたくない。お父様とお母様のいる家に帰りたい」

「静かにしてちょうだい、公爵様」ミス・パリサーはエドワードに言った。視線はクレイに据えられたままだ。「この子を連れていくしかないけれど、いずれ戻すわ」

そのとき、音が聞こえた。木々の生い茂った木立から、何者かがクレイのほうへ走ってくる音だ。ミス・パリサーの共犯者ということはあり得るだろうか。クレイは脈が速まるのを感じながら振り向いた。すると、アラがスカートを握り、裾を高くあげて走ってくるのが見えた。

まずい、アラがあとを追ってきたとは。察しておくべきだった。

突然、銃声が響き、森の静寂のなかでこだました。

クレイはミス・パリサーのほうを向いた。驚きと恐怖がクレイのなかを駆け抜ける。ミス・パリサーの愕然《がくぜん》とした顔が目に入った。彼女の上腕に色濃いしみが広がっていき、だらりとした手から銃が落ちた。ミス・パリサーは顔を蒼白にして、血だらけの手へ目を落とし、白目をむいてその場にくずおれた。

あらゆることが一度に起きた。

エドワードが叫びながら駆け寄ってきた。「お父様！　お母様！」

レオが身を隠していた場所から飛び出し、ミス・パリサーの両手と足首を縛った。

アラがいつのまにか横にいて泣いている。クレイも涙を流していた。頬が濡れている。ほっとして地面に膝をつき、両腕を広げると、エドワードが飛び込んできた。クレイは息子のやわらかい髪に顔をうずめ、思いきり強く抱擁した。

「もう大丈夫だ、エドワード」

「ああよかった」アラが大声で言い、クレイとエドワードに腕をまわす。「よかった！」

レオが近づいてきて、愛情のこもったようすでエドワードの髪をくしゃくしゃにした。「怪我はないか、公爵」

「うん」エドワードはクレイのベストに向かって泣き声で言った。「ミ、ミス・パ、パリサーは、意地悪はしなかったよ。だけど、ぼくを家へ連れて帰ろうとしてくれなかったんだ」

「ミス・パリサーがきみを怖い目に遭わせることは二度とない」レオは口もとをこわばらせて静かに言った。「約束する。きみを怖い目に遭わせる者はもういないんだ。悪党どもにとって、すべてが終わった」

「ありがとう、レオ」クレイの胸で強い感謝の念が駆けめぐった。

「エドワードは腹黒いレオ叔父さんともっと仲良くならなければいけないって言っただろう?」レオは唇の片端をあげてにやりとした。

「ああ」クレイは言った。感謝の気持ちに、心の底からの安堵の念が混じり合う。

「そうだったな」

「ありがとう」アラは涙声でレオに言った。「あなたは腹黒い叔父さんではなくて、ヒーローよ」

レオは真顔になった。「ぼくを悪人だという者もいるだろうな、義姉上《あねうえ》。あながちはずれてはいない。こんなことになる前に、屋敷内に悪いやつがまぎれこんでいることに気づかなくて、すまなかった」

「ばかを言うな」クレイはぶっきらぼうに言った。まだエドワードをきつく抱擁していて、首にすがりついている息子の腕の感触を楽しんでいた。「誰も気づかなかったんだから」

「何よりも大事なことは、彼女がもう誰にも危害を加えることがないということと、エドワードが無事だということよ」アラは言い、唇を震わせながら微笑んだ。「エドワードを助けてくれて、感謝しても感謝しきれないわ」

レオはうなずいた。感情をさらけだされて居心地が悪そうだった。「任務を果たしたまでだし、すべてが終わったと言えて嬉しい。陰謀を企てていた者のうち、つかまっていなかったのは彼女だけだったから。おそらく、エドワードを盾にすれば、ダブリンへ戻りやすいと考えたのだろう。だが、ぼくが彼女をロンドンへ連れていって、速やかに厳正な裁きを受けさせる」

本当にこれで終わった。

エドワードは無事だ。アラも。ミス・パリサーは投獄されるだろうし、前バーグリー公爵の殺害にかかわった者たちはとらえられている。ミス・パリサーのほかに、つかまっていなかったフェニアン団の関係者は死んでいる。クレイたちにとって、怯えて暮らす日々はようやく終わった。

「愛してる、お父様」エドワードは囁いた。速まった鼓動の音越しに、かろうじてクレイの耳に届くほどの小声だった。

「愛している、エドワード」クレイは言った。「きみのお母様のことも」

アラはクレイに笑顔を向けた。美しくて大きな心からの笑みで、めずらしくえくぼが見えた。「ふたりとも、心から愛しているわ」

クレイは家族を抱きしめた――片方の腕でアラを、もう片方の腕で息子を。「さあ」ふたりに言った。「家へ帰ろう」

過去はすぎ去った。危険も去った。未来に広がる人生のかぎりない可能性に向かって、ともに前進するときがきた。

エピローグ

アラには夫を驚かせる知らせがあった。喜んでもらえるといいのだけれど。

ここ数日間、アラを悩ませていた吐き気と、月のものが訪れない状態にはなじみがあった。身ごもっていることは、ハールトン・ホールを賭けてもいいくらい確かだ。

クレイはもうひとりの子の父親になる。今回は子どもの人生の各瞬間をひとつも見逃すことはないだろう。エドワードには、妹か弟ができる。美しいささやかな家族がひとり増える。まだ醜い過去と、アラに対するフェニアン団による陰謀が去ってまもないのはわかっていた。けれども、かわいい赤ん坊がもうひとりやってくるのだと思うと、アラは胸がはち切れそうなほどの喜びを感じた。

夫の書斎のドアをノックした。クレイはここで、ハールトン・ホールの帳簿類を確認しているところだ。彼はアラとエドワードに今後脅威が迫ることのないよう、女王に仕える密偵としての仕事を辞める決意をした。アラは夫がそう選択したことに胸を撫でおろした。あらゆる騒ぎを経験したが、もう十分だった。ともかく、家族と、腹のなかで育っている赤ん坊とともに、平和で穏やかな生活を送りたかった。

クレイは特別同盟《スペシャル・リーグ》とその任務に打ち込む代わりに、領地の歴史を学び、穀物生産高を調べ、ハールトン・ホールの収益をできるだけ改善しようと奮闘している。帳簿に集中していてノックが聞こえないのだろうと思い、アラがふたたびノックをしかけたとき、彼のベルベットを思わせる甘い声が聞こえた。

「入っていいぞ、おれのアラ」

アラは笑みを浮かべたままドアをあけ、部屋の奥へ行った。この書斎は、ハールトン・ホールのなかでも気に入っている部屋のひとつだ。クレイのにおいがするし、何もかもが――重厚な凝ったデザインの机から、壁にかけられている風景画の油絵まで――とてもクレイらしいからだ。ふたりはこの書斎で身を寄せ合ったり、ブランデーを飲みながら夜中まで話しこんだりして、何時間も楽しい時間をすごした。ふかふかした新しいアクスミンスター絨毯を有効活用したことも何度かある。

クレイはアラの入室とともに立ちあがった。黒いズボンとシャツと黒いベストというでたちで、アラは彼の美しさに息をするのを忘れた。歩み寄ってくるこの大きな力強い男が自分のものだというのが、いまだに信じられないときがある。自分たちが夫婦であることが。この新しい生活が、夜に見ては消える夢ではなく、現実であることが。

すばらしい現実、ありのままの現実だということが。

「なぜわたしだってわかったの？」アラは思わずそう尋ねた。ふたりは部屋の中央で互いのもとへたどり着き、クレイは彼女のウエストに腕をまわして引き寄せた。

「きみのノックだとわかるんだ」クレイは手を上下へすべらせアラの背中を撫でた。「それに、きみはよく午後遅くに不道徳なことをしにここへ来たがるから」

アラは頬が熱くなるのを感じた。彼の胸に顔をうずめていてよかった。「わたしがここへ来ることに、文句を言われた覚えはないわ」

「言ったことはない」クレイは彼女の頭のてっぺんにキスをした。「毎日来たってかまわない。気が向いたら一日に二度でも。小麦とトウモロコシの過去の生産高を調べるよりも、妻と愛を交わすほうを喜んで選ぶだろう」

アラは愛情をこめて彼を抱きしめ、顔をあおむけて夫を見あげた。「きっとハールトン・ホールでの暮らしは、あなたが慣れている暮らしよりも静かで退屈でしょうね。以前の暮らしが懐かしい？」

クレイは手の甲でゆっくりとアラの頬を愛撫し、茶色の目で彼女を見つめ続けた。

「まったく。望むものがすべて手に入った――それどころか、望める以上のものが――この崩れかけた古い屋敷のなかで。きみと息子を愛しているし、ふたりがおれの暮らしそのものだから。おれにとって大切なのはきみたちだけだ」

アラは彼の手に頬をこすりつけずにはいられなかった。「その暮らしが変わるとしたらどう思う？」

クレイがぐっと眉根を寄せる。「どんなふうに？」

アラは息をのんだ。興奮と不安が胸のなかで混じり合っている。「あなたの暮らしが、わたしとエドワード以上のものになったら？　もうひとり入れる余地はあるかしら」

クレイがその言葉の意味を理解した瞬間がアラにはわかった。誘いかけるような表情が、喜びで呆然としているような表情へと変わった。「アラ、つまりどういうことだ？」

「あなたがもうひとりの子の父親になるってことよ、クレイ」

「ああ、アラ」次の瞬間、クレイはアラと唇を重ねた。所有欲むき出しの飢えたような激しいキスだった。

アラは胸のなかではじけんばかりになっている愛をこめてキスを返した。顔を離して息を継がなければならなくなるまで、ひたすらキスを続けた。「幸せ？」

「この暴れている感情を言い表わすのに、幸せという言葉ではとても足りない」クレイは囁き、かぶりを振った。「有頂天になっているよ、アラ。赤ん坊か。息子がもうひとりか、あるいは娘か——信じられない。本当か？」

クレイは彼女の腹に手を押しあて、服地と下着とコルセットの上からあがめるように撫でた。

アラはうなずいた。「エドワードを身ごもったときと同じ兆候があるもの」

「立っていてはいけないのではないか」クレイは言った。「疲れているか？　のどは乾いているだろうか。暑くないか？　頬が赤くなっているぞ、ダーリン」もう片方の手をアラの額にあてた。「熱はないだろうな」

あれこれ心配しているクレイを見て、アラの心は温かくなり、胸がいっぱいになった。彼への愛がふくれあがる。「元気そのものよ、クレイ。心配しないで。体が火照っているとしたら、この部屋でよくわたしを奪う、長身でハンサムな体格のいい男性の近くにいるせいだもの」

「この跳ねっ返りめ」クレイは淡々と言い、もう一度唇を重ねると、のんびりとしたどこまでも優しいキスをした。

「んんん」アラは彼の唇に向かって喜びの声を漏らした。「あなたの跳ねっ返りよ」

　クレイが顔をあげ、おおらかであからさまな愛情をこめて見つめたので、アラはとろけそうになった。「永遠にだ、おれのアラ」

「ええ」アラは微笑んだ。純粋な幸せの涙が目に浮かび、視界が曇った。「永遠に」

「ああ、アラ。おれは怖い。嬉しさと恐怖と恐れ多い気持ちを一度に感じる。エドワードと母に伝えなければ。レオにもだ。また姪か甥ができると知りたいはずだ」

「もちろん、一緒にみんなに伝えましょう」アラは愛する夫の男らしい完璧な姿を見つめながら、体のなかを熱いものがめぐるのを感じた。「でもその前に、午後遅くの〝不道徳なこと〟をしましょうよ。どう？」

　クレイの誘いかけるような表情を見て、アラの体に火がついた。「それは名案だ、レディ・スタンウィック」

　そして、クレイはアラの唇を求め、熱くて執拗で飢えたようなキスをした。そこには、八年間続き、ふたりが立ち向かった時間と距離ゆえに強くなった愛の誓いがこめられていた。

　クレイは唇を離し、軽々とアラを抱きあげた。「愛している、アラ」

　アラは彼の首に腕をまわした。幸福感で胸がいっぱいだった。「わたしのほうがたくさん愛しているわ」

読者のみなさん

本書をお読みいただき、ありがとうございます！　公爵同盟シリーズの第一巻をお楽しみいただけたことを願っています。わたしはハッピーエバーアフターを苦労して勝ち取ったクレイとアラの物語を大いに楽しんで書きました。みなさんにも同じくらいふたりを気に入っていただけたのならいいのですが。あらゆる艱難辛苦《かんなんしんく》を経験したふたりですから、愛のセカンドチャンスがめぐってきたのも当然でしょう。クレイが〝*Her Deceptive Duke*〟（未邦訳）に初めて登場したとき、わたしには彼の物語を書くつもりはありませんでした。けれども、ほどなく、公爵同盟シリーズの第一巻はクレイの物語でなければならないと気づきました。

いつものように、本書の率直なレビューを書いていただけますと幸いです。レビューはとてもありがたいです！　最新刊刊行の情報や、シリーズに関する情報をいち早く知りたい方は、わたしのニュースレターに登録するか、アマゾンまたは

BookBub の著者フォロー機能をご利用ください。ボーナスコンテンツや刊行前の試し読みをご覧になりたい方、プレゼントなどに応募したい方は、Facebook の読者グループにご参加ください。

また次回お会いしましょう。

スカーレット

訳者あとがき

アマゾンやUSAトゥデイのベストセラー作家、スカーレット・スコットのヒストリカル・ロマンス『公爵夫人のボディガード』（原題――ノーボディズ・デューク *Nobody's Duke*）をお届けできることを嬉しく思います。スカーレットは本邦初紹介の作家です。

本書のおもな舞台は十九世紀後半のヴィクトリア朝イングランド。ヒーローは公爵の庶子で、イングランド政府の特別同盟《スペシャル・リーグ》（諜報活動等のための架空の組織）に属し、これまで要人の護衛等を務めてきた、実直で筋骨たくましい男性です。ヒロインは公爵である夫を数か月前に亡くした、芯の強い美しい女性です。

先にあとがきを読まれるみなさんのために、まずは冒頭のあらすじを簡単に紹介しましょう。

ヒロインのアラことアラミンタは、アイルランドを独立共和国にしようと活動している過激な秘密結社によって、公爵であり政治家でもあった夫をアイルランド国内で暗殺されました。このため、アラは幼いひとり息子とともに、急遽イングランドへ帰国します。ところが、やがてイングランド政府に脅迫状が届き、その秘密結社がアラの命をも狙っていることが判明しました。そこで、政府は彼女に護衛をつけることにしたのですが、護衛の長としてアラの屋敷へ送りこまれた男は、八年前、生涯の愛を誓いながらもアラを捨てたクレイでした……。

冒頭のヒーローとヒロインの独白から、ふたりが八年前のことで何か誤解し合っているらしいことがわかるのですが、本書は現在と八年前の物語が交互に語られる構成になっており、過去の真実が徐々に明かされていきます。このたくみな構成は本書の魅力のひとつであり、先が気になってひと息に読める作品となっています。

ヒストリカル・ロマンスにあまりなじみがない方のために、登場人物たちの事情を理解しやすいよう、この時代のイングランドの上流社会における男女交際等にまつわるルールをここで少し紹介しておきたいと思います。本書の内容に触れている部分もありますので、いわゆるネタバレを避けたい方は、念のために本文読了後にお読みいただけますと幸いです（ダニエル・プール著『19世紀のロンドンはどんな匂いがしたのだろう』（青土社）を参考にしています）。

・未婚の女性は男性といかなる性的接触も持ってはならず、許容されたのは、腰に手を回す、キスをする、手を握る程度だった。

・三十歳未満の未婚の女性は、シャペロン（お目付け役）なしで男性と会ってはならず、男性の自宅を仕事以外の用事で、ひとりで訪問することも許されなかった。

・男性が先に女性に紹介されなければならなかった。

これらのルールはほんの一部で、ほかにも男性から先に女性に挨拶をしてはいけないなどの、厳格でこと細かなルールがいくつもありました。先述したルールを念頭に置いただけでも、本書のヒーローとヒロインがいかに型破りなことをしていたかがわかりますし、娘の交際について知ったヒロインの両親が取った行動も、多少は理解できるかもしれません。

ちなみに、この時代のイングランドでは、同性愛は犯罪行為として罰せられていて、十六世紀以来、男色行為には死刑が適用されていました。ただし、この罪について死刑が執行されたのは、一八三〇年代が最後だったとのことです。そして、この物語の時代の少しあとに新しい法が制定され、同性愛に関する行為については最長二年の収監という処罰が課されるようになりました。死刑に処せられることがなくなったとはいえ、現代に生きるわたしたちの感覚からしますと、驚くほど厳しい処罰で、当時、同性愛がどれほどタブー視されていたかがわかります。

次に、あらためて著者の紹介をしておきたいと思います。

著者の公式サイトによりますと、アマゾンやUSAトゥデイのベストセラー作家であるスカーレット・スコットは、アルファヒーローと知的なヒロインが登場するホットなヒストリカル・ロマンスを中心に、六十冊ほど上梓しているベテラン作家です。スカーレットは、カナダ人の夫、一卵性双生児の子どもたち、そしてテレビ好きな犬とともにペンシルバニア州に暮らしています。大の文学好きで、なかでもロマンス小説と詩を好んで読むとのこと。詩が好きというだけあって、本書ではエリザベス・バレット・ブラウニングの詩が引用され、彼女の詩集が小道具として効果的に使われていましたね。

エリザベス・バレット・ブラウニング（一八〇六～一八六一年）は、裕福な家庭の出身で、エミリー・ディキンソンやエドガー・アラン・ポーにも影響を与えたとされる詩人です。一八四四年に出版した詩集が、詩人であり脚本家だったロバート・ブラウニングの目に留まり、ふたりの文通のきっかけとなったそうです。ふたりはエリザベスの父親の反対を恐れてひそかに文通による交際を続け、のちに駆け落ち結婚をし、イタリアへ移住しています。エリザベスの父親は、結婚後に娘を勘当したとのことです。そんな彼女の詩集が本書で象徴的に使われた理由が推察できますね。

続いて、シリーズ続編についても触れておきたいと思います。本書は公爵同盟(リーグ・オブ・デュークス)シリーズの第一巻にあたり、本シリーズ《スペシャル・リーグ》は全部で第六巻まであります。シリーズ作品には、イングランド政府の特別同盟の関係者がヒーローとして登場し、そのほとんどが公爵です。

第二巻のヒーローは、第一巻に脇役として登場したカーライル公爵のレオです。実母が冷たく、第一巻のヒーローの母親のほうに懐いているなど、生い立ちに複雑な事情がありそうな、「シニカルで傲慢」な放蕩者公爵として紹介されていましたが、気になった方もいらっしゃるのではないでしょうか。こちらもいずれご紹介できることを願っております。

最後に、私ごとで恐縮ですが、別名義の訳書も入れますと、本書が拙訳書のちょうど四十冊目になりました。二〇〇九年に初めての訳書が刊行されましたが、当時すでに翻訳小説の出版部数が減り始めていましたので、それから十年以上経ったいまも、大好きなヒストリカル・ロマンスのお仕事にこうして携われることはありがたいかぎりです。いつも翻訳ロマンス小説を愛読し応援してくださっているみなさまに、また、本書を手に入れてくださったみなさまに、この場を借りまして心より感謝申しあげます。

コロナ禍の行く末がまだ不透明で、大変な思いをなさっている方もいらっしゃるかもしれませんが、本書を読んで楽しいひとときをお過ごしいただけたのなら、これ以上嬉しいことはありません。

二〇二一年十月

ザ・ミステリ・コレクション

公爵《こうしやく》夫人《ふじん》のボディガード

2021年12月20日　初版発行

著者　スカーレット・スコット
訳者　芦原《あしはら》夕貴《ゆき》

発行所　株式会社 二見書房
東京都千代田区神田三崎町2-18-11
電話　03(3515)2311［営業］
　　　03(3515)2313［編集］
振替　00170-4-2639

印刷　株式会社 堀内印刷所
製本　株式会社 村上製本所

落丁・乱丁本はお取り替えいたします。
定価は、カバーに表示してあります。

ISBN978-4-576-21187-9
https://www.futami.co.jp/

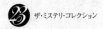

＊の作品は電子書籍もあります。

公爵に囚われた一週間
キャロライン・リンデン
村山美雪［訳］

「勝ったら、きみの一週間をいただこう」――公爵が挑んだ賭けをソフィーは受けて立つが…。RITA賞、ダフネ・デュ・モーリア賞に輝く作家のリージェンシーロマンス

野獣と呼ばれた公爵の花嫁
アマリー・ハワード
山田香里［訳］

妹の政略結婚を阻止するため、アストリッドはある人物に助けを求める。それは戦争で大怪我を負い〝野獣〟のごとき容貌へと変わってしまったビズウィック公爵だった！

密やかな愛へのいざない ＊
セレステ・ブラッドリー
久賀美緒［訳］

キャリーは元諜報員のレンと結婚するが、心身ともに傷を持つ彼は決して心を開かず…。2013年ロマンティック・タイムズ誌、官能ヒストリカル大賞受賞作

戯れの恋は今夜だけ ＊
ジョアンナ・リンジー
辻早苗［訳］

自分が小国ルビニアの王女であることを知らされたアラナは、父王が余命わずかと聞きルビニアに向かう。宮殿の門前でハンサムな近衛兵隊長に自分の正体を耳打ちするが…

真珠の涙がかわくとき
トレイシー・アン・ウォレン
久野郁子［訳］〔キャベンディッシュ・スクエアシリーズ〕

元夫の企てで悪女と噂されて社交界を追われ、友も財産も失ったタリア。若き貴族レオに求愛され、戸惑いながらも心を開くが…？ヒストリカル新シリーズ第一弾！

ゆるぎなき愛に溺れる夜
トレイシー・アン・ウォレン
相野みちる［訳］〔キャベンディッシュ・スクエアシリーズ〕

クライボーン公爵の末の妹・あのエズメが出会ったお相手は、なんと名うての放蕩者子爵で……。心配するがゆえに兄たちが起こすさまざまな騒動にふたりは――

最後の夜に身をまかせて
トレイシー・アン・ウォレン
相野みちる［訳］〔キャベンディッシュ・スクエアシリーズ〕

弁護士の弟の代わりに男装で法廷に出て勝訴してしまったロザムンド。負けた側の弁護士、バイロン家のローレンスはこの新進気鋭の弁護士がどうしても気になって…

約束のキスを花嫁に
リンゼイ・サンズ
上條ひろみ〔訳〕
〔新ハイランドシリーズ〕
幼い頃に修道院に預けられたイングランド領主の娘アナベル。ある日、母に姉の代役でスコットランド領主と結婚しろと命じられ…。愛とユーモアたっぷりの新シリーズ開幕！

愛のささやきで眠らせて
リンゼイ・サンズ
上條ひろみ〔訳〕
〔新ハイランドシリーズ〕
領主の長男キャムは盗賊に襲われた少年ジョーンを助けて共に旅をしていたが、ある日、水浴びする姿を見てジョーンが男装した乙女であることに気づいてしまい⁉

口づけは情事のあとで
リンゼイ・サンズ
上條ひろみ〔訳〕
〔新ハイランドシリーズ〕
夫を失ったばかりのいとこフェネラを見舞ったサイは、しばらくマクダネル城に滞在することに決めるが、湖で出会った領主グリアと情熱的に愛を交わしてしまい……⁉

恋は宵闇にまぎれて
リンゼイ・サンズ
上條ひろみ〔訳〕
〔新ハイランドシリーズ〕
ギャンブル狂の兄に身売りされそうになったミュアライン。ドゥーガルという男と偽装結婚して逃げようとするが、結婚が本物に変わるころ、新たな危険が…シリーズ第四弾

二人の秘密は夜にとけて
リンゼイ・サンズ
相野みちる〔訳〕
〔新ハイランドシリーズ〕
妹サイに頼まれ、親友エディスの様子を見にいったブキャナン兄弟は、領主らの死は毒を盛られたと確信し犯人探しにとりかかる。その中でエディスとニルスが惹かれ合い…

忘れえぬ夜を抱いて
リンゼイ・サンズ
上條ひろみ〔訳〕
〔新ハイランドシリーズ〕
ブキャナン兄弟の長男オーレイは、顔の傷のせいで婚約者に逃げられた過去を持っていた。ある日、海で女性を救出するが、記憶を失った彼女は彼を夫だと思い込み…

ハイランダー戦士の結婚条件 ＊
リンゼイ・サンズ
喜須海理子〔訳〕
〔新ハイランドシリーズ〕
治療士として名高い弟とまちがわれ領主の治療目的のために拉致されたコンラン。領主の娘エヴィーナと運命的な出会いが…。人違いが恋のはじまり⁉ シリーズ最新刊

＊の作品は電子書籍もあります。

危険すぎる男 ＊
シャノン・マッケナ
寺下朋子［訳］

レストランを開く夢のためカフェで働く有力者の娘デミ。そこへ足繁く通う元海兵隊員エリック。ふたりは求めあう関係になるが……過激ながらも切ない新シリーズ始動！

夜明けまで離さない
シャノン・マッケナ
寺下朋子［訳］

7年ぶりに故郷へ戻ったエリックは思いがけずデミと再会。かつて二人を引き裂いた誤解をとき、カルト集団の謎に挑む！『危険すぎる男』に続くシリーズ第2弾

あなたとめぐり逢う予感 ＊
ジュリー・ジェームズ
村岡栞［訳］

殺人事件の容疑者を目撃したことから、FBI捜査官のジャックと再会したキャメロン。因縁ある相手だが、ボディガードとして彼がキャメロンの自宅に寝泊まりすることに…

悲しみの夜の向こう ＊
アビー・グラインズ
林亜弥［訳］

亡母の治療費のために家も売ったブレア。唯一の肉親である父を頼ってやってきたフロリダで、運命の恋に落ち…。愛と悲劇に翻弄されるヒロインを描く官能ロマンス

ヴァージンリバー
ロビン・カー
高橋佳奈子［訳］

救命医の夫を突如失った看護師のメル。誰も知らないところで過ごそうと、大自然に抱かれた小さな町ヴァージンリバーにやって来るが。Netflixドラマ化原作

時のかなたの恋人 ＊
ジュード・デヴロー
久賀美緒［訳］

イギリス旅行中、十六世紀から来た騎士ニコラスと恋に落ちたダグラス。時を超えて愛し合う恋人たちを描く、タイムトラベル・ロマンス永遠の名作、待望の新訳！

世界の終わり、愛のはじまり
コリーン・フーヴァー
相山夏奏［訳］

リリーはセックスから始まる情熱的な恋に落ち結婚するが彼は実は心に闇を抱えていて…。NYタイムズベストラー作家が贈る、ホットでドラマチックな愛と再生の物語

危険な愛に煽られて
テッサ・ベイリー
高里ひろ［訳］

兄の仇をとるためマフィアの首領のクラブに潜入したNY市警のセラ。彼女を守る役目を押しつけられたのは最凶のアルファ・メール＝マフィアの二代目だった！

なにかが起こる夜に ＊
テッサ・ベイリー
高里ひろ［訳］

『危険な愛に煽られて』に登場した市警警部補デレクと一見奔放で実は奥手のジンジャーの熱いロマンス！ダーティトーカー・ヒーローの女王の新シリーズ第一弾！

恋の予感に身を焦がして ＊
クリスティン・アシュリー〔ドリームマン シリーズ〕
高里ひろ［訳］

グエンが出会った〝運命の男〟は謎に満ちていて…。読み出したら止まらないジェットコースターロマンス！超人気作家による〈ドリームマン〉シリーズ第1弾

愛の夜明けを二人で ＊
クリスティン・アシュリー〔ドリームマン シリーズ〕
高里ひろ［訳］

マーラは隣人のローソン刑事に片思いしている。でもマーラの自己評価が2.5なのに対して、彼は10点満点で…。〝アルファメールの女王〟によるシリーズ第2弾

ふたりの愛をたしかめて
クリスティン・アシュリー〔ドリームマン シリーズ〕
高里ひろ［訳］

心に傷を持つテスを優しく包む「元・麻取り官」のブロック。ストーカー、銃撃事件……二人の周りにはあまりにも問題が山積みで…。超人気〈ドリームマン〉第3弾

夜の果ての恋人 ＊
アリー・マルティネス
氷川由子［訳］

テレビ電話で会話中、電話の向こうで妻を殺害されたペン。コーラと出会い、心も癒えていくが、再び事件に巻き込まれ…。真実の愛を問う、全米騒然の衝撃作！

愛は闇のかなたに ＊
L・J・シェン
水野涼子［訳］

父の恩人の遺言で政略結婚をしたスパロウ。十も年上で裏社会にさえ顔がきくという男との結婚など青天の霹靂だったが、いつしか夫を愛してしまい…。全米ベストセラー！

黒き戦士の恋人
J・R・ウォード
安原和見［訳］〔ブラック・ダガー シリーズ〕

NY郊外の地方新聞社に勤める女性記者ベスは、謎の男ラスに出生の秘密を告げられ、運命が一変する！ 読み出したら止まらない全米ナンバーワンのパラノーマル・ロマンス

永遠なる時の恋人
J・R・ウォード
安原和見［訳］〔ブラック・ダガー シリーズ〕

レイジは人間の女性メアリをひと目見て恋の虜に。戦士としての忠誠か愛しき者への献身か、心は引き裂かれる。困難を乗り越えてふたりは結ばれるのか？ 好評第二弾

運命を告げる恋人
J・R・ウォード
安原和見［訳］〔ブラック・ダガー シリーズ〕

貴族の娘ベラが宿敵〝レッサー〟に誘拐されて六週間。だれもが彼女の生存を絶望視するなか、ザディストだけは彼女を捜しつづけていた…。怒濤の展開の第三弾！

闇を照らす恋人
J・R・ウォード
安原和見［訳］〔ブラック・ダガー シリーズ〕

元刑事のブッチがヴァンパイア世界に足を踏み入れて九カ月。美しきマリッサに想いを寄せるも梨の礫。贅沢だが無為な日々に焦りを感じていたところ…待望の第四弾

情熱の炎に抱かれて
J・R・ウォード
安原和見［訳］〔ブラック・ダガー シリーズ〕

深夜のパトロール中に心臓を撃たれ、重傷を負ったヴィシャス。命を救った外科医ジェインに一目惚れすると、彼女を強引に館に連れ帰ってしまうが…急展開の第五弾

漆黒に包まれる恋人
J・R・ウォード
安原和見［訳］〔ブラック・ダガー シリーズ〕

自己嫌悪から薬物に溺れ、〈兄弟団〉からも外されてしまったフュアリー。〝巫女〟であるコーミアが手を差し伸べるが…。シリーズ第六弾にして最大の問題作登場!!

永遠《とわ》を誓う恋人
J・R・ウォード
安原和見［訳］〔ブラック・ダガー シリーズ〕

誰にも明かせない秘密を抱えるリヴェンジ。看護師のエレーナと激しい恋に落ちながら、その運命を呪う。ある時、戦士としての忠誠を試されることに。待望の続刊！